동아시아의 文化와 文學

II

金采洙 編譯

보고사

목 차

부 록

제1장 동아시아 문학 연구의 방법과 의의

존 J. 디니

제1장 동아시아 문학 연구의 방법과 의의

존 J. 디니

동서양의 만남 … 그것이 아무리 흥미있는 것이라 해도 더 넓고 깊고 그리고 풍부한 연구영역의 일단을 드러내는 것에 지나지 않는다. 연구되어져야 하는 것, 전 영역에서 가상 풍부한 부분의 하나로 당연히 판명되는 것은 동-동(즉, 아시아 내부의)의 문학적인 관계이다. 주요한 흐름 중의 일부는 이미 비교종교에 의해 어렴풋이 제시되었다. … 나는 감히 단언하려는 것은 아니다. 그러나, 이 회의에서 관심있는 한 관찰자로서, 재교육이라고 이름 붙일 만한 것에 접근하면서, 나는 또한 다양하면서도 반면 서로 관련되어지는 인도, 중동, 그리고 각 지역의 인접국가의 문학에 대한 발표자들의 의견을 보고 듣고 싶다.[1]

동아시아에서는 전통적으로, 문학이 사회와 문화를 유지하는 데 중요한 역할을 수행했다. 그러한 사회에서, 복원은 혁신이었고 독창성은 가끔 관습을 가장했으며, 그리고 심지어 사회에서의 해방과 확장을 추구하는 자연시에서조차 작가는 가끔 일반화된 자아, 일반적인 언급으로서의 「나」를 가정하였다. …… 전통은 그 사회에 중요하고 살아있는 것인 동시에 영감의 원천 그리고 기교의 보고였고, 시인들에게 과거 속의 예술의 진실이 현재에 의미있는 것이 될 수 있도록 그것을 재발견하고 확인하게 하였다. …… 과거의 창조적인 이용을 통해서 시인은 지속적으로 과거와의 관련을 주장하고, 그와 독자간의 문화적인 접촉을 새로이 한다. 시인이나 가인이 어떠한 토대를 생각하든 간에 그들은 한 사회의 교육과 그리고 상상력의 계발에 있어서의 시의 역할을 알고 있다.[2]

위의 두 인용문은 이 글에서 내가 논의하고자 하는 많은 부분을 담고 있다. 꼭 10년 전, 『담강 비평』(錟江 批評)은 「비교문학 : 서 그리고/또는 동?」이라는 제목의 글을 간행하였다.[3] 그 글에서 나는 엄격한 중국-서구 연구에서 벗어나 중국-동아 연구로의 변화-비록 그 변화가 일시적이라 할지라도-를 제시하였다. 이 글에서 나는 중국과 그 북쪽의 이웃국가들, 특히 일본, 한국간의 비교문학 연구에 관한 어떤 청사진을 제시하고자 했다. ; 남부 아시아의 국가들과 인도는 다른 적극적인 비교연구가들을 위한 매력적인 처녀지이다.[4]

내가 간단히 말해 두고 싶은 두 가지 예비적인 의견이 있다. 그 첫째는 「사회적 상부구조를 위한 문화적 하부구조」라는 내 글의 부제로서 제시될 것이다. 이러한 논의를 통해, 나는 간단히 비교문학의 다양한 학제적 모습을 나타내고자 하고, 한 사회의 진정한 힘은 문화요소들의 조직에 가장 공고히 의존한다는 사실을 주장하고자 한다. 어느 정도까지 사회가 문학적 사건을 결정하든 또는 그 반대이든 여기에서 나에게는 상관이 없다. 비록, 20세기에는 그 반대이기는 하지만, 공화정 중국 이전의 중국의 문학자들이 국가에 대해 특별히 강한 권력을 가졌던 듯 할지라도 말이다. 아무튼, 많은 용의주도한 정치학자들, 실용적인 사업가들, 그리고 학문 연구기관들은 우리 세계의 미래가 아시아에 달려 있다는 사실에 동의한다.[5] 만약 우리가 아시아의 미래 문화발전을 위한 견고한 기반을 쌓는 데 힘껏 노력하지 않는다면, 진정 고무적인 지도자들이 아닌 단지 능률적인 경영자들에 의해 이끌어질 일련의 혼란스러운 기술과 의식없는 과학주의로 인해 동양권이 피폐해지는 심각한 위험이 초래될 것이다. 개인적으로 나는 아시아가 아시아 국가 내부의 모든 종류의 비교연구를 통해 조직적인 문화접촉을 적극적으로 촉진시킴으로써 그것을 가장 잘 대비할 수 있다고 믿는다.[6]

나의 글에 들어가기 전에 정리할 필요가 있는 또 다른 예비적 의견과 그리고 내가 특히 의식하고 있는 것 하나는 이것이다. : 즉 서구인인 내가 어떻게 감히 단지 너무나 피상적으로 알고 있는 여러 동양 문학간의 비교문학 연구를 주창할 만큼 뻔뻔스러울 수 있는가 라는 점이다. 그 물음에 대한 나의 짧은 대답은 이러하다. 즉, 나는 아시아 문학의 한 사람의 전문가의 자격으로 말하는 것이 아니라, 동양 특히 중국의 비교문학 연구사에 흥미를 갖고 추적하였고 다른 전문가들의 학문적 연구를 위하여 약간의 이론적, 방법론적 방향을 제시하였던 한 사람으로서 좀 더 신중하게 말할 따름이다. 나는 또한 나 자신을 다음 세대의 비교학자들이 의존할 교육적인 하부구조를 준비하기 위하여 나 자신보다 더 적격의 사람들을 초대하는 어떤 거시적인 생각을 지닌 미래주의자로서 생각하고 싶다. 환상을 쫓는 이상주의자로서가 아니다. 우리의 권위있는 교육기구가 즉각 착수해야만 하는 첫 번째 것은 우리 학생들뿐만이 아니라 서구 일반인들이 동양어 교육 프로그램에 참여할 수 있도록 권장하는 일이다. 그리고 왜 우리는 우리의 교과과정 속에 동양 문학개론을 소개할 수 없으며 이웃나라의 전문가에 의해 위대한 동양문학의 고전의 과정을 제공할 수 없는가? 비록 예견할 수 있는 미래의 일정 기간동안 영어가 아시아의 혼성국제어라 할지라도, 이 과도기에 있어 번역의 역할은 필수적이다. 확실히, 우리는 인도인 주최자가 다른 각 나라의 문학을 원어로 읽을 수 있는 충분한 아시아 학자들을 확보하지 못한 까닭에 자금력이 탄탄한 아시아 회의가 취소되어야만 했던 몇 년 전에 야기된 학문적 불상사를 지속시키기를 원하지 않는다.[7] 한편, 이 글에서 내가 일단 심지어 아시아인들조차도 두려워하는 여기에 발들여 놓는다면, 적어도 그 주제는 어떤 비교문학 책자 내에서 제기된 것이다. 그리고 어떤 중요한 문제들이 발의될 것으로 나는 믿어 의심치 않는다.

현대의 비교문학 연구사에서 가장 이상한 일 중의 하나는 중국인, 한국인, 일본인들이 그들 자신의 뒤뜰에서 발굴되어야 할 더욱 풍성한 비교문학 작품들이 있는데도 서구의 작품들을 연구하는 것을 지금까지 고집했어야만 했다는 것이다. 그러지 말아야 했음에도 불구하고 말이다. 학문의 이론적이고 방법론적인 문제들이 다소 분류되었음에도 불구하고, 왜 다른 어떤 서양 국가들 사이에서보다 더욱 오래되고 군건한 문학적 유대관계가 있는 동양국가들이 소위 그들 자신의 영역에서 비교연구를 발전시켜서는 안 되는가?[8]

이 글의 나머지 부분에서 나는 중국, 한국 그리고 일본의 문학에 대한 비교방법적인 접근이 학문적 관심을 받을 만한 몇몇 영역들을 강조하고 싶다. 우선, 일정한 학제적 연구에 연관하여 이 세 문학에 관한 약간의 일반적인 고찰을 할 것이다. 다음으로, 나는 시대/사조 연구, 영향관계연구, 장르 연구 그리고 끝으로 주제연구를 통하여 비교문학에 대한 전통적인 접근에 관해 간단히 언급할 것이다. 끝으로, 나는 전통적인 중국 작시법의 관례와 시형식을 따르는 한국과 일본 작가들에 의해 한자로 쓰여진 시의 몇 가지 대표적인 예를 인용할 것이다. 이 글은 특히 중국인 학자들―그들은 중국의 전통 문학작품과 그리고 전적으로 한자로 쓰여지기는 했지만 한국인과 일본인에 의해 창작된 문학 작품들을 비교하기를 바라는 것 같다.―의 연구를 통하여 더욱 많이 제기되는 일련의 문제점들과 더불어 결론지어질 것이다.[9]

문학과 다른 예술(예를 들면 음악, 춤, 미술/서예 그리고 영화)간 뿐만 아니라 문학과 사상사(예를 들면 유교, 불교)간 등의 학제적 연구에 대한 매력적인 가능성들에 덧붙여, 물론 중국, 한국 그리고 일본간의 문화적인 이해를 돕는 가장 기본적인 요소는 중국어와 한국어, 일본어간의 밀접한 관련에 대한 연구이다. 유사하게도, 중세 유럽에서 라틴어가 담당한 역할과 비슷하게 중국어는 한국인과 일본인에 의해서 쓰여진 혼성국제어였다. 비록 이 동양어들의 언어학적인 구조는 대부분의 주요 유럽 언어간에 존재하는 구조보다 훨씬 더 다양하다 할지라도.

예를 들면, 한국에서는 중국 문화와 학문에 관련된 많은 명저가 한자와 중국고전이 처음으로 수입된 기원전 2세기에 일찍 나타났다. 신라 말기에 많은 수의 한국인 학자들이 당나라(7세기~10세기)에 유학갔으며, 과거제도가 한국에 소개되었다. 한자로 표기하는 것은 19세기 말까지 계속되었으며 한국인에 의해 한자로 쓰여진 천 년 이상 동안의 문학 작품들이 있다. 이 모든 문학 작품들의 완전한 목록은 없으나 한시 하나 만에도 수천 권의 작품집이 있다.[10]

언어학적으로 말하면, 한국인은 15세기까지 표기수단을 가지지 못했으므로, 그들은 쓰여진 의미 ─ 어표(語標)가치, 중국 문자의 발음은 비록 모른다 할시라도─를 니타내기 위하여 또는 한국어 단어의 소리─음가(音價)─를 옮겨쓰기 위하여 중국 문자를 사용하였다. 이러한 필사구조를 어떤 이는 향찰(鄕札)이라 불렀고 다른 이는 이두(吏讀)라고 불렀다. 그것의 전통은 692년경 설총(薛聰)에게서 비롯되었으며, 피터 H. 리의 설명에 따르면 다음과 같다. 「그는 이 필사수단을 주로 중국 고전을 해독하는 데 사용하였는데 중국 고전은 읽고 번역하기에 매우 어려웠다. 그가 한 것은, 중국 고전이 한국어로 읽혀지는 방법을 나타내기 위해 중국 문자 사이에 조사를 끼워넣는 일이었다. 요컨대, 말하자면 그는 주석을 단 것이다. 그리고 주석을 달면서, 그는 이렇게 사용된 중국 문자를 논리적으로 조직화했다.」[11] 물론, 이것은 한국어를 소통하기 위한 가장 만족스러운 방법은 아니었다. 15세기에 사려 깊은 세종대왕의 후원 아래에서 한국어의 소리를 나타내기 위한 표음문자가 반포되었다. 한글 또는 훈민정음(1443~44)은 28자의 문자체계이며 「세계에서 가장 쉬운 서체이며 극동에서 유일한 문자체계」로 일컬어졌다.[12] 세종대왕의 독창적인 혁신은, 한글에 가장 격렬한 반대자였으며, 1444년 왕에게 불만이 가득 찬 항의성 상소문을 보낸 최만리와 같은 완강한 중국사대주의자의 반발을 불러일으켰다.

태초부터, 단지 자연적인 특성의 차이와 방언을 이유로 중국 영역 아래서의 세계 어떤 곳에서도 한자를 벗어나 만들어진 문자는 없었습니다. 몽고, 일본 그리고 티벳은 그들 자신의 문자를 가지지만 그들은 야만인으로 경멸되고 있습니다. 우리의 관습이 중국에 필적할 만한 것으로 여겨지는 이 때에 어리석게도 우리의 장점을 포기한다면 그것이 우리의 문명을 어찌 손상시키지 않겠습니까?[13]

한글에 대한 반대는 최만리와 그의 동료들이 하룻밤 동안 투옥된 이후 상당히 잠잠해졌다.

비록 일본은 중국 문화를 당나라(학자와 승려의 사절단이 문화적이고 사상적인 공물을 정기적으로 바치기 위하여 중국에 갔다)로부터 직접 받아들였다 할지라도, 5세기 초부터 7세기까지, 일본은 한국을 거쳐 중국의 서적들을 받아들였다. 게다가, 관례에 의하면, 중국 문자, 한자(漢字)는 6세기 또는 더 일찍이 한국을 통해 유입되었다. 8세기까지 일본어로 쓰인 아무런 작품도 없었으며 구전 일본 문학은 한자에 기초한 표기수단을 사용함으로써 8세기 경에야 겨우 기록되어졌다. 한국에서처럼, 때때로 한자는 구어 일본어의 실질적인 의미를 나타내기 위한 어표 가치에 사용되었다. 그 외에 때때로 중국 문자들은 일본 음운의 소리를 표현하면서 단지 음가만을 지녔다. 가토 슈이치의 설명에 의하면,

고유 일본 문자인 가나(仮名)가 발명되고 채택된 것은 9세기 이후부터였으며, 이런 관점에서 초기 헤이안 시대는 일본어 표기에 있어 전환점을 이루었다.

그들 자신의 언어를 쓰기 위해 한자를 사용한 일본인들은 또한 중국시와 산문 원전을 일본식으로 읽는 방법을 고안하였다. 가에리텐(返点) - 일종의 읽는 표시 - 의 사용으로 인해 문장의 정확한 단어 배열이 이루어졌으며, 개별적인 단어의 어형변화와 단어의 종결이 오쿠리가나(送仮名) - 다른 종류의

읽는 표시―에 의해 나타내어졌다. 중국어를 '번역하는' 이러한 수단을 사용함으로써, 일본인들은 또한 중국언어로 그들의 시와 산문을 쓸 수 있었다. 따라서, 7세기에서 19세기까지 일본 문학은 일본어와 중국어(또는 적어도 중국어의 일본어판), 두 가지 언어로 쓰여졌다.[14]

일본인들에 의해서 그러나 한자로 창작된 고유문학은 한시(漢詩)―중국시―와 한문(漢文)―중국 산문―으로 불리었다.

중국―한국―일본 문학이 어떻게 전통적인 비교문학적 접근의 일부를 수용하느냐에 관한 몇몇 글들이 지금 준비되고 있다. 대부분의 동―서 비교문학 연구와는 달리, 동아시아 비교 연대 도표(부록을 참조)를 잠시 보는 것만으로도 이 세 나라의 다양한 20세기 이전 시대들이 얼마나 밀접하게 서로 관련되어 있는지를 즉각 알 수 있다.

한국 또는 일본 문학 역사의 어느 부분에서나 나타나듯이 이 두 나라에 있어 중국어와 중국 문학의 영향력은 실로 엄청난 것이었다. 한국과 일본 작가들은 시경(詩經), 초사(楚辭), 당시(唐詩), 짧은 글과 소설과 중국으로부터의 다양한 순문학을 모방했을 뿐만 아니라, 그들의 모방 또한 한자로 이루어졌다. 이것은 시를 짓는 데 희랍문자와 운문 형식을 사용한 영국의 희랍식 시와 어느 정도 유사할지도 모른다. 나중에 그들은 더 나아가 많은 중국 고전을 번역하는데 각자의 새로운 필사를 사용하였다.

장르 연구를 할 때, 만약 있다면, 무엇이 한국의 가사(歌辭)와 시조(時調) 그리고 일본의 와카(和歌)와 하이쿠(俳句)에서 발견할 수 있는 전통적인 중국의 양식들―예를 들면, 부(賦), 고시(古詩), 율시(律詩), 절구(絶句), 배율(排律)―을 가능하게 했는지를 조사하는 것은 특히 흥미있을 것이다. 물론 그 작업은 중국의 장르를 서구의 양식, 시에 비교하거나 반대로 서구의 양식, 시를 중국의 장르와 비교하는 것보다 훨씬 가치있는 일이다.

양식 연구에 밀접히 관련된 것은 주제 연구를 통한 접근이다. 중국, 한국 그리고 일본의 시(서구문학과는 별개의 매력을 가지고)의 주제의 전 영역을 다루기 위하여, 피터 H. 리의 『연속성에 대한 찬양 : 전통 동아시아시의 주제』는 물론 영어로 된, 특히 한국 문학의 전망에 대한 가장 가치있는 지침서이다. 그는 다섯 가지 주제(치하, 자연, 사랑, 우정 그리고 시간)와 각 주제에 딸린 소주제를 다루었다. ; 그의 글 서문을 약간 발췌해 보면 그의 접근방법을 알수 있다.

일본과 한국시에서의 소주제의 일부는 중국시에서 기원한 것이다. 예를 들면, 하늘 시내(은하수), 구름과 비, 도화가 만발하는 봄, 국화, 그리고 다섯버드나무 등인데 마지막 세 가지 예는 도잠(陶潛)의 시에 나오는 것이다. 이것들은 처음에는 한자로 쓰여진 글에 사용되었으나, 후에는 자국어로 쓰여진글에 등장했다. 아름다운 예술에서 비친숙함에서 친숙함으로의 변형이 어려운 것과는 달리…, 용어의 언급, 도화 만발하는 봄은, 예를 들면 몇몇 이미지-복숭아꽃, 어부, 시냇가-또는 이러한 이미지들의 결합에 의해 연상되어질수 있었다.

어떤 선호된 주제들은 일반적이고 영원한 테마에서 비롯된 것이다. ; 그러나 그것들은 또한 그 시대의 철학적, 정치적 그리고 미학적인 관심, 역사와시의 조우를 드러낸다. 유교가 공식적인 정치사상이었고 사회에서 관료직이높은 명예를 지키던 때, 중국 특히 이씨 왕조의 많은 자연시들의 불완전한 명제들은 참여와 물러남의 상대적인 가치, 도시생활, 명성보다 전원생활에의 선호를 포함한다. 중국과 한국에서는 매우 현저했었던 어떤 선호된 주제들과 소주제의 일본에서의 상대적인 부재는 그 나라의 제도, 믿음 그리고 문학적 기호라는 측면에서 차이점을 드러낸다. 예를 들면 전원시와 「소주제 내에서 인간을 발견할 수 없는 것」으로서의 찬양시의 유형은 대체로 결여되어 있다. ;유가-도가의 양 시각에 근거해서 성립된 은거시, 특히 현인으로서의 낚시꾼에 대한 소주제 ; 우정시-송별시, 이별시, 술에 관한 시 그리고 쾌락시 ; 그리고 비차별주의로서의 도가들의 그러한 시간관. 거기에서 유명한 칙선집들이 드러내듯이 계절시와 사랑시가 우선이다.[16]

버튼 왓슨의 번역인 『한자로 창작된 일본 문학 : 초기 일본인 작가들에 의한 한시와 한문』(I)과 『한자로 창작된 일본 문학 : 후기 일본인 작가들에 의한 한시와 한문』(II)은 일본인의 관점에서 봤을 때 모두 유익하다고 그는 말한다.

     한시는 길이에 관계없이, 일본에서는 다루어질 수도 없었거나 일본의 관습에 의해서 다루어지지 않았던 어떤 주제를 다루는 데에 매개체로서 사용되어지는 역할을 하였다. 초기에 훨씬 주제가 다양했다 할지라도, 헤이안 시대까지 일본시는 간간이 종교적인 경향의 작품을 보이면서, 거의 전적으로 사랑과 자연이라는 주제에 한정된 것 같다. 고대 일본의 사랑시는 심리적인 섬세함과 대단히 서정적인 아름다움으로 유명하다. ; 한시로 사랑의 주제를 다룬 시도가 거의 없었고, 매우 관습적이고 개별적인 중국 사례의 모방이 아니었다는 것은 매우 의미있는 일이다. 일본인들은 전에도 그러했겠지만, 낭만적인 정서의 표현을 위하여 그들의 자연시가 더욱 우수한 매개체임을 깨달았다. 반면에, 자연은 한시뿐 아니라 일본시에서도 광범위하게 취급되었으나 여기에서 두 매개체간의 취급이 너무 달라서, 생략적이고 인상주의적인 일본시와 직접적이고 섬세하고 습관적인 적절한 대응으로 전개되는 중국시가 서로 경쟁하기보다는 오히려 보완적 역할을 하는 것처럼 보인다. 시인들은 이렇게 자연경관의 아름다움을 묘사하려고 선택한 매개체에 의존하면서 매우 다른 문학적인 효과를 창출할 수 있었다. 게다가 종교적이고 철학적인 숙고는 두 매개체에서 모두 발견된다. 비록 한시가 그 무제한적인 길이 때문에 확실히 복잡한 지적인 표현을 위한 더 적합한 매개체임에도 불구하고 말이다. 끝으로, 적어도 초기 이후, 일본시들이 주제에 있어 너무 제한적이어서 정치, 사회비판, 서민의 궁한 생활, 또는 매일의 가족생활을 나타내는 작품들은 전적으로 다만 한시를 통해 다루어질 수 있었다는 것이 제기되기도 한다.[17]

아마 양식과 주제 연구를 통한 접근의 실효를 가장 잘 요약하는 방법은 중국 형식에 따라 한자로 쓰여진 한국과 일본 작가들의 몇몇 시를 인용하는 것이다. 사람들은 한국과 일본 작가들을 유익하게 비교할 수 있을 것이다.
그러나 나의 전망은 중국적인 관점에서 비롯된다. 여기에 정지상(鄭知常,
1135년 사망)이 이별에 대하여 읊은 시가 있다. :

雨歇長堤草色多
送君南浦動悲歌
大同江水何時盡
別淚年年添綠波

한 차례 비가 온 후 긴 제방 위에
풀들이 무성하다.
슬픈 노래로 나는 너를
남포로 떠나보낸다.
대동강물은
언제나 다 흐를 것인가?
해마다 내 눈물은
물결을 더할 텐데.

이 교수의 비평에 의하면 강은 슬픔을 상징하며 그 커다란 슬픔은 '대동
강의 원천'이 되는 눈물을 통한 과장된 표현에 이른다.[18] 정지상의 시는 7언
절구이며 역시 7언절구인 이백(李白)의 「맹호연을 광릉으로 떠나보내며」(送
孟浩然之廣陵)와 형태와 주제에서 매우 일치한다.

故人西辭黃鶴樓
煙花三月下揚州
孤帆遠影碧空盡
惟見長江天際流

서쪽으로 떠나는 친구는
황학루에서 작별을 고한다.
삼월달 연무 속을 지나
양주로 내려간다.
그의 외로운 돛의 그림자가
푸른 허공 속으로 아득히 자취를 감춘다.
지금은 오로지 하늘 끝으로 흐르는
장강만이 보인다.[19]

이백의 시에서 「푸른 허공」과 「장강」 사이의 거대한 공간적 차이는 시간의 흐름이 어떻게 두 친구를 또한 멀어지게 하는가를 미묘하게 암시한다.

초기 일본 한시의 가장 저명한 작가인 스가와라노 미치자네(菅原道真, 845~903)에 의해 한층 유랑과 무상이 신랄하게 더해진 채 유사한 주제가 표현된다. 그 시는 또한 7언절구(901년에 쓰여짐)이며 「구월 십일」(九月十日)이라고 제목 붙여져 있다.

去年今夜侍清凉
秋思詩篇獨斷腸
恩賜御衣今在此
捧持每日拜餘香

나는 작년 오늘밤
청량궁에 참석해서
추상(秋想)에 관한 시로
나의 슬픔을 이야기했다
나는 지금 여기에서
그날 밤 임금께서 하사하신 옷을 지니고 있다.
매일 그 옷을 경건하게 안아들고
그 오래도록 계속되는 향기에 고개를 숙인다.[20]

한자, 가나와 오쿠리가나의 결합에 의한 일본적인 형태의 시는 가와구치의 1966년판에 나타났듯이 아래에 다시 만들어진다.[21]

　　去にし年の今夜清涼に侍りき
　　秋の思ひの詩篇独り腸を断つ
　　恩賜の御衣は今此に在り
　　捧げ持ちて日毎に余香を拝す

고독한 외로움의 주제는 마지막 두 예에서도 나타나는데 두 편 모두 7언 절구이다. 첫 번째는 한국의 시인 최충(崔沖, 984~1068)의 작품이다.

　　滿庭月色無煙燭
　　八座山光不涷賓
　　更有松絃彈譜外
　　只堪珍重未傳人

　　나의 정원에 비치는 달빛은
　　연기 없는 촛불이다.
　　내 방에 언덕 위의 무언가 비치는 것은
　　나를 찾아오는 손님이구나.
　　소나무현이 제멋대로의 선율을
　　즉석에서 자아낸다.
　　누군가에게 전할 수 없다면
　　나 홀로 소중히 그리워하리라.[22]

다음 시는 다시 스가와라노 미치자네의 시이며 「등불이 꺼지다」(燈滅一絶)라는 제목이 붙여져 있다. 이 시는 동명 제목을 지닌 두 편의 시 중 첫 번째의 것이며 그가 죽기 몇 달 전, 902년에 쓰여진 것이다.

脂膏先盡不因風
殊限光無一夜通
難得灰心兼晦迹
寒窓起就月明中

바람이 아니었다.
기름이 다 떨어졌다.
나는 밤새 나를 볼 수 없게 하는
등불을 싫어한다.
몸을 진정시키기 위해
마음을 태운다는 것은 얼마나 어려운가?
나는 일어나서 차디찬 창문 옆
달빛 속으로 나왔다.[23]

나는 위의 나의 분류에 따라서, 토의가 가능한 약간의 문제들을 제기하면서 나의 글을 결론짓고자 한다. 주제와 양식을 고려할 때, 인용된 시들이 실상 한자와 중국형식으로 쓰여졌는데, 그런 시들이 중국 전통시의 비평가들 사이에서 어떻게 평가되는가? 이 교수에 따르면, 「이정구」(李廷龜, 1564~1635)의 작품들은 한국뿐만 아니라 중국에서도 잘 알려졌을 뿐만 아니라, 중국에서 상상력의 신선함과 고귀한 정서 때문에 명나라 비평가들에 의해 이구동성으로 칭찬을 받았다.」고 한다.[24] 일본시에 관해서, 왓슨 교수는 도쿠가와 시대(17세기~19세기)의 「일본작품에 관해 중국인이 진지한 언급을 한 것은 19세기 후반부터였다.」고 말한다. 청나라 학자인 유월(1821~1907)은 「도쿠가와 시대의 많은 시인들에 대해 열렬하고 아낌없이 칭찬하며」 그 시대 시인들에 의해 쓰여진 한시의 선집을 편찬하였다.[25] 한국인과 일본인 작가들이 기교적인 능력 이상을 지녔으며 그들은 정말로 그들의 고유한 정서와 가장 깊숙한 내면의 느낌을 소통시킬 수 있었는가? 왓슨 교수의 글에서처럼, 그들의 작품은 「중국 비평가들에 의해 검증되어진다 해도 중국 작가들의 작품에 필적할 만큼 충분히 완성도가 높은 것」인가?[26] 일반적으로 말해 더욱 개인적인 느낌은 고유어로 표현되어진 반면에 공적이고 공식적인 성격의 작품을 나타내기 위하여 한자가 사용되었는가? 특히 특정한 시 형태(예를 들면 한국의 시조와 일본의 하이쿠)가 너무 독특해서 한자로 된 어떤 것도 그 고유의 섬세함을 효과적으로 나타낼 수 없었는가?

영향관계와 시대의 문제에 있어, 한국과 일본에서의 심오하고 오래된 중국 문학의 존재가 진정 이익이었는지 아니면 고유 문학의 발전에 오히려 역효과를 낳았는지에 관해 학자들은 의견이 나뉜 것 같다. 사실 어떻게 개별적인 한국인과 일본인 작가들이 그들 각자의 고유한 전통과 다양한 중국의 영향력 사이의 갈등에 반응했겠는가? 어떻게 문학작품의 이식이 실지로 일어났겠는가? 한국인과 일본인 시인들에 의한 중국의 저명한 인물, 명소, 역사적인 사건에 관한 빈번한 언급이 독립적인 문학의 독창성을 조성하는 데에 도움이 되는 것 같지는 않다.[27] 반면에, 아마 왓슨 교수가 일본 문학에 대해 언급한 것은 또한 한국 문학에도 적용될 수 있을 것이다. 그는 적극적으로 접근하고 있다.

> 섬나라의 편협함을 뛰어넘어 중국 문화의 더 큰 영역에 어느 정도까지 참여하는 결정을 한 초기의 사람들을 찬양하며, 나는 또한 그러한 노력에서 생겼을지도 모르는 이점에 관해 평가를 하고 싶다. 무엇보다도 우선, 외국어로 작품을 쓴 일본인의 시도가 그들 자신의 언어와 문화의 특성과 독특한 탁월함에 대해 그들이 더욱 의식하고 감사하게 만들었다는 사실은 분명하다. 게다가, 그것은 그들이 더욱 기꺼이 댓구와 같은 중국의 문학 수사법뿐만 아니라 중국 문학의 주제와 생각을 흡수하게 하였으며, 그리고 그들에게 고유문학을 채택하게 하였다. …… 중국 문학은 고유 전통을 정제하는 효과를 낳았고, 라틴어가 유럽의 여러 국가의 모국어문학을 풍성하게 했듯이, 일본어를 더욱 풍부하고 더욱 효과적인 문학 표현의 매개체로 만드는 효과를 낳았다.

게다가, 그것은 때때로 모국어로 쓰여졌다면 아마 이룩되지 않았을지도 모를 절실히 느껴지는 중요한 문학작품의 창작을 이끌었다. …… 내가 생각하기에 더욱 중요한 것은, 한시와 그리고 한문을 문학적 장치로써 사용한 다른 장르들이 중국 비평가들에 의해 어떻게 간주되었는지에 관계없이 중국 원형의 단순한 모방이나 학술 활동의 수준을 넘어섰는지, 만약 그렇다면 그것들이 나타내는 특별한 성격과 가치는 무엇인지에 관하여 탐구하는 것이다.[28]

끝으로, 학제적 접근에 관하여, 나는 비교문학 연구를 문학사나 문학 이론 속에서 더욱 칠저하게 하기 위한 특별한 노력이 행해져야 한다고 생각한다. 현대적이고 전통적인 접근은 서로간의 이해틀 통해 더욱 깊게 접근하기 위하여 검증되어야만 한다. 일본의 경우 특히, 얼 마이너와 같은 현대 일본학 학자의 통찰력이 중국인 학자들이 비교문학 연구에 관한 그들의 관점의 일부를 재공식화하는 데에 도움을 줄 수 있다는 것은 놀랄 만한 일이 아니다.[29] 전통적인 문학이론에 있어서, 한국과 일본인 학자들과 비평가들—초기의 진취적인 동양세계의 비교연구가들—이 중국에서 발견한 홍미 있는 새로운 문학적인 발전에 관하여 생각하고 썼다는 사실을 상기하는 것은 아마 가치 있는 일일 것이다. 예를 들면, 유명한 승려이며 학자인 구카이(空海, 다른 이름으로는 고보 다이시 〈弘法大師〉로 알려짐, 774~835)는 「중국의 6국과 당나라 시대의 시이론서에 대한 광범위한 독서를 통하여…」 시를 작성하는 법칙을 조직화하였다. 그의 자료의 풍부함은 오늘날 남아있지 않은 많은 시들을 그가 인용하고 그 시들이 오로지 그가 인용한 것을 통해서 알려졌다는 사실로부터 판단될 수도 있다. 그토록 광범위한 시이론은 심지어 중국 당나라에서조차도 생성되지 못했다. 그리고 이것은 기원전 60년의 호레이스로부터 17세기의 보알로에 이르기까지 서구의 시이론사에도 마찬가지로 적용된다.[30]

우리가 중국—동아시아 비교문학 연구의 모형으로서의 많은 유명한 문학

작품과 비평 작품의 예를 갖는다는 것은 정말 다행스러운 일이다. 더 실용적인 차원에서, 그리고 위에서 언급된 모든 것들의 당연한 결과에 의해, 여기에서 제시된 프로그램은 동양어와 동양문학을 대학 교과과정에 조직적이고 점진적인 방법으로 소개하는 것의 중요성을 강조하고 있다. 처음으로 그리고 변화에 의해서 번역에 대한 현명한 선택이 이루어져야 한다. 그 중요성은 과소평가되어서는 안 된다. 한 국가의 문학과 문학이론의 역사는 비자국인뿐만 아니라 도서목록의 편집과 문학관념 그리고 용어 해석에 의해 명백해지는 술어학을 위하여 간행되어야만 한다. 교사와 학생의 교환 프로그램도 늘어나야만 한다. 비교문학 조직과 회의도 진흥되고 더욱 공식화되어야 한다. 연구와 출판도 동료 비교학자들에 의해서 정기적으로 시행되어야만 한다. 나의 목적은 단지 그러한 영역의 일부를 소개하고, 더 나아가 이 영역을 더욱 알차게 탐구하기 위하여 학문적인 논의를 촉구하는 것이다.

▨ 주

(1) 해리 레빈, 「비교의 관점이 아니면 문학연구가 없겠는가?」. 이번 비평은 1982년 3월 1일~4일 홍콩의 중문대학에서 개최된 동서양 비교문학에 관한 제 2차 홍콩 회의에서 제시된 그의 중요 발표에 기반을 둔다.

(2) 피터 H. 리. 『연속성에 대한 찬양 : 동아시아 전통시의 주제』(Cambridge, Mass. & London : Harvard University Press, 1979), pp.213과 3.

(3) 『담강 비평』, 4, No.2(1973, 가을), pp.157-166 참고.

(4) 최근에 동아시아에서 학자와 문학작가들의 수많은 학술대회가 열렸다. 1982년 겨울, 홍콩 대학이 14차 총회와 동남아시아 고등교육협회연합(ASAIHL) 세미나를 개최했는데, 그 주제는 「ASAIHL대학에서의 문학 강의」였다. 많은 논문들이 비교학적인 특성을 가지고 있다는 것을 듣게 된 것은 매우 기쁜 일이지만 동시에 식민주의가 수많은 동남아 국가들에 매우 심각하게 영향을 미쳐왔다는 것을 깨닫는 것은 당황스럽다. 이 간단한 서술과 다른 문학적 행사를 위해 Asiaweek 1983년판, 1.14, 42-44; 2.11, 40~41; 5.6, 55-57; 6.3, 54-55; 6.17, 58-59 참고.

(5) 『극동경제 비평』은 노먼 베일리의 글을 인용한다. : 「세계의 경제무게 중심이 빠르게

태평양 유역으로 이동하고 있다.」(7.14, 1983,55). 그리고 유명한 역사학자인 아놀드 토인비는『세계의 절반 : 중국과 일본의 문화와 역사』에서 주장한다. :「21세기가 인류 역사의 동아시아 시대가 될 것임은 놀라운 일이 아니다.」(London : Thames & Hudson, 1973), p.11.

(6) 나의「아시아의 문학과 사회발전에 관한 비교학자들의 전망」『계간 아시아문화』, 6, No.2(1978, 여름) pp.3-32 참고. 같은 주제에 관해 흥미로운 재료의 수집을 위해서는, 『동남아시아의 사회와 문학에 관한 에세이 : 정치적, 사회적 관점』, (담성채 편집, Singapore : Singapore University Press, 1981) 참고.

(7) 로버트 J. 클레멘트,『학문으로서의 비교문학 : 원칙, 관례, 규범의 진술』(Newyork : The Modern Language Association of America, 1978) pp.33-34.

(8) 비교를 위한 다른 흥미있는 영역은 중국 문학과 티벳, 몽고와의 관계가 될 것이다. 그리고 만약 영국 대(對) 미국의 문학이 진지하게 비교연구의 주제로 제안된다면 — 예를 들면, 헨리 기포드,『비교문학』(London : Routledge & Kegan Paul, 1969) pp.80~89 참고. — 그 경우에 왜 세계의 다른 지역에서 번성했던 다양한 표현의 중국 문학은 연구 대상이 될 수 없는가?

(9) 영어 소재는 말할 것도 없고 중국, 한국 그리고 일본에서 아시아 내부의 문학 주제에 관해 나타내는 출판물의 수가 증가하고 있다. 이 회의의 아시아 내부 비교문학 연구 명부의 수많은 참여자들은 이 분야에 대한 관심이 커져감을 증명한다.

(10) 이 단락의 대부분의 고찰들은 이하윤 박사의「한국문학에의 비교 접근」,『국제비교문학협회 3차회의 의사록』, (The Hague, The Netherlands : Mouton & Co., 'S-Gravenhage, 1962) pp.215-23.에서 부연설명된다.

(11)『한국문학 : 표제와 주제』, (Tucson : The Yniversity of Arizona Press, 1965), p.5. 또한『한글』, (Seoul : Korea Background Series, Korean Overseas Information Service, 1973), 부분 참고.

(12) Der Grosse Herder (V, 685), in Lee, Korean Literature p.28에서 인용.

(13)『한글』, p.14.

(14)『일본 문학의 역사 : 첫 번째 천년』, (데이비드 칩 역, London : The Macmillan Press, 1979) p.6. 한자, 가나 그리고 오쿠리가나의 실례를 p.13 하단에서 참고.

(15) 여기서 나는 이 교수에게 고마움을 표시하고 싶다. 그의 고무적인 책뿐 아니라 이 모임 이전에 하와이 대학에서 그와 가졌던 격려가 된 인터뷰에 대해서. 이 교수는 15년 이상 동안 아시아 연구 협회에서 아시아 내부의 문학적 주제들에 관한 세미나를 조직해 왔다. 그는 현재 "동아시아 문학의 맥락에서의 한국문학"이라는 주제하에 서울에서 그가 조직했던 1983년 모임의 의사록을 발행하는 데 참여한다. 회의의 이해를 위해 중국어로 쓰여진, 杜國淸,「會外雜思 : 寫在「韓・中・日文學比較會議之後」, 中國時報

(七月五日, 七十二年), 第八版 참고.

(16) 『연속성에 대한 찬양』 pp.2-3.

(17) (Newyork & London : Columbia University Press, 1975), Ⅰ.11-12.

(18) 『연속성에 대한 찬양』 p.149. 이 교수는 또한 그 시의 번역자이다.

(19) 『해바라기의 광채 : 중국시의 삼천 년』, (폴 크롤 역, 유우석·어빙 유쳉 로 공편, Bloomington : Indiana University Press, 1975) pp.101-102.

(20) 왓슨, Ⅰ,112. 왓슨은 두 번째 줄에서 정보를 주는 註를 또한 제공한다. : "「가을 상 념에 관한 시」는 사이고(醍醐) 천황에 의해 정해진 주제로 쓰여졌는데, 자신에게 주어진 영예에 대해 미치자네의 불편함이 나타난다. 그리고 자신과 16세의 천황 사이의 큰 나 이차에 대해서도 불편함이 나타난다. 마치 그 다음해 자신에게 올 재앙에 대한 예감을 미리 가지는 것처럼. 여기의 시는 특히 군주를 향해 표현된 경외심 때문에 미치자네의 가장 존경받는 작품들 중의 하나이다. 가와구치 교수는 이 시가 758년에 지어진 「동지 무렵 의기양양함을 드러내며」라는 제목이 붙은 두보의 7언율시 두 편 중 둘째 것과 매 우 유사하다고 지적한다. 일반적으로 두보의 작품들은 헤이안 시대에는 일본에 거의 알 려지지 않은 것으로 여겨진다. 그런데도 두 시의 유사함이 매우 일치하고 있다." 두보의 「동지」 시는 다음과 같다.

> 憶昨逍遥供奉班, 去年今日侍竜顔.
> 麒麟不動炉烟上, 孔雀徐開扇影還.
> 玉几由来天北極, 朱衣只在殿中間.
> 孤臣此日腸堪断, 愁対寒雲雪満山.

그런데, 미치자네는 일본에서 백거이(白居易)의 가장 열렬한 추종자였다. (왓슨, Ⅰ,7 9~80 참고). 한국인 작가 이규보(李奎報, 1168~1241)가 선호한 시인들은 도잠과 매요 정(梅堯廷)이었다. ; 그는 또한 백거이를 본받으려 했다. 이규보가 살던 시기에 한국에서 가장 유명한 중국 시인은 소식(蘇軾)이었다.

(21) 『管家文草管家後集』(스가와라 일가의 원고와 스가와라 일가 두 번째 문집), (가와구 치 히사오 편집, 東京 : 岩波, 1973) p.484.

(22) 『한국 저널』, (김종길 역, 1980,. 8) p.54.

(23) 왓슨, Ⅰ,122.

(24) 『한국 문학』, p.95.

(25) 왓슨, Ⅱ,14.

(26) 왓슨, Ⅰ,7.

(27) 이 문제에 관한 흥미있는 연구가인 니콜라스 존 틸의 『고킨슈(古今集)의 사랑시 : 비

평의 번역, 중국과 초기 일본시의 영향에 대한 연구」, (Diss. The University of Texas at Austin, 1980)에서 발견된다.

(28) 왓슨, Ⅰ,6-7.

(29) 예를 들면, 그의 「일본과 서구 문학비평의 가치 개념」, 『국제비교문학협회 제7차회의 의사록』, (에바 쿠스너 편집, Stuttgard : Kunst und Wissen-Eric Bieber, 1979) pp.625-28. ; 「일본 문학과 비교문학」, 『비교문학과 일반문학연감』, No.30(1981), 21-30 ; 「일본 렌카(連歌)의 이론적인 함의」, 『비교문학연구』, 18, No.3(1981.9) pp.368-78 참고.

(30) 가토, p.104.

제2장 중국 문학과 동방문학

계 선 림

제2장 중국 문학과 동방문학

계 선 림

중국의 근대에 있어서의 외국문학의 연구는 서방문학의 연구로부터 시작되었다. 이러한 연구가 적극적인 성과를 이루었다는 것은 모두가 알고 있고 또 승인하는 바이다. 중국의 5·4 이후의 신문학운동은 서방문화의 크나큰 영향을 받았다. 만일 서방문학의 영향이 없었다면, 우리의 신문학운동의 생성은 상상할 수조차 없다는 것은 주지의 사실이다.

우리 나라는 지구의 동반부에 위치해 있다. 우리와 인접하고 있는 많은 나라에서는 지난 몇 천 년의 역사에 걸쳐서 나름대로의 문학을 발전시켜 왔다. 우리 나라는 이러한 동방국가들과 끊임없이 문학교류를 진행시켜 왔으며 시종 이러한 교류를 지속해 왔다. 이와 같은 까닭에 중국은 당연히 동방문학에 대하여 깊은 연구가 있어야 할 것이고, 일정한 방향의 방대한 연구결과가 있어야 할 것이다. 그리고 많은 연구기관이나 국민들 특히 문학연구자들이 동방문학에 대하여 이해가 있어야 할 것이고, 올바른 비평과 감상의 기회가 있어야 할 것이다. 그러나 사실은 이와 정반대로 우리는 동방문학에 대하여 깊은 연구가 없었을 뿐만 아니라 일정한 방향에서의 연구결과도 연구기관도 많지 않았으며, 문학연구자들까지도 동방문학에 대한 이해가 적었을 뿐만 아니라 감상의 기회도 부족했다. 심지어 일부의 비교적 영향과 지위가 있는 학자나 전문가들조차 겉으로는 동방문학을 중시한다고는 하지만, 실상 속으로는 경시하고 있었으며, 당연하듯이 유럽제일주의를 신봉하고 있다.

이러한 상황은 우리의 국제적 지위와 우리가 하고자 하는 위대한 건설과 전혀 어울리지 않는 바, 이제 변화하지 않으면 안될 시기에 이르렀으며, 용인할 수 없는 단계에 도달하였다.

더욱이 세계문학의 각도에서 보나 비교문학의 각도에서 보나, 우리 나라에서의 동방문학에 대한 연구는 더 이상 늦추어져서는 안될 시기이다. 신흥학과라고는 할 수 없을 정도로 비교문학은 이미 세계를 휩쓸고 있다. 이전에는 영향에 대한 연구나 평행에 대한 연구를 막론하고 기본적으로 모두 서방문학 사이에서 진행되어 왔다. 서방문학의 원천을 놓고 말하면, 히브리문학과 고대 그리스·로마문학에 지나지 않는다. 서방 각국의 문학은 오늘날까지 발전하여 온 결과 그야말로 생기발랄하고 활기찬 전성기에 들어섰다. 이런 문학들 사이에서 비교의 연구를 진행한다면 만족스러운 결과를 얻으리라는 것은 확실한 일이다. 그러나 날이 갈수록 서방의 일부 명석한 학자들이 근친(近親)문학 사이에서만 비교를 한다면, 극히 커다란 제한성을 가질 뿐만 아니라 비교 가운데서 찾아낸 법칙도 세계문학의 발전에 대하여 그다지 큰 지도적 의의가 없다는 것을 점차 깨닫게 되었다. 그래서 서둘러 그들은 시야를 저 멀리 서방문학의 협소한 울타리 밖으로 돌린 것이다. 이 협소한 울타리 밖이란 곧바로 광대한 동방문학의 영역이다. 최근에 이르러 많은 나라의 학자들은 문학의 비교연구를 진행하려면 꼭 동방문학을 포함시켜야 하는 바, 그렇지 않으면 비교의 길을 나아가기가 대단히 어려울 것이라고 호소하고 있다. 이런 견해는 아주 현명한 것이라고 할 수 있다.

동방문학의 범위 내에서 중국 문학이 극히 중요한 지위를 차지하고 있다는 것은 당연한 일이다. 그러나 주지하다시피 중국에서 동방문학이라면, 중국 문학을 포함하지 않고 중국 이외의 동방국가만을 가리킨다. 중국 문학과 동방국가들과의 문학의 관계는 아주 밀접하다. 비교문학의 관점에서 놓고 보아도 매우 중요하고 또 매우 의의가 있는 연구라 할 수 있다. 이 연구에서 우리는 매우 뒤떨어져 있다. 동방문학과 서방문학의 비교를 놓고 말하면 그 의의는 더욱 중요하게 된다. 이 연구를 해가는 과정에서 우리는 세계문학의 발전법칙, 다시 말하면 인류의 모든 문학의 발전법칙을 더듬게 될 것이다. 이는 세계 여러 민족의 상호이해와 세계문학의 발전에 크나큰 도움이 될 것이다. 그러나 이러한 사업을 전 세계적으로 보면 겨우 첫발을 내디딘 것에 불과하다 해야할 것이다. 서방학자들이 동방문학을 연구한다고 하면 필연 우리들에게 일종의 서먹서먹한 느낌을 주게 된다. 이 중요한 사업은 꼭 동서방학자들이 손잡고 해나가야만 하는 것이다. 그러나 이런 협력은 아직 시작되지 않았다고 말해야 할 것 같다.

위에서 제기한 이러한 문제들을 해결하는 방법은 우리 중국에서 동방문학의 연구를 개척해 가는 것이다. 이 점은 국내의 학자들이 모두 인정하는 바라고 생각된다. 위에서도 말했지만, 우리 나라에서 동방문학 연구자들은 규모가 적고 능력도 제한되어 있는 바, 우리 북경대학 동방언어문학계도 예외가 아니다. 그러나 상대적으로 말하면 우리 북경대의 연구인원은 그래도 비교적 집중되어 있고 어종(語種)도 비교적 잘 갖추어진 편이다. 우리 문학계의 문학을 연구하는 연구자들은 이러한 낙후된 상태를 발전시켜나가야 할 절박성을 뼈저리게 느끼고 있다. 그러므로 여러 해 동안 우리는 일부 자료를 각각 수집하여 지금에 이르러 우리의 연구 성과를 먼저 이 『간명 동방문학사』의 형식으로 국내외의 독자들을 포함한 여러분께 삼가 올리는 바이다. 우리는 우리의 부족한 점에 대해 알고 있으며, 우리의 책임도 모르는 바가 아니다. 우리의 책임으로부터 출발하여 졸작이나마 두려움 없이 선뜻 우리의 성과를 내놓았다. 국내외의 독자 여러분은 우리의 최상의 평론자이자 여러분들로부터 사심없는 평론이 있기를 진심으로 기대하는 바이다. 그러면 여기에서 두 가지 문제에 대해 언급하고자 한다. 하나는「동방문학의 범위」이고 다른 하나는「동방문학의 성격—내용과 발전법칙」이다.

제1절 동방문학의 범위

동방문학사에 대해 논하려면 먼저 무엇이 동방문학인가 하고 묻게 된다. 만약 이 개념을 분명히 하지 않으면 이 책의 믿을만한 근거를 잃게 되는 것이다.

보기에는 간단해 보이는 이 문제가 사실상 그다지 간단하지 않았다. 이전에는 아마 그 누구도 여기에 대하여 진지하게 연구한 적이라곤 없는 듯하다. 모두들 동방문학이라면 아주 익숙한 듯이 별다른 의문을 가지지 않았다. 아래에서 우선 이 문제에 관하여 나의 견해를 말하고자 하니 여러분께서는 참고해 주시길 바란다.

「동방」(東方)이라고 하는 것은 이미 지리적 개념을 내포하고 있다. 전지구적 차원에서 볼 때 우리 나라와 이 책에 나오는 나라들은 지구상의 동반구에 위치해 있는 바 「동방」이라고 일컫는 것은 당연한 것이다. 그러나 동반구에 위치한 나라는 이 나라들뿐만이 아닌데, 왜 굳이 이 나라들만 「동방」이라 하는 것일까?

여기에 대해서는 더 깊이 생각해 보아야 될 것 같다.

전 세계에 있어서나 중국에 있어서나 소위 「동방」이란 하나의 역사적 변화과정을 지닌다고 생각된다. 중국만 놓고 보더라도 고대에는 소위 「동방」이란 순전히 하나의 지리적 개념에 지나지 않았다. 그때에는 중국을 중심으로 하여 서쪽을 서방이라 하였고 동쪽을 동방이라 하였다. 인도를 예로 들면, 몇 천 년 동안 중국사람들은 인도를 서방에 속한다고 여겼다. 아는 바와 같이 중국의 불교신도들에게 있어서 인도란 곧 서방극락세계였다. 당(唐)의 고승 현장(玄獎)이 인도에 가서 불경을 가져온 이야기를 쓴 장편 신화소설이 바로 『서유기』였다. 이와 유사한 예는 흔하다.

이러한 상황은 줄곧 답습되어 왔으며 변동도 극히 적었다. 다만, 대외적 교통의 발전 및 지리지식의 구분이 각각 더욱 세밀해졌을 뿐이다. 명(明) 초기에 이르러 사람들의 동서방에 대한 개념은 보다 세밀하고 이전보다 명확해졌다.

중국 이남 대양중의 많은 나라들은 이전에 통틀어 「해남」 「남해」 혹은 「남양」이라고 불렀다. 그 이전의 명칭은 아주 적었으며 남아시아와 동남아시아 국가들을 갈라서 「동양」과 「서양」으로 불렀다. 명사(明史) 제 323권의 『보르네오전』(婆羅傳)에서는 「보르네오」 Borneo는 일명 「부르네이」 Brunei라 하는데, 「동양의 끝이요, 서양의 시작이다」고 하였는데, 여기서는 동서양을 아주 명확히 구분하였다. 유명한 정화(鄭和)가 서양에 다녀온 위업도 서양이라 밝혔다. 그가 다녀온 지방도 사실상 이미 위에서 말한 해남, 남해 혹은 남양의 범위를 벗어나 인노, 아랍연방국 및 아프리카 농부를 포함하였는 바, 이 모든 국가와 지구는 모두 서양의 범위에 속하였다. 정화와 함께 출사(出使)하여 통역을 담당했던 몇 사람들도 유람기를 썼는데 마환(馬歡)의 『영애승람』(瀛涯勝覽), 비신(費信)의 『성차승람』(星差勝覽), 공진(鞏珍)의 『서양번국지』(西洋番國誌)에서도 뚜렷이 「서양」이라는 두 글자를 밝혔다. 그 다음, 명(明)시대에 이르러 또 일부 책에서, 예를 들면 황성증(黃省曾)의 『서양조공전록』(西洋朝貢典錄)에서도 「서양」이라 밝혔다. 가장 주목을 끄는 책은 만력(万歷)년간(1573~1620)의 장섭(張燮)이 쓴 『동서양고』(東西洋考)이다. 그는 동양과 서양을 상세히 구분하였는데, 「서양열국」(西洋列國)에는 캄보디아, 말레이시아, 월남 중남부, 태국, 인도네시아 서부 등지가 포함되고 「동양열국」에는 필리핀, 브루네이 등지가 포함되었다(의역). 여기서 실제로는 브루네이 Brunei를 동서양의 분계선으로 하였다. 장섭의 「서양」은 정화보다 좀 작은 바 인도와 아랍국가는 포함하지 않았고, 아프리카는 말할 필요도 없었는 바 대체로 이전의 해남, 남해 혹은 남양을 경계로 한 듯하다.

명말에 이르러 상황은 변하였다. 이 시기에 지리상의 지식이 한층 넓어지고 해외교통이 더욱 빈번해졌다. 서구에서 온 예수회 전도사들은 유럽, 포르

투갈 등을 대서양(大西洋)이라 불렸고, 인도, 고아 Goa 등을 소서양(小西洋)
이라고 불렸는 바 이로 인하여 서양의 범위는 더욱 확대되었다.

여러 가지 소위 동방과 서방은 중국을 기준으로 하여 확정된 것으로서
「중국중심론」이다.

근대에 이르러 중국을 놓고 말하면 1840년이 아편전쟁 이후부터 이러한
상황은 근본적인 변화를 가져왔다. 이전부터 서방의 식민주의국가들은 이미
동침(東侵)을 개시하였다. 1,2백년 내에 거의 대부분의 아시아가 식민주의자
후에는 제국주의자의 압박과 착취를 받았다. 이때 중국과 기타 아시아 각국
의 민중들은 시야가 전에 없이 넓어졌을 뿐만 아니라 관찰하는 각도도 전혀
달랐다. 소위 동방과 서방도 다시는 중국을 기점으로 하지 않고 유럽을 기점
으로 하게 되어, 결국 「유럽중심론」이 되었다. 이 때에 이르러, 중국·일본
과 한국 등의 나라들은 말할 것도 없고 이전에 우리 중국인들이 서방으로 여
겼던 인도·아랍국가와 아프리카주를 포함하여 모두 동방에 속하게 되었다.

이에 그친 것이 아니라 식민주의와 제국주의의 침략은 또 동방과 서방의
함의를 하나의 지리적 개념으로부터 정치적 개념으로 변화시켰다. 레닌이
많은 문장과 연설 중에서 사용한 「동방각국」 혹은 「동방인민」같은 단어들
중에는 뚜렷한 정치적 함의가 들어있다. 「동부 각 민족 공산당조직 제2차
대표대회에서의 보고」에서 레닌은 다음과 같이 말하였다. 「이 혁명(사회주의
혁명을 가리킴-필자주)은 제국주의의 압박을 받고 있는 모든 식민지, 모든 나
라와 모든 부속국들이 국제제국주의를 반대하는 전쟁이 될 것이다.」 「동방
의 인민민중은 독립적인 투쟁참가자와 생활창조자가 되어 일어나 분투해야
할 것이다. 왜냐하면 동방의 억만 인민은 독립하지 못하고 평등한 권리가
없는 민족으로 이 때까지 제국주의의 대외정책의 약탈대상으로 자본주의 문
화와 문명의 밑거름이 되어왔기 때문이다.(『레닌전집』 제 30권, 인민출판사,
1957, p.137) 여기에서 동방 인민은 아주 뚜렷한 정치적 함의를 갖고 있는 바

압박당하고 독립하지 못한, 평등권이 없는, 제국주의의 약탈대상을 가리킨다. 레닌의 기타 문장과 스탈린의 일부 문장에서도 동방이란 이런 함의를 갖고 있다.

위의 극히 간략한 서술 가운데서 우리는 동방이란 개념은 하나의 역사적 발전과정으로서 결코 한 번 형성되기만 하면 절대적으로 변하지 않는 것이 아니라는 것을 알 수 있다. 오늘 우리가 말하려는 동방문학사란 바로 이 역사발전 결과의 동방의 개념을 가리킨다. 그 중에는 지리적 개념도 있거니와 정치적 개념도 있는 바 양자 중 어느 하나도 무시할 수는 없다.

여기에서 이 기회를 빌어 한 가지 문제를 더 제기하지 않으면 안되겠다. 즉 위의 개념에 따르면 중국은 의심할 바 없이 동방에 속하는데 여기에서 말하는 동방문학사는 왜 중국만이 빠지는 것일까? 사실상 그 중에는 그 무슨 심오한 내용이라곤 없고 예전의 관습에 따른 데 불과하다. 지금 우리 중국에서 동방문학사라든가 동방역사, 동방 무엇무엇이라 하면 일반적으로 중국을 가리키지 않는다. 왜냐하면 첫째, 중국의 문학사, 중국의 역사 등에 대하여 전문적인 학과가 있으며, 배우는 시간이 길고 내용도 풍부하며 우리 모두가 이 방면에 아주 익숙하기 때문이다. 둘째, 만약 억지로 동방문학사, 동방역사 속에 넣는다면, 분량상의 비례의 관계로 요약할 수밖에 없기에 그다지 효과도 없고 쓸모 없기 때문이다. 우리가 쓴 『간명동방문학사』중에 중국 문학사를 포함시키지 않은 원인도 바로 여기에 있는 것이다. 그러나 아래에서 간혹 중국 문학에 대해 언급하게 되는데, 이는 기타 나라 문학과 중국 문학의 관계에 대해 언급할 때 나타나는 것으로서 위에서 말한 것과는 다른 범주에 속하는 것이다. 이유는 이로써 족하다고 생각되어, 애를 써서 다시 해석하려 하지 않겠다.

제2절 동방문학사의 성격-내용과 발전법칙

소위 성격 혹은 내용은 다음의 두 가지 조건에 의해 결정된다. 하나는 한 민족 혹은 한 지역의 여러 민족이 다같이 소유하고 있는 심리적 속성이고 하나는 문학의 표현도구, 언어와 문자이다. 스탈린은 민족의 정의를 다음과 같이 내렸다. 「사람들이 역사상에서 형성한 같은 언어, 같은 지역, 같은 경제생활 및 같은 문자로 표현되는 같은 심리적 속성을 소유한 온전한 공동체이다.」(『스탈린전집』 2권, 1953년 인민출판사, p.294) 여기에서 문화와 심리적 속성의 관계에 대하여 명확히 설명한 것처럼 우리가 같은 심리적 속성을 논하려면 반드시 문화를 논하게 된다. 문화는 이런 심리적 속성의 가장 중요한 표현형식이다. 언어와 문자와 같은 표현도구를 놓고 말하면, 그것은 더욱 뚜렷이 한 개의 민족문학의 성격이다. 아래에서 이 두 가지 조건에 대하여 따로따로 서술하려 한다.

먼저 심리적 속성과 문화문제를 보기로 하자.

지난 몇 천년의 문명사에 걸쳐, 전 세계 각 민족은 서로 다른 지역과, 그 지역에서 수준과 내용상 현저한 차이가 있는 각자의 문화를 창조하였다. 이는 하나의 역사사실로서 부인할 수가 없다. 어느 민족도 전체 문명의 창조를 독점할 권리가 없는 것이다. 사람들은 인류문화 원류(源流)의 구분에 대하여 오랫동안 면밀하게 조사해 왔으나 오늘에 이르기까지도 일치된 이해를 가져오지 못하였다. 영국의 역사학자 A.J.토인비는 이 방면에서 비교적 세밀한 연구를 진행하였다. 그는 전체 인류문명을 21개 문명으로 구분하였는데 이 21개 문명은 결코 같은 시간, 같은 지역에서 출발했을 뿐만 아니라 몇몇의 수수연원(授受淵源) 관계도 포함하였다. 그 후 누군가 이 21개 문명을 조합, 귀납하여 총 수자를 줄이려고 한 적이 있었다. 이러한 사업은 의의 있는 것이겠지만 모두가 제나름대로 해석했지 하나로 통일시킬 수 없었다.

내 개인의 관점으로는 인류역사상의 문화를 4대 문화체계로 귀납할 수 있다고 본다. 여기에서 먼저 「문화체계」란 무엇인가에 대해 말하려 한다. 한 개 민족의 문화 혹은 약간의 민족의 문화가 그 지속된 시간이 길고 또 중단된 적이 없으며 영향이 비교적 크고 기초가 비교적 통일되어 있고 공고하며 색채가 비교적 길고 독립적인 체계를 형성할 수 있다면 「문화체계」라 부를 수 있다고 본다. 이 표준을 가지고 본다면 다채롭고 풍부한 세계문화 가운데 모두 네 개의 문화체계가 있다고 볼 수 있다. 그것은 다음과 같다.

1. 중국 문화체계
2. 인도문화체계
3. 페르샤, 아랍이슬람문화체계
4. 유럽문화체계

이 네 체계는 모두가 역사가 오래고 세계에 거대한 영향을 끼친 문화체계이다. 동방과 서방의 척도(尺度)로 보면 앞의 셋은 동방에 속하고 마지막의 것은 서방에 속한다. 몇 마디 설명이 필요할 것 같다. 어떤 사람은 그것을 이집트와 바빌론의 문화 역시 매우 오래되고 영향있는 문화인데, 왜 단독으로 하나의 문화체계로 될 수 없느냐하고 물을 수도 있을 것이다. 나 자신은 이 두 지방의 고대문화는 이미 중단되었고 또 아랍이슬람문화가 그 중 일부를 계승하였기에 이 문화체계에 넣는 것은 적합하다고 본다. 마찬가지로 미국은 유럽문화체계에 속할 뿐 독립적인 문화체계로는 볼 수 없는 것이다.

이렇게 형성된 문화체계는 한낱 객관적 존재로서 결코 그 누가 주관적 상상으로 꾸며낸 것이 아니다. 우리는 어느 체계가 다른 체계보다 더 우월하다고는 말하지 않는다. 오직 자신만을 문화의 창조자로 「하나님」의 행운아로 간주하고 기타 민족은 모두 자기의 은혜로 살아간다고 여기는 그런 편협한 선민의식을 우리는 반대한다. 왜냐하면 이는 실제상황에 맞지 않기 때문이다.

동방의 세 문화체계 사이에는 그 어떤 차이점과 같은 점이 있는 걸까? 이전에 사람들은 흔히 힘을 기울여 동서방문화를 비교했지, 동방문화에만 전념해서 연구한 사람은 적었다. 어떤 사람은 동방은 정신문명이고 서방은 물질문명이라고 주장하는데 보기에는 간단한 듯하나 실은 두리뭉실한 감을 준다. 중국의 엄복(嚴復)은 동서방문화의 차이에 대해 상세히 분석하였다. 그는 다음과 같이 말하였다.「중인(중국인)은 옛것을 즐기고 오늘을 천시 여기나 서양(서양인)은 오늘로 과거를 초월하려 한다. 중인은 일치일란(一治一亂), 일성일쇠(一盛一衰)를 세상변화의 법칙으로 삼으나, 서인은 끝없이 발전하고 흥성하면 다시 쇠퇴하지 않고, 다스리면 다시 일어나지 않은 것을 당연한 도리로 삼는다……. 중인은 삼강(三綱)을 제일 중시하나 서인은 평등을 제일로 여긴다. 중인은 친척을 천거하나 서인은 재간있는 자를 천거한다. 중인은 효(孝)로 천하를 다스리나 서인은 공(公)으로 천하를 다스린다 ; 중인은 황제를 우러러 받들고 서인은 백성을 후하게 대한다. 중인은 하나의 정치로 같이 살아나가는 것을 중히 여기고 서인은 부동한 정치로 파벌을 갈라서 할거하기를 즐긴다. 중인은 거리낌이 많으나 서인은 드러내 놓고 평론한다. 재물을 놓고 말하면 중인은 아껴씀을 중시하나 서인은 더 모으기에 애쓴다. 중인은 순박함을 찬송하고 서인은 환락을 추구한다. 물건을 받을 때면 중인은 겸손과 사양을 미덕으로 삼지만 서인은 유유자적한 편이 많다. 중인은 예절을 숭상하나 서인은 편리를 즐긴다. 학업에서는 중인은 박식을 자랑하나 서인은 새 지식을 중히 여긴다. 재해를 입었을 때는 중인은 하늘에 맡기나 서인은 자신의 힘을 믿는다.」(『論世變之極』) 이러한 대조는 자세하고 알맞기는 하지만 너무나도 잡다하고 줄거리가 없는 듯한 감을 준다. 중국 근대 이외에도 일부 학자들이 동서문화의 차이에 대해 논술한 것이 있지만 구태여 일일이 말하지는 않겠다.

세 동방문화체계사에도 차이가 있다. 여기에서 중국과 인도의 차이에 대해서만 말하려 한다. 중국과 인도 양국은 몇 천년의 문화교류의 역사를 갖고 있다. 이전에 중국의 적잖은 사람들이 이미 양국간의 차이에 주의를 돌리고 있었다. 단 하나 예를 든다면 송대 찬녕(贊寧)의 고승전(高僧傳) 제 27권 「석함광전」(釋含光傳)의 「계」(系)에서 다음과 같이 말했다. 「서역은 불법(佛法)의 뿌리요, 동하(東夏)는 전해 오는 지엽(枝葉)이라. 세인은 지엽만 알고 근간은 모르니, 땅을 일구어서 역시 뿌리를 내리게 하고 줄기를 자라게 함을 모르는 도다. 보리수(尼抱律陀樹)가 이런 줄로 아노라. 동인(東人)은 이익에 민감하여 어떻게 알겠는가? 진인(秦人)은 생략하기를 즐겨서 언어가 적고 하나의 말에 여러 가지 뜻이 있기 때문이요, 서역인은 순박하니 어이 알겠는가? 천축은 번잡한 것을 즐겨서 언어를 살펴보면 중복되는 것이 많아 뒷부분에 가서야 깨닫게 되는도다. 이로부터 보건대 서인은 읽는 데 능숙하고 동인은 알아듣는 데 능숙하도다.」(『대정신수대장경』〈大正新修大藏經〉제 50권, p.879) 여기에 「서역인」은 인도인을 가리키고 「진인」과 「동인」은 중국인을 가리킨다. 찬녕은 문화와 사고방식으로부터 중국과 인도의 차이를 비교하였던 것이다.

금세기 20년대에 이르러 또 일부 사람들이 동서문화와 그 철학에 대해 연구하기 시작하였다. 여기에서 말하는 「서」란 곧바로 인도를 가르킨다. 이는 역사상 중국을 중심으로 하여 확정된 위치(方位)로서 후에 유럽을 중심으로 하여 확정된 동서의 개념과는 다른 것이다. 이 문제는 본문의 첫째 부분에서 이미 상세히 서술한 바가 있다.

위에서 말한 것은 차이점에 관한 것이다. 그러나 또한 공통점도 있다. 그럼 이런 공통점은 어디에서 오는 걸까? 한 민족으로 놓고 말하면, 그것은 같은 심리적 속성에서 유래된다. 하나의 문화체계 내의 몇몇의 민족들의 차원에서 말할 것 같으면 그것은 각 민족들간의 공통된 심리적 속성으로부터 유래해서 다시 그것에 민족들 사이의 상호 영향이 첨가된다. 동방의 3대 문화체계 사이의 공통점은 과거에는 그다지 뚜렷하게 나타나지 않았다. 그러나 근대식민주의와 제국주의의 침략을 받은 후에는 거의 모든 동방국가가 압박받고 착취받는 지위에 놓이게 되었다. 이러한 정치적 상황에서 조성된 공통점은 뚜렷하고 강렬했던 것이다.

위에서 말한 적이 있지만, 문화체계의 기초는 통일되어 있었고 공고하였다. 그러나 이는 상대적인 것에 지나지 않는다. 한 민족의 문화는 부단히 변화하고 발전하여 부단히 외래의 영향을 받는다. 즉 소위 문화교류를 하는 것이다. 매개의 문화체계도 마찬가지인 것이다. 동방 3대 문화체계사이에서도 교류활동은 아주 빈번하였다. 매개 문화체계 모두가 주고 받는 가운데서 자체를 풍부히 하고 발전의 생기가 넘치게 하였다. 문화교류는 세계문화의 발전을 밀어나가는 기본동력으로서 어느 문화체계사를 막론하고 폐쇄적일 수 없었다. 폐쇄적인 문화는 발전전도가 없는 것이다.

위에서 말한 문화체계의 발전상황 혹은 법칙에 근거하여 아래에 한 민족의 문화발전의 법칙에 대해 서술하려 한다. 한 민족의 문화발전을 세 단계로 나눌 수 있다고 생각한다 : 첫째로, 본 민족의 공통의 심리적 특성을 기초로 하여 점차적으로 형성된 문화성격을 근거로 하여 독립적으로 발전하는 단계 ; 둘째로, 외래의 영향을 받아들여 하나의 큰 문화체계 내에서 문화교류를 진행하며 때로는 큰 문화체계 밖의 영향도 받아들이는 단계 : 셋째로, 본 민족의 문화를 기초로 하고 외래문화를 보충으로 하는 문화혼합체 혹은 회합체(匯合體)를 형성하는 단계이다. 이 세 단계는 그저 대체로 이러할 뿐이지 꼭 틀에 맞는 것은 아니다. 이러한 발전은 복잡하게 서로 뒤엉켜 있는 것으로서, 어느 한 단계에 영원히 머물러 있는 것은 아니다. 끊임없이 앞으로 전진하는 것이다.

문화와 문화교류에 대해서는 이만 말하고 아래에 문학에 대하여 서술하려 한다. 문학은 문화의 중요한 표현형식으로서 문학의 발전법칙 역시 문화의 발전법칙을 벗어날 수는 없는 것이다. 그러므로 한 나라 한 민족의 문학 역시 대체로 아래의 세 단계로 나눌 수 있다고 본다. 첫째로, 본국·본민족의 상황에 의거하여 독립적으로 발전하는 단계. 여기에서 민간문학이 아주 큰 작용을 하는 바 많은 새로운 것들은 먼저 민간에서 유행된 다음 정통(正統)문화의 발전제도에 들어서게 된다.

둘째로, 본 문화체계 내의 기타 나라와 민족의 문학의 영향을 받는 단계. 본 문화체계 외의 영향도 때때로 침입한다. 셋째로 본국·본민족의 문학발전 성격을 기초로 하여 다소간 외래문학의 색채를 띤 새로운 문학을 형성하는 단계이다. 문화의 회합과 마찬가지로 문학의 상호교류와 영향 역시 굉장히 복잡한 것이다. 이 세 단계는 그저 하나의 테두리에 불과하다.

문화와 마찬가지로 같지 않은 나라와 민족의 문학 사이에도 공통성도 있고 개성(個性)도 있는 것이다. 공통성은 인류공동의 사유법칙의 제한을 받는다. 개성은 차이점에서 표현되는데, 이점에 고금중외(古今中外 – 어제와 오늘, 중국과 외국)의 적잖은 사람들이 관찰을 하여왔다. 여기에서 하나의 예만 들려고 한다. 독일의 위대한 시인 괴테는 중국 문학을 포함한 동방문학을 아주 애호하였다. 1827년 1월 31일. 그는 에크만과의 대화에서 한창 「중국전기」(「풍월호구전」〈風月好逑傳〉)을 읽고 있는 중이라고 하였다. 이를 화제로 삼아 괴테는 그 자신의 중국 문학에 대한 견해를 내놓았다.

「중국인은 사상·행위·감정 방면에서 거의 우리와 다른 점이 없는 바 우리들로 하여금 그들도 우리와 한 부류의 사람이라는 것을 느끼게 한다. 다만 그들의 모든 것이 우리보다 더 밝고 더 순결하고 더 도덕적으로 보일 뿐이다. 그들에게 있어서는 모든 것이 이해될 수 있고 접근되기 쉬우며, 강력한 정욕과 들끓어 오르는 시흥(詩興)이란 찾아볼 수가 없다. 그러므로 내가 쓴 『헤르만과 도르테아』 및 영국의 리챠슨이 쓴 소설과는 흡사한 점이 아주 많다. 그들의 또 하나의 성격은 사람과 대자연은 서로 같이 생각하고 있는 것이다. 금붕어가 못에서 꼬리치는 소리를 들을 수 있고 새가 나뭇가지에 앉아 쉴새없이 지저귀는 것을 볼 수 있으며 낮이면 언제나 햇살이 밝게 비치고 밤이 되면 언제나 희디흰 달빛 아래 청풍이 살살 불어대는 것을 느낄 수 있는 것이다……. 이 외에도 많은 이야기 중에서 도덕과 예의에 대해 논하게 된다. 바로 모든 방면에서 절제를 지키는 이러한 것이 중국의 역사를 몇 천년 동안 유지해 왔으며 앞으로도 계속 이어 나갈 것이다.」

이어서 괴테는 프랑스 시인 장·루이에 화제가 미치게 되었다.

「중국의 시인은 그렇게도 철저히 도덕을 지키고 있는데, 한 시대 프랑스의 일류 시인은 도리어 이와 정반대이다. 이는 아주 주목해야 할 바가 아니겠는가?」

마지막으로 괴테는 다음과 같이 말하였다.

「이런 원인으로 나는 주위의 외국민족의 상황을 살펴보기를 즐기는 것이다. 사람마다 이렇게 하도록 권고하고 싶다. 민족문학이란 지금에 이르러서는 중요한 위치를 차지하지 않는다. 세계문학의 시대가 곧 도달할 것이다.」(주광잠 〈朱光潛〉 역,『괴테담화록』1978, p.112)

괴테는 여기에서 중국과 서방의 공통점도 제기하였거니와 차이점도 제기하였는 바 그의 견해는 아주 주목할 만하다. 그가 내놓은 세계문학의 개념도 이미 날이 갈수록 문학의 발전에 의하여 증가되고 있으며 전 세계의 문학을 연구하는 학자들의 극히 열렬한 주목을 받고 있는데 이는 당연한 일이라 하겠다.

위에서 문학·문화와 민족의 공통의 심리적 속성 등의 문제에 대하여 이야기하였는데 이는 한 국가의 문학성격을 결정하는 첫째 조건에 속한다. 둘째 조건은 문학의 표현도구, 즉 언어와 문자이다. 다음은 여기에 대하여 이야기하기로 한다.

내용과 형식의 모순은 문학발전을 밀어나가는 동력이다라고 느낄 때가 많다. 이른바 내용이란, 민족 공동의 심리적 속성과 관계되는 사상감정을 말하는 것이고, 이른바 형식이란 이런 사상감정을 표현하는 도구, 즉 언어와 문자를 말한다. 시시각각 객관환경을 반영하는 사상감정은 언어와 문자의 발견을 결정한다. 구체적으로 나의 관점을 설명하기 위하여 중국 문학 발전의 한 예를 들려고 한다. 멀고 먼 옛날에 중국인은 세계 기타 나라의 사람들과 마찬가지로 사상·감정·감각 상에서 비교적 단순하였다. 왜냐하면 그 시기의 객관적인 환경이 비교적 단순하였기 때문이었다. 이 시기를 구체적으로 말하면 주(周)왕조 전기 이전으로 사상감정을 표현하는 문학도구는 시가였는데, 주로 사언시(四言詩)였다. 그러나 사회의 변화에 발맞춰 객관적 환경이 날로 나양화·복삽화됨에 따라 사람들의 삼삭·사상·삼성노 따라서 복잡해지고 섬세해지게 되었다. 언어문자 방면에서 표현되는 것을 보면 단어가 날로 풍부해지고 어법구성도 복잡해지고 세밀해졌다. 짧은 시가로는 부족하기 때문에 긴 시구(詩句)의 방향으로 발전하기 시작하였고, 문학테마와 장르도 새로운 형식(예를 들어 부(賦)와 같은 것)을 갖추게 되었다. 산문문체가 점차적으로 나타남에 따라 기록적인 측면과 아울러 서정적인 측면도 고려되었다. 시가의 구절도 날로 길어져 4언으로부터 5언으로, 5언으로부터 7언에 이르렀다. 이는 다만 대개의 발전추세로서 글자 수는 이보다 적은 것도 있거니와 많은 것도 있었다. 시가의 테마와 장르도 날로 풍부해져 절구(絶句)로부터 율시(律詩), 고시(古詩)에 이르기까지 하나하나 나타났다. 후에는 또 소설이 나타나 단편으로부터 장편으로 발전하였다. 연극은 아마 옛적부터 있었는데 시나리오가 전해 내려오지 못한 것으로 추측된다. 연극은 송(宋)조와 원(元)조 이후로 큰 발전을 가져왔다. 시가 중의 사(詞)도 비교적 늦게 흥성하기 시작했다. 이 모든 변화 중에서 거대한 작용을 한 것은 중국민간문학이었다. 외래의 영향도 무시할 수 없다. 최초에는 인도의 영향을, 근대에 와서는 서방의 영향을 받아왔다. 지금 전국에서 유행하고 있는 시가,

소설, 연극은 그 내용으로 보면, 현시기 중국인민의 사상을 표현한 것이지만, 형식을 놓고 말하면 중국 고유의 전통을 계승했다기보다는 서방의 전통을 본떴다고 하는 편이 나을 것 같다.

이로부터 기타 나라에서도 문학발전 방면에서의 내용과 형식과의 관계, 형식이 일으킨 작용도 대개 대동소이하다는 것을 알 수가 있다.

형식면에서 즉 언어문자 방면에서 한 나라의 문학성격을 가장 잘 나타낼 수 있는 것이 바로 율격(律格)이다. 왜냐하면 율격과 언어문자는 서로 밀접한 관계를 갖고 있기 때문이다. 시가는 반드시 율격이 있어야 하는 바 율격은 인류의 생리와 심리의 공통요구로부터 기원한다. 지금에 와서 어떤 사람은 시가의 율격을 취소할 것을 주장하는데 여기에서는 이 문제에 관하여 토론하지 않기로 한다. 문학예술은 평범하고 단조로운 것을 제일 꺼린다. 만약 오직 한 개 음(音)만 존재한다면 음악이란 근본적으로 있을 수도 없는 것이다. 문학은 리듬을 요구하며 바로 율격이 리듬과 변화를 표현한다. 문학은 또한 통일을 요구하는데, 일부 나라의 시가 중의 운을 밟는 방법이 바로 이러한 통일의 표현이다. 변화와 통일의 다양한 결합으로 곧 시가가 이루어지는 것이다. 변화를 표시하는 수단으로서의 율격은 부동한 언어문자에 따라 같지 않다. 한문은 4성(四聲)이 있어서 평(平)음과 측(仄)음으로 변화와 리듬을 표시한다. 과거에 전부 평음(平音)으로 혹은 전부 측음(仄音)으로 지은 시가는 매우 적었다. 이는 그저 문자유희에 지나지 않은 것으로 아주 드물게 나타났다. 평(平)과 측(仄)은 주로 소리의 높고 낮음을 나타내지만 길고 짧음을 나타내는 경우도 있다. 평음(平音)은 길고 측음(仄音)은 짧다는 것은 모두가 아는 현상이다. 문제를 더 똑똑히 더 구체적으로 설명하기 위하여, 몇 동방국가를 골라 예를 들어가면서 시가의 율격에 대해 말하려고 한다. 먼저 중국 한시의 율격에 대해 보기로 한다. 아까도 말한 바와 같이 한시 율격의 중요한 성격이 바로 평(平)과 측(仄)이다. 이런 성격은 대단히 일찍 시작된 것으로 당(唐)대에 이르러 시가의 장르가 갖추어짐에 따라 율격도 점차적으로 정해진 형태를 갖게 되었다.

그 때와 그 후로 시가는 근체시(今體詩라고도 함)와 고체시(古體詩) 2대 부류로 나누어지게 된다. 근체시는 또 율시와 절구 두 부분으로 나뉘어지고, 율시는 다시 5율(五律)과 7율(七律)로 구분된다. 5언율시의 평측(平仄)에 또 네 구절 형식이 있으며, 네 구절 형식은 다시 네 평측(平仄)격식으로 나눌 수 있다. 하나의 예만 들어 여럿을 설명하고자 한다. 즉 첫 구절이 측(仄)음으로 끝나는 형식이다.

仄 仄 平 平 仄, 平 平 仄 仄 【平】.
平 平 平 仄 仄, 仄 仄 仄 平 【平】.
仄 仄 平 平 平, 平 平 仄 仄 【平】.
平 平 平 仄 仄, 仄 仄 仄 平 【平】.

여기서 ■은 평음도 될 수 있고 측음도 될 수 있음을 표시하며 【 】는 운각(韻脚)을 나타낸다.

7언율시의 평측(仄平)도 역시 네 구절형식 아래에 네 평측(平仄)격식을 가지고 있다. 예로 하나 첫 구절이 평으로 시작되어 평으로 끝나는 형식을 들어보자.

平 平 仄 仄 仄 平 【平】,　　仄 仄 平 平 仄 仄 【平】.
仄 仄 平 平 平 仄 【仄】,　　平 平 仄 仄 仄 平 【平】.
平 平 仄 仄 平 平 【仄】,　　仄 仄 平 平 仄 仄 【平】.
仄 仄 平 平 平 仄 【仄】,　　平 平 仄 仄 仄 平 【平】.

절구(絶句)는 5절(五絶)과 7절(七絶)로 나뉘는데 오언절구(五言絶句)는 오언율시(五言律詩)의 절반으로서 평측(平仄)격식 밖에 갖지 못한다. 아래의 예는 첫 구절이 측(仄)으로 시작되어 측(仄)으로 끝나는 형식이다.

> 仄 仄 平 平 仄,　　平 平 仄 仄 【平】.
> 平 平 平 仄 仄,　　仄 仄 仄 平 【平】.

칠언절구도 칠언율시의 절반으로서 역시 네 개의 평측(平仄)격식을 가진다. 첫 구절이 평(平)으로 시작되어 평으로 끝나는 형식의 예를 들어보자.

> 平 平 仄 仄 仄 平 【平】,　　仄 仄 平 平 仄 仄 【平】.
> 仄 仄 平 平 平 仄 【仄】,　　平 平 仄 仄 仄 平 【平】.

고체시도 평측(平仄)을 따지지만 근체시와는 아주 다르다. 오언(五言)·칠언(七言)의 3자각(三字脚)을 놓고 말하면 아래의 네 가지 격식이 있다.

> 仄 平 仄 ;
> 仄 仄 仄 ;
> 平 仄 平 ;
> 平 平 平 .
> (이상은 왕력〈王力〉의 『시사율격개요』〈詩詞律格槪要〉에 근거하였음)

얼핏 보면 중국 한시의 율격은 굉장히 복잡한 것으로 느껴지나, 사실은 원칙과 요점만 파악하면, 그물의 벼리를 들어올리면 그물의 작은 구멍은 자연히 열리듯이 완전히 법칙에 따라 처사해 나갈 수 있으며 조금도 혼동하지 않게 된다.

이 원칙이 바로 리듬을 창조하고 변화를 창조하여 평범하고 단조로운 것을 삼가는 것이다. 이는 모든 문예의 기본적 요구이다. 창조의 방법이란 바로 한 구절 속에서 평과 측이 서로 조화되게 하고 한 수의 시 속에서 평과 측이 서로 배합되게 하는 것이다.

중국 한시의 율격이란 대체로 이러한 것이다.

아래에 어법구성 면에서 한어와는 정반대인 범어(梵語)를 또 하나 예로 들까 한다. 범어는 음절문자로서 길고 짧음만 있을 뿐, 사성이 없기에 평측으로 리듬을 표시할 수가 없고 다만 음절의 길고 짧음으로 리듬을 나타낼 수밖에 없으며 극소수가 음절순간의 갯수를 이용한다. 전자(前者)는 전문용어로 Vṛtta라 하고 후자는 jātz라 부른다. 범어시가의 각각의 하나하나의 게(偈)에는 모두 네 개의 음보(音步)가 있는데 음보가 같은 것은 전문용어로 samavṛtta라 하고 음보 사이의 간격이 같은 것은 전문용어로 ardhasamavṛtta라 불렸으며 음보가 같지 않은 것은 전문용어로 visamavṛtta라 하였는데, 이 3자는 모두 Vṛtta의 범위에 속한다.

samavṛtta는 또 각 음보의 음절 갯수의 부동함에 따라 여러 가지로 나눌 수 있다. 음절의 개수가 제일 적은 것은 매음보에 네 음절짜리이다. 격식에 따르면 아래와 같다. —은 긴 원음(長元音)을 가리키고 ∨는 짧은 원음(短元音)을 가리킨다 :

         —   —   —   —

매 음보(音步)에 다섯 음절짜리의 격식은 다음과 같다.

      —   ∨   ∨   —   —

매 음보에 여섯 음절짜리는 4종의 격식을 갖는다. 제 1종은 다음과 같다.

      —   —   ∨   ∨   —   —

나머지는 줄이기로 한다. 제일 유명하고 사용 범위 또한 제일 넓은 시체(詩體)는 sloka라 부르는데 매 음보에 여덟 음절이 있다. 모두 여러 가지 격식이 있는데, 첫 번째는 『라마연나』(羅摩衍那)의 설법에 따르면 다음과 같다.

$$- \lor - - \lor - - \lor \lor \; - - \lor - \lor -$$
$$- - \lor \lor \lor - - \lor \lor \; - - \lor - \lor -$$

『라마연나』 중의 이 게(偈)(1.2.14)는 율격서의 규정과는 맞지 않으므로 참고로 수록해 둔다.

매 음보에 아홉 개 이상의 음절을 가지고 있는 예는 더 들지 않기로 한다. 규정에 의하면 음보는 최고로 999개까지 이를 수 있다고 한다. 이는 분명히 인도식의 과장으로서 전혀 믿을 수가 없는 것이다.

ardhasamavṛtta의 음보의 기수(奇數)는 같고 우수(偶數)도 같다. 모두 여섯 가지의 다른 형식이 있는데 첫 번째는 다음과 같다.

기수 $\lor \lor \lor \lor \lor \lor \; - \lor - \lor$
우수 $\lor \lor \lor \lor \; - \lor \lor \; - \lor - \lor -$

나머지는 생략하기로 한다.

visamavṛtta의 음보는 서로 같지 않은 바 격식을 보면 다음과 같다.

제 1음보 $\lor \lor \; - \lor - \lor \lor \lor \; - \lor$
제 2음보 $\lor \lor \lor \lor \lor \; - \lor - \lor -$
제 3음보 $- \lor \lor \lor \lor \lor \; - \lor \lor -$
제 4음보 $\lor \lor \; - \lor - \lor \lor \lor \; - \lor - \lor -$

음절순간을 표준으로 삼는 jātz 중에서 흔히 보게 되는 것은 āryā이다. 여기에서 짧은 원음은 하나로 긴 원음은 둘로 계산한다. 그 격식을 보면 다음과 같다.

제 1음보 12개 음절순간
제 2음보 18개 음절순간
제 3음보 12개 음절순간
제 4음보 15개 음절순간이다.

범어시가의 율격도 대체로 이러하다. 보기에는 가지각색으로 복잡한 것 같지만 그 배후에 숨어있는 기본원칙이란 놀랄 만큼 간단하다. 즉 음절의 길고 짧음과 음절순간 갯수의 많고 적음으로 리듬과 변화를 창조하여 평범하고 단조로운 경지에서 벗어나는 것이다.

어법구성면에서 중국과 인도가 남극과 북극으로 갈라져 있는 것처럼 동방국가의 언어는 어계(語系)의 소속이 상이함에 따라 리듬을 표현하는 방법도 같지 않다. 몇 개 국가만 골라서 간단히 소개하려 한다.

이란(페르샤)어는 범어와 마찬가지로 인도─유럽어계에 속한다. 그의 문화 발전 방면에서 이슬람어를 한계로 하여 두 단계로 나눌 수 있다. 이 두 단계는 내용상 갱신(更新)도 있거니와 계승도 있었던 것으로서 무턱대고 갈라놓을 수는 없는 것이다. 시가의 율격 상에서도 이와 똑같다. 이란인은 아랍문의 열 여섯 가지 운율 중에 여섯 가지를 사용하였는데 이런 운율체계를 Aruz라 부른다. Aruz의 원칙은 대체로

1. 주로 길고 짧은 음절을 사이사이에 배열하여 상이한 운율을 형성한다. 이점에서는 범어와 비슷하다.
2. 매줄마다 일정한 「멈춤」(頓)수가 있으며 아래윗줄의 「멈춤」 수는 같다.

페얼도어시(菲爾多西)의 『왕어』(王書)를 예를 들어보자. 여기서 운율은 「모토키리에」(莫特卡列伯)라 부른다. 즉 아래위 두 줄을 일련(一聯)으로 하여 매 줄의 네 번의 「멈춤」 가운데서 앞의 셋은 각각 세 음절로서 하나는 짧고 둘은 길며 뒤의 하나는 두 음절이다. 그 격식을 보면 다음과 같다.

∨ ── │ ∨ ── │ ∨ ── │ ∨ ──
∨ ── │ ∨ ── │ ∨ ── │ ∨ ──

(장홍년〈張鴻年〉씨의 자료제공에 근거함.)

미얀마의 고체시는 약 7~80종이 있으며 각 종류마다 또 적잖은 변화가 있는데 대체로 다섯 개의 큰 부류로 나눈다. 즉 3행단시(三行短詩), 절체시(折體詩), 연운시(連韻詩), 4언시(四言詩), 혼체시(混體詩)이다. 그 중에서도 4언시를 가장 기본적인 시체로 하고 있으며, 기타는 거의가 4언시로부터 변화·발전하여 온 것이다.

미얀마에는 64개의 운이 있다고들 한다. 매 운의 원음, 성조, 부호, 이 3가지는 모두 같으나, 같은 원음이라 해도 부호가 다르면 운도 다르다. 지금에 이르러 적잖은 시인들은 이런 제한에서 벗어나 무릇 음이 같기만 하면 운을 밟을 수 있다고 주장하는데, 이 점에서는 중국과 마찬가지이다.

미얀마어에도 4성이 있는데, 원명(原名)에 따라 승(昇), 강(降), 저(低), 지(止)로 직역할 수가 있다. 앞 세 개의 조치(調値)는 각각 22, 51, 553이고 제4성은 극히 짧고 탁하다. 일반적으로 저평(低平), 고강(高降), 고평(高平), 단촉(短促)으로 부른다. 미얀마의 어법에 따르면, 앞 셋은 각각 18개의 운이 있고 마지막의 것은 10개의 운이 있어, 모두 합쳐서 64개의 운이 있다고 한다. 제1성(第一聲 즉 低平)은 또 일명 기성(起聲)이라 하고, 뒤의 셋을 합쳐서 복성(伏聲)이라 부른다. 이해를 쉽게 하기 위하여 어떤 사람은 평(平)과 측(仄)

으로도 번역한다.

4언시의 기본운 각 격식은 다음과 같다.

```
—  —  —  —
            1
—  —  —  —
      1
—  —  —  —
   1     2
—  —  —  —
      2
—  —  —  —
   2     3
—  —  —  —
      3
—  —  —  —
   3     4
—  —  —  —
   4     5
—  —  —  —
      5
—  —  —  —
5           6
—  —  —  —
6
—  —  —  —
```

1, 2, 3은 규칙적인 삼해운법(三諧韻法)이고 4는 규칙적인 요소운법(妖笑韻法)이며, 5는 특수한 삼해운법(三諧韻法)이고 6은 특수한 수미운법(手尾韻法)으로 이렇게, 사착식(斜錯式)으로 운을 밟고 운을 만드는 방법을 미얀마의 각 시체 중에서 늘 쓰는 방법이다.

어떤 시는 둘, 셋, 네 단(段)으로 나누는데 각 단마다 정해진 사착식(斜錯植)의 운을 밟는 격식이 있을 뿐만 아니라, 각 단의 제일 마지막 한 글자는 혹은 같은 운을 밟지 않으면 혹은 상하 두 부분으로 나누어 따로따로 운을 밟는다. 일부 단수가 꽤 많은 장편서사시도 바로 이런 형식으로 일부 단의 끝부분에서 같은 운을 밟는 것이다. 각 구절의 글자 수는 규정이 있지만, 4 언시를 제외하고는 적잖은 시중에서 허자(虛字)는 셈에 넣지 않기 때문에 비교적 원활하다. 일부는 평측(平仄)의 응용에 대하여 자세한 규칙을 지닐 수도 있다. (이모 〈李謨〉 씨가 제공한 자료에 근거하였음)

미얀마어는 티벳버마(藏緬)어계에 속하기에 한문과 비교적 근접하고 있으며 시가의 율격도 흡사한 점이 있는 것이다.

베트남은 일찍이 한자시체(漢文詩體)를 사용하였다. 13세기 초에 이르러 베트남 민족의 문자―자남(字南)이 점차 널리 사용됨에 따라, 한율(韓律)이 나오게 되었다. 한율은 사실상 자남(字南)으로 창작된 당조체시로서, 그 요구는 중국의 율시와 비슷하며 그의 칠언팔구(七言八句)의 요구는 아주 엄격하다. 15세기에 이르러 또 68시체(六八詩體)와 쌍768시체(雙七六八詩體)가 나타났다.

68시체(六八詩體) 여섯 글자와 여덟 글자가 사이사이 끼어서 이루어진 것으로서 구절형식의 운율은 아래와 같다.

첫구절　　平 平 仄 仄 平 平(기운 〈起韻〉 은 ①)
둘째구절　平 平 仄 仄 平 平(협운 〈協韻〉 은 ①) 仄 平(다른 기운 〈起韻〉 ②)
셋째구절　平 平 仄 仄 平 平(협운 〈協韻〉 은 ②)
넷째구절　平 平 仄 仄 平 平(협운 〈協韻〉 은 ②) 仄 平(다른 기운 〈起韻〉)

이렇게 평측운을 주기적으로 운용하여 1.3.5와는 상관없이 2.4.6만 분명히 하며 시구의 길고 짧음은 제한하지 않기에 한율시(韓律詩)에 비하여 자유스럽다.

쌍768시체(雙七六八詩體), 68체(六八體)와 기본 상에서 같으나, 각 68자 시구(六八字詩句) 앞에 두 개의 칠자구(七字句)를 가한다. 그 격식은 다음과 같다.

첫구절　　平 仄 仄 仄 平 平 仄 仄(기운은 ①)
둘째구절　平 平 平 仄 仄(협운은 ①) 平 平(기운 ②는 따로)
셋째구절　平 平 仄 仄 平 平(협운은 ②)
넷째구절　平 平 仄 仄 平 平(협전운 〈協前韻〉은 ②) 仄 平(기운 ③은 따로)

각 네 구절은 일절(一節)로 하여 하나의 단락으로 한다. 만약 계속 써내려 간다면, 다섯 번째 구절은 응당 칠자구(七字句)여야 할 것이다. 이 구절의 다섯 번째 글자와 넷째 구절의 마지막자는 협음(協音)이고 제일 마지막 자는 운을 따로 짓는다. 이와 같이 아래로 유추할 수 있다.

『금운교전』(金雲翹傳)은 육팔시체의 전형이고 『음원교곡』(宮怨吟曲)은 쌍768체(雙七六八體)의 걸작이다.

자남을 라틴화된 베트남어(현재 용어)로 고친 후 평측(平仄)을 구분하기가 매우 쉽게 되었다. 왜냐하면 각 글자위에 모두 성조와 부호가 있기 때문이다. 부호를 가지지 않는 것과 「―」부호를 가진 것은 평음이고,「 , 」「 9 」「 ∽ 」「 · 」, 이 네 부호가 있는 글자는 모두 측(仄)음이다. (노위추 〈盧蔚秋〉 씨가 제공한 자료에 근거했음)

시가의 율격에 대해서는 여기까지 소개하기로 한다. 위의 소개는 모든 나라의 예도 들지 않았고 내용상에 서로 완비를 꾀하지 않았다. 다만 여러분께 약간의 구체적인 형상을 안겨주려는 데 그 목적을 두었기 때문이다.

이러한 소개 가운데서 우리는 시가의 율격은 언어와 밀접한 관련이 있다는 것을 보여줄 수 있다. 언어가 다름에 따라 율격을 표시하는 방법도 같지 않다. 그러나 한 언어의 성격이라면 시가의 율격상에서 나타날 뿐만 아니라 어법구성 방면에 있어서도 뚜렷이 나타난다. 다시 한문과 범어를 예로 들어 대조해 나가면서 서술하려 한다.

한어에 불리한 점이 있다면 형태의 변화가 없는 것이다. 그러하기에 어법도 그 영향을 받아 오래된 것일수록 세밀하지 않았다. 그러나 문학창작 특히 시가면에서는 우세가 될 수도 있겠다. 시는 모호한 데 그 가치가 있는 바 그렇지 않고서 뚝 찍어 말한다면 도리어 시가의 독특한 미를 포함한 많은 귀중한 것을 잃어버리게 될 것이라고 중국과 외국의 일부 사람들은 주장하고 있다. 두 개의 예를 들어보자. 원대(元代)에 이름난 곡(曲)한 수가 있다.

말라빠진 넝쿨. 늙은 나무. 지친 까마귀. 작은 다리. 흐르는 물. 사람. 옛길. 서풍. 여윈 말 ; 석양 아래서, 애절한 사람 하늘 가에 있노라. (枯藤. 老樹. 昏烏. 小橋. 流水. 人家. 古道. 西風. 瘦馬, 夕陽西下, 斷腸人在天涯)

또 하나 두 구절로 된 유명한 시로는

닭울음소리. 누추한 여인숙. 달. 사람자취. 널다리. 서리.
(鷄聲. 茅店. 月. 人迹. 霜)

이 두 가지 예 가운데는 거의 명사만 있고 동사는 없다. 원곡 중의 「석양 아래에서 애절한 사람 하늘 가에 있노라」에만 동사가 있을 뿐, 기타의 것은 그저 사물만 한가득 늘어놓았을 뿐으로 거의 전부가 대자연에 존재하는 것들이다. 그들 사이에 관계가 어떠하다는 것은 아무런 설명도 없고 그들과 사람 사이에 관계가 어떠하다는 것에 대해서도 그 어떤 암시도 없다. 이는 두 폭의 그림과 비슷하지만 그림과도 같지 않다. 그림에서는 설사 움직이지 않는 사물이라 해도 사물의 위치는 확연히 드러나 있으며 사물 사이의 관계도 아주 명확하다. 그러나 이 두 가지 예 가운데는 사물만 있고 관계는 없기에 사물의 위치, 사물 사이의 관계 모두를 독자자신이 그려넣어야 하는 바 독자의 상상의 자유는 절대적으로 담보되어 있어 임의로 어떻게 그려넣으나 무방하다. 여기에서 역할을 하는 것은 독자의 인생경력과 지식수준이다. 사람마다 이런 사물을 배열하는 데서는 다른 사람과 다를 수는 있으나 이 한

수의 곡과 두 구절의 시가 각 개인에게 주는 감동은 절대 내려가지 않을 것이다. 일반적으로 한문시는 작자뿐만 아니라 독자도 창조에 참여케 한다. 독자들이 한시를 읽을 때면 그 어떤 언어로 된 시를 읽기보다 창조적 방면에서 더욱 큰 활동의 여지를 갖게 된다. 그러므로 한시는 그들을 놓고 말하면 더욱 매력있고 더욱 **흡인력있는** 것이다.

한문과 정반대인 것은 범어이다. 범어는 지금 세상의 모든 언어들 가운데서 형태의 변화가 제일 복잡한 언어이다. 명사는 격(格)이 변하고 동사는 위치가 변하며 각 글자 거의 전부가 형태변화를 표시하는 꼬리를 달고 있다. 그러므로 구절 가운데서 단어의 순서는 부차적인 것으로서 한 글자를 어느 위치에 놓아도 공제(控制)를 잃고 혼란을 조성하는 범어라곤 없다. 한수의 범어시를 읽는다면 독자가 재창조할 활동의 여지란 거의 없게 된다. 응당 창조해야 할 것은 작자본인이 이미 다 창조했기 때문이다. 한시 중의 모호한 미란 찾아볼 나위도 없는 것이다. 범어시도 자체의 기교를 가지고 있으며 자체로 경계(境界)를 만들어내는 수단을 가지고 있다. 그러나 한문과 대비해 본다면 그것은 다른 부류의 기교, 다른 부류의 수단에 속한다. 여기에서 결코 한문과 범어의 우열을 판정하려는 것이 아니라 한 민족, 한 나라의 문학의 성격도 역시 언어의 성격에 의해 규정된다는 것을 표명하려는 데 있다.

위에서 문학이 성격을 결정하는 둘째 조건인 표현도구 즉 언어와 문자에 대해 말하였다. 그 중에서 치중하여 율격을 표현하는 상이한 방법과 어법구성의 차이점에 대하여 서술하였다. 이로써 문학의 성격을 결정하는 두 개 조건에 대한 서술은 전부 끝났다.

아래에 하나의 민족, 한 나라의 문학발전의 법칙에 대해 비교적 구체적으로 다시 서술하려 한다. 문학발전의 법칙에 대해서는 위에서 이미 언급한 바가 있기에 그저 대체적으로 굵직한 테두리를 그렸을 뿐이다. 이제 몇 나라와 몇 지역을 골라 조금 더 자세히 서술하려 한다.

● 먼저 인도문학이다.

인도는 언어의 종류가 번다하기에, 따라서 문학의 종류도 대단히 많다. 여기에서 인도－유럽어계(印歐語系)문학의 발전법칙만 말하고 기타의 것은 생략하기로 한다. 인도인민은 민족의 공동의 심리적 특성을 기초로 하고 특수한 언어문자를 표현수단으로 삼아 점차적으로 자체의 특유한 문학전통을 형성하였다. 제일 오래된 문학작품은 4부작 『베다』(吠陀)이고 그 다음은 2대 사시(史詩)이다. 그 뒤로는 불교의 팔리어(巴利語)문학과 고전범어문학이며 더 발전해 나가면 고대 속어문학(俗語文學), 중세기 언어의 문학이며, 제일 마지막으로는 근대와 현대언어의 문학이다. 그 발전의 전체적 추세를 보면 시가로부터 산문으로, 문체는 간단하고 소박한 데로부터 복잡하고 번거로운 데로 발전했다. 문학작품 가운데서 표현되는 사상, 감정, 감각은 날이 갈수록 섬세해졌으며 표현수단도 날로 세밀해져 갔다. 인도인민의 이러한 문학전통은 순수한 「국산품」이었던 적이라곤 시종 없이 시시각각 외래의 영향을 흡수하여 왔던 바 심지어 표현수단인 언어문자도 마찬가지이다. 범어 자모 중의 정음(頂音) ṭ ṭh ḍ ḍh ṇ은 인도－유럽어계의 원시언어 가운데는 없었던 것인데 드라비다 어계(語系)에서 받아들인 것 같다. 문학작품의 사상내용도 역시 수시로 외래의 영향을 받아왔다. 최초에는 고대 페르샤와 고대 그리스의 영향을 받았고 이슬람교가 인도에 전해 들어온 후로는 이 새로운 문화의 영향을 받아들였다. 근대에 이르러 유럽문학의 영향은 더욱 강렬하였다. 처음에 독점 지위를 차지하고 있던 것은 영국문학이었고 그 후로 독일, 프랑스, 러시아 및 북유럽문학도 전해 들어왔다. 19세기 이래의 인도의 장·단편소설 및 연극과 시가를 본다면, 형식상에서는 유럽과 거의 차이가 없었으며, 기타 동방국가들과 마찬가지로 유럽문학의 영향이 독차지하고 있었다. 이와 때를 같이 하여 인도문학도 유럽에까지 수출되었으며, 동방 여러 나라들의 문학도 그 영향을 받아왔다. 인도에서의 몇 천년간의 문학의 발전이란 대체로 이러한 것이었다.

● 둘째로는 서아시아·아프리카문학이다.

이 지역의 고유의 문화전통은 그 근원이 비교적 복잡하다. 이슬람문화가 있기 전에 이집트에는 극히 오래된 문화가 있었지만, 후에 와서 중단되어 버렸고 양강유역에는 고대 앗시리아와 바빌론 문화가 있었지만, 후엔 역시 중단되었다. 이 지역에서 흥기한 많은 아랍나라들의 고대문화도 위의 두 개의 전통을 계승하였고 그 외에도 고대 그리스와 인도문화의 일부 내용을 흡수하여 버영·발전하였다. 한대 문학, 예술, 의학, 과학기술이 크게 발전하여 새로운 아라비아문화를 형성하였다. 이슬람교의 전파와 더불어 아랍문화도 아시아와 아프리카에서 널리 전파되어 아주 큰 작용을 일으켰으며 스페인을 통하여 유럽에까지 전해졌다. 중고시대의 유럽에서는 아랍인의 보존과 소개로 된 고대 그리스의 많은 저작을 아주 애지중지하였다. 문학의 발전은 완전히 문화의 발전을 따른다. 아랍문학은 계승도 있고 발전도 있으며 오랫동안 영향을 받기도 하고 자신의 영향을 밖으로 수출하기도 하였다. 고대인도의 많은 문학작품은 아랍인의 소개를 거쳐서 세계에 널리 퍼졌다. 제일 유명한 것은 인도의 「오권책」(五卷冊)인데 아랍국가로 와서는 『샹리라이와 류우나이』(卡里來和笛木乃)로 변하여 아시아 유럽 아프리카 3대주에 전파되어 거대한 영향을 끼쳤다. 이란과 아프가니스탄 고유의 문화는 인도−유럽 체계에 속하지만 이슬람화된 뒤에는 새로운 문화와 문학이 나타났다. 모든 아랍지구와 이란·아프카니스탄 등지에서는 근대에 이르러 기타 동방국가와 마찬가지로 유럽문화와 문학의 영향을 받아 이슬람문화를 기초로 하고 유럽문화를 받아들인 새로운 문학이 출현하였다.

● **세 번째로는 남아시아와 동남아시아의 문학이다.**

이 지역의 열 몇 개 나라는 같지 않을 정도로 자체의 오랜 문화와 문학 전통을 소유하고 있었던 바 그 표현형식이라면 시가와 입으로 유행된 민간 전설과 신화였다. 중고시기에 이르러, 동방의 3대 문화체계가 전후하여 같지 않을 정도로 전해들어와 영향을 끼쳤다. 중국 문화가 미친 지구로는 베트남, 라오스, 캄보디아 및 태국, 미얀마, 말레이시아, 인도네시아, 필리핀 등 이다. 중국의 일부 고전문학 작품은 연이어 현지의 언어로 번역되거나 혹은 현지의 중국인 후예들이 본토의 언어로 고쳐 써서 민간에 유행되었다. 인도문화체계는 최초에 종교의 형식으로 스리랑카, 미얀마, 태국, 인도네시아, 캄보디아 등에 전해 들어갔다. 바라문교(이후의 인도교), 소승불교(小乘佛敎), 대승불교(大乘佛敎)도 전후하여 전해 들어왔다. 어떤 지방에서는 대승불교가 먼저 전해 들어가고 소승불교는 후에 전해 들어왔지만 결국은 대승이 밀려나게 되었다. 인도의 2대 사시와 범어로 된 고전문학도 전해 들어왔는데 2대 사시의 영향이 더욱 보편적이었다. 인도네시아에서 마지피트(滿者伯夷)문화가 흥성했던 시기에 2대 사시는 고대 자바문으로 번역되어 이 천도지국(千島之國 - 천 개의 섬을 가진 나라)의 문학과 예술의 창조에 영향을 주었다. 2대 사시가 전파된 지역은 남아시아와 동남아시아 전역이 포함된다. 고전범어문학도 거의 모든 지역에 영향을 주었다. 대체로 이 시기에 이슬람종교와 문화도 전해 들어왔으며 이슬람교는 이 지역의 일부 나라의 국교(國敎)로 되었다. 동방 3대 문화체계는 이 지구(地區)에서 서로 영향을 주고 섞이는 복잡한 관계를 이루었다. 근대에 와서 서방식 민주주의의 침입에 따라 모든 지역이 모두 유럽문화와 문학의 영향을 받게 되었으며 「세계문학」의 범위 내에 끌려 들어가게 되었다.

● 네 번째는 일본 문학이다.

일본은 자체의 오랜 문화와 문학적 전통을 가지고 있었다. 일본은 최초에 문학이 없었다. 4~5세기 이후 한자를 사용하기 시작하였고 5세기 중엽부터 한자로 음부(音符)를 만들어 일본어음을 기록하기 시작하였다. 6세기에 중국 으로부터 불교가 전해들어왔다. 6~7세기에 쇼토쿠(聖德)태자는 불교를 제창 하고 유학(儒學)을 장려하였다. 나라(奈良)시기(710~794)에는 과학기술과 인 문과학을 망라한 중국 문화를 대대적으로 받아들였다. 630년부터 894년까 지 견당사(遣唐使)를 19차나 파견하였으며 그 중 실제로 중국에 이른 것은 12차이다. 귀족들은 한문과 한시를 썼다. 기원 1000년 전후에 무라사키 시 키부(紫式部)가『겐지모노가타리』(源氏物語)를 썼는데, 이는 세계적으로 아주 이른 장편소설이다. 가마쿠라(鎌倉)시기에는 전쟁을 묘사한 일부 소설들도 출현하였는데, 문장 중에서 한자어를 섞어 사용하여 이후 일본 문어(文語)의 선구로 되었다. 가나(仮名)를 사용하는 것도 많아졌는데, 특히 언급해야할 것 은 일본의 시가이다. 한문체시를 제외하고 일본어를 쓴 시가 가운데서 제일 유명한 것은 하이쿠(俳句)이다. 하이쿠는 형식상에서 한시와 통하는 점이 없 고 율격을 표현하는 수단도 일부 특수한 점이 있다. 그러나 내용방면에서는 다같이 불교 선종(禪宗)의 영향을 받았기에 중국의 시가와 꽤나 비슷하다. 중국 고대의 일부 문예이론가들은「경상」(境象)설을 내놓은 적이 있다. 그 무슨「현상 외의 신기로움을 채집한다」(采奇于象外)느니,「문외의 뜻」(文外之 旨)이니,「상외의 상이요, 경외의 경」(象外之象, 境外之境)이니 하는 따위로 시인으로 하여금「영양은 뿔을 걸어두니 그 혼적을 구하기 어렵구나」(羚羊 掛角, 無迹何求)의 경지에 이를 것을 요구한다. 또「한 글자를 다하지 않았는 데도 풍류를 다 했다」(不着一字, 盡得風流). 이러한 것들은 서방인들이 이해 하기에는 아주 어렵지만 중국인과 일본인은 보기만 하면 알 수가 있다. 이 런 경계를 표현하는 데는 일본의 하이쿠(俳句)가 으뜸이다.

총괄하자면 일본 문학의 발전은 문화교류를 떠난 적이라곤 없었다. 고대와 중세에는 한문 성분과 인도 성분이 섞여 있었다. 그러나 외래의 영향이 얼마나 큰 것인가를 막론하고 결국에는 본토의 문화와 융합되어 독특한 풍격을 갖춘 일본 문화와 문학으로 변해버린 것이다. 메이지유신 이후로 유럽 문학이 일본에 밀려듦에 따라 문학창작과 문예이론도 영향을 받게 되었다. 문학의 장르로부터 보면 유럽과 기타 아시아 나라들과 마찬가지로 모두「세계문학」의 범주에 속한다.

위에서 동방 네 나라 혹은 지역의 문학발전의 법칙성이라고 할 수 있는 것을 더듬어내기 위함이 나의 시도였다. 비록 이 네 나라 혹은 지역의 자연환경, 사회발전, 역사의 장단(長短) 모두가 같지 않고 문학의 성격을 결정하는 두 조건―심리적 특성과 언어문자도 같지 않지만 문학발전 방면에서는 공통의 현상―즉 문화의 발전에 따르는 세 단계의 발전―을 보이고 있다. 이것을 법칙이라고는 할 수 없을까? 나로서는 단정하기가 어렵다. 그저 터무니없지만 말해보는 데 지나지 않는다. 대개 나라의 문학발전의 구체적인 상황에 대해서는 아래의 비교적 상세한 서술을 보기 바란다.

이를 서론으로 삼는다.

제3장 일본 문학과 동아시아 문학 연구

고니시 진이치

제3장 일본 문학과 동아시아 문학 연구

고니시 진이치

제1절 대상과 방법

일본문예사라고 할 때, 그 곳에 무엇이 기술될까는 거의 자명한 일인 것처럼 생각될지도 모른다. 사실, 이제까지의 일본 문학사는 이 점에 대해서 고려 없이 쓰여진 것이 아닌가 라고 의심케 하는 것이 너무나도 많은 것 같다. 그러나, 그것은 결코 자명하지 않다.

우선 「일본」이라고 하는 점에서부터 생각해 보자. 일본문예사에 있어서의 「일본」이란 무엇을 가리키는 것일까. 지금 일본열도라고 불려지는 지역이 「일본」이라고 한다면, 그 지역에 존재했던, 혹은 존재하고 있는 문예를 대상으로서 조직적으로 기술하는 것은 큰 난점을 가진다. 그것은, 지역으로서의 일본에는 아이누[1]문예가 존재하지만, 이것을 야마토(大和)계[(1)]의 문예와 연관시켜서 추적하는 것이 불가능하기 때문이고, 유카라[2]로 대표되는 아이누문예는 야마토(大和)계의 문예와 교섭할 여지가 없었기 때문에, 포괄될 필연성도 없는 것이다.

교섭이 없었던 근본 이유는 아이누어가 야마토(大和)계의 일본어와 전혀 성질을 달리하기 때문이고, 게다가, 채취생산을 기초로 한 아이누사회의 문화가 농경에 뿌리내린 야마토(大和)계의 문화와 이질적이었던 것도 중요한 이유라고 생각된다. 아이누문예는 그 자체로서 귀중한 문화재이다. 보통의 일본 문학사가 아이누문예를 묵살한 것과는 반대로, 나는 적극적으로 아이누문예를 본 문예사 속에서 문제삼을 것이다. 그러나, 그것은 아이누문예와 야마토계 문예의 이질성을 인정한 다음에서의 중시이지, 양자의 혼합태로서의 일본문예사를 구상하는 것은 아니다.

그럼, 류큐[3](琉球)문예는 어떠할까. 류큐어는 야마토계통의 일본어와 극히 가까운 관계를 가지고 있어, 현재의 일본어에 있어서 결코 외국어는 아니다.[2] 그럼에도 불구하고, 류큐문예를 야마토계의 문예와 같은 시간계열에 놓고 기술하는 것은 불가능하다. 왜냐하면, 류큐는 12세기경 부락을 지배하는 족장이 나타나서 공동사회가 형성되어 가다가, 철기의 보급에 의해 농업혁명이 일어나는 것이 13세기에서 14세기에 걸쳐서의 일이기 때문이다.

14세기의 중반경부터 소왕국으로 분립된 소위 산잔[4](三山)시대에 접어들고, 통일정권이 성립한 오후(王府)시대를 거쳐서 사쓰마항[5](薩摩藩)의 침공에 이르는 사이에 류큐의 선고시대로, 야마토계와는 큰 시차가 있다. 게다가, 류큐문예의 장르전개는 반드시 야마토계의 문예와 대응하고 있다고는 할 수 없기 때문에, 양자를 같은 문화권 속에서 기술하는 것은 어렵다. 그래서, 나의 일본문예사에 있어서는, 류큐문예를 역년(曆年)에 의한 시기에서는 취급하지 않고, 야마토문예와 성질이 공통되는 시대에서 대응시켜, 영향관계보다도 대비라는 관점에서 고찰하고 싶다. 16세기에 채록된 「오모로소시」[6](おもろそうし)의 가요를 8세기에 문헌화된 기키[7](記紀)가요와 같은 시대에 속하게 하는 것은 바로 그 의미이다.

다음으로, 야마토계의 문예에 있어서도, 한시·한문을 어떻게 취급해야만 할까. 한시·한문은 일본인에게 있어서 외국어에 의한 제작이다. 그러나, 외국어로서의 표현이라고는 하지만, 그 내용이 되는 사상이나 감정은 일본의 작가에게서 생겨난 것이고, 작품의 소재 혹은 배경이 되는 자연이나 사회도 원칙적으로는 일본의 것이기 때문에, 한시·한문을 일본문예사의 대상으로 첨가하는 것은 오히려 당연할 것이다. 만일 일본의 한시·한문을 중국의 유식자에게 보인다고 하면, 주석이나 설명 없이 정확한 이해를 기대할 수는 없을 것이다. 중국인에게 있어서 일본의 한시·한문은 외국문예에 지나지 않는다.

프랑스에 있어서, 5세기의 초기부터 11세기의 중반까지는 주로 라틴어로 제작되었고, 영국의 7세기부터 9세기에 걸쳐서도 역시 라틴어의 시가 만들어져 있었다. 이것을 만약에 프랑스문예사나 영국문예사에서 제외한다고 하면, 어떠한 문예사에 포함시키면 좋겠는가. 더욱이, 일본에 있어서는 한시나 한문을 오히려 문체의 하나라고 하는 의식조차 나타나고 있기 때문에 이것을 제외할 이유는 없지만, 그 표현을 야마토계의 전통 속에 포섭하는 듯한 기술은 타당하지 않다고 생각된다.

위의 것은 일본어로 쓰여 있기는 하지만 내용이 외국의 것일 경우, 즉, 번역에 대해서도, 역시 검토를 필요로 할 것이다. 이것에 대해서는, 그 번역이 원문으로부터 독립해서, 역문만으로 향수자(독자)에게 감동 내지 감흥을 준다면, 일본문예사의 「일본」에 포섭해도 좋다고 생각한다. 우에다 빈(上田敏)의 『가이초온』[9](海潮音)이나 모리 오가이[10](森鷗外)의 『소쿠쿄시진』[11](即興詩人)이나 후타바테이 시메이[12](二葉亭四迷)의 『아이비키』[13](あひびき) 등은 말할 것도 없고, 다이쇼기(大正期, 1912~26)부터 쇼와기(昭和期, 1926~)의 현재까지 양산된 번역작품에 대해서도 마찬가지이다. 왜냐하면, 문예연구의 중심은 문예성, 즉, 작품으로 향수자에게 감동 내지 감흥을 주는 과정에 있고, 그 감흥 내지 감동은 작품이 갖는 「구조」structure와 함께 「기질」texture에서 받을 수 있지만, 번역의 경우, 전자는 주로 원문에, 후자는 주로 역문에 의존할 것이다. 게다가 「구조」와 「기질」은 따로 분리할 수 없으므로, 감동 내지 적극적으로 향수된 이상 그것을 일본문예사에서 제외할 이유는 역시 없다고 생각된다.

일본문예사의 기술은 그 위에 「문예」의 의미를 명확히 할 것도 요구된다. 문예사의 대상으로서 문제삼고 있는 「문예」란 어느 범위의 것일까. 와카[14](和歌)나 하이쿠[15](俳句)나 모노가타리[16](物語)나 우키요조시[17](浮世草子) 등이 문예사의 대상이 되는 것은 너무나 당연한 일이지만, 사서·실록·예론·법어 등은 과연 문예사에서 문제삼아도 좋은 자격을 갖는 것일까. 또, 일기 중의 어떤 작품, 기행 중의 어떤 작품, 수필 중의 어떤 작품 등에 대해서, 문예작품이라고는 인정하기 어려워 일본문예사에서 제외시키지 않을 수 없다고 생각되지만, 그 기준은 어떠한 것일까. 예를 들면, 후지와라노 데이카[18] (藤原定家)의 일기『메이게쓰키』[19](明月記)를 문예작품으로서 문제삼는 것은 타당하지 않지만, 그 중에서 아버지 슌제이[20](俊成)의 죽음전후를 기록한 부분은 깊은 감명을 주는데 대해, 보통의 일본 문학사에 문제삼아지고 있는 와분(和文)일기에서 조금도 감흥을 주지 않는 작품이 있는 것은, 어떠한 기준에 의한 것일까, 라는 물음이 제기되었을 때[이시다(石田) 1969.29], 우리들은 어떻게 대답하면 좋을까. 또, 주부쓰[21](十仏)의 『다이진구산케이키』(太神宮參詣記), 고운[22](耕雲)의 『고운키코』[23](耕雲紀行), 아스카이 마사요[24](飛鳥井雅世)의 『후지키코』(富士紀行), 교코[25](尭孝)의 『이세키코』(伊勢紀行), 교에[26] (尭惠)의 『젠코지키코』(善光寺紀行) 등의 종류는 문예사에서 문제 삼아질 자격이 있는가. 만약 그렇지 않다고 한다면, 그것들과 이치조 가네요시[27](一条兼良)의 『후지카와노키』(藤河の記)나 소기[28](宗祇)의 『쓰쿠시미치노키』(筑紫道の記) 등 소위 문학사에 나오는 것과, 얼마만큼의 차이가 있는 것인가. 게다가, 수필이라고 불려지는 작품 중에는 이치조 가네요시[29](一条兼良)의 『도사이즈이히쓰』(東斎随筆)나 반코케이[30](伴蒿蹊)의 『간다코히쓰』(閑田耕筆)나 오타 난보[31](太田南畝)의 『이치와이치곤』(一話一言) 등, 문예적인 흥취가 없는 것이 많은데, 수필은 일본문예사의 대상으로서 지장이 없는 것일까.

이러한 의문에 대해서는, 재래의 장르와 내가 말하는 「문예」와의 관계를 명확히 할 필요가 있다. 영어의 리터러쳐 literature라든가 프랑스어의 letté rature라든가, 원래는「작품에 대한 지식 내지 연구」knowledge or study of writings를 의미했던 것이, 이윽고「서물에 의한 소산일반」literary production in general을 가리키게 되었다(3). 일본에서 이것을「문학」이라고 번역한 것은 그 "study"라는 의미를 살린 것이고, 그 중에는 시가·소설·희곡 등의 예술성을 지향하는 작품뿐만 아니라, 전기·서간·논설·견문지 등 본래는 비미적(非美的)인 성질의 장르도 포괄되어 있었다. 그것은, 에도기(江戶期, 1603~1867)의 국학자들이 연구대상으로 했던 바와 합치되는 사고방식이었기 때문에, 메이지기(明治期, 1868~1911) 이래의 국학자들에게도 거의 저항없이 받아들여졌다. 따라서,「지금까지의 일본 문학사」「보통의 일본 문학사」「소위 문학사」등에 비미적인 장르의 작품이 많이 나타나는 것은 오히려 당연한 추세였다고 해도 좋을 것이다.

이러한 성질의「일본 문학사」를 반드시 부정하는 것은 아니다. 비미적인 장르도 포섭하면서 일관성 있게 기술하는 것이 가능하다면, 오히려 바람직하다고 생각된다. 그러나, 내가 작품의 예술성을 대상으로 하는「일본문예사」에 한정시키려고 하는 것은, 대상을 한정하지 않으면, 일관성 있는 기술이 적어도 중세 이후에는 대단히 어렵기 때문이다.

예술성을 지향하는 작품 즉「미문」belles-letters으로서의「문예」라는 개념은 19세기에 이르러서,「예술을 위한 예술」l'art pour l'art이 강하게 주장된 것과 함께 형성된 것이다. 그러므로, 그 이전에 성립되어 있던 장르가 순수하게 예술을 지향하는 것이 아니더라도, 오히려 당연하다고 말할 수 있다. 고대 혹은 선고시대에 그것이 극단적으로 나타난다. 즉, 선고시대의 문예는, 아직 역사, 정치, 종교 등으로부터 분리되지 않았고, 그것이 고대에도 상당한 정도까지 계속되었다. 이야기, 일기, 기행, 수필 등의 장르가 생긴 것은 중세에 있어서의 일이었다. 그러나, 그렇다고 해서, 문예사를 19세기 이후에 한정시킬 필요는 조금도 없다. 선고시대에 있어서도 고대에 있어서도, 문예의 예술성은, 다른 요소와 혼합된 상태로 존재했던 것이고, 그러한 예술성을 연구자의 측면에서 분석적으로 파악하면 되는 것이다. 예를『고지키』[32](古事記)로 취한다면, 그것이「예술을 위해」서 저술된 것이 아닌 것은 명백하지만, 문예사에서『고지키』를 제외할 이유는 없다. 우리들은『고지키』에 포함되는 예술적인 면만을 문예사 속에서 문제삼으면 된다.

　종래, 문예의 연구는 작자측의 관점에서만 이루어지는 것이 보통이었다. 어떤 작품에 대한 이해가 정당한가 아닌가를 정하는 근거로서「작자의 의도」가 제기된 것은 그 출현임에 틀림없다. 그럼에도, 예술성은 감동 내지 감흥을 계기로 하는 것이고, 그 감동, 감흥은 독자에게 생기는 것이므로, 독자측의 관점 없이 예술성을 파악할 수는 없는 것이다. 소위「수용미학」[4] Rezeptionsasthetik의 입장에서 명확히 되고 있는 것처럼, 작품의 이해는 반드시 작자의 의도에 구속되는 것이 아니고 독자의 참가에 의해 완성된다. 문예사에 있어서의 예술성의 파악에 있어서도 파악하는 것은 연구자인 셈이고, 작자의 의도는 그 파악을 구속할 수 없다. 예를 들면, 나는 도겐[33](道元)의『쇼보겐조』(正法眼藏)를 이 문예사에 있어서 문제삼지만, 그것은 도겐(道元)의 의사에 반하는 것이다. 도겐(道元)은「문필·시가 등은 별 수 없는 것이다. 버려야 될 도리인 것은 말할 필요도 없다」라고 명언했다. 〔수문기(隨文記) 2.341〕. 만약『쇼보겐조』의 표현을 예술로서 분석하는 사람이 있다고 들었다면, 역시「별 수 없는 것이다」라고 항의했을 것이다. 그러나, 나는 그 항의를 무시하고 싶다.

　또 하나「문예」의 의미에 대해서 명확히 할 필요가 있는 것은, 작품으로서 정착한 작품뿐만 아니라, 구두전승에 의해 존재하는 상태의 것도 문예라고 인정해야 한다는 점이다. 애초 "literature"라고 하는 말의 출처인 라틴어의 "littera"가 문자 내지 문서를 의미하고 있고, "literature"를 한정시키려는 의식은 아마 본연적인 것이라고 생각된다. 그러나, 정보의 전송에 사용되는 기호가 문자만으로 한정되지 않으면 안 되는 이유는 없으므로, 음성계열도 정보전송의 기호로서 문자계열과 동등한 자격을 갖는다. 단, 이것은 전송과정이 극히 짧은 시간 속에서 완료할 경우, 말하자면 시간성을 버린 것에 가까운 상황에서의 일이고, 얼마간의 시간경과를 수반할 때는 문자기호가 우위에 서게 된다. 왜냐하면, 음성은 순간적으로 소실되기 때문에, 정보의 유지는 기억에 의존하지 않을 수 없고, 특히 그 유지에 긴 시간이 걸리면 정보의 형태는 안정되기 어렵기 때문이다. 그러므로, 문자표기에 의한 작품형태가 중시 내지 편중된 것도 무리는 아니지만, 전승의 안정성에 있어서의 핸디캡 때문에 구두전승의 문예가 그 문예성끼지도 부정되는 것은 지나치다. 이 점에 대해서는, 일반의 이해가 현재에서는 상당히 심화되었다고 생각되므로, 그다지 섬세한 논의를 전개할 필요는 없는 것이다.

마지막으로, 일본문예사는, 그 「사」(史)에 대해서 가치부여를 필요로 할 것이다. 역사는 보통 사실을 시간계열에 따라 기술한 것이라고 이해되고 있는데, 그것도 잘못은 아니다. 그와 같은 「역사」가 많이 존재하는 것은, 아무도 부정할 수 없는 것이다. 학술은 사실의 조사·관찰을 진행시키는 것뿐만 아니라, 그것들의 사실 전체에 통하는 이법을 취하는 것 및 그 이법에 비추어서 사실을 재관찰하는 것이 기본적인 성격이라고 생각된다. 그렇다면, 학술로서의 문예사는 사실(史實)을 조사·관찰하는 것뿐만 아니라, 그들 사실 전체에 걸치는 이법으로 검증되는 것이 아니면, 존재의 의의가 박약하게 될 수밖에 없다. 그러한 이법에 비추어서 사실을 재관찰할 때, 비로소 일관성 있는 기술이 가능하게 되는 것이다.

단, 학술에 있어서의 사실과 이치와의 비중은 과학 분야에 따라, 또 시대에 따라 반드시 동일하지 않다. 예를 들면, 물리학에서는 생물학에 비해 사실의 관찰보다도 이법의 탐구를 선행시키는 경향이 눈에 띈다. 이에 반해 생물학에 있어서는 오히려 사실의 관찰이 선행되기 쉬웠다. 질이 같은 사실을 연구대상으로 할 수 있는 물리학과는 달리, 생물학이 대상으로 하는 것은 개별성이 강하고, 각각의 사실에 대해서 관찰을 집적해 가는 과정에서 이법에 이르는 것이 일반적인 것처럼 받아들여진다. 다만, 이러한 경향의 차는 20세기에 현저하게 된 것이고, 19세기까지의 물리학에서는 사실의 관찰보다도 이법의 탐구가 선행된다고 한정되지는 않았다. 문학의 연구는 대상이 극히 개별적인 것이며, 사실의 조사·관찰이 선도하는 점은 생물학과 공통되고 있었고, 에도(江戸)기 이래의 국학이 근대적인 국문학으로서 재생할 때의 지표가 19세기의 과학이었으므로, 그 당시에 쓰여진 일본 문학사가 사실의 집적을 지향한 것은 자연스러운 추세였을 것이다. 국학문학자의 관심은, 집적되는 사실이 얼마나 정확하고 동시에 다량인가로 향해졌다. 그러나, 문제는 그러한 성격의 일본 문학사가 현재까지 주도적이라는 점에 있다.

20세기 후반이 되어, 생물학도 분자레벨에서의 연구부터 그 위에 양자적인 관점까지 도입하기에 이르고, 생물 전체로서의 이법에 근거하여 개별적인 사실을 질서 지우려고 하는 지향이 현재화되고 있다. 그것이 생물학에 있어서 유일한 방향이라고는 말 할 수 없고, 그것만이 바른 사고방식이라고도 말할 수 없다. 그러나, 감각에 의해 관찰할 수 있는 사실을 넘어서, 직접적으로는 경험할 수 없는 세계를 「이(理)」로서 파악하려고 하는 것은 과학의 본성이라고 생각된다. 그것이 우연히 20세기에 현재화되었다는 것뿐이고, 새로운 시대에 나타난 것이므로 가치가 높은 방식이라고 생각하는 것은 아니다. 문학의 연구에 있어서도 사실의 집적만이 아니라, 그것들 전체에 걸친 「이」를 지향하는 것은 과학으로서의 본성에 근거한 당연한 추세일 것이다. 이것은 사실의 집적을 부정하는 것이 아니고, 전체적인 「이」에 비추어서 사실의 집적을 질서 지우고, 의미 지우려고 하는 것이고, 그 과정을 통해서 한 번 파악된 「이」가 수정되는 일도 생길 것이다. 즉, 과학에 있어서의

「이」는 구체적으로는 우선 가설로서 나타나는 것이고, 그것이 사실의 관찰에 의해 수정되어가는 과정이야말로 과학, 바로 그것이다. 학술로서의 일본문예사는 이러한 의미에서의 가설을 필요로 한다.

내가 구상하는 일본문예사는, 지금의 시점에서 가능한 한 문예현상으로서의 사실을 집적하고, 거기에서 얻어지는 정보에 근거하여 일본문예의 특질을 체계적으로 파악하는 것이 종착점이다. 그러나, 사실의 집적은 나 자신에 의해 이루어진 부분이 극히 소량이고 많은 부분은 선행의 업적에 의존하는 것이므로, 나의 작업은 일본문예의 특질에 대해서의 가설을 세우는 것에서부터 시작할 것이다. 다음으로, 그 가설이 사실과 어떻게 관련되는가를 검토해 가는 것에 이르게 되는데, 그러한 작업에 필요한 것은 일본문예의 예술성을 명확히 하기 위해 도움이 되는 것에 한정되는 것이 적당하다고 생각된다. 만일 큰 틀이 되는 가설을 가지지 않고, 사실을 시간계열에 따라 기술하기만 하는 역사를 지향한다면, 사실은 많을수록 좋다는 것이 된다. 정확한 사실인 한, 어떠한 부분에 대해서도 아무리 다량일지라도 얻어지는 것에 따라서 추가해 간다면, 기술은 그만큼 충실해지는 것이고, 전체적인 기술이 왜곡되는 일은 없다. 그러나, 이제부터 기술하려고 하는 일본문예사는 일본의 문예현상을 통일적인 「이(理)」에 근거하여 질서 지우려고 하는 것이므로, 우선 일본문예의 특질을 가설적으로 제시하고 그것에 근거하여 여러 가지 사실을 재관찰하게 될 것이다. 이를 위해서 문제삼는 대상을 작품의 예술성에 한정하는 것이 적어도 현재의 시점에서는 타당하다고 생각된다.

제2절 대상으로서의 일본문예

일본문예에는 일본 고유의 성질과 외국문화와의 접촉에 의해 변화된 성질이 있는데 이 양자가 결합해서 「일본문예의 특질」을 형성하고 있다. 일본

문예는 극히 초기의 발달단계부터 외국문화의 영향을 받고 있다. 문자는 말할 필요도 없고, 표현의 기법이나 사고·발상의 형태에까지 외국적인 것이 침투해 있기 때문에, 그것을 제외한 「일본문예의 특질」은 생각할 수 없다. 그러나 일본 고유의 성질도 소멸한 것이 아니라, 모든 시대를 통해서 건재하고 있다. 외국적인 성질이 두드러지는 시기가 있어도, 이윽고 일본 고유의 성질이 부활하기 시작한다는 현상은 여러 장면에서 관찰된다. 그것은 외국적인 성질과의 혼합태로서 관찰되는 것이지만, 시기에 따라서 고유한 성질이 선명하게 나타나는 때와 외국적인 성질이 현저하게 나타나는 때를 관찰할 수 있다는 것이고, 순수하게 고유한 것이라든가 순수하게 외국적이라고 인정되는 문예현상이 존재하는 것은 아니다.

예를 들면, 지금까지 일본적인 미의 대표적 예로 되어온 「사비」[34]는 한국을 경유해 들어온 만당시(晚唐詩)의 「한적함」이 일본화된 것이고, 그것에 선(禪)의 간소함이 첨가되어 「와비」[35]로 되는 것이지만, 일본적으로 완성된 「사비」나 「와비」를 볼 때는 어디가 만당적(晚唐的)이고 어디가 선적(禪的)인가를 명확하게 나타내기 어렵다. 그럼에도 위와 같은 분광기를 대비적으로 관찰한다면, 일본 고유의 성질과 외국적인 성질을 어느 정도까지 정성분석[36](定性分析)을 할 수 있을 것이다. 그 경우, 세밀한 점에 대해서는, 직접적인 영향을 받은 문화, 즉 고대·중세에 있어서는 중국 문화, 근대에 있어서는 서양문화와 대비가 필요하지만, 더 기본적인 성질에 대해서는 널리 「세계」라는 장에서의 고찰이 유효성을 많이 갖는 것 같다.

(1) 일본문예의 특질

일본문예의 가장 기본적인 특질을 관찰하기 위해서는, 우선 「세계」라고 하는 장에서의 대비를 시도해 보는 것이 좋다고 생각된다. 그럼에도 현재의 연구단계 및 나 자신의 개인적인 한계에서 말하자면, 모든 지역·모든 민족에 걸친 조사를 전제로 할 수 없는 것은 오히려 당연하고, 일단 알려지는 범위의 사실에 근거하여 「세계」라는 가상을 설정할 수밖에 없을 것이다. 이러한 성질의 「세계」를 대비의 장으로 하는 것은, 파악하려고 하는 「일본문예의 특질」이 가정으로서 요구되고 있으므로, 그다지 지장은 없을 것이다. 만약 장래의 조사·연구에 의해 수정을 요구하는 곳이 나온다면, 그 시점에서 아마 부분적인 수정을 하면 된다고 생각된다.

일본문예의 성질을 전체적으로 「세계」의 장에서 관찰할 때, 제 1로 인정되는 것은 외형의 면에서 단편적이라는 점이다. 시에 대해서 말하자면, 17음절의 정형을 가진 하이쿠(俳句)는 아마 세계에서도 최소형식의 시이겠지만, 그것과 31음설의 성형을 갖는 단카(短歌)[37]가 현재에 있어서도 융성한 것은 일본문예가 단편성을 제일 중요한 성질의 하나로 지니고 있다는 것을 나타낸다.

고대에는 조카(長歌)[38]도 번성했었다. 그러나, 최장의 조카조차, 가키노모토노 히토마로[39](柿本人麻呂)의 「다케치노미코반카」[40](高市皇者挽歌)〔만요(万葉) 2.199〕가 149에 지나지 않는다. 『일리어드』, 『오딧세이아』는 말할 것도 없고, 아이누문예나 류큐(琉球)문예와도 비교하기 어렵다. 그 조카도 히토마로(人麻呂)보다 후에는 쇠퇴의 일로를 걷고, 9세기의 말엽에는 거의 활성을 잃었다. 그 후, 가요[41]의 세계에서는 엔쿄쿠[42](宴曲)에 보이는 것처럼 장편화에로의 지향이 부활하는 일도 있었지만, 그다지 오래는 번성하지 못하고, 게다가 엔쿄쿠에는 후대의 독자를 감동시킬 만큼의 작품이 결국 나타나지 않았다. 20세기의 일본에 있어서 역시 활성을 갖는 시형은 단가나 하이쿠 등 단편화의 방향을 걸었던 것에 한정된다.

위와 같은 흐름 속에서 유일한 예외인 것처럼 보이는 것이, 요쿄쿠[43](謠曲)의 사장(詞章)이다. 그것은 상당한 길이를 갖는 시로서 향수하려고 생각하면 불가능하지 않고, 현대인이 감동할 수 있는 명작으로도 빈약하지 않다.

그러나 이 사실은 요쿄쿠의 사장에 시로서의 흥취도 발견할 수는 있으나, 사장 자체로서 완결한 시편을 형성하는 것은 아니다. 만일 시편으로서의 의식에서 만들어진 것이라면, 요쿄쿠가 그 정도의 길이에 이를 수는 없었을 것이다. 요쿄쿠란 원래 노[44](能)의 대본이어서 배우의 연기에 의해 지탱되고, 합창자 및 반주자의 보조에 의해 음악적인 흥취가 더해짐으로써 꽤 긴 사장이라도 꾸준히 향수되는 것이다. 만약 단순한 낭송만으로 향수되는 것이라면 그 길이에 따르는 향수를 유지하는 것은 도저히 기대할 수 없다.

그러나 선고시대부터 고대에 걸쳐서 상당한 길이를 갖는 이야기가 있었을 것이다, 라고 하는 반론이 나올지도 모른다. 그것은 현존하는 것은 아니지만, 지금 『고지키』(古事記) 『니혼쇼키』[45](日本書紀) 등에 보여지는 설화나 황통관계의 전승은 기록으로서 정착하기 이전에 있어서 가타리베[46](語部)나 그 외 사람이 낭송했다고 생각되고, 게다가 그 총량은 상당한 길이에 이르는 것이었다고 추측된다. 그러나 그것은 문예작품으로서의 길이와 같지 않다. 그러한 이야기는 신대(神代) 이래의 황통이 얼마나 생생한 실재인가를 말로 하는 것으로서 야마토 및 야마토인에게 있어서 좋은 일이 있을 것이라는 고토다마[47](言霊)의 신앙에 의해 지탱되었던 것이고, 그 속에는 역사도 정치도 종교도 포섭되어 있다. 이야기의 길이를 지탱한 것은 역사성·정치성·종교성이 융합한 실천적 행위이며, 그것이 요쿄쿠에 있어서의 연기성·음악성의 지탱과 대응한다. 그러니까, 문예성이 진출할수록 고토다마(言霊)는 쇠약해지고, 그만큼 이야기의 길이는 유지되기 어려운 상황이 되어 간다. 일본에서 장편소설이 발전하기 어려웠던 이유도 거기에 있을 것이다.

아니, 일본에서 장편소설이 발전하지 않았던 것이 아니라, 실제로 『겐지모노가타리』[48](源氏物語)나 『난소사토미핫켄덴』[49](南総里見八犬伝) 등이 존재하지 않는가, 라는 반론도 말해지지 않은 것은 아니다. 그러나, 전체량으로서 『겐지모노가타리』가 서양의 장편소설에 상당하는 길이를 갖는 것은 사실이지만, 실질적으로는 단편 내지 중편이 합성되어 있음에 지나지 않고 길이를 살린 장편적인 구성이 없다. 서양의 장편소설은 각각의 부분이 전체 속에서 적절한 역할을 담당하도록 배치되어, 그 구성이 작품의 길이를 유효하게 작용시키고 있다. 그러한 구성이 『겐지모노가타리』에 없는 것은 웨레이 역의 『겐지 이야기』 The Tale of Genji가 「스즈무시」(鈴虫)에 해당하는 권을 생략했음에도 불구하고[5], 줄거리 진행에 있어서 지장이 없을 뿐만 아니라, 오히려 그것에 의해서 「요코부에」(横笛)에서 「유기리」(夕霧)에로의 이동이 원활히 된다는 예 하나로도 명확할 것이다. 『난소사토미핫켄덴』(南総里見八犬伝)에 이르면 정말이지 전개·진행의 질서는 어느 정도까지 고려되고 있지만, 실질적으로는 많은 작은 줄거리가 모인 것이고, 어떤 작은 줄거리를 생략해도 전체적인 구성이 치명상을 입는 것은 아니다. 일본의 작자들은 장편의 전개·진행을 유효하게 조직하는 구성력이 빈약한 대신에 단편을 연쇄적으로 정리한 『고쇼쿠이치다이오토코』[50](好色一代男)과 같은 류에서는 훌륭한 재능을 나타내는데, 외형의 면에 있어서의 단편성은 일본문예 전체를 통해서 보여지는 제일의 특질이라는 것이 명확하다.

일본문예의 특질로서 제 2로 인정되는 것은 여러 가지 면에 있어서 대립성이 날카롭게 나타나지 않는다는 점이다. 이것은 항목적으로 기술하는 것이 편리할 것이다. 여러 가지 면이라고 하는 것은, ① 구성에 있어서의 대립자의 결여 ② 자연과 인간과의 구별이 없음 ③ 계급이 장르에 대한 관련의 비재 ④ 개인과 집단과의 협조경향 ⑤ 제작자(내지 연주자)와 독자와의 상호의존관계 등이다. 이 외에도 대립성의 희박함을 나타내는 경우가 있지만, 현저한 사례로서는 위의 5가지 정도가 대표적인 것이라고 생각된다.

우선 외형에 가까운 경우로서, 작품구성에 있어서의 대립이 일본문예에서는 그다지 두드러지지 않는 사실에서 고찰을 시작하기로 하자. 노(能)에 있어서 와키(ワキ)가 시테(シテ)의 대립자가 아니라, 시테 한 사람을 중심으로 하듯

구성되어 있는 사실은 일찍부터 학계에 알려져 있었다[노가이(野上)−1930.1~
42]. 이것은 노(能)에 있어서 특히 현저하지만, 조루리[51](浄瑠璃)나 가부키[52]
(歌舞伎)에 있어서도 역시 관찰된다. 그들 와키(脇)역은 원칙적으로 주역을 돋
보이게 하는 보조자에 지나지 않고, 주역과 같이 그 극의 주제를 가담할 책
임자는 아니다. 서양에 있어서는 주역, 즉 protagonist와 대립하면서 주제를
연기하는 역할의 적대자 antagonist가 존재하는 것이 보통이다. 그런데, 일본
의 「와키야쿠」(脇役)는 단순한 보조자, 즉 byplayer이고 antagonist에 해당하
는 것이 아니기 때문에, 나는 antagonist의 역어로서 「대역」이라는 명칭을
새롭게 고안하지 않으면 안되었다. 이러한 사실은 모노가타리(物語)나 우키요
조시[53](浮世草子)의 구성에 있어서도 보여진다.(다만 『겐지모노가타리』 는 다른
점에서도 종종 예외적이지만), 보통은 주역만이 주제를 맡을 수 있는 구성이 된
다. 그 때문에, 작중의 사건은 서양의 근대소설에 보여지는 구성의 긴밀함이
결여되고 주역의 행동을 쫓아가기만 하는 서술로 흐르기 쉬운 경향이 있다.
그것은 근대의 소위 사소설[54]에까지 영향을 미치고 있다.

　다음으로 내질(內質)적은 면에서는 일본문예에서 묘사되는 자연이 인간과
깊게 관련되고 간격을 느끼게 하지 않는 것에 주목해야만 할 것이다. 이것
도 일찍부터 지적되고 있지만[오니시(大西) 1943.125~74], 그 간격 없음은,
사견에 의하면 개인의 유아기에 작용하는 원시심성[6]과 동질적인 심성이 민
족단위의 문예에도 침투해 있기 때문이라고 생각된다. 그것과 함께 일본문
예에서는 인간이 자연과 분리되어 있지 않기 때문에, 서양에 있어서처럼 명
확한 윤곽을 가지는 자연묘사가 발달하지 않았던 것도 함께 고찰되지 않으
면 안된다. 또, 일본인이 자연과 그다지 대립하지 않았던 것은 반드시 자연
에 친근감만을 가진 까닭이라고 해석할 필요가 없을 것이다.

　기키(記紀)가요[55]에 「유쓰마쓰바키」(斎つ真椿)(記.57)나 「이쓰카시가모토」(厳
つ白樹がもと)(紀.92) 등에서 보이는 「유쓰」(ゆつ)・「이쓰」(いつ)는, 외경의 마

음이 담김 신성함을 의미하며 자연에 대한 「경이로움」의 느낌이 나타나 있다.[7] 고대의 일본인에게 있어서 자연은 깊은 친근함과 놀라고 두려워해야 할 엄숙함의 양면을 가지는, 인간과 분리될 수 없는 존재였다. 그러한 성격의 자연은, 중국적인 합리정신이 침투해 온 시기에 내가 말하는「가(雅)」의 문예에 있어서 인간과 얼마만큼 거리를 가지게 되고, 근대서양의 한층 더 철저한 합리성이 일본인의 생활의식까지 변혁하게 된 현재에는 거의 모습을 감춘 것 같이도 보인다. 그럼에도 내가 말하는 「조쿠」[56](俗)의 문예에서는 원시시대부터의 자연이 계속 존재하고 있고, 20세기의 일본에 있어서도 의식의 상층에서는 역시 자연과 분리되어 있지 않다.

다음으로, 일본에서는 계급적인 대립관계가 문예의 장르에까지 늘어오는 일이 없었다. 사키모리[57](防人)로서 징발된 지방인민은 방언에 의한 서툰 표현이지만, 단가형식으로 자신들의 생각을 표현하려고 했고, 지하야죠(千早城)를 공격하다 지친 막부군의 장사들은, 수도에서 렌가시[58](連歌師)를 불러모아서 1만 구의 렌가[59](連歌)를 재촉하고, 백복차(百服茶)나 비평을 곁들인 노래자랑을 즐겼다[다이헤이키(太平記) 7.127]. 와카(和歌)나 렌가는 결코 귀족만의 문예는 아니었다. 몇 편인가의 교겐[60](狂言)은 렌가에 열중하는 서민을 제재로 하지만, 이것도 당시의 실상을 비춘 것에 틀림없다. 게다가 주목되는 것은 몇 개의 장르에 보여지는 상행현상이다. 원래 저속한 언어유희로서 생긴 렌가가 이윽고 귀족적인 「가」(雅)의 문예에 승격하면, 이전에 렌가가 놓여 있던 위치는 하이카이렌가[61](俳諧連歌)가 차지하고, 그 하이카이렌가를 무사계급까지 즐기게 되자 그 뒤는 센류[62](川柳) 등의 잣파이[63](雜俳)가 계승했다. 또, 지방의 속요가 유녀나 기생을 매개로서 귀족에게 애호되고, 불교가요의 영향을 받고 이마요[64](今様)에까지 아[65](雅)화한 후, 속요의 위치는 중세 고우타[66](小歌)로 교체되게 되었다. 혹은 비속한 소극에 지나지 않았던 사루가쿠[67](猿楽)가 노(能)를 끌어들여, 그 사루가쿠노(猿楽能)가 장군가의 애호 아래서 그윽한 「꽃」을 지향하게 되었을 쯤, 본래의 사루가쿠(猿樂)에 해당하는 위치에는 교겐이 자리잡게 된 것도 마찬가지의 사례일 것이다. 이들 상행현상은 모두 계급에 의한 단절이 없었던 것에서 가능하게 된 것이다. 귀족 내지 특권계급에 대한 시민계급의 투쟁 중에서 novel(nouvelle)이라는, 문자 그대로 새로운 장르가 형성되어 간 듯한 현상은 일본에 있어서는 근대에서조차 인정하기가 어려운 것이다.

다음으로, 일본에서는 개인과 집단과의 사이에도 명확한 대립이 없었다라고 하기보다는, 개인은 항상 무엇인가의 집단에 귀속하려고 하는 경향이 강해서 대립이 일어날 여지가 극히 적었던 것이다.[8] 작자들은 자신과 같은 사고방식·느끼는 방식을 갖고 있는 사람들만으로 구성되는 그룹이야말로 제작·향수의 장이라고 하여 그 속에서만 통용되는 표현을 아름다운 것이라고 의식하고 싶어하는 정신구조를 가지고 있었다. 어떤 개성적인 작자가 새로운 방식을 창시할 때, 그 작자 혼자서 활동하는 것이 아니라 같은 지향을 갖는 사람이 그룹을 형성하고, 그룹의 내부에서 제작·향수를 자급자족적으로 행한다. 그러므로 대립 내지 충돌이 일어난다고 하면 그것은 집단과 집단과의 사이에 일어나는 것이고 개인과 집단과는 대립하려고 하지 않는다. 와카(和歌)에서도, 하이카이[68](俳諧)에서도, 각종의 예능에서도, 유파의 형성 없이는 발전하지 못했다. 이것은 현대에서도 그다지 변하지 않는다. 단카 및 하이쿠(俳句) 단체는 일본 전국에서 각각 6백 내지 8백 전후라고 추정되나, 단체에 속해 있지 않은 가인, 하이진(俳人)은 거의 없을 것이고, 단체에 속하는 가인이나 하이진은 자신의 단체에서만 통용하는 사고방식·느끼는 방식에 젖는 것을 보통으로 하고 지도자인 「선생」에게는 충성으로써 접한다. 근대 서양에서는, 특히 낭만주의 이후 독자적인 개성이 존중되기 때문에 유파로써 구속된 사고방식·느끼는 방식에 종속되는 것이 양질의 작품을 생산하는 이유라고 하는 입장은 도저히 이해할 수 없다.

다음으로 집단의 내부에서 제작·향수가 이루어질 때 제작자와 향수자의 사이에도 대립이 생기기 어려울 것이다. 같은 사고방식·느끼는 방식이 전제가 된 제작·향수이므로 그 그룹에 공통의 제규를 이용하여 표현을 간략화할 수 있다. 사고방식·느끼는 방식의 질을 달리하는 향수자가 예상될 경우, 표현은 가능한 한 주도·면밀한 것이 좋고 정보이론에서 말하는「장황도」redundancy를 증가시킬 필요가 있다. 그러나 그룹 속에서 대역이 넓고 유효도도 높은 제규가 정리되어 있다면, 여분의 표현은 불필요할 뿐만 아니라 오히려 번거로움을 느끼게 할 것이다. 이러한 경우, 같은 양의 표현내용이라면 간결한 표현 쪽이 뛰어나다고 의식되어 단편성에 높은 가치가 인정된다. 또, 표현태도로서는 제작자 측에서 전부를 말하려고 하는「표출적」expressive인 방법보다도, 어느 정도까지 향수자의 이해에 의존하는「감수적－표출적」affective－expressive인 표현이 지향될 것이다.[9] 근대서양은 물론이고 호메로스 근처까지 거슬러 올라가도, 서양의 표현태도는 항상 표출적인 것을 원칙으로 한다. 이것에 대해 일본문예는 감수－표출적인 태도에서 분리되는 일이 없었다고 해도 좋다. 바쇼[69](芭焦)는 하이쿠(俳句) 표현에 대해서「구석구석까지 다 표현할 필요는 없다」라고 가르치고, 교라이[70](去来)의「완전히 다 말해버리고 있지 않구나」라고 감복하는 구에 대해서는「완전히 다 말하고도 무엇인가 있다」라고 훈계했다[교라이쇼(去來抄) 〈先師評〉 20~21].

일본문예에 보여지는 제3의 특질로서는 작조(作調, tone)에 있어서의 주정성 및 내향성[10]을 들지 않으면 안될 것이다. 일본에 주지적인 작조가 없었던 것은 아니다. 그렇기는 커녕 오히려, 일본의 중세양식에 대해서의 그 지표가 되는 와카(和歌) 표현은 극히 주지적이다. 『고킨와카슈』[71](古今和歌集)의 저술자들에 의해 확립된 가풍은 느낀 대로를 직접 표출하지 않고, 한 번「이」(理)를 매개로 하는 관념조작으로 인해 굴절시킨 다음 그「그럴듯함」

에 의존하면서 내용이 되는 심정을 간접적으로 표현하는 지교성(智巧性)이 특색으로 되어 있다. 그런데 그 주지적인 표현은 실은 중국으로부터의 차용이고, 선배지도자인 기노쓰라유키[72](紀貫之)는, 만년에 이르러 「이」(理)의 매개가 없는 심정의 직접적인 표출을 지향했다. 노래의 기본으로서 『고킨와카슈』를 우러러 받들어 믿어야 한다고 주장한 후지노와라 슌제이[73](藤原俊成)도 자신의 노래는 상당히 주정적이었고, 청·장년기에 있어서 쓰라유키(貫之)와는 다른 취향의 주지성을 세운 데이카[74](定家) 역시 주정적인 표현에 치우치고 있다. 이들 사실은 주지적인 작조가 일본 고유의 느끼는 방식과 어딘가 어울리지 않음을 나타낸다. 근대의 일본이 이해와 공감을 가진 서양시는 아마 낭만주의시대의 것 만이고, 그들 시에 내재되어 있는 주지성과는 친숙하지 못했다. 하물며, 형이상시(形而上詩)에 이르러서는 아무리 T.S 엘리어트의 작품을 추천하여 권해도 상대가 될 리가 없다. 몽테뉴의 『수상록』을 「문예」라고 의식하는 것도 일본인에게 있어서 자연스럽지는 않았다.

이 주정적인 작조는 어떠한 심정이 나오더라도 지장이 없겠지만 실제로는 내향적인 감정이 주가 된다. 내향적을 음성적이라고 바꾸어 말하고, 이것에 대해서 외향적인 작조를 양성적이라고 표현해도 괜찮다. 예로서, 야마토계의 일본에 영웅시가 없는 것을 우선 지적할 수 있다. 일본에도 영웅시가 있다고 하는 주장은 잘못된 것이고, 영웅시의 부재야말로 야마토계 문예의 중요한 특질인 것이다. 많은 민족은 문예의 형성기에 있어서 영웅시를 가지는 것이 보통이고, 슈메르인에 의해 수천년 전에 만들어진 『길가메슈 서사시』[11]를 비롯해서, 호메로스의 『일리어드』, 『오딧세이아』로부터 고대 인도의 『마하·바라타』[75](大詩史)나 고대 영국의 『베울프』[76] 혹은 페르시아의 『샤·나메』(王書) 등 저명한 영웅시가 많이 남아 있다. 20세기에 있어서조차 소비에트권의 카라키르기스·우즈베크·카자크 부근에서부터 유고슬라비아·아르메니아·알바니아·불가리아 등까지는 영웅시가 음송되고 있으며,(12) 일본에서도 아이누계에서는 유카라가 존재하고 있다. 그럼에도 불구하고 야마토계의 문예에는 영웅시가 없다. 그 이유로서는 야마토계의 민족이 장편시에의 지향을 갖지 않았던 것도 중요하지만, 작조에 있어서 양성적인 적극성이 즐겨 사용되지 않았던 것이 더 중시되어도 괜찮을 것이다. 영웅시의 주역인물은 극히 행동적이고, 어떠한 곤란에도 결연히 맞서는 용감한 자로서 그려지게 되었다.

일본에 비극tragedy이 발달하지 않았던 것도 같은 이유 때문일 것이다. 우리는 역어「비극」에 익숙해져 있기 때문에 tragedy를 단순히「슬픈 극」으로 받아들이기 쉽지만, tragedy가 유래하는 그리스어 tragodia는 반수반인의 기괴한 모습으로 분장한 합창가수를 의미하는 tragodis에서 나온 것으로, 특히「비」(悲)의 성질을 가지는 것은 아니다.

아리스토텔레스는 주역이 행복에서 불행으로 옮아가는 것과 같은 줄거리를 좋다고 하지만, 그것과는 다른 불행에서 행복으로 옮아가는 줄거리의 tragodia도 존재하는 것을 인정하고 있다. 예를 들면, 아이스큐로스의「해방된 프로메테우스」나 에우리피테스의「타우로스의 이피게네이아」가 그것이다.(13) 근대 서양에 이르기까지 tragedy의 본성은 우리의 선의를 제대로 움직이는 주역이 신중함과 동시에 엄격한 세계에 직면하여 어떤「운명」으로 거기에 휘말리든가, 혹은 스스로 행동에 옮기지만 그 세계로부터의「운명」혹은 스스로의 행동에 의해 필연적이고 불가피한, 정신적·육체적으로 참을 수 없는 고통을 맞게 된다(14), 라는 곳에 있다. 체질적, 지능적, 혹은 도덕적으로 보통사람보다도 우월한 주역이, 그 능력에 의해서도 싸워서 이길만한 생각이 없는 것 같은 상황에 엄연하게 맞설 때, 비록 지더라도 그 패배에는 우리들의 마음을 맑게 해주는 고귀함이 있다. 그러므로 tragedy에서 주어지는 것은 청정·고귀한 감동인 것이고 그것을 고전일본어의「아와레」(あはれ)에 비유하는 것은 좋지만, 비통·비탄·비상 등이 무르익을 때의「비」(悲)가

비극의 「비」라고 생각한다면, 그것은 역어에 끌린 오해다.

그러나 그 오해 이전에 tragedy를 「비극」으로 번역하고, 그 역어에 대해 의심 없이 수용해 온 일본인의 정신은 원래 비통·비탄·비상 등의 「비」 즉 애련에 치우치기 쉽고, 그 때문에 tragedy가 「슬픈 극」으로밖에 이해되지 않았다 라는 사실을 인정하지 않으면 안될 것이다. 일본에 tragedy에 해당하는 작품을 찾는다면, 노(能)의 「가게키요」(景淸) 등 극히 소수의 거 밖에 없다. 그 「가게키요」조차 서양인이 느끼는 방식으로는 tragedy라고는 단정할 수 없는 점을 포함한다. 조루리(浄瑠璃)나 가부키(歌舞伎)에는 생각대로 잘 되지 않고 또한 엄격한 사태에 직면하는 사람들이 수많이 나타나지만, 직면한 후, 그 사태에 임하는 주역은 자신의 파멸을 걸고 해결에 맞서는 엄연한 의지가 결여되고, 불가피한 「운명」을 비탄하면서도 내세에서의 행복으로 도망치려고 하고, 현실세계에서의 해결을 포기하는 것이 상례이다. 이러한 현상은, 일본문예의 작조가 전반적으로 내향적인 성질을 갖는다는 것으로 생각해도 좋을 것이다.

다른 사례에 대해서도 마찬가지의 일이 관찰된다. 예를 들면, 노(能)에 있어서는 웃는다고 하는 행위가 천하다고 의식되어 거의 연기되고 있지 않은 것에 반해 우는 쪽은 항상 무대에 나타난다. 현행의 노의 약 200번 중에서 웃음이 나오는 것은 수십 년에 한 번 밖에 상연되지 않은 비인기곡 「산쇼」(山笑)밖에 없다. 웃음을 본성으로 하는 교겐(狂言)은 노(能)보다도 더욱 낮게 격이 정해지고, 각각의 점에서 노(能)의 부속예(藝)인 것처럼 취급된다(나는 반대하지만). 예를 들면, 가쿠야[77](楽屋)에서는 선배이자 명인인 교겐 배우라도 젊고 미숙한 노 배우의 자리보다도 낮은 자리에 해당되는 자리밖에 주어지지 않는다. 개인의 문제가 아니라 눈물과 웃음과의 격차의 반영인 것이다. 또, 와카(和歌)에도 많은 눈물이 읊어지고 있는데, 그 양의 많음은 보통의 서양인에게 이상한 느낌을 주기에 어렵지 않을 정도이다. 또, 렌가(連歌)는 기뻠보다도 오히려 괴롭고 슬픈 생각을 읊어야만 하는 것이며, 사랑의 성취에 환희하는 와카는 후지와라 가마타리[78](藤原鎌足)의 작품[만요(万葉) 2.95]과 시키(志貴)황자의 작품[만요(万葉) 4.513] 정도가 메이지 이전에 있어서의 희소한 예일 것이다.

고바야시 히데오[79](小林秀雄)는 『헤이케 모노가타리』[80](平家物語)의 본질을 「왕성한 근육의 움직임」이나 「태양의 빛과 인간과 말의 땀」(15)에 있다고 지적했지만, 그것에 해당하는 것은 실은 이 작품 전체에서 한정된 부분에 지나지 않으며 총량으로서는 정치적인 사건의 추이나 그것에 관련되는 신화가 훨씬 많고, 게다가 전편을 통해서 헤이케(平家) 멸망에 대한 반카[81](挽歌)라는 취향이 주도적이라는 것은 부정할 필요도 없다. 역시 「저 서두의 이마요(今様)풍의 애조」(16)야말로 『헤이케 모노가타리』의 기본조이며, 그 까닭에 「시오」(祇王), 「고고」[82](小督), 「고자이쇼」(小宰相), 「요코부에」(横笛) 등 여성관계의 애화(哀話)가 게재되도 부조화되지 않는 것이다. 그러나 여성중심의 이야기에 보여지는 정취의 우아함은 노(能)의 제일 노다운 것이라고 의식되고 있다. 노 연기자가 연기한 「아타카」(安宅)나 「구라마텐쿠」(鞍馬天拘)를 훌륭한 작품이라고 칭찬해도 그 연기자에게는 최상의 기쁨은 아니다. 그는 「이즈쓰」(井筒)나 「노노미야」(野宮)의 연기가 훌륭했다고 비평될 때 진심으로 기뻐할 것이다. 여성적인 우아함이야말로 최고의 아름다움이라는 의식이 노의 세계에서 확립되어 있다는 것은 일본문예의 작조를 생각하는 데 놓칠 수 없는 점이다.

튼튼한 근육이나 사람과 말의 땀에 비해서 여성의 우아함이 표면에 나타나 있는 점에서는 아직 내향성에 철저한 것이라고는 말할 수 없다. 우아함이 표면에서 사라지고, 게다가 두드러진 연기가 없는 「세키데라코마치」(関寺小町), 「오바스테」(姨捨), 「히가키」(桧垣) 등의 노녀물에 비교한다면, 혼산반메모노(本三番目物)의 우아함은 역시 외향적인 것도 남기는 것이며, 그 노녀

물이야말로 노의 본질이라고 여겨지고 있는 사실은 일본에서 존중되는 작조
의 내향적인 경향을 나타내는 것이다. 또 고요하고 쓸쓸함을 의미하는「사
비」(さび), 한랭을 의미하는「히에」(ひえ), 수고를 의미하는「와비」(わび) 등이
극히 예술성이 높은 아름다움이라고 여겨지고 있는 것도 같은 의식에 의한
것이라고 생각된다. 그것은 음악에서 저음을 의미하는「오쓰」(乙)가 멋있음
을 나타내고, 미각으로서는 호적하지 않은「구성짐」이 하나의 아름다움으로
느껴지게 된 것과도 공통된 것이다.

(2) 동아시아 속의 일본문예

일본문예의 특질을 한층 더 자세하게 관찰하기 위해서는 그것을 동아시
아라고 하는 장에서 이끌어내는 것이 좋은 것이다. 지금 동아시아로 생각하
는 것은 구체적으로는 중국 및 한국의 일이다. 인도도 일본에 관계하는 것
이 많지만, 그 영향은 불교에 한정되고 협의의 인도문예가 수용된 일은 없
었고, 불교라고 하더라도 중국화된 것이 한역을 통해서 전해진 것이기 때문
에 인도를 대비의 상대로 선택하는 것은 적절하지 않다고 생각된다.

인도문예는 아리아인종 계통의 것이기 때문에 그것과의 대비를 시험한다
고 한다면, 오히려「세계」라는 장쪽이 유효할 것이다.

첫째로, 외형의 면에서 관찰한다면 중국문예나 한국문예도 중형적이고, 일
본만큼 단편적이지는 않지만, 또한 서양만큼 장편적이지도 않다고 하는 점이
인정된다. 시에 대해서 말하자면, 중국에 있어서의 최단의 정형시는 5언절구[83]
인데, 그것이 갖는 언술량은 대체로 단카(短歌) 1수에 해당하는 일도 없지는
않다. 구다이와카[84](句題和歌)에서 그 비교가 가능하다. 예를 들면,

鶯多過春語
鶯は 過ぎにし 春を 惜しみつつ 鳴く 声多き 頃にざりける
휘파람새가 지나간 봄을 애석해 하면서 우는 소리가 많을 때이다.

등의 경우[『센리슈』(千里集). 25], 원형의 시구보다도 근소하게 「석」(惜)이 늘어난 정도로 쓴 의도는 잘 맞는다. 그러나, 보통의 경우 5언 2구가 단가 1수에 거의 대응하는 쪽을 대체로 표준으로 생각해도 좋을 것이다. 예를 들면,

葉声落如雨　月色白以霜
声ばかり 木の葉の雨は ふる里の庭も籬も 月の初霜
잎소리 같은 비는 고향의 정원에도 울타리에도 달빛의 첫서리.

등이 그것이다[『슈이구소』(拾遺愚草, 1316년경)의 「원외」(員外) · 3236]. 7언 2구의 원형이 되면, 보통의 경우 시구 쪽이 언술량에 있어서 단가 1수보다 얼마간 많고, 단카는 어딘가를 생략하지 않으면 안 된다.

背燈共憐深夜月　花同惜少年春
有明の月に背くる 灯の光に 移ろふ 花を 見るかな
지새는 달에 등을 돌리는 등잔빛으로 이동하는 꽃을 한 번 볼까.

등 [『슈교쿠슈』(拾玉集, 1346, 1658) 4 · 4385]에서 그것을 볼 수 있다. 절구(節句)를 최단정형으로 하는 중국시는 두보[85]의 「추일기후영회」(秋日夔府詠懷) [두시(杜詩) 19 · 1394] 나 백거이[86](낙천)의 「화몽유춘시」(和夢遊春詩) [백시(白詩) 12 · 1919] 등 2백구에 미치는 장편도 있지만, 그것들은 극히 예외적이고 50구라면 보통 상당한 길이라고 의식된다. 200구 정도는 영웅시의 경우라면 특별히 장편이라고 할 정도는 아니지만, 중국에는 영웅시가 없기 때문에 200구는 예외적인 길이라고 의식된다. 중국시를 전체적으로 중형적이라고 생각한 까닭이다.

한국문예는 소위 갑오경장[87](1894) 이전에 대해서 말한다면, 아마 8할 또는 그 이상의 작품이 한시문이므로 시가(詩歌)의 경우 중국과 똑같이 중형적

이라고 인정해도 좋다. 한국 고유의 시형에서는 7세기경부터 13세기경에 걸쳐서 불려진 향가[88]의 표준형을 음절단위로 나타내면,

    전장―제1구 : 6+6+6+6
        제2구 : 6+6+6+6
    후구―제3구 : 차사(嗟辭)이고 그 소형인 것으로는
    차사[89] : 6+6+6+6

이 있다. 또, 11세기 경에 생긴 시조[90]는 일본의 고우타(小歌)에 해당하는 것인데, 신축하면서도 그 표준형은,

    초장―3+4+4+4
    중장―3+4+4+4
    종장―3+5~4+3

이다. 45음절 전후의 시조는 일본의 단카보다도 조금 길고, 차사를 계산해서 넣지 않으면 24음절인 소형의 향가는 하이쿠보다도 조금 길다. 이외에 15세기경부터 가사[91]라고 불리는 형식이 있어,

    4+4+4+4
    〈이 사이는 4+4+4+4의 반복〉
    3+6~11+4+4

로 된다. [김(金)(사)―1973·127~29] 시조의 중장을 임의의 수까지 반복하고 말미에 종장을 더한 형태로 되어 있는데, 이 구성 원리는 일본의 장가가 5+7의 장을 임의의 수까지 연장해 가서 마지막에 7음으로 묶는 것과 같다. 가사는 시로서 100구를 훨씬 넘는 것이 되지만, 한국에도 영웅시가 없으므

로 수천 구에 이르는 장편시는 존재하지 않는다.[17] 요컨대, 한국의 시도 중형적이라고 말해도 좋으나, 어느 쪽이냐고 말한다면, 중국에 치우치는 것이 아니라 일본의 단편성에 얼마간 가까운 중형이라고 생각될 수 있을 것이다.

음절의 수를, 말이 표현하는 의미량에 대해서 비교의 기초로 하는 것은 반드시 정확한 관점을 부여해 주는 것은 아니다. 특히, 중국어의 경우 한자로 표현되는 1음절이 하나의 의미를 가지므로, 그 음절 이상의 결합으로 하나의 의미를 나타내는 일이 많은 일본어나 한국어에 비해, 1음절 정도의 의미량이 전반적으로 풍부하다. 그러나, 그렇다고는 하더라도 대체적인 경향으로서 일본의 시가 중국이나 한국의 것보다도 소형인 것은 정형을 음절수로 환산한다고 하는 조잡한 방법으로 비교할 때야 비로소 명료하게 관찰될 것이다. 이미 31음절의 정형이 고대의 주요한 장르였던 와카에 있어서 확립되어 있었기 때문에, 일본인이 중국의 시를 수용할 때 원시(한시) 전체의 길이에 관계 없이 31음절의 일본어로 표현할 수 있는 구만을 분리해서 감상하는 습관이 생겼다. 구다이와카(句題和歌)는 그 좋은 예의 하나이다. 예를 들면, 이미 인용한 「背燈共憐深夜月 花同惜少年春」은 백거이의 「春中考廬四周 華陽觀同居」[92] [백시 13·1932]로 제목을 붙이는 유명한 율시에서 뺀 것으로 전체는 다음과 같다.

性情懶慢好相親
性情の 懶慢なれは 好く 相親しみ
인간됨이 성격과 심정을 느슨히 가지면 서로 이웃간에 친해질 수 있다.

門巷蕭條秤作隣
門巷は 蕭条にて 隣を 作すに 秤へり
문전과 문 사이에 난 소로는 알게 모르게 이웃을 이루기에 적당하다.

背燭共憐深夜月
燭を 背けては 共に 深夜の月を 憐び
등잔불을 등지고서 함께 심야의 달을 애처롭게 생각한다.

蹋花同惜少年春
花を 蹋みては 同じく 少年の 春を 惜しむ
꽃을 밟고 같이 소년시절의 봄을 애석해하다.

杏壇住僻雖宜病
杏壇は 住むところ 僻びと 病のため 宜しと 雖も
공자가 수업을 했다는 강당은 살기에는 좀 초라하지만 병을 치료하는 데
는 좋다.

藝閣官微不救貧
芸閣は 官微くして 貧を 救はず
장서소는 관리가 적어 가난을 구제하지 못한다.

文行如君尙憔悴
文行の 君が 如きすら 尙ほ 憔悴れたまふに
문학과 덕행이 있는 그대같은 사람까지도 더욱 초라한데.

不知霍漢待何人
不知や 霍漢には 何人をか 待たむとする
글쎄 대공에는 누구를 기다리고 있는지.

　　이와 같이 긴 시 중에서 1구 또는 2구만을 빼내서 향수(享受)하는 것은
중세에 있어서 극히 보통의 현상으로 되었으나, 중국의 시, 특히, 율시에서
는 안목(眼目)이 되는 구가 댓구형을 취하기 때문에, 일본에 있어서 중국시
의 향수는 댓구를 단위로 하는 것이 많았다.
　　그것은 예를 들면 『와칸로에이슈』[93](倭漢朗詠集)나 『신센로에이슈』[94](新選

朗詠集)에 실린 중국의 시가 거의 모두 대구라고 하는 사실에서 명확할 것이다.

일본에서 중국시가 댓구 단위의 향수를 이룬 것은 주목할 만한 현상을 불러일으키고 있다. 댓구라는 것은 2구가 각각 독립하면서 서로 연관되는 표현형식이어서, 만약 양구의 사이에 「기레」(切れ)가 없으면 의미의 대조는 성립하지 않는다. 이것은 5음절과 5음절, 7음절과 같이 같은 수의 음절로 구가 형성되는 중국시에 있어서 말할 수 있는 것이고, 와카에 있어서도 같은 수의 음절의 구가 늘어서는 경우는 댓구가 가능하다. 그러나, 5+7+5+7+7이라는 형식의 단카(短歌)에서는 조금 무리가 생긴다. 와카(和歌)형식은 5음절의 구와 7음절의 구가 결합해서 하나의 단위가 되고, 그것이 몇 회 정도 반복되어 마지막에 7음절의 구가 하나만 결합하는 구성, 즉,

$$N(5+7)+7$$

이 기본형이고, 단카는 그 중에서 $N=2$라는 특별한 경우에 지나지 않는다. 조카(長歌)에서는 $N(5+7)$의 부분이 많기 때문에 그 부분에 댓구표현을 사용하는 것은 별로 지장이 없다. 가키노모토노 히토마로[95](柿本人麻呂)를 정점으로 조카(長歌)의 대구 표현이 번성한 것은 위와 같은 사정에 의한 것이 많다. 그러나 단카에서 읊으려고 한다면, 종래의 조카와 같은 원리에 의한 구의 결합방법, 즉,

$$(5+7)+(5+7)+7$$

로는 불가능하므로, 전체적으로는 같은 음절수이면서도 구의 결합방법을

$$(5+7+5)(7+7)$$

이라고 수정하는 것에 의해, 사이에 「기레」가 있는 가미노쿠(上句)와 시모노쿠(下句)로 전체적으로는 정리된 표현이 될 듯한 읊는 법, 즉, 「산쿠기레」(三句切れ)가 생겼다. 물론 17음과 14음은 음절수가 대등하지 않으므로, 중국시에 있어서와 같은 댓구는 성립되지 않지만, 댓구형식이 갖는 「사이에 끊김을 개재시키면서, 취향이 다른 양구가 전체적으로 정리된 의미를 표현한다」라는 기본 성격은 3구 끊김의 기법에 잘 살려져 있다.

중국시에서 구와 구 사이에 끊김이 두드러지기 쉬운 것은 말과 말 사이에 있어서도 마찬가지이다. 단음절로 독자의 의미를 나타낼 수 있는 중국어는 일본어와 같이 어미 변화나 조사로서 다음 단어와 결합하려는 성질이 없기 때문에 하나하나의 말이 적어도 일본인 쪽에서 본 경우, 분리되기 쉽다. 일본어를 연속적analogue이라고 한다면, 중국어는 이산적digital이고, 그 성질이 시에도 반영되어 와카(和歌)나 하이쿠(俳句)의 표현을 바이올린적인 것이라 비유해 볼 수 있다면 중국시 쪽은 피아노적이라고 말할 수 있다.[18] 본성이 연속적인 와카나 하이쿠가 시로서 이산적인 표현으로 효과를 올리는 사례도 적지 않지만, 그것은 가진(歌人)이나 하이진(俳人)이 중국시에 깊은 이해를 가지고 그 이산적인 특성을 와카나 하이쿠 속에 살린 결과라고 생각된다.

한국에 있어서의 작시는 아마 8할 이상이 중국시의 형식에 의한 것이라고 생각되며, 그것들에 대해서는 댓구성도 이산성도 중국시와 마찬가지이지만, 한국 고유의 시, 즉, 향가나 시조에 대해서 보면 댓구가 그다지 나타나지 않고, 표현의 「끊김」도 눈에 띄지 않는다. 본성으로서 표현이 이산적이지 않은 것은 일본도 한국도 같다고 인정해도 좋을 것이다. 한국 고유의 시에 중국의 이산성이 침투하지 않았던 것은 한국에 있어서의 「우아」(雅)로운 시는 모두 중국시의 형식에 의해야 한다고 의식되어, 한국 고유의 시형에서 중국의 「아」(雅)가 되는 시에 저항할 수 있는 표현을 창작하려고 하는 태도가 취해지지 않았던 결과가 아닐까. 문예작품의 약 8할 이상이 한시문이었던 사실이 그것을 나타내는 것일 것이다.

두 번째로, 대립성의 면에서 관찰해 보면, 중국문예 및 한국문예는 대체적으로 일본문예와 서양문예의 중간에 속하지만, 한국고유의 장르에 있어서는 일본에 가까운 점이 많다.

우선 작품의 구성에 있어서 중국도 한국도 별로 대립성이 뚜렷하지 않으며, 이 점은 일본과 같다. 예를 들면, 일본의 노(能)와 대비할 만한 것을 중국에서 찾아본다면, 원대[96]의 잡극(雜劇)인데, 그것의 주역인 「정생」(正生, 남역) 및 「정단」(正旦, 여역) 밖에 노래를 부르지 않고, 다른 배역들은 전부 대사로 제한된다. 극중의 요점이 되는 시구는 노래에 넣어져 있기 때문에, 잡극의 구성이 시테(シテ) 일인주의인 노와 공통되는 것은 명확하다. 이것은 중국에도 tragedy가 발달하지 않았던 사실이 일본과 마찬가지로 대역 antaganist이 없는 점에서 기인하는 것을 나타낸다. 중국에도 「슬픈 극」은 있다. 그러나, tragedy는 보이지 않는다. 원대의 잡극 「도가엔」(竇娥寃)은 주인공의 슬픈 운명을 묘사하고 있으며, 특히 최후는 처절하지만 이러한 최후를 마치게 되었던 것은 주인공인 도가(竇娥) 자신의 의지에 의한 결단에서 이루어진 결과가 아니라 어떻게도 할 수 없는 운명에 휩쓸린 것이다.[19] 불량배에 의해서 계략에 빠진 과부가 의부살해의 용의로 체포되어 자신만이 아니고 늙은 시어머니까지 고문을 당하는 극한적인 상황에서 시어머니를 구하기 위하여 죄를 인정하고 처형되어, 그 잘려진 몸에서 샘솟는 피는 한 방울도 땅에 떨어지지 않고, 튀어 올라가 형장의 기를 물들이고, 그 지역은 도가의 원한에 의해 6월인데도 눈이 내리고 3년의 흉작이 찾아왔다고 하는 이야기 전개는 정말 매우 비참하다. 그렇지만 주인공 자신의 의지로 능동적으로 운명과 대결하여 그 의지를 관철시키기 위해 억지로 필연적인 멸망을 선택한 tragedy와는 같지 않다. 이것은 다른 장르에서도 마찬가지이며 한국문예에 있어서도 같은 것이 관찰된다.

그럼에도, 자연과 인간과의 관계에 있어서는 중국문예는 기본적으로 대립성을 갖는다. 그 구체적인 현상으로서는 고대의 중국시에 자연을 자연으로서 읊은 작품이 희소하다는 사실이 적어도 북방계통의 한민족에 대해서 인식된다. 농업에 의존했던 고대 중국에서는 자연과 접하는 모습이 실생활 상에서 많았음에도 불구하고, 자연의 미를 대상으로 한 시가 거의 보이지 않고 시라고 한다면 서정시에 제한된 것이 많았다. 『시경』[97](詩經) 약 300편 가운데 자연이 나타나는 것은 인사(人事)를 읊기 위해 비유 이미지로서 사용될 뿐이고, 약간 「갈심」(葛覃), 「동산」(東山), 「겸가」(兼葭), 「무양」(無羊) 정도가 자연을 묘사하고 있는 데 지나지 않는다. 한 대(漢代)의 부[98](賦)에 있어서도 자연미를 가진 것이 없지는 않지만, 대부분은 인공적인 자연이고 실제로는 부족하다. 이에 대해, 남방계통의 초족(楚族)은 자연과 친밀감을 가지고 자연신화나 향초(香草)·향목(香木)을 제재로 하는 시가 『초사』[99](楚辭)에는 적지 않다. 육조[100](六朝)시대에 정치·문화의 중심지가 남방으로 옮겨지고 도교의 은둔사상이 세력을 얻은 적도 있고 해서, 산수·전원의 시가 많이 보여진다. [아오키 〈靑木〉 1935. 552~91] 그러나 전체적으로는 유교적인 문예가 중국에 있어서 주류를 이루고 있고 산수의 시에서 새로운 면을 연 사령운(謝靈運)이 인도문화의 유력한 소개자로서 알려진 것처럼[20] 자연의 관심은 외국문화와의 접촉에 의한 부분이 많고 소위 아류에 지나지 않았다고 생각된다. 시에 있어서 경정융합(景情融合)의 표현은 두보에 이르러 최고의 경지에 이르렀는데, 이것을 역으로 보면, 그와 같은 타고난 재능과 노력이 없으면 경정융합의 표현이 성취되지 않을 정도로 자연과 인간이 떨어져 있었던 것이다.

한국문예에 있어서는 자연과 인간과의 「이별」을 관찰하는 것이 조금 어렵다. 왜냐하면, 향가의 대부분은 분실되어 단지 25수가 전해질 뿐이고, 고려가요[101] 즉, 고려시대의 각종 가요가 42수, 고려시대부터 이조에 걸쳐서 700

내지 800년간을 통해 단편의 시조가 3500수 정도, 중편의 사설시조[102]가 수백 수 정도 남아 있는데 지나지 않아, 자료로서 반드시 충분하다고는 말할 수 없기 때문이다. 그러나 이들 자료에서 보이는 한, 한국의 시는 인사(人事)가 주가 되어 있고 자연 그 자체를 읊은 시는 그다지 많은 것 같지 않다.

고려가요인 「동동」[103](動動)은 12개월에 걸치는 계절의 행사나 풍물을 노래하는 월령체[21]이고, 그 체는 현대의 「사친가」(思親歌)에까지 전해지고 있다.[22] 계절의 제재를 노래하는 점에서는 『시경』의 「칠월」이나 현대 묘족(苗族)의 민간 장가 「계절가」[23]와 공통되는 면이 있지만, 주제로서는 「동동」이 여성에 대한 연정, 또 「사친가」가 부모에 대한 추억을 문제삼고 있고, 계절의 행사나 풍물은 그를 주제를 강조하기 위한 「표상」vehicle으로써만 살아 있다. 이에 대해서 유식인사의 사이에서 15세기부터 19세기말까지 유행한 가사에는 자연의 풍물을 제재로 하는 「면앙정가」[104](俛仰亭歌) 등의 종류가 보여진다.〔金(東) 1974. 156~57〕 총괄해서 자연과 인간과의 관계에 대해서 한국문예는 중국보다도 친근함이 많은 것 같다.

다음으로 계급성과 장르와의 관계에 대해서 보면, 중국에서는 특히 한 대 이후, 가치있는 문예는 「사」(士), 즉 고전과 통하고 그 정신을 생활이념으로 하는 계급밖에 만들 수 없다는 의식이 강해서, 만약 「사」가 아닌 계급의 사람이 새로운 장르를 만들어 내도 그것은 가치 없는 문예, 혹은 문예 이외의 무엇인가에 지나지 않았다. 가치 없는 장르가 생겼을 경우, 「사류」(士流)에 속하는 사람들은 그것에 관여할 바가 아니었다. 다만, 실제로는 관계(官界)에서 뜻을 얻지 못한 선비가 일부러 방종한 태도를 취하고, 방종함의 표현으로서 가치없는 장르에서 놀아보이는 일은 있었다. 그러나 그 때문에 장르의 가치가 높아진 것도 아니고, 선비가 향수해도 좋다고 인정된 적도 없다. 또 가치있는 장르에서의 제작은 정치나 도의에 대해 사회적 책임을 갖는 「관」(官)이 될 수 있는 사류(士流)에만 한정되어 행정의 실무밖에 담당하지 않고,

정치적 책임이 없는 「리」(吏)의 계층, 혹은 서민들의 경우, 창작활동을 하는
일이 없었다.[24] 남송(南宋)의 말기에 이르러 상인이나 지주 가운데 시단에
등장하는 사람도 있었지만[요시카와(吉川) 1962. 223~33], 일본에 비하여 시
기적으로 늦고 가치있는 장르의 유지에 대해서 책임을 지는 것은 사류(士流)
라고 하는 의식도 1917년부터의 문화혁명까지 온재(溫在)되어 있었다.

이것은 한국에 있어서도 마찬가지였으나, 일본에서는 사정을 달리한다.
고전에 기초한 표현만이 본격적인 문예라고 하고, 그렇지 않은 작품을 사류
가 공공연히 상대할 필요가 없다는 의식은 중국에서 고대의 일본에 들어온
것이고, 중세에 있어서도 건재했었다. 와카, 렌가, 하이카이 등이 만든 이의
이름을 명기하는 것에 대해서, 모노가타리(物語)와 와분닛키(和文日記)의 종
류가 비록 작자가 명확한 경우라도 이름을 밝히지 않는 관습은 위와 같은
의식을 반영한다. 그럼에도 중국과 현저하게 다른 것은 선비계급에 속해 있
지 않은 사람이 지은 노래라도 칙선집[105](勅選集)에 채용되어 있는 것이다.
예를 들면,『고킨와카슈』(古今和歌集)에는 지게[106](地下), 즉, 6위 이하의 작
자가 적어도 14명은 넣어져 있고, 그 중에는 저술자인 도모노리(友則), 노미
쓰네(躬恒), 다다무네(忠岑)를 포함한다. 형식으로서는 「작자미상」(詠人不知)
이 다루고 있는 노래 중에는 더 하층의 작자도 포함한다. 게다가 여성 작자
23명이 넣어져 있고, 그 중에는 유녀까지 포함되어 있는 것은[고킨(古今)
8.387] 중국에서는 생각할 수 없을 것이다. 또, 제작 당시는 여성의 위로물
이라는 자격 밖에 없었을『겐지모노가타리』(源氏物語)는 12세기 말에는 와
카(和歌)에 있어서 고전이 되었으며, 가단의 최고 권위자였던 후지와라노 순
제이(藤原俊成)는 「源氏見ざる歌詠みは遺恨の事なり」[107] [육백번 우타아와세
(六百番 歌合－〈終上〉)·505] 라고 명확히 말했다. 이치조 가네요시(一条兼
良)나 산조 니시사네타카(三条西実降) 등 고위의 귀족에게 있어서조차『겐지
모노가타리』를 읽고 해석하는 것은 극히 문화가치가 높은 일이라고 의식되

기에 이르렀다. 이것들은 모두 중국에 있어서는 도저히 일어날 수 없는 현상이라고 해도 좋다.

다음으로 집단과 개인간의 대립성은 중국에 있어서 어느 시대, 어느 정도까지는 현저하지만, 전체적으로는 중간적이라고 보여진다. 개인이 눈에 띄지 않는 시대의 예로서는 육조가 그 대표적인 것인데, 작자명을 숨기고 「누구의 시인가」라고 질문을 받아도 작자를 기억하고 있지 않는 한 판별이 되지 않는다. 다만 「청신유개부 준일포참군」(淸新庾開府 俊逸鮑參軍) 〔두시(杜詩) 1·1102〕는 정말로 유신(庾信)과 포조(鮑照)의 시풍을 식별한 평이긴 하지만, 이것은 오랜 세월에 걸쳐 양시인의 작품과 친해져서 미세한 특징조차도 놓치지 않는 정도까지 거듭 관찰한 결과이므로, 보통 정도의 관찰로는 도저히 판별하기 어렵다. 그러나, 당대(唐代)의 중기부터는 개성이 선명한 시가 나타나, 적어도 이백[108](李白), 두보(杜甫), 한유[109](韓愈), 백거이(白居易) 등의 시풍을 혼동하는 일은 없다. 송대가 되면 누구는 누구의 문하생이라고 하는 사승관계(師承關係)가 의식되어〔요시카와(吉川) 1962: 127~28〕, 원우당(元祐堂)와 초술당(紹述堂)과의 정쟁(政爭)까지 얽히기 때문에 집단에의 귀속이라는 현상도 보여지지만, 집단 속에 있어서 각각의 시인이 개성을 타나내는 것은 지장이 없었다. 소문(蘇門), 즉 소식[110](蘇軾, 東坡)의 문하생인 황정견[111](黃庭堅), 진사도[112](陳師道), 진관(秦觀), 장래(張來), 조보지(晁補之), 문동(文同), 미불(米芾) 등은 자기들 나름의 특색을 가지고 있고, 특히 황정견과 진사도와의 시풍은 선명하다. 이것을 데이카(定家) 그룹에 속하는 슌제이(俊成)의 딸 니조인사누키(二条院讚岐), 인푸몬인 오스케(殷当門院大輔) 등과 다메카네(為兼) 그룹에 속하는 후시미조코[113](伏見上皇), 고후시미조코(後伏見上皇), 하나조노조코(花園上皇), 요후쿠몬인(永福門院), 유기몬인(遊義門院), 주니이타메코(從二位爲子) 등이 나타내는, 그룹 내에서의 등질성에 비교한다면 소문 쪽이 훨씬 개성적이라고 말할 수 있다. 그러나 근대서양에 비교하면 모두 개성이 강렬하다고 인정하기는 어렵다.

　다음으로 제작자와 향수자의 상호의존관계는 원래 일본에서 집단에의 귀속경향이 강했던 것에 대해서 중국에서 제작자와 향수가 같은 권에 속하는 문예야말로 가치있다고 하는 의식이 확립되어 있었다. 따라서 일본의 표현의식도 제작자와 향수자의 공통성을 지지하는데 이르렀으며, 그 점에 관해서는 일본도 중국도 변한 것이 없다. 앞에 기술한 것과 같이 중국에서는 고전과 통하는 문예야말로 가치있다고 하는 의식이 확립되어 있었다. 따라서 일본의 표현의식도 제작자와 향수자의 공통성을 지지하는 데 이르렀으며, 그 점에 관해서는 일본도 중국도 변한 것이 없다. 앞에 기술한 것과 같이 중국에서는 고전과 통하는 지은이가 고전적인 표현을 할 때 처음으로 가치 있는 문예가 생겨났지만, 그와 같은 표현을 하기 위해서는 어릴 때부터 특별한 훈련을 받지 않으면 안되고, 그것은 누구에게나 가능한 것은 아니었다. 또, 고전에 기초한 표현은 향수자도 고전에 통하고 있는 것을 전제로 하고 있으므로 장황도가 높은 설시형(說示型)을 필요로 하지 않았다. 이와 같은 제작자와 향수자의 동권성이야말로 가치있는 표현을 보장하는 근거라는 의식은, 다른 면으로 보면, 동권성을 갖지 않는 문장 내지 기예는 가치가 낮은 것이라고 하는 의식으로까지 되었다. 선비인「관」(官)이 쓰는 문장은 고전에서 얻은 지식으로 정치나 도의나 전례의 대법칙을 논하는 것이고, 정말로 「경국의 대업」[(25)]인 것에 대해서 그러한 자격이 없는「리」(吏)가 쓰는 문장은 단순한 실무적인 서류에 지나지 않았다. 그러므로, 연주자가 향수자와 다른 권에 속하는 음악은 가치있는 문예가 아니고, 연주자는「공」(工), 즉, 직인에 지나지 않는다. 가치있는 문예로서의 음악은 선비 스스로가 연주할 수 있을 정도의 것, 예를 들면, 거문고(琴) 등에 한정된다. 회화에 대해서도 마찬가지이다. 이러한 제작자와 향수자와의 동권성에 문예 내지 예술로서의 가치기준을 인정하는 의식은 한국에 있어서도 변하는 것이 없었다.

세 번째로 작품의 분위기에서 관찰한다면 일본문예가 주정적 또한 내향적인 것에 대해서 중국문예는 주의적·주지적이며 외향성이 우위이고, 또 과거성에 대한 지향이 강한 것도 첨가해야만 할 것이다. 한국문예는 대체로 중국문예에 가깝지만 주정적 또한 내향적인 작품의 분위기도 적지는 않다.

중국의 시는 오래 전부터 「뜻을 말한다」라고 정의되고 있다.[26] 서양의 장르에 해당시킨다면, lyric 밖에 없겠지만, 이것을 서정시라고 번역하고 그 「정」(情)을 감정으로서 받아들이면 중국의 시에 맞지 않는 것이 생기게 된다. 물론, 인간의 마음을 노래하는 이상 감정이 문제삼아지는 것은 당연하면서도, 중국의 시에 있어서는 희로애락 이외에 도의적 감동이라고 말할 만한 것이 중시되고 있는 것을 놓쳐서는 안 된다. 시의 제작자인 선비들에게 있어서 최대최고의 과제는 사회를 좋게 하는 것이기 때문에 그 열의가 시에 표출되면 주의적인 작품의 분위기가 되고, 제재로서는 정치비판이 중요한 것이 된다. 두보의 유명한 장시(長詩) 「자경부봉선견영오백자」(自京赴奉先見詠五百字) [두시 4.1133] 하나를 문제 삼아 보아도 그것이 단순한 기행시가 아니고 통절한 정치비판이 주제인 것은 명확하며,[27] 그러한 비판성은 백거이의 「봉중음」(奉中吟), 「신락부」(新樂府) 등에서는 더욱 더 현저하다. 그런데, 일본에서는 정치비판을 와카의 주제로 하는 전통이 형성되지 않고 문자 그대로의 서정가만이 번성했다. 앞에 기술한 것과 같이 중국시에서 2구만 분리시켜 향수하는 것이 일본의 중세에 성행했으나, 분리된 것은 거의 모두 서정서경의 구(句)뿐이고 산문작품에 있어서도, 예를 들면 『난소사토미핫켄덴』(南総里見八犬伝)과 같이 도의를 정면에서 내세운 예가 있지만, 그것은 자세뿐이고 그 자세가 작품의 분위기를 지배하지는 못했다.

중국문예에 공통되는 또 하나의 특색으로서 주지적인 작품의 분위기가 있다. 그 주지성은 서양의 것이 통일적인 원리를 강하게 지향하는 것에 대해서, 경험적인 사실에 이끌리기 쉬웠고, 결과로서 중국문예에 있어서 공상가

구의 요소를 적게 했다. 중국에 신화가 그다지 많지 않은 것도 그것을 나타 내는 것에 지나지 않는다.[28] 이러한 주지성은 중국에 영웅시를 발전시키지 않았던 주요한 원인이라고 생각되고 있다[Bowra, 1952:12~14]. 지성이 증대 하면 개인적인 독자성이나 주장이 진출하기 쉽고, 그 때문에 집단적인 사고 감정이 제약되기 때문이다. 야마토계의 일본문예도 한국문예에도 영웅시가 보이지 않는 점[29]은 공통되지만, 그 원인은 중국의 경우와 같지 않다. 그런 데 그 주지성이 우위에 서는 것은 중국이 유교를 2천년 정도나 지도이념으 로서 삼아온 결과라고 생각된다. 공자[114]가 「불어괴력난신」(不語怪力難神) [논어(술면) · 98]이라는, 감각할 수 없는 세계에 대한 불신을 나타낸 것은 확 실히 한민족의 정신을 대변하는 것이었지만, 이러한 불신표명을 필요로 한 것은 당시 「괴」(怪), 「신」(神)을 믿는 경향이 사실은 무시할 수 없을 정도의 존재였기 때문일 것이다. 육조의 「지괴소설」(志怪小說)에서 명말청초에 걸쳐 서 『서유기』[115](西遊記), 『삼수평요전』(三遂平妖傳), 『봉신광의』(封神廣義), 『여선외사』(女仙外史), 『요재지이』(聊齋志異) 등 신이(神異)요괴를 제재로 하는 작품이 많이 나타난 배경에는 아마도 도교와 결합한 형태로서의 「괴」 (怪), 「신」(神)이 민간인의 공감을 잃는 일이 없이 2천년 혹은 그 이상 존속 되어 왔음에 틀림없다. 그것이 유교적인 주지성 때문에 주류로는 되지 못했 던 것이라고 생각하고 싶다.

이것에 대해서 한국문예의 작품의 분위기는 일본과 같이 주정적이라고 해도 좋다. 주의(主意)적, 주지적인 작품의 분위기도 한국문예에 많이 보여진 다. 그런데 그것은 중국에서 섭취한 한문시 세계에 있어서의 일이고, 한국 고유의 문예는 기본적으로 주정성이 강하다. 삼국시대부터 신화나 각종의 설화가 풍부한 것, 고려시대에 이르러서도 「괴」, 「신」의 요소를 갖는 설화 가 건재했던 것은 한국문예가 본래는 주지적이지 않았기 때문이라고 생각된 다. 이조(李朝)에 들어오면, 설화는 별로 기록되지 않게 되지만, 이것은 한국

특유의 사회사정, 즉 고려시대까지는 불교를 주도적인 이념으로 삼아 온 바, 이조에 접어들면서부터 유교 중에서도 특히 주지적인 주자학[116]이 정치에 채택되어 불교나 무속이 사회의 표면에서 추방된 반영에 지나지 않는다. 그러므로 이조의 문예는 중국과 같은 작품의 분위기를 나타내지만, 그렇다고 해도 중국의 시문과 비교할 경우 주의적인 경향이 약하다고 말할 수 있다. 사회비판의 시는 허균의 『노객부원』(老客婦怨) 등 적지는 않지만[김(東)- 1974:134~37], 총체적으로는 서정이나 서경이 주류이다. 또 중국 문화의 영향 아래 통속문예는 물론 양반(선비)이 상대해서는 안 되는 장르였음에도 불구하고, 약 6백에 달하는 고소설이 알려지고 있는데 그 중에 허균[117]의 『홍길동전』이나 김만중[118]의 『구운몽』[119]을 비롯해서 양반에 의한 작품이 포함되는 것은 한국에 있어서의 가구문예(假構文藝)의 대우가 중국과는 반드시 같지 않았던 사실을 나타내고 있다.

중국의 작품 분위기에서 다음으로 생각되어지는 것은 외향성과 내향성이 총체적으로 공존하는 점일 것이다. 『시경』에 있어서는 비애 쪽이 환희를 양적으로는 웃돌지만, 인간의 선의가 행복을 낳는다고 하는 기대는 없어지지 않았다. 그런데 한대 이후 육조에 걸쳐서 인간은 원래 미약한 존재이며 운명 앞에서는 어찌할 수 없다고 하는 비애감이 기본조로 되었고, 당대에는 고대적인 낙관의 회복을 믿으면서도 인생에의 절망을 청산할 수 없었던 것이, 송대에 이르러 인생은 비애의 부분뿐만 아니라 환희도 가지고 있으며, 슬프게 느껴지는 사태라도 깊이 통찰하면 그것이 진정으로 불행한가 아닌가를 다시 물을 수 있는 여유조차 생긴다라고 생각하는 태도가 소식(蘇軾)을 중심으로 형성되어[요시카와(吉川) 1962:34~39], 그것은 원, 명 시대에도 계속되었다. 또 미에 대해 느끼는 방법도 외향성과 내향성이 주도적이던 시대를 달리면서 총체적으로는 공존한다. 화려한 사구(辭句)로 장식된 언어적 공예품인 육조의 시문은 외향적인 작품의 분위기를 대표하는 것이고, 평담·

박졸(平淡·朴拙)을 존경하는 송대의 시문은 내향적인 작품 분위기의 좋은 예라고 할 수 있다. 다만 양의 면에서 보면, 외형적 미의 쪽이 우세한 것 같다. 내향적인 미는 노장사상[120], 혹은 불교와 결합하는 것이므로, 총체적으로 유교를 지도이념으로 하는 중국의 사회에서는 외향적 미와 비견할 정도의 세력을 갖기 어려웠을 것이다. 이러한 작품 분위기의 외향성과 내향성은 한국의 한문시에 있어서도 중국과 마찬가지로 총체적으로 공존하지만, 이조만 문제삼는다면 내향적인 작품 분위기가 약간 두드러지는 것 같고, 그 점에서는 중국보다도 일본에 가깝다. 한국 고유의 제장르에 대해서는 총체적으로 흐르는 작품의 분위기를 특정하기 어렵다.

중국의 문예이념으로서 가장 기본적인 것은 2천년 정도를 통해서 거의 변하지 않았던 고전주의일 것이다. 그리고 그것은 일본 및 한국이 중국에서 계승한 최대의 재산이어서, 이 공통점에 관한 한 중국과 한국과 일본과는 세계 속 어느 나라와도 구별되어져도 좋다. 애초 한민족의 정신은 통일성에 대해서 민감함과 동시에 비통일성에 대해서는 한층 더 민감하고, 통일되지 않은 사실의 집적에 의존해야 하는 까닭을 발견하려고 했다. 그것은 경험할 수 있는 것에서 완전성을 파악하려는 태도에 지나지 않고, 경험할 수 있는 것으로서는 과거에 그 좋음이 확인된 사실을 선택한다. 이「완전은 과거에 있음」으로 하는 태도는 문예에서는「선례가 있는 표현이야말로 아름답다」라는 의식이 되고[요시카와(吉川) 1944:274~85], 그 때문에 제작자는 막대한 양의 용례를 기억할 필요가 있었고, 또 지은이와 같은 정도의 용례를 아는 사람에게만 적절한 향수가 가능했었다. 제작자와 향수자의 동권성은 이와 같은 고전주의에서 생긴 것이고, 그것이 일본에도 한국에도 계승된 것이지만, 한국의 경우 제작자와 향수자의 동권성이 선비에 해당하는 양반만의 문예였던 것에 대해서, 일본에서는 단카(短歌)나 하이쿠(俳句)의 결사로서 20세기까지 건재한 점은 주목되어도 좋을 것이다.

일본은 외국문화의 수용에 열심인 동시에 충실한 나머지, 본국 이상의 엄격함을 자신에게 요구하는 일이 있다[요시카와(吉川) 1960.159~67]. 예를 들면 13세기 경 와카(和歌)의 용어는「산다이슈(三代集)을 벗어나서는 안된다」[에이카다이카이(詠歌大概)114]로 제한되었다.『산다이슈』의 노래는 합계해서 3천 8백 8십 8수에 지나지 않고(데이카(定家)본에 의함), 그 중에서도 같은 말이 몇 번인가 중복해서 나타나므로, 현재 및 장래의 와카(和歌) 전부를『산다이슈』의 용어로 처리하라고 하는 것은 계량적으로 불가능하다. 그것은 데이카(定家)의「가능한 한……」이라는 조건이 달린 희망이라고 해석해야 하겠지만, 중국에서는「선례가 있는 표현이야말로 아름답다」라고 말해지고 있는 이상, 일본에서도「선례」가 엄격하게 요구되지 않으면 안 된다고 하는 의식은『산다이슈』라는 한정에 잘 나타나 있다. 두보의 시는「한 자로 해서 출처가 없는 이야기」라고 평해지지만, 그것은 두보가 사용한 말이 고전 혹은 준고전의 어딘가에 나오고 있다는 것으로서, 그「출처」의 범위는 매우 넓다. 게다가, 이 고전주의를 일본 고유의 장르인 와카(和歌)에 대해서 엄격하게 적용하고 있는 것이 일본적인 태도라고 생각된다. 한국 문예에 대해서도 중국 전래의 고전주의는 현저하지만, 그것은 한문시의 제작에 대해서의 일이고, 한국 고유의 장르 예를 들면, 시조에 해당된 것은 아니다. 중국적인 고전주의의 침투는 일본문예에 있어서 가장 현저한 사실이므로, 시대구분의 기본적인 좌표에 사용했다. 그것은 다음 장에 기술할 것이다.

제 3 절 방법으로서의 시대구분

(1) 시간과 문화권과의 등가성(等價性)

일본문예사의 시대구분은 고대, 중세, 근세, 근대로 구분하는 것이 통설이다. 그러나, 이 기준은 어떠한 원리에 근거를 둔 것일까. 그것은 첫째로 선형적(linear)인 시간의 흐름을 어떤 길이로 자른 것이고, 두 번째로 구분의 경계를 정치의 변혁시점에서 찾은 것이라고 생각해도 좋다. 그렇기 때문에 위의 통설적 시대구분은 자주 정부의 소재지로 일컬어져, 중고는 헤이안(平安)시대,[121] 중세는 가마쿠라무로마치(鎌倉室町)시대,[122] 근세는 에도(江戶)시대[123]로도 불려진다.

이와 같은 구분법은 극히 편의적인 것에 지나지 않으며, 문예사의 실태에 적합하지 않은 점이 많이 나온다. 첫째로, 시간의 흐름을 선형, 즉 1차원의 움직임으로써 받아들이는 것은 타당하지만, 역사를 형성하는 시간은 단일하지 않다. 그것은 문화속도라고도 명명해야할 요소를 생각 속에 집어넣을 때, 쉽게 이해될 것이다. 문화의 발달은 여러 가지 조건 내지 제약에 의하므로 반드시 모든 지역에 있어서 같은 속도로는 한정되지 않는다. 예를 들면, 서기 57년 후한의 광무제(光武帝)에게 왜(倭)의 야노쿠니(奴国)왕이 봉공·조하(奉貢·朝賀)하였다고 기록되어 있을 즈음, 중국에서는 고도의 문예가 형성되어 있었던 것에 반해, 당시의 일본은 아직 선고시대로 문예와 역사와 정치와 종교 등이 미분화의 상태로 존재했다. 즉, 문화가 발달하는 속도가 양국간에 달랐던 결과, 같은 서기 57년이라는 시점에 있어서 일본의 선고대가 중국의 고대후기에 상응한다는 것이다. 이러한 현상을 만약 동아시아문예사의 차원에서 기록한다면, 일본에 있어서의 시간의 벡터와 중국에 있어서의 시간의 벡트를 주의하지 않으면 안될 것이다.

이것은 다른 경우에 있어서도 마찬가지이다. 15세기경 류큐(琉球)는 아직 선고대시대였고, 오모로 중에서 당시의 문화를 반영한다고 생각되는 것들은 소위 기키가요[124](記紀歌謠) 중의 낡은 층에 속하는 것들과 대응할 것이다. 또 일본 내지에서도 10세기경 헤이안쿄[125](平安京)에 있어서 도시민의 와카(和歌)가 고도로 세련된 표현을 완성시킨 것에 대해 같은 시기의 지방에서는 기키가요(記紀歌謠)와 그다지 다르지 않은 표현의 가요가 존재했었다고 생각된다.

이 현상은 고도의 문화를 가진 계층에 있어서는 표현이 사회의 여러 가지 움직임을 민감하게 반영해서 새로이 되기 쉬운 반면에, 문화의 정도가 낮은 계층에 있어서는 표현의 변화가 별로 눈에 띄지 않는다라고 하는 것과 같이 지역을 계층으로 옮겨 놓아도 좋을 것이다. 즉, 지역과 계층을 모두 묶어서 「문화권」이라고 고쳐 볼 때, 각각의 문화권에 있어서 역사시간의 흐름은 문화속도의 함수가 되고, 그러므로 복수의 벡터로 표현된다.

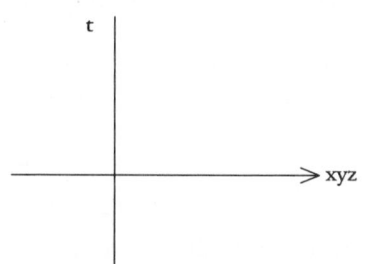

역사적인 시간의 흐름이 단일한 벡터로 표현될 수 없다면, 그것은 시간을 나타내는 좌표축 t와 문화권을 나타내는 좌표축 xyz로 결정되는 4차원의 좌표시공간에 있어서의 복수의 벡터로서 표현될 것이다. 이 경우, 시간성 t와 공간성 xyz은 등가라고 생각한다든가, 역사적인 시간을 선형의 좌표상으로 생각하는 것은 타당하지 않다. 이렇게 말하면 복수의 벡터 전체에 공통되는 시대구분을 하지 않으면 안되지만, 문장에 의한 기술은 선형적인 것이기 때문에, 구체적인 기술로서는 가장 고도의 문화권에 대해서 우선 시대를 구분하고, 그 구분된 시대에는 저도의 복수문화권에 있어서 시간의 흐름이 각각 포섭되는 것이라고 생각하게 될 것이다. 앞 페이지에서 나타낸 그림이 4차원의 세계를 2차원적으로 표현하고 있는 것이다.

두 번째로, 위와 같은 고려를 한 위에서의 시대구분이라면, 어떤 시점에서 명확한 경계를 나타낼 수 있을 것인가 라고 하면, 그것도 어려울 것이다. 왜냐하면, 문예현상은 어떤 시점에서 모든 것이 새롭게 바뀌어 버리는 것이 아니라, 고도의 문화권에 있어서조차 새로운 동향이 생겨난 시점에서 역시 구

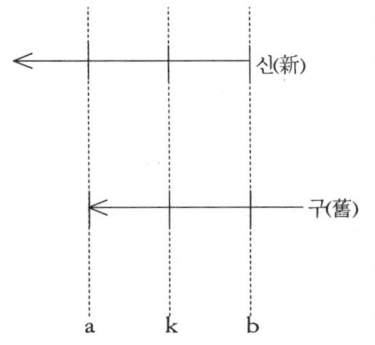

래의 표현양식이 건재하며, 전 시대에 속한다고 생각되는 시대의 말기 경에 다음 시대에 속하는 문예현상이 이미 생겨난다고 하는 상황이 극히 보통이기 때문이다. 그러므로, 구래의 표현양식이 위 그림에 있어서 점선 a로 보여지는 시점까지 활성(活性)을 유지하고 있고, 다른 한편 신흥의 표현양식이 점선 b로 나타나는 시점에서 시작되고 있다고 한다면, a−b의 간격에 대응하는 시기는 신구 양쪽의 양식의 성격을 가지는 것이어서, 명확하다고 한다면 그 천이가 뚜렷하게 인식될 것 같은 사건을 문제삼아서, 그것이 일어난 시점 K에서 천이를 규정짓는 것은 허용될 것이다. 예를 들면, 중세다움을 대표하는 고킨슈(古今集)적 표현은, 9세기 중엽부터 모습을 나타내고 있으며, 다른 한편, 고대적인 와카(和歌) 표현은 10세기말 경까지 남아있으므로, 고대부터 중세에의 천이는 이 150년간에 걸쳐서 행해졌다고 생각되지만, 고대와 중세를 상징적으로 나누는 시점으로서는, 고대적인 노래와 중세적인 노래가 공존하는 『고킨와카슈』(古今和歌集)가 편찬된 905년을 들고 싶다.

상징점 k는 1차원의 전개 b→a를 0차원에서 표현한 것이라고 생각해도 좋을 것이다. 이같은 상징점을 정하는 사건은 어떤 성질의 것이라 해도 좋지만 제 1칙선집(勅撰集)의 편찬이라고 하는 문예관계의 사건을 취하는 것은, 문예현상의 전개가 문예현상 그 자체에 직결되는 원리로 질서 지워져야 한다는 생각에 기인한다. 헤이안(平安)천도라든가 가마쿠라바쿠후(鎌倉幕府)의 개설이라든가 등의 정치적인 사건으로 시대의 구분점을 정하는 종래의 통설은, 문예도 사회적인 움직임 속에서 생산되는 것이기 때문에 그 움직임이 문예현상을 규제할 것이라는 전제에서 시작되고 있다. 그러나 문예현상이 사회적인 움직임에 바로 연관하여 움직이는 것이 아니라, 사회적인 움직임에 대응하는 문예현상은 오히려 그 움직임보다도 늦은 시점에서 보여지는 것이 통상이고, 문예현상의 전개가 모두 사회적인 움직임을 반영한다고도 한정할 수 없다. 문예사의 시대구분이 정치사의 그것과 일치해야 한다는 사고방식은, 사실상 헤이안(平安)시대라든가 에도(江戶)시대라든가의 구분을 하고 있는 문예사가 자신도 그다지 신용하지 않는 것은 아닐까.「헤이안(平安)시대의 문예」라든가「에도(江戶)문예」라든가 하는 것은 요컨대, 편의적인 호칭법에 지나지 않고, 이러한 구분이 아직까지 행해지고 있는 것은, 사용하다가 익숙해진 편안함 때문에 왠지 모르게 버리기 어렵다는 심정적인 이유가 주될 것이다.

시대구분의 원리를 위와 같이 생각힐 때, 일본문예사에 있어서 구제석인 구분의 기준은, 무엇에서 찾으면 좋을까. 나는 일본에 있어서 문예의 질적인 변화를 세계라는 장에서 생각해서, 뒤에 기술하는 것과 같은 구분을 시도해 보았으나, 구분의 기준은 독자성과 공통성과의 상호연관의 모습이다. 즉 일본문예를 세계라는 좌표공간에 놓을 때, 일본으로서의 독자적인 성질이 동양 혹은 서양의 제국으로부터 구별되지만, 동시에 공통적인 성질도 있고, 게다가 일본 독자적이라고 생각되는 성질이라도 분석해 보면, 외국으로부터의 영향에 의한 비일본적인 요소를 포함하는 일이 많다. 일본의 문화는 외래문화의 수용에 의해 진전된 면이 현저해서, 이 면을 생각하지 않고서는 아무것도 명확하게 되지 않는 정도이다. 그래서 일본 문화의 성질을 외국문화와의 관계에서 구분해 보면, 우선 외국문화와의 교섭이 거의 없고, 일본열도 안에서만 성장한 문화가 존재하며 다음으로 중국 문화의 수용에 의해 변질된 문화가 진전한 후, 서양문화의 수용에 의해 별종의 변질이 생겼다. 이들 3가지의 존재형태를 시간의 흐름에 투사한 것이「시대」의 실질이라고 정의한다면, 이 의미에서의 시대는 1차원의 선형시간으로서의 흐름이 아니라, 그 속에 3차원적인 문화권의 특성도 포함하는 시공간성이라고 말할 수 있다. 구체적으로는, 다음과 같은 구분이 된다.

> 제1시대 - 일본 고유의 문화만이 존재했던 시대.
> 제2시대 - 중국 문화의 수용에 의한 변질이 생긴 시대.
> 제3시대 - 서양문화의 수용에 의한 별종의 변질이 생긴 시대.

지금 중국 문화라고 말한 중에는, 중국을 통해서 도래한 불교문화도 포함된다. 또, 서양문화라고 말한 것은, 17세기 이후의 근대서양을 가리키는 것이고, 르네상스 이전의 문화는 이것에 들어가지 않는다.

제1시대는, 문예와 역사나 정치나 종교 등이 아직 분화되지 않고, 원시성이 상당히 다량 남아있었을 것이므로 이것을 선고시대라고 부르기로 하자. 또, 제 3시대는 근대서양의 문화를 수용함에 의해 성립된 것이기 때문에, 일본에 있어서도 근대라고 생각해도 좋다. 그 중간에 있는 제 2시대는, 더욱더 하위구분을 필요로 하는 것 같다. 왜냐하면, 마찬가지로 중국 문화의 수용을 기본성질로 하면서, 문예에 대해서 선고시대부터의 표현의식이 아직 완전히 변질되지 않고 많이 남아있는 시대와 문예의 주도적인 장르에 있어서 표현의식이 중국 문화의 침투에 의해 변질한 시대를 구별할 수 있기 때문이다. 전자를 고대, 후자를 중세라고 부르고 싶다.

그런데, 고대와 중세는 각각 또 하나의 하위구분을 필요로 할 것이다.

고대 쪽은 문예가 아직 역사나 정치나 종교에서 완전히 독립하지 않은 시대와 문예로서의 문예가 자각된 시대로 나눌 수 있는 상황이 인정되므로, 전자를 고대 제1기, 후자를 고대 제2기로 한다. 또, 중세는 각각 풍류(風流)·도(道)·정리(情理)라고 하는 이념으로 환원할 수 있는 표현의식을 기본으로 하는 시대가 계속해서 일어나고 있고, 그것들을 중세 제1기·중세 제2기·중세 제3기라고 하자. 이러한 하위구분을 필요로 하는 변질이 생긴 것은 중국에 있어서의 육조문화·당대문화·송대문화라고 하는 이동에 영향을 받은 것이지만, 일본의 고대·중세에 있어서의 하위구분이 육조·당대[126]·송[127]이라고 하는 구분에 1대 1 대응하고 있는 것은 아니다. 이들 하위구분에 해당하는 시대의 특질은 일본 자신에 있어서의 상황을 반영해서 생긴 점이 많기 때문이다.

이상의 것을 정리한다면, 일본문예사에 있어서의 시대구분은 먼저 시도한, 크게 구분한 것을 수정하여, 다음과 같은 골격으로서 구체화할 수 있을 것이다.

선고시대 　－ 일본 독자적인 문화만이 존재하고, 문예·역사·정치·종교가 미분화.

고대 　　　－ 중국 문화의 섭취로 변질되서도, 원시적인 표현의식이 많이 잔존.

고대 제1기 － 문예가 역사·정치·종교로부터 완전히 독립하지 않음.

고대 제2기 － 문예로서의 표현의식이 형성된다.

중세 　　　－ 주도적 장르에 있어서의 표현의식이 중국 문화의 수용에 의해 변질.

중세 제1기 － 「풍류」를 이념으로 한다.

중세 제2기 － 「도」를 이념으로 한다.

중세 제3기 － 「정리」를 이념으로 한다.

근대 　　　－ 서양문화의 섭취에 의한 별종의 변질을 받는다.

이 구분은 완결적인 것이 아니라, 위에 든 하위구분의 더욱 하위가 되는 구분도 생각할 수 있지만, 기본적으로는 이것으로 끝낼 수 있을 것이다.

이러한 시대구분은 문예의 흐름에 대한 「해석하는 법」이고, 때의 흐름이 몇 개인가의 기간으로 분할된다고 하는 것이 아니다. 앞에 기술한 것과 같이, 시대를 구분하는 것과 같은 점은 상징에 지나지 않고, 실제로 그러한 점이 존재하지 않기 때문에, 중세라고 해도 그 중에 고대가 존재하고 있는 부분이 있고, 고대의 말기에는 중세의 초기가 들어와 있다.

이와 같이 양방의 시대가 교차하고 있는 부분은 과도기라고 생각해도 좋지만, 독자적이고 고정적인 과도시대를 세우는 것은 상징점이 가설의 지표에 지나지 않는다라는 사고방식을 불명확하게 하므로, 과도기에 해당하는 문예현상은 어느 시대에도 속하게 할 수 있도록 처리하는 것이 적당하다. 또한 시대를 언급할 때, 역년으로 대표되는 것 같은 물리적 시간을 보조적으로 사용하지 않으면, 기술이 종종 어렵게 된다. 예를 들면 9세기라든가 10세기라든가의 표현은 물론, 원정기(院政期)라든가 가마쿠라(鎌倉) 초기라든가 메이지(明治) 후기라든가와 같이 「기」(期)로 표현되는 통칭을 대응시킬 수도 있다. 그러나 그것들은 1차원의 물리적 시간으로서의 「시기」(period)를 기술의 편의를 위해 보조적으로 사용한 것이고, 문예현상의 전개에 대한 인식 내지 해석을 표현하는 「시대」(age)와는 구별되지 않으면 안된다.

(2) 시대구분의 지표

헤이안(平安)시대라든가 에도(江戶)시대라든가와 같이 정부소재지를 지표로 하는 구분이 타당하지 않은 것은 앞에 기술한 대로이다. 그렇다면, 대신할 것으로서 무엇을 지표로 하면 좋을까. 나는 시대구분의 지표를 표현이념으로 구하고, 기본적인 시대의 구분에 대해서는 「아」(雅)와 「속」(俗)을 그것에 해당시키고 싶다.

우리들은 영원한 것을 동경하지 않고는 있을 수 없다. 그것은 일상의 심리상태로는 반드시 현재화하지 않지만, 일상심의 바닥에는 일상적이 아닌 원망이 잠재하고 있어서 무엇인가의 기회와 인연에 접할 때, 영원에의 소망이 구름사이에서 비치는 빛과 같이 빛난다. 우리들 자신은 영원한 존재는 아니다. 아니, 그것뿐인가 극히 한정된, 게다가 불안정한 존재이다. 그 무상함을 자각할 때, 우리들은 도리어 영원한 것을 강하게 지향하고, 그 지향을 통해서 영원한 것에 관계가 미친다. 그러나, 그 지향이 구체적으로 실현되는 것이라고는 할 수 없는 것이어서, 영원한 것에의 지향은 많은 경우, 영원한 동경으로 끝나기 쉽지만, 그러한 지향이 실천의 장에서 구체화될 때는 종교라든가 예술이라든가 과학이라든가의 형태에 나타난다. 혹은, 종교나 예술이나 과학 등을 매개로 해서 우리들이 영원한 것에 연결된다고 말해도 좋을 것이다.

그런데, 영원한 것에의 지향은 실천의 장에 있어서 북극과 남극과 같이, 두 개의 극 즉, 지향초점을 갖는다. 그 하나는 「완성」이고, 다른 하나는 「무한」이다.[30] 이것을 예술의 세계에 대해서 생각하면, 완성을 극으로 하는 사람은 그 이상으로는 다듬을 수 없는 곳까지 다듬어진 고도의 표현을 지향하는 데 대해, 무한을 극으로 하는 사람은 어떻게 되어가는지 알 수 없는 불확실함 속을 구태여 전진할 각오를 한다. 전자의 이념을 나는 「아」라 부르고, 후자의 이념을 「속」이라고 부르기로 한다. 「아」다운 표현은 완전히 완성된 상태로서 형성되는 것이기 때문에, 그 상태에 도달하기 이전의 단계에 위치하는 표현은 모두 뒤떨어지는 것이라고 의식된다. 그러므로, 완성에 이르렀다고 의식되는 표현이 있으면, 같은 장르의 표현은 모두 그 상태에 근접하는 것에 의해 아름다움이 부여되는 것이므로, 제작자의 입장에서 말하면, 이미 완성되어 있는 모범에 순종하고 동조해 가는 것이 바른 실천태도라고 의식하게 된다. 거기에서는 「이미 존재하는 표현」이 항상 주도적이고, 자유로운 발상은 오히려 제약되어 소외된다. 예를 들면, 와카(和歌)의 경우, 선례가 있는 말로 형태에 따라서 읊는 법을 하는 것이 아름다운 노래이기 때문에, 그것을 무시하는 사람은, 소네 요시타다(曾根好忠)와 같이 「광혹한 놈이다」 〔후쿠로조시(袋草紙 上). 366〕 라고 비난을 받을 것이다. 이것은 향수자의 입장에서 말하자면, 풍부한 예비지식이 필수불가결하게 된다. 어떤 표현이 어떠한 모범에 순종하고, 어떠한 선례에 기초해 있는가를 식별할 수 없으면,

그 표현은 조금도 아름답게 느껴지지 않기 때문이다. 그러므로, 「아」(雅)다운 표현을 지지하는 향수층은 선례에 대해서 넓고 또한 깊은 지식과 이해를 갖는 사람들로 구성되지만, 그러한 종류의 사람들 이외에는 제작자도 있을리가 없으므로, 결과적으로 제작자와 향수자가 같은 권에 속하는 것을 요한다. 그것은 제작에 관계하는 자만이 향수할 수 있는 작품이야말로 진정한 예술이라고 하는 의식을 형성시켰다[고니시(小西)1953c.30~37]. 이와 같은 종류의 작품은 표현의 「기질」texture에서 말하자면, 단정하고 정교하고 미묘하고 심원한 것이 이상이고, 수련이 부족한 자나 조잡한 감수성을 가진 사람에게는 제작도 향수도 기대할 수 없다.

이것에 대해서, 「속」(俗)적인 표현은 선례가 없는 세계에 속한다. 거기에서는 아무 것도 완성되어 있지는 않다. 또, 정해진 존재형식이 없다. 이상한 난폭함으로서 나타나는 경우도 있는가 하면, 소박한 친해지기 쉬움으로서 접할 수도 있을 것이다. 혹은 기분 나쁜 어둠으로서, 혹은 극히 경박한 신기함으로서, 혹은 생생한 절실함으로서 정해지는 것을 모르는 것이 「속」(俗)적인 표현의 자태인 것이다. 그 속에는 주옥같은 반짝임이 있을지도 모르고, 하찮은 볼품 없음도 적지 않다. ―라고 하기보다도, 실은, 후자 쪽이 「속」의 사용법으로서 보통이고, 만약 「당신의 취향은 속적(俗的)이군요」라고 비평한다면, 반드시 비난으로서 받아들여질 것이다. 그러나, 그러한 마이너스면은 결코 「속」 전체의 성격을 나타내는 것이 아니라, 생생한 건강함이나 싱싱한 순수함이나 넓게 펼쳐진 자유로움 등의 플러스적인 면도, 「속」의 세계에는 풍부하게 포함된다. 바쇼(芭蕉)가 「높게 마음을 깨닫고 「속」으로 돌아가야 한다」[산조시(三冊子) 〈아카(赤)〉.101] 라고 말한 「속」은 이와 같은 「속」이었고[노세(能勢) 1948.75], 중국의 사용양식에서도 「속」(俗, su)은 원래 나쁜 의미를 가지고 있었던 것이 아니라, 널리 세상에서 행해지고 있는 양식이라는 것이 그 원래 뜻이었다[요시카와(吉川) 1942.241~45]. 「속」이 소위 「속」스러움으로 퇴폐적이기 쉬운 경향은 부정할 수 없지만, 그것만이 「속」이라고 생각하면 안 된다. 「아」(雅)도 또한, 종종 퇴폐적일 수 있다. 그건 그렇다 하더라도, 「아」와 비교한다면, 「속」쪽이 훨씬 불안정한 만큼 퇴폐적이기 쉬운 것은 인정될 것이다.

이와 같은 의미에서의 「아」와 「속」만을 시대구분의 지표로 하는 것은 실제의 문예현상에 적용해 보면, 반드시 충분하지는 않은 점이 있는 것 같이 생각된다. 그것은 「아」다운 표현이 확립된 후, 「아」에 기초하면서 「속」다운 표현세계에서 자유로이 쓰여진다는 태도가 성장하고, 점차 큰 영역을 차지하게 되어, 이것을 「아」 또는, 「속」의 어느 쪽엔가에 포섭시키기 어렵기 때문이다. 이러한 표현이념은 「하이카이」(俳諧)라고 불리었다.[31] 그러므로, 시대구분의 지표로서는, 하이카이(俳諧)라는 말은 후대에 장르의 명칭으로서 널리 사용되고 있고, 그것들과의 혼동이 생기는 우려가 있으므로, 이하의 논술에 있어서는 새롭게 「아속」(雅俗)이라는 호칭을 사용하고자 한다. 그 의미에서의 「아속」은 「아」와 「속」이 화합해서 별종의 표현이념이 된 것이 아니라, 「아」에 뿌리를 내리면서 「속」의 표현세계에 가지와 잎을 뻗는 것이고, 「아」는 「아」로서 명확하게 의식하면서 「속」으로 발을 내딛는 것이다. 즉, 한쪽 발을 「아」에 두면서 다른 한쪽 발을 「속」에 걸치는 것이 「아속」이고, 어느 쪽의 발에 중심이 있는가는 상황에 따라 다르지만, 「아」와 「속」이 각각의 발로 동시에 밟아져있는 것을 특성으로 한다. 하이카이우타(俳諧歌)라든지 하이카이렌가(俳諧連歌)는 이와 같은 표현이념에 기초한 장르인 것이다.

그러면 이들 표현이념은 시대구분과 어떠한 연관이 있는 것일까. 우선 선고시대의 표현이 「속」에 대응하는 것은 그다지 많은 설명이 필요치 않을 것이다. 고대에 접어들 때 중국 문화가 적극적으로 수용되었지만, 그것이 일본 문화를 변질시켜 가기에는 역시 수세기를 필요로 했다. 그러나, 그 중국 문화가 일본에게 있어서 「아」 그 자체였다. 후진국인 일본에 있어서, 중국 문화는「완성」그 자체였고, 이것에 순종하고 동조하는 것 외에는 일본이 나아갈 길은 없다고 의식되었던 것이다. 그런데 그러한 의식에도 불구하고, 선고시대부터 계승된 이야기나 노래의 표현은 금방 변질되지 않았다. 쇼토쿠타이시[129](聖德太子)의「주시치조켄포」[130](十七条憲法)를 비롯해서 한문에 의한 작품이 많이 나타나고, 오토모노오지(大友皇子)나 나가야노오[131](長屋王) 등이 계속해서 한시를 지은 것은「아」의 문화를 일본에 이식하려고 했던 때문이지만, 결과적으로는 표현의 외형에 속하는 차원에서 중국적인「아」를 섭취한 것에 지나지 않고, 내질인「심」(心)의 존재형식은 선고시대와 변함이 없다. 예를 들면, 가키노모토노 히토마로(柿本人麻呂)의 조카(長歌)에서 보여지는 장대하고도 정교한 대구표현은 중국시 부(賦)를 취하여 받아들인 것이라고 생각되지만, 거기에 불리어진 심정은 생각하는 바, 느끼는 바를 직접적으로 표출하고 있고, 그것을『고킨슈』(古今集)의 가인처럼「이미 존재하는 표현이 장」과 맞도록 수정하고는 있지 않은 것이다.

따라서 고대의 기본적인 표현이념은「속」이었다고 생각되지만, 그 초기단계와 후기단계에서는 양상을 달리하는 곳이 있다. 먼저 고대 제 1기라고 명명한 시대에서는 아직 문예가 종교와 완전히 분리되지 않았기 때문에, 이야기에도 노래에도 거기에 사용되는「말」은 영성(靈性) 내지 주성(呪性)을 가지고 의미를 전할 뿐만 아니라 무엇인가 초자연적인 작용을 부여하는 것이다. 그것을 고대인은「고토다마」(言靈)라고 했다. 고대 제1기는 고토다마가 존재했었던 시대이다. 고토다마는 고대 제2기에서도 사멸한 것이 아니라 중세를 거쳐 현재에 이르기까지 잠재적으로는 계속 존재하고 있다. 그것이 급속하게 쇠약해 진 것은 고대 제2기에 있어서의 일이다. 왜 급속하게 쇠약해졌냐 하면, 제2기에 이르러「문예로서의 문예」가 의식된 결과, 고토다마가 종교의 세계로 철수했기 때문이다. 이 경우, 고대일본이「문예」라고 의식한 것은 물론「중국과 같은 질의 문예」이고, 중국에 있어서의 원상을 일본에 그

대로 묘사하기 위해서는 중국 문화에 대해서의 정확함과 동시에 풍부한 지식, 즉,「가라자에(漢才)」가 필요불가결했다. 고대 제 2기 및 그 연장을 대표하는 사람들, 오토모노 다비토[132](大伴旅人)・야마노우에노 오쿠라(山上憶良)・오토모노 야카모치(大伴家持)・구카이[133](空海)・스가와라노 미치자네[134](菅原道真) 등은 누구나 고도의 가라자에(漢才)를 시문에 살렸으며, 고대 제 2기는 가라자에의 시대라고 해도 좋다.

중세에 이르러「아」다운 표현세계가 확립되었지만, 역시 양상을 달리하는 몇 시대가 관찰된다.「아」의 원상을 제공하는 중국의 문화인은 하나의 흥미있는 생활태도의 형을 가지고 있었다. 그것은 공적으로는 유교, 사적으로는 도교이 정신으로 생활한다고 하는 방식이다. 이 태도는 일본의 고대 제 2기에 있어서 맹아를 나타내는 바이지만, 중세에 이르러 문예와 정치의 분리가 현실화됨에 따라 일본의 문화인들은 공적인 정치의 장에 있어서 유교적인 동시에 사적인 생활의 장에 있어서는 도교적인 감성을 존중하게 되었다. 그리고 문예는 주로 후자를 지향했으나 도교적인 감성에 뒷받침된 생활이념을「풍류」라고 부른다. 풍류라고 하는 것은, 음악・시문・홍연 및 여성과의 교정에 있어서 어느 것이나 고도의 세련된「미」를 생성하려고 하는 이념이다. 이와 같은 의미에서의 풍류를 작품 속에서 종합적으로 실현한 대표적인 예가『겐지모노가타리』(源氏物語) 바로 그것이다. 또, 그러한「미」가 이상적으로 달성된 상태는 염(艶)이라고 표현되었다. 염(艶)이라고 하는 한어계통의 표현이 사용된 것은 그것이 야마토의 말로는 완전히 표현될 수 없는 점을 갖기 때문이고, 구체적으로는 육조 내지 당대에 있어서 이상미(理想美)의 하나를 그 원상으로 한다. 먼저 중세 제 1기를 풍류의 시대라고 한 것은 이와 같은 이유 때문이었다.

풍류다운 생활은 그것을 지지할 만큼의 경제기반이 없으면 성립되지 않는다. 미도칸파쿠 미치나가[135](御堂関白道長)를 정점으로 하는 풍류의 시대는

12세기경부터 쇠약해져 가고, 13세기 이후는 모습이 사라진다. 그러나, 잃어버려진 「미」는 현실에 존재하지 않기 때문에 오히려 한층 더 아름답다. 히카루겐지[136](光源氏)를 중심으로 해서 펼쳐진 것과 같은 흥겨운 연회와 여성편력은 13세기의 사람들에게 있어서 상상되어지기만 하는 세계였으나, 그만큼 현실의 아름다움보다도 깊고 가늘게 된다. 이러한 상황의 이상의 「미」를 10세기·11세기경의 풍류세계에서 찾게 하고, 그것이 13세기 이후의 인사에 대한 「고전」이 되었다. 중세 제 1기까지의 사람들이 지주로 삼았던 고전은 중국 문화측에 있었지만, 중세 제 2기의 사람들은 일본 자신의 속에서 고전을 발견한 것이다.

와카(和歌)에 있어서 『고킨와카슈』(古今和歌集)와 모노가타리(物語)에 있어서 『겐지모노가타리』는 명확하게 고전의 자격을 부여받고, 그것들에 가능한 한 가까운 표현을 하는 것으로 작품의 가치를 높이려고 하는 의고전주의[137]와, 고전에 기초하면서 고전이 목표로 한 「미」를 자기 자신에 의한 표현으로 나타내려고 하는 신고전주의가 중세 제 2기에는 나타나 있다. 또, 음악이나 시문은 세분화된 전문 중에서 「가」(家)에 의한 계승도 발달하고, 그것이 천태(天台)의 엔돈(円頓)과 결합해서, 일본 독자의 「도」(道)라는 이념을 생성시켰다. 중세 제 2기의 문예는 이 「도」를 실천의 중핵으로 전개하지만, 지향하는 「미」의 성질로서는 송대의 박(朴), 졸(拙), 고담(枯淡)이라는 이상이 침투한 결과, 당대적인 「염」(艶)을 침잠시킨 「냉정」이나 화려함을 겉으로 나타내지 않는 「사비」(さび), 「와비」(わび) 등이 새로운 아름다움으로서 요구되고, 게다가 표현 그 자체를 부정하는 것에 의해 지성도 감성도 초월한 별개의 표현세계를 열려고 하는 「파」(破)의 논리까지 생긴다.

송대문화가 갖는 중요한 특성의 하나로, 철저한 「이」(理)의 추구가 있다. 그 중 형이상학적인 「이」를 체계화하여 질서지우는 신유학은 주로 선승들에 의해 일본에 들어왔으나, 그 외에 만반의 사상에 대해서 체계를 세우려고 하

는 정신도 널리 퍼지게 되었다. 그러한 사리는「의리」라고 불리었다. 한편, 인쇄기술의 급속한 발달에 의해 문예의 향수층이 확대되고, 그것과 함께 개인의 심정 즉,「인정」이 문예의 주요한 대상으로 되기에 이르고, 의리와의 사이에 양립될 수 없는 모순을 종종 일으켰다. 이와 같은 인정과 의리와의 모순 내지 대립은 중세 제 3기에 타나난 특징적인 사실이고, 양자가 양립될 수 없는 사이에서 적절하게 존재하려고 하는 태도를 간략하게「정리」(情理)[32]라고 표현한다면, 그것이 중세 제 3기를 통해서의 과제였다고 생각해도 좋다. 인정은 그 본성으로서 자유를 지향하기 때문에「속」적인 세계에 속할 것이다. 그러나, 의리는 이미 존재하는 규범으로서 나타나므로「아」다운 세계에 속할 것이고,「속」스러운 세계와 관련되면서「아」의 도리를 살리려고 한다면, 그것은 먼저 정의한「아속」의 이념이 될 것이다. 그러므로, 중세 제 3기에는「아」의 문예도「속」의 문예도 존재했지만, 주도적인 것은「아속」에 속하는 문예였다. 이 시대에 있어서 특색적인「미」로서의「이키」(いき)「스이」(すい)「쓰」(通)[138] 등은 그러한「아속」의 이념에서 생긴 것이다.

중세 제 3기에 침투한 것이 송대문화인 것은 앞서 서술한 대로이지만, 그것에만 한정된 것은 아니고, 당대(唐代)문화와 더 내려가서는 명, 청의 문화도 폭 넓게 섭취한 것이 중세 제 3기이다. 그러나, 당대문화라든지 명청문화라든지, 그것을 섭취하는 것이 중세 제 3기이다. 그러나, 당대문화라든지 명청문화라도 중세 제 1기와 중세 제 3기는 그 수용방의 방법이 다르다. 그렇지만, 중세 제3기까지가 모두 중국 문화와의 대응으로 전개되어 왔다는 것은 명백하고, 그러한 의미에서는 고대도 중세도 통틀어서「중국 문화 수용시대」라고 생각하는 것까지도 가능할 것이다. 이것에 대해서, 19세기의 후반 이래 급속한 전개를 보인 근대는 말할 것도 없이「서양문화 수용시대」이지만, 그 수용된 서양문화가 실은 19세기의 것이었다는 점에 큰 문제가 있다고 생각된다. 300년에 가까운 쇄국을 풀고, 중국 문화에서 서양문화에로 수용의 상대를 바꾼 것은 당시의 서양문화가 특히 자연과학이나 공업기술에서 일본을 크게 앞서가고 있고, 그 차를 줄이는 것이 제일 급한 일이라고 의식되었기 때문이다. 그 때문에 서양문화의 수용은 19세기 서양문화에 집중되고, 고대와 중세는 물론 18세기의 근대조차 일본에는 그다지 쓸모가 없었던 것 같다. 그럼에도 17세기 이래의 서양 근대 문화는 19세기 말에 이르러 막다른 증후군을 보였으며, 20세기에 접어들면 서양문화는 다른 지향을 갖게 되었다. 일본의 근대화는 서양에 있어서 근대의 말미만을 급속하게 섭취하는 것으로 실현되었기 때문에, 서양의 근대 전체와 대응하고 있지는 않다. 거기에 중국 문화 수용시대와는 현저하게 다른 점이 있다고 생각된다.

서양에 있어서 20세기 문화가 그때까지의 근대 문화와 기본적으로 다른 성질을 갖는 것은, 예를 들면, 물리학에 있어서 양자론의 제창(1900)과 상대성이론의 출발(1905)에서 상징적으로 나타나고 있다고 얘기할 수 있다. 양자론은 양자역학의 형성(1930경)에 의해, 상대성이론은 원자폭탄의 투척(1945)에 의해, 각각의 존재를 명확하게 했으나 이들은 뉴톤역학에 의해 대표되는 고전 물리학과 달리, 직접 감각할 수 없는 사실을 대상으로 한다. 이와 같은 동향에 대응하는 예술로서는 소위 전위적인 미술이나 음악이 생겨나고 있었고, 문예에 있어서도 의미하는 것을 직접적으로는 이해도 감상도 할 수 없을 것 같은 작품이 나타났다. 그러한 작품은 아직 완결적인 표현양식을 형성하기에 이르지 않았으며, 그 정착까지는 꽤 긴 기간을 요구할 것이다. 일본의 근대는 이러한 소위 현대 제 1기의 초기에 해당하는 것과 근대의 말미와를 병존시키는 혼합태이고, 기본적인 성격을 정의하기가 어렵다. 따라서, 잠정적으로 서양의 근대말기와 현대초기를 그다지 구별하지 않고 수용한 것이 일본의 근대다─라고 생각할 수밖에 없다. 일본의 근대를 정확하게 정의할 수 있는 것은 아마 21세기에 이르러서의 일본일 것이다. 이와 같이 보면, 일본문예는 계속 외국문화의 흐름에 대응하면서 전개된 것이 명확하지만,

그 대응이 중국과의 관계에서는 언제나 350년 정도 늦는다는 점에 주목하지 않으면 안 된다. 예를 들면, 고대 제 1기와 고대 제 2기를 구분하는 상징점에 오토모노 다비토(大伴旅人)가 덴표(天平) 2년(730)에 주최한 매화가(梅花歌) 32수의 엔(宴)을 취급할 때, 그 원상이 된 난정(蘭亭)의 아연(雅宴)은 영화(永和) 9년(353)이고, 378년 앞선 시기에 해당한다. 또, 양간문제(梁簡文帝)가 태자였던 말년에 서릉(徐陵)이 지은 『옥대신영』(玉臺新詠)을 태청년간(太淸年間, 547~49)에 이루어진 것이라고 한다면, 그 시점은 『고킨와카슈』(古今和歌集)의 편찬명령이 내려진 연희(延喜) 5년(905)보다도 358년 정도 전이다. 게다가 『신코킨와카슈』(新古今和歌集)가 편찬된 겐큐(元久) 2년(1205)은 그 중심이 되는 요염풍에 사까운 삭품을 대표하는 온정균[139](溫庭筠)의 죽음(870년경)보다도 345년 정도 뒤가 된다. 게다가 인쇄기술의 개량에 의해 다양한 방면에 걸친 출판 활동이 추진된 것이 중세 제 3기를 특징지우는 것이라고 한다면, 그 상징점에 경작칙판이 시작된 게이초(慶長) 2년(1597)을 선택할 수 있다. 그것은 중국에 있어서 명확한 상징점을 나타내기 어렵지만, 방각본 즉 영리출판서가 항주(杭州)를 중심지로 활발하게 간행되어, 임안(臨安)의 진씨(陳氏)에 의한 인서(印書)[33]가 가장 성했던 13세기의 중반 경에 대응하는 것이겠는데, 그 시차는 역시 350년 정도가 된다. 즉, 중세 제 3기까지는 중국 문화와의 대응으로 전개를 더듬는 것이 가능하다고 생각된다.

이와 같이 일본문예의 흐름은 중국과 약 350년 전후의 시차를 유지하면서 전개되고 있는 것은 기본적으로 일본과 중국의 사이에 그 만큼의 문화적 낙차가 있었다고 밖에 얘기할 수 없다.

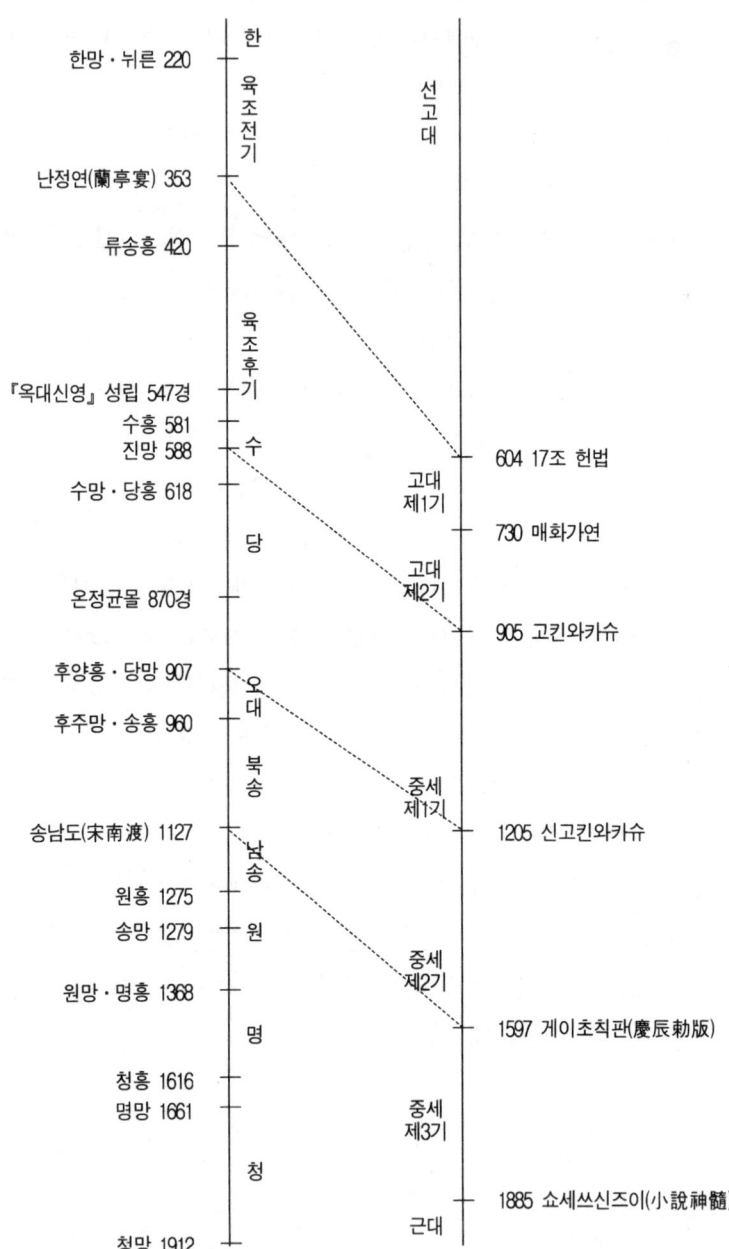

한망·뉘른 220

한
육조전기

선고대

난정연(蘭亭宴) 353

류송흥 420

육조후기

『옥대신영』 성립 547경
수흥 581
진망 588
수

고대
제1기

604 17조 헌법

수망·당흥 618

당

730 매화가연

고대
제2기

온정균몰 870경

905 고킨와카슈

후양흥·당망 907
오
대

후주망·송흥 960

북
송

중세
제1기

송남도(宋南渡) 1127
남
송

1205 신고킨와카슈

원흥 1275

송망 1279
원

원망·명흥 1368

중세
제2기

1597 게이초칙판(慶辰勅版)

명

청흥 1616
명망 1661

중세
제3기

청

1885 쇼세쓰신즈이(小說神髓)

청망 1912

근대

물론 교통사정의 제약이 있고, 중국으로부터의 정보가 현대와 같은 빠르기로 전해지지 않았던 점도 인정하지 않으면 안되지만, 그것만의 이유라면 뒤로 갈수록 시차가 줄어들 터인데도, 실제로는 약 1300년간을 통해서 같은 진도로 대응이 보여지는 것은 교통사정 외에도 일본과 중국을 격리시키는 문화적인 거리가 있고, 그 거리를 없애가기 위해서는 언제나 350년 정도의 시간을 필요로 한다고 생각하는 것이 타당할 것이다. 이러한 문화적인 거리는 반드시 타국과의 사이에서만 관찰된다고만 할 수 없다. 그것은, 같은 나라안에 있는 문화의 중심권과 주변권과의 사이에 있어서도 나타나는 현상이다. 예를 들면, 문예사 연표의 종류에서 「메이지(明治) 30년(1897) 1월, 하이시(俳誌)『호토토기스』(ホトトギス)창간」, 「메이지 32년(1899) 1월, 마사오카 시키[140](正岡子規)『하이카이타이요』(俳諧大要) 간행」, 「같은 해 12월 마사오카 시키『하이진부손(俳人蕪村) 간행」, 「메이지 33년(1900) 12월, 다카하마 교시(高浜虚子)『슨코슈』(寸紅集)『간교쿠슈』(寒玉集) 간행」, 「메이지 34년(1901) 5월, 마사오카 시키『슌카슈토』(春夏秋冬) 간행」, 「메이지 35년(1902) 12월, 가와히가시 헤키고도[141](河東碧梧桐)『하이쿠쇼호』(俳句初歩) 간행」 등의 기사를 보면, 19세기 말부터 20세기 초에 걸쳐서 하이쿠(俳句)혁신이 한창이었던 것 같이 인상지워진다. 그러나, 하이쿠 혁신이 정착하는 것은 그보다도 약 20년 내지 25년 정도 후의 일로, 19세기 말의 하이단(俳壇)은 전국적으로 보면 에도(江戸)기부터의 쓰키나미파(月並派)가 단연 우세였고, 하이쿠(俳句) 혁신은 극히 국소적인 현상에 지나지 않았던 것이다. 마찬가지 일은, 쇼와(承和) 5년(838) 7월 2일부터 다음해 3월 26일까지 당에 있었던 제17차 견당사절 일행중 누군가가, 지금 백거이(白居易)의 시야말로 귀족은 물론 여성이나 하인에 이르기까지 입에 올리지 않는 자가 없는 최신유행의 대표적 작품이다, 라고 하는 정보를 얻었을 때에도, 역시 해당한다고 생각된다. 백시(白詩)가 당시의 중국에서 호평이라는 사실은 견당사들도 곧 인식할 수 있었을 것이다.[34] 그럼에도, 백시의 표현이 어떤 특질을 갖고 그

것이 왜 당나라 사람들을 널리, 그리고 강하게 끌어당겼는지는 도저히 이해
할 수 없었을 것이다. 그것을 이해하기 위해서는 재래의 당조시단(唐朝詩壇)
이 어떠한 동향을 경험하고, 백시가 그 속에서 어떻게 위치지워지는가 하는
점에 대해서의 정보가 미리 입수되지 않으면 안되는데, 견당사들은 이백(李
白)이나 두보(杜甫)에 대해서조차도 충분한 정보를 얻고 있지 않았던 것 같
다. 만약 「이백, 두보는 위대한 시인이었다.」라는 정보가 우연적으로 얻어졌
다고 상정해도, 이백, 두보가 왜 위대한가를 이해하기 위한 자료는 갖추어지
지 않았을 것이고, 자료가 주어졌다고 해도 그 의미를 파악할 수 있기 위한
조건이 9세기의 일본에는 없었다. 당시의 일본은 육조시의 표현에 익숙해져
있었기 때문에, 그 형에 적합하게 하는 것 외에는 이해의 방법도 갖고 있지
않았던 것이다.[35] 즉 고대부터 중세에 걸쳐서의 일본인은 정신적 내지 문화
적인 차원에서 주변권에 위치지워져 있었기에 중심권인 중국의 문화를 이해
하고 수용하기 위해서는 시간으로 환산해서 약 350년 전후의 실천활동이
불가결했다는 결과가 된다.

중국에 비교해서 변경에 있었던 일본은 중국 문예에 있어서 원상과 대응
하는 상을 그대로 취하기 위해서, 약 350년 전후의 시차로 진행하면 좋았
다. 그것은 일본의 문화속도가 낮았던 것과 함께 같은 시기의 중국도 문화
속도가 그다지 높지는 않았기 때문에, 같은 방향으로 등속도 운동을 하는
것과 같은 형태의 시차평형이 유지될 수 있었던 것이다. 그런데, 쇄국을 철
폐하고 서양문화에서 원상을 찾는 시점에서, 일본의 문화속도는 급격하게
가속되었다. 극히 짧은 기간 동안에 서양문화와 보조를 맞추려고 했기 때문
에 그 원상이 거의 시차가 없는 19세기에 요구된 것이다. 이 시점에 있어서
중국문예와의 관계는 위상 기하학적인 의미에서의 「파국」catastrophe을 맞
았으므로, 그 때까지와 같은 대응이 없어지고 청조(淸朝)문예는 그다지 일본
에 영향을 주지 않고 끝나는 결과가 되었다. 이러한 파국이야말로, 일본의
근대문예가 갖는 기본적인 계기라고 말할 수 있을 것이다. 물론 에도(江戶)

기부터 계승된 중국적 전통도 활성(活性)을 잃은 것은 아니지만,[36] 그것은 일본의 근대문예에 있어서 주변권으로 후퇴해 가는 것이고, 서양에서 원상을 찾은 중심권 속에는 유감스럽게도 이미 머물 수가 없었다.

(3) 동아시아의 문예사적 시대

이상에서 서술해 온 고대와 중세는 문예현상이 어떻게 전개되었는가를 관찰하고 의미를 부여하는「해석방법」에 지나지 않고, 관찰자 자신이 어떠한 척도를 갖는가에 따라 차이점이 생기는 것은 당연하다고 할 수 있다. 일본에 있어서 문예의 흐름을「아」(雅),「속」(俗)이라는 척도로 계측하여 정리하면 이상과 같은 역사상이 얻어지지만, 그 척도가 보는 경우에 유효하다고는 할 수 없다. 일본에 있어서 문예현상의 전개가 동양 속에서 어떻게 위치 지워지는가를 생각할 때, 내가 말하는「아」,「속」을 중국에 적용하는 것은 의미가 없을 것이다. 일본에 있어서「아」는 구체적으로 중국 문화의 사상(寫像)이었다. 그것에 중국 문화의 수용에 의한 변질이 일어난 시대를「제2의 시대」라 하고, 그 하위 구분에 고대와 중세를 설정했지만, 중국의 문화는 20세기 가까이까지 자주적인 전개를 하고 있었고, 타국과의 관계에서 시대를 구분할 근거가 없는 것이었다.

중국은 스스로를 중화(中華)라고 부르고, 사변의 민족을 각각「동이」(東夷),「서융」(西戎),「남만」(南蠻),「북적」(北狄)이라고 칭했다. 일본이 속하는「이」(夷)는 자획중에「인」(人)이 포함되어 그런 대로 인간류로 취급되고 있지만, 북방은 짐승류, 남방은 곤충류로 대우하고 있고, 서방의「융」도 종종「대융」이라고 불렸었다. 이와 같은 의식에 있어서는 인도에서 불교문화가 도래해도, 중국으로서는 자국문화를 풍부하게 하기 위한 보조적인 자양분에 불과했고, 그 때문에 중국의 주체성이 변질되는 일은 없었다. 사실 인도불교는 중국에 들어와서 중국적으로 변질되어 인도의 댜나dhyana와 매우 다른 신이 생긴 것들은 그 좋은 예이다. 따라서, 중국문예의 시대구분은 중국자신에 내재하는 원리에 따라 이루어질 수 없을 것이다.

중국의 시대구분에 있어서 최대의 논점이 되었던 것은 송대를 중세로 보는가 근세로 보는가 하는 것이지만, 여러 가지 설을 통해서 당대와 송대와의 사이에 큰 시대의 전환이 있고, 송대에 새로운 사회가 생겼다는 점에서는 일치하고 있다[사에키(佐伯)〈富〉-1970.145~47]. 이들 여러 가지 설은 정치, 경제, 문화 등의 관점에서 논해진 것이지만, 문예현상은 정치보다도 얼마간 늦게 전개되는 것이 보통이고, 송대다운 문예가 확립되는 것은 인종(仁宗, 1023~64) 무렵이라고 생각된다.[37] 송조가 성립되어도 태조에서 진종에 이르는 약 60년 정도의 사이는 만당(晩唐)의 문예와 같은 표현이었던 것이, 구양수(歐陽修, 1007~72)[142]경부터 송대적인 표현으로의 걸음을 내디디게 되고, 소식(蘇軾), 왕안석(王安石),[143] 황정견(黃庭堅), 야만리(陽萬里), 육유(陸遊)[144] 등이 이것을 추진했다. 그들의 시는 감정의 면에서만이 아니라 이지(理智)도 존중하는 것이고, 작형으로서는 서사형이 끼어있다. 이 제재는 소위 시적인 것에 한정되지 않고, 널리 일상생활에까지 미치는 것과 동시에 개인의 서정에서 사회와의 연대감을 노래하게 되었다. 작조상에서는 그때까지 주류를 이루던 비애의 표출에 그치지 않고, 인생이나 사회를 다각적으로 관찰하고 격정적이라기보다도 평정함을 중시하는 것이다.[요시카와(吉川)-1962.12~53] 이들 특성은 그 이전 천년의 시와 취향을 달리할 뿐만 아니라, 그 이후 천년의 시에 있어서도 주도적인 위치를 잃는 일이 없었다 라고 한다면, 송시는 근세의 시라고 생각하는 것이 타당할 것이다.

송대에는 재래의 장르 이외에 새로운 것이 등장한다. 사(詞, ci), 즉 기성전형에 의한 시가나, 사회의 여러 가지 사실 내지 그것들에 대한 의견·감상을 적은 수필은 전대부터 존재는 하고 있었지만, 그 제작이나 향수가 선비 사이에서 성행하게 된 것은 송대 이후의 일이다. 이와 같은 다각화·다양화는 송대에 이르러 과거, 즉「관」(官)의 후보자를 뽑는 국가시험이 유효한 기능을 해서 관료로 되는 것이 세습의 선비계급에 한정되지 않고, 조닌(町人)

이나 지주출신이라도 합격하기만 하면 선비로서 활동할 수 있었기 때문에 서민적인 사고방식, 느끼는 방식이 투영된 까닭일 것이라고 전해진다. [요시카와(吉川)-1947. 233~39] 남송에 접어들면 민간시인이 많아진다. 그것은 어디까지나 「시는 선비계급의 것」이라고 하는 의식테두리 안에서의 현상이었기 때문에, 민간시인들은 신분상으로 조닌이나 지주라고 할지라도, 정신에 있어서는 선비계급과 동질인 것을 스스로에게 부과할 필요가 있었지만, 그 수가 증가해 간 것은 사실이고, 원·명 이후도 마찬가지였다. 또, 원·명에 있어서의 백화소설(白話小說)의 원천이 되었던 설화도 북송, 남송의 수도에 번성한 와사(瓦舍), 즉, 번화한 곳에서 이야기되고 있었고, 어떤 것은 간행되었다.[38] 후세의 이야기책과 같은 성질의 것이 송대에 성행했던 것은 역시 송, 원, 명, 청을 근세로 하는 근거가 된다고 생각된다. 중국에 있어서 중세는 문예작품이 그 자신의 장르를 명확히 하고, 표현의 정교함에 가치를 인정한 시대이므로, 후한보다 뒤인 당대를 거쳐 북송 초기에 이르는 사이가 거기에 해당한다. 문예로서의 장르가 형성된 것은 「부」(賦)가 최초라고 해야 할 것이다. 그 이전에도 시 이외의 장르는 있었다. 그러나, 고대의 시는 제작자 개인의 기능에 의해 생겨난 표현의 훌륭함이 향수자에게 높게 평가되는 「미사」(美辭)가 아니라, 정치나 교육의 자료로서 유용한 「백성의 소리」에 지나지 않았다. 개인으로서의 제작자가 기능을 발휘할 수 있었던 최초의 장르는 부(賦)이고, 전한 때에도 가의(賈誼, BC 201~169)나 사마상여(司馬相如, BC 179경-117) 등의 저명한 작가가 있었지만, 성행한 것은 후한이 되어서부터이다. 또 문예의 장르로서 기존의 「부」에 시가 더해지는 것은 후한의 말기이고, 대표적인 작자는 조식(曹植, AD 192~232)을 시작으로 하는 건안(建安)의 칠자(七字)이다. 이것이 육조(六朝)의 후반, 송(宋), 제(齊), 양(梁), 진(陳) 무렵에는 몹시 정교한 언어의 공예품이라고 할 수 있는 시나 「부」에까지 다 들어져서, 장르의 수도 늘어난다. 당대가 되면 과도한 장식성에의 반성에서 진실로 어떻게 표현해야 하는가도 강하게 의식되었지만, 만당(晚唐)부터 오대에 걸쳐서는 다시 우미·섬세한 표현이 부활된다. 이 후한부터 북송초기에 이르는 표현의 전개는 전체적으로 「미사」(美辭)의 성질을 갖고, 그 작품의 분위기는 여러 가지의 변화를 나타내면서도 적극성을 기본으로 하는 것이어서 송대 이후와 같이 평담함을 찬미하는 소극적인 태도는 보이지 않는다. 중국에 비교하면 한국의 고대는 훨씬 늦다. 신라의 건국은 서기전 57년이지만 고구려는 서기전 37년에, 백제는 서기전 18년에 각각 건국하여 소위 삼국시대에 들어간다. 그 중에서도 지리적으로 중국과 접촉하기 쉬웠던 고구려는 일찍부터 한자의 사용에 의해 중국적인 문화를 자국 속에 형성했으나, 기원 후 372년에 이르러 대학을 설립함과 동시에 불교를 수용했다. 귀족의 자제는 대학에서 오경 외에 『사기』(史記), 『한서』(漢書), 『문선』(文選)부터 『옥편』(玉篇) 같은 책까지 교과서로 하는 수업을 받았던 것 같다. 또 백제에서는 384년에, 신라에서는 5세기 전반에 불교가 도래하여 문화를 주도하게 되었다. 그것은 신라가 삼국을 통일하고(669) 대학을 설립한(682) 이후도 마찬가지였다. 설총(薛聰)이나 최치원에 의해 대표되는 한시문계는 강수(强首), 김대문(金大問), 양원(良圓), 최광유(崔匡裕), 박인범(朴仁範), 최신지(崔愼之) 등의 저명한 작가도 배출했으나, 마음의 지주로 되었던 것은 역시 불교였다고 할 수 있다. 통일신라가 된 후, 한시문의 정련도가 그 이전보다도 현격하게 높은 것, 한국어에 의한 문예인 향가가 급격하게 발달한 것을 생각할 때, 한국의 고대는 고구려에 대학이 설치된 372년경부터 신라의 통일에 이르는 고대 제1기와, 대체로 통일신라왕조에 대응하는 고대 제2기로 나뉘어진다.

신라의 뒤를 이은 고려왕조에 있어서의 문예는 중국문예의 영향을 크게 받으면서도 한국 고유의 장르를 새롭게 전개시켰다는 점에서 중세로 보는 것이 좋을 듯하다. 대개 12세기중반 경을 기점으로 해서 중세 제1기와 중세 제2기로 나뉘어진다. 중세 제1기는 불교를 주도적인 이념으로 하면서 당대 문예의 수용을 지향한 시대이고, 중세 제2기는 불교가 얼마간 억제됨과 동시에 송대문예가 중시된 시기이다. 한국어에 의한 문예로서는 신라 이래의 향가가 제1기 말경까지 행해졌지만,[39] 제2기에는 모습을 감추고 대신에 시조가 나타났다.[40] 여요(麗謠)라고 총칭되는 각종의 가요도 중세에 성행했지만, 각각의 발생시기는 명확히 하기 어렵다. 제1기에 있어서 한시문은 주조로서 당대적이면서 12세기 초경 대학의 필수교재에서 『문선』이 제외된 것은 주목할 만한 것이다. 그것은 송대에 이르러 재생한 고문파(古文派)의 주장을 민감하게 반영하는 것이었지만, 고문이 고려에 정착한 것은 12세기 후반이라고 생각된다.[41] 중세의 제1기와 제2기를 나누는 상징점으로서는 소동파적인 것을 많이 시문에 받아들인 김부식(金富軾, 1075~1151)이 주임으로 편술한 『삼국사기』(三國史記)의 완성(1145)도 들어야 할 것인가?[42] 한국의 중세 제1기와 중세 제2기는 중국문예와의 대응에 있어서 일본의중세 제1기와 중세 제2기에 공통된다.

이조(李朝)의 문예는 근세라고 인정하고 싶다. 그것은 중국의 문예와 잘 대응하기 때문이고, 일본의 중세 제3기에 상당한다. 그것을 중세라고 인정하는 것은 중국과의 밀착이 일본보다도 현저하기 때문이다. 한국의 근세는 1592년과 1597년의 양년도에 걸치는 일본으로부터의 침공을 상징으로 해서 제1기와 제2기로 나누어서 생각할 수 있을 것이다. 근세 제1기는 송대문화의 수용이라는 점에서 본다면 중세 제2기의 연장이지만, 수용의 질에 큰 차이가 있다. 천년 정도나 한국의 지도원리였던 불교가 배제되고, 유교 그것도 주자학에 기초해서 정치나 문화가 추진되었기 때문이다. 주자학의 중심을 이루는 「이」(理)가 정치의 지도원리로 되었을 때, 그 체계적인 사고양식이 중국에 있어서보다도 엄격하게 적용되고, 한국의 사회체제는 양반, 즉 문, 무의 선비계급에 의한 관료조직을 상층으로 하는 신분차가 고정되어 갔다. 그것은 전문의 기능을 지닌 양반 밑에 위치지워졌던 중인이나, 주로 농민인 상민이 본다면 여러 가지 불편한 점이 있었다고 해도, 전체적으로는 잘 정비되어 안정된 시대였다고 할 수 있다. 그런데, 일본의 침공에 의해 큰 타격을 받은 한국은 1636년에 청으로부터도 무력간섭을 받아 사회생활은 불안정하게 되어 인심이 도피적인 방향으로 기울기 쉬웠다. 그럼에도 불구하고, 양반사회는 체제로서의 변동이 없었고, 거기에서 생기는 정체는 일락(逸樂)과 애상(哀傷)으로 흐를 수밖에 없었다.

근세의 제1기, 제2기를 통하여 중국과 밀접한 교섭을 갖지 않을 수 없었던 이조의 문예는 한시문이야말로 문예, 그 자체라는 의식하에 놓여있었다. 수천의 개인 시문집이 만 단위의 책 수로 현존하는 것은 그 결과이고, 한국어에 의한 문예는 한시문의 바닥을 흐르는 지하수와 같은 것이었다.[金(東)-1974, 122] 일본 문예사에서는 한시문을 제외해도, 불완전함에도 불구하고 문예사라고 불리워질 수 있지만, 한국문예사에서 한시문을 제외한다면 그것은 한국문예사가 되지 못할 것이다. 그러나, 한국어에 의한 문예도 이조 때는 꽤 발전해 있다. 1443년에 제정되어 그 3년 후에 공포된 훈민정음(한글)이라는 표음문자는 한국어에 의한 문예의 제작, 향수를 용이하게 했다. 15세기경 가사라고 불려지는 장편가요가 생겨서 고려기부터 있던 시조가 16세기에 활기를 띤 것 등은 그 예가 될 것이다. 제2기에 들어서면 제작과 향수 모두에 중인의 참가가 보인다. 시조는 17세기 말경부터 양반의 서류(庶流)와 중인이 주도적인 지위에 서고, 또 사설시조라고 불리는 중편가요도 생겨났다. 18세기에 판소리(노래이야기)가 생겨난 것도 주목할 만한 것이다. 그것은 이백(裏白 또는 aniri)이라는 이야기조(說調)의 설명을 섞으면서 많은 부분을 노래해가는 서사형의 이야기이고, 그 사장(飼章)을 문자로 표기한 것이 많다. 신재효(申在孝)의 「춘향가」(春香歌)를 그 대표작으로 한다. 그러나, 판소리의 원작자, 연기자가 광대라고 불리는 천민(농민보다도 하위계층)이었다는 점은 그것을 「문예」라고 의식시키기에는 이르지 못했다.

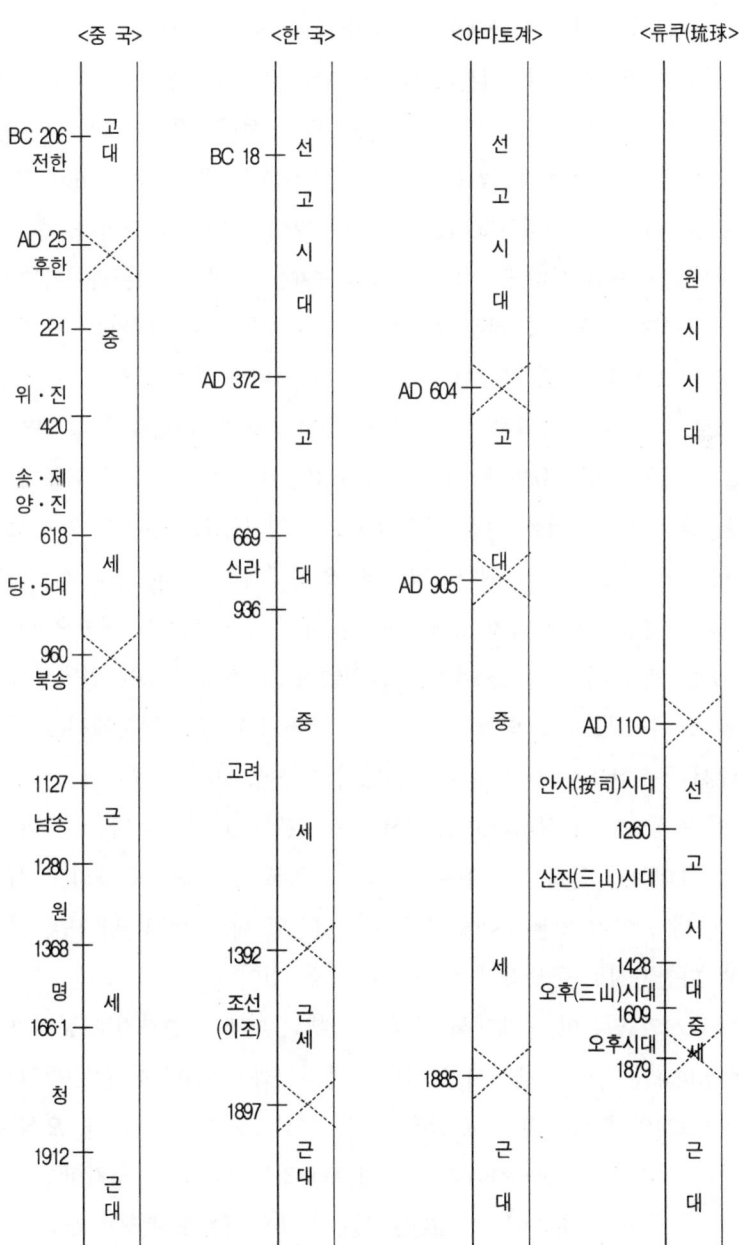

중국의 근세도 한국의 근세도, 19세기 말에 이르러 서양의 근대와 접촉하고 급격하게 근대화된다. 일본도 대체로 같은 시기에 근대화되지만, 일본의 근대화는 중국이나 한국보다도 급속하고, 또한 성공도가 높았다. 그것은 중국이나 한국의 근세에 해당하는 시기가 일본에서는 중세 제3기이고, 중세적인「도」(道)가 아직 건재하고 있었던 것에 많이 힘입었을 것이다. 중국이나 한국에서도 근세의 선비계급에 의한 관료체제를 지지한 것은 과거라고 불리우는 국가시험이지만, 그것은 개인단위의 지위밖에 보장하지 않기 때문에 아버지가 고관일지라도 자식이 무능하면 그 지위는 자식이 얻을 수 없었다. 그러므로, 선비로서 임관하기 위해서는 우선 과거에 급제하지 않으면 안되지만, 그 시험문제는 유학에 기초한 통일적인 지식을 요구했기 때문에 선비계급은 같은 사고방식을 가진 사람만으로 구성되었고, 게다가 그 사고방식은 현실에서 유리되기 쉬웠다. 그런데, 일본에서는 여러 가지 전문기능이「도」로서 정련되어 하나의 도에 뛰어난 자는 높은 존경을 받았으므로, 각각의 도를 계승하는「가」(家)에서는 끊임없이 그 전문(專門)에 있어서의 제1인자를 낼 수 있도록 노력했다. 그 결과, 과거가 없었던 일본에서는 다양한 분야에서 우수한 인재를 보유하고 있었기 때문에, 19세기 후반에 근대 서양의 문화를 급속하게 섭취하고 소화시킬 수 있었다고 생각된다. 한국과 마찬가지로 송대적인 문화를 기조로 하면서도 일본이 급속한 근대화에 성공한 것은, 중세가 아직 일본사회에 존재하고 있었던 까닭이라고 한다면, 이것을 한국과 마찬가지로 근세라고 부를 수는 없을 것이다.

야마토계의 일본이 중세에서 근대로 이행된 것과 마찬가지로 준야마토계의 류큐(琉球)문화도 중세에서 근대로 이행되었다. 그러나 류큐(琉球)의 중세는 야마토계의 중세와 반드시 같은 질의 것이 아닐 뿐만 아니라, 오히려 야마토계의 고대와 중세를 하나의 시기에 포괄하는 것이라고 생각할 수 있다. 예를 들어 말하면, 홋카이도(北海道)에서는 5월에 매화도 복숭아꽃도 벚꽃도

한꺼번에 피는 것과 같은 상태이고, 약 270년 정도의 사이에 급속한 전개를
한 류큐문화는 야마토계의 시대전개와 일대일 대응하는 단계를 가지지 않았
던 것이다. 또한, 류큐의 중세는 선고시대(先古時代)를 계승하는 것이어서,
그 사이에 고대를 개입하고있지 않다고 생각하고 싶다. 통설에서는 산잔(三
山) 대립과 사쓰마(薩摩)침공까지의 오후(玉府)시대를 병행시켜 고대라고 하
지만, 적어도 문예에 관한 한 류큐에서는 고대가 독립의시대를 형성했다고
는 인정하기 어렵다. 통설에서 말하는 고대를 대표하는 것은 오모로이지만,
오모로는 그 본질에 있어서 종교적인 주술성과 결합되어 있고, 문예성이 아
직 완전히 분화되지는 않았다. 아사오모로나 에토오모로에는 주술성에서 떨
어져 나온 깃이 보이시만, 수가 그다지 많지 않고, 오키나와 본도 이외의 제
도에서는 다하베, 간후치, 니가이후치 등에 해당하는 주도가요(呪禱歌謠)가
주류를 이루었다고 생각되기 때문에, 류큐문예를 전체적으로 볼 때는 고대
라고 부를 만한 시대는 없다. 속설로서는『오모로소시』를 류큐의『만요슈』(
万葉集)라고 하는 경향도 있으나[호카마(外間)‒1972, 529], 그것은 속설에 지
나지 않는다. 야마토의『만요슈』가 개인의 심정을 문예적인 긴장하에 표현
하는 서정가의 모음인 것에 대해, 사회 전체의소산인 오모로는 주술적인 사
장(詞章)에서 서사가요나 서정시로 나아가려고 하는 단계에 지나지 않는다.
[위와 같음, 531] 그것이 고대가요로서 성숙하기 전에 사쓰마(薩摩)의 침공이
돌발하고, 오키나와 본도에 대해서는 선고시대부터 고대를 건너뛰고 중세로
의 이행이 일어난 것이다. 그 외의 제도에서는 원시성을 많이 남기면서도
오키나와보다 늦게 중세화되어 갔다고 생각된다.

〈연구문헌〉
연구문헌의 배열은 동양서의 경우는 가나다 순으로 배열했고, 서양서의 경우는 알
파벳 순서로 배열했다.

1. 동양서
1) 고니시 진이치(小西甚一)
　　1951d 『도사닛키평해』(土佐日記評解) (有精堂)
　　1953c「중세에 있어서의 표현자와 향수자」(中世における表現者と享受者)
　　　　　(『文学』〈岩波書店〉 제21권 제5호)
　　1953f「중세 미의 비일본적 성격」(中世美の非日本的性格)(『文学』제21권 제9호)
　　1953i『일본 문학사』(日本文学史)〈アテネ新書, 57〉(弘文堂)
2) 김동욱(金東旭)
　　1974『조선 문학사』(日本放送出版協会)
3) 김사엽(金思燁)
　　1973『조선 문학사』(金沢文庫)
4) 노가미 도요이치로(野上豊一郎)
　　1930『노(能)－연구와 발견－』(能─研究と発見─)(岩波書店)
5) 노세 아사지(能勢朝次)
　　1948『바쇼의 하이쿠론』(芭蕉の俳論)〈俳文学叢刊. 8〉(大八洲出版)
6) 무라야마 시치로(村山七郎)
　　1979『원시 일본어와 민족문화』(原始日本語と民族文化)(三一書房)
7) 사에키 아리키요(佐伯有清)
　　1973「고구려 광개토왕의 비문과 일본」(高句麗広開土王の碑文と日本)(『고
　　　　　대사의 의혹을 캔다』(古代史の謎を探る)(読売新聞社)
8) 사에키 도미(佐伯富)
　　1970a「동아시아 세계의 전개총설」(東アジア世界の展開総説) (『岩波講座
　　　　　世界歴史』9〈中世.3〉)
9) 아오키 마사루(青木正児)
　　1935a「중국의 자연관」(支那の自然観)(『岩波講座, 東洋思想』)
　　1935b「중국사상－문학사상－」(支那思想－文学思想－)(『岩波講座, 東洋思想』)

10) 오노 주로(小野重朗)

　　1977a『남도가요』(南島歌謡)(日本放送出版協会)

　　1977b『남도의 고가요』(南島の古歌謡)〈新民俗文化叢書.2〉)

11) 오비 고이치(小尾郊一)

　　1962『중국 문학에 나타난 자연과 자연관』(中國文学に現われた自然と自然
　　　　　觀)(岩波書店)

12) 오니시 요시노리(太西克札)

　　1960『고전적과 낭만적』(古典的と浪漫的)(東京 : 弘文堂)

13) 요시카와 고지로(吉川幸次郎)

　　1941「근세 중국의 윤리사상」(近世支那の倫理思想)(『岩波講座, 倫理学』
　　　　　(岩波書店)

　　1942「속의 역사」(俗の歴史)(『東方学報』(京都 : 東方文化研究所)

　　1944『중국인의 고전과 생활』(支那人の古典とその生活)(岩波書店)

　　1950『두보일기』(杜甫私記)(筑摩書房)

　　1962『송시개설』(宋詩概説)〈중국시인 선집 2집, 1〉(岩波書店)

　　1974『중국 문학사』(중국 문학사)(岩波書店)

14) 이시다 요시사다(石田吉貞)

　　1969「메케쓰키와 후지와라슌제의 죽음」(明月記と藤原俊成の死)(『学苑』
　　　　　昭和女子大学 第39号)

15) 쓰다 소키치(津田佐右吉)

　　1947「세계문학으로서의 일본 문학」(世界文学としての日本文学)(『文学』
　　　　　〈岩波書店〉第15巻 第1号)

16) 지리 마시호(知里真志保)

　　1955『아이누문학』(アイヌ文学)(玄玄社)

17) 기시바 에이준(喜舍場永珣)

　　1937「바이후타. 훈타카. 윤구토-구로시마의 수사」(バイフタ. フンタカ. ユ
　　　　　ングト-黒島羞詞)(『南島論叢』)

　　1970『야마미고요』(八重山古謡)〈전2권〉(オキナワ タイムズ社)

18) 구보테라 이쓰히코(久保寺逸彦)

1956 「아이누문학서설」(アイヌ文学序説)(『東方学芸大学研究報告』第7輯 別巻)
19) 가토 슈이치(加藤周一)
1975~80 『일본 문학사 서설』(日本文学史 序説)(筑摩書房)
20) 긴다이치 교스케(金田一京助)
1931 『아이누 서사시 뉴카르 연구』(アイヌ叙事詩ユーカラ研究) 〈전2권〉(東 洋文庫)
21) 호카마 슈젠(外門守善)
1972 『오모로소시』(おもろそうし) 〈日本思想大系.18〉(岩波書店)

2. 서양서

1) BOWRA. C. M.

1952 *Heroic Poetry* (London : Macmillan, 1952)

2) FOKKEMA−KUNNE

1977 *Theories of Literature in the Twentieth Century : Structuralism, Marxism, Aesthetics of Reception, Semoitics*(London : C. Hurst, 1977)

3) MANDEL, Oscar

1961 A *Difinition of Tragedy*(New York University Press, 1961)

4) MINER, Earl

1973 "Towards A New Conception of Classical Japanese Poetics" *Studies in Japanese Culture* (Tokyo : The Japan P.E.N Club, 1973)

1978 "On the Genesis and Development of Literary Systems" *Critical Inquiry*, 5(Chicago : The University of Chicago Press, 1978~79)

5) STRICH, Fritz

1924 *Deutsche Klassik und Romatik : order Vollendung und Unendli chkeit* (Munchen : Meyer und Jessen, 1924)

6) WELLEK, Rene

1965 Confrontations : *Studies in the intellectual and literary relations between Germany, England, and the United States during the nineteenth century*(Prinston University Press, 1965)

▨ 주

· 역주

1) Ainu. 아이누. 일본의 홋카이도(北海道)와 사할린 등지에 사는 종족. 인종학상으로는 유럽인종의 한 갈래에 몽고인의 혈통이 섞임. 언어는 형태학상으로는 포합어, 눈이 움푹 패어 들어가고, 광대뼈가 나왔으며, 머리는 굽슬굽슬하거나 또는 갈고리 모양으로 말리고, 체모가 많음. 성질이 온화하고, 남녀 모두 귀걸이를 달고, 여자는 특히 문신을 하고 의복은 나무껍질에서 만든 섬유로 짠 아쓰시(厚司)로 만듦. 고대 수렵생활에서 농업생활로 들어오면서 고유한 풍속을 버렸으며, 메이지(明治)유신 이후는 특히 일본인과의 혼혈이 이루어져 인종적으로 순수한 아이누는 드물게 되었음. 또한 아이누어를 말하며 일찍이 아이누의 신화인 민족시 유카라에서 볼 수 있는 하나의 문화를 가지고 있었지만, 현대에 이르러 특이한 풍속이나 생활양식이 함께 사라져 가고 있음.

2) Yukar. 유카르. 아이누족 간에 구두로 전해 내려오는 장편 서사시(詞曲).

3) 원래 오키나와(沖繩)켄이고, 가고시마(鹿児島)켄 남방해상 약 560㎞ 지점에 있다. 오키니와 군도와 사키시마(先島)군노의 40여 개의 섬들로 이루어진 열도이다. 1879년 이후 오키나와켄으로 되었다. 태평양 전쟁 당시 미군에게 점령되어 미군정하에 있었으나 1972년 일본에 반환됨에 따라 오키나와켄이 다시 부활하게 되었다. 기온이 높고, 강우량이 많아서, 사탕수수, 감자, 쌀 등을 생산한다. 수산업도 성하지만 전반적으로 생활상은 빈약하며, 도민들은 일본 스포츠에 참가하는 등 본토와의 관계를 깊게 하는 데 힘쓰고 있다.

4) 오키나와 본도(本島)를 삼분하여 성립한 산호쿠(山北, 北山이라고도 함), 츄잔(中山), 산난(山南, 南山이라고도 함)의 각 세력을 말함.

5) 규슈 가고시마켄 서반부의 옛 국명. 사이카이도(西海道)의 하나. 이전에는 휴가(日向), 오스미(大偶)와 함께 소노쿠니(襲国)·휴가노쿠니(日向国)라고 불리며 하야토족(準人族)의 세력안에 있었음.

6) 류큐(琉球) 고대의 노래. 노로(祝女)가 신(神)과 천지의 시작, 영웅 등을 노래한 서사시. 13~17C에 이루어짐. 약 1500수의 가사가 『오모로소우시』에 실렸음.

7) 『고지키』(古事記)와 『니혼쇼키』(日本書紀)

8) 1874~1916. 메이지(明治) 시대의 영문학자. 교토(京都)대학 교수. 유럽문학을 소개하여 서구적인 일본근대시를 지었다. 역시집에 『가이초온』(海潮音)가 있다.

9) 우에다 빈(上田敏)이 번역한 외국의 시인 29명의 작품 57권. 1905년간. 일본의 상징시의 기초를 이룩함.

10) 1862~1922. 작가. 해군군의감. 의학박사·문학박사. 이름은 하야시타로(林太郎). 시마네(島根)켄 사람. 도쿄(東京)대학 의학부 졸업. 군무에 종사하는 한편 문학을 연구하여 『시가라미조시』(しがらみ草紙)를 창간하였다. 서구문학의 소개·번역·창작·평론을 발표하여 메이지(明治)문단의 거장이 되었다. 주요한 저작으로는 번역 소설로 『소쿠쿄시진』(即興詩人), 창작소설 『무희』(舞姫), 『우타카타노키』(うたかたの記), 『산쇼다유』(山

椒太夫) 등이 있다.

11) 안데르센 소설을 번역한 것.

12) 1864~1909. 메이지(明治)시대의 소설가. 본명은 하세가와 다쓰노스케(長谷川辰之助). 원래는 무사였던 아버지가 「뒈져버려라」(くたばってしめえ)라고 한 데서, 후타바테이 시메이(二葉亭四迷)라는 호를 썼다. 1887년 『우키구모』(浮雲)를 발표하여, 청신한 언문일치의 문장과 뛰어난 심리묘사, 세상의 사실로서 세상을 놀라게 했다. 또, 러시아어에도 뛰어나, 투르게네프의 『사냥꾼 일기』(猟人日記)의 한 구절을 번역한 『아이비키』(あひびき), 기타 『그 모습』(そのおもかげ), 『평범』(平凡) 등이 있다. 1908년 러시아에 갔다가 돌아오는 길에 인도양에서 사망했다.

13) 투르게네프의 『사냥꾼 일기』(猟人日記)의 한 구절을 번역한 것.

14) 상대(上代)부터 일본에 있었던 조카(長歌), 단카(短歌), 세도카(旋頭歌) 등 3가지 정형시의 총칭.

15) 5·7·5의 세 구로 된 짧은 시형(詩型)의 문학이다.

16) 귀족사회의 이야기·담화. 서구의 로망스에 해당됨.

17) 에도(江戶) 초기에 교토(京都)·오사카(大阪) 방면에서 유행한 일종의 현대소설. 그때까지 있었던 『가나조시』(仮名草子)는 귀족과 무사계급에서 행하여졌으나 이것은 겐로쿠(元禄)시대의 상인들의 사회와 연애·의리·인정 등을 중심으로 그렸었다. 대표작가는 이하라 사이카쿠(井原西鶴)이며, 그의 『고쇼쿠이치다이오도코』(好色一代男)가 그 효시가 되었다.

18) 1162~1241. 가마쿠라(鎌倉)시대 초기의 가인. 슌제이(俊成)의 아들. 『신코킨슈』(新古今集), 『신초쿠센슈』(新勅撰集) 등의 편찬자. 가풍은 언어의 사용이 아름답고 기교가 있었다.

19) 후지와라노 데이카(藤原定家)의 일기. 한문체로 36년간의 일기가 전해지는데, 공경가와 무가와의 관계, 고실(故実)·와카(和歌) 등 견문을 기록하여, 가마쿠라(鎌倉)시대의 사료로서 귀중함. 권수 미상.

20) 1114~1204. 헤이안(平安)시대 말기의 가인. 고조산이(五桑三位)라고 한다. 데이카(定家)의 부친. 『센자이슈』(千載集)의 편찬자. 청신온아한, 즉 유현체의 노래를 지었다.

21) 렌가(連歌) 작가. 가마쿠라시대 후기부터 남북조시대에 걸쳐서 살았다. 『이세타이진구산케이키』(伊勢太神宮参詣記), 렌가학서(連歌学書)인 『슈레쇼』(拾塵抄) 등을 저술.

22) 남북조, 무로마치시대의 가인. 『신요와카슈』(新葉和歌集)에 그의 노래가 최초로 나타남. 신코킨(新古今)풍의 가인으로 니조(二条)풍의 평범한 작품도 적지 않고, 솔직한 회술풍의 작품도 있다.

23) 1권으로 된 기행문. 교운(耕雲)이 장군 아시카가 요시모치(足利義持)의 이세궁 참배 때에 수행하면서 쓴 글.

24) 무로마치시대의 가인. 호라쿠카(法楽歌)를 주로 지었고, 우타(歌) 외에도 우타아와세(歌合)의 판사(判詞)로 다른 가인들에 대한 비평 등 다양한 저술이 많이 남아 있다.

25) 무로마치시대의 가인. 알기 쉽고 명료하면서도 우아한 가풍을 지닌 전형적인 니조파 가인이다.

26) 무로마치시대의 가인. 교코(堯孝)의 동생. 『젠코지키코』(善光寺紀行), 『홋코쿠키코』(北国紀行) 등의 기행문과 가집 『가요와카슈』(下葉和歌集) 등이 있다.

27) 1402~1481. 무로마치시대의 학자. 가인. 간바쿠태정대신(関白太政大臣)이 되어 고전이며 불교 등에 뛰어났다. 『이세모노가타리 구겐쇼』(伊勢物語愚見抄) 등의 저서도 많다.

28) 렌가 작가. 고전학자. 15세기에 활약했다. 서민계급 출신이며, 학문은 늦게 시작했으나 각고의 노력으로 와카, 렌가 등의 고전연구 권위자가 되었다. 사변적인 사상체계는 없지만, 감정이입의 수법으로 대상에의 몰입으로부터 느껴지는 감동을 격조 높게 노래했다. 유심체 시정(有心体 詩情)의 본질을 보여준다. 그의 렌가는 전통적인 렌가의 정통을 잇고 있다.

29) 무로마치시대의 가인. 렌가 작자. 그의 가문 이치조(一条)는 시조인 사네쓰네(実経) 이후로 재력과 선대의 고전이 풍부했으며, 그도 선대의 일을 이어받아 오백년만의 재인으로 평가받았다.

30) 에도시대의 가인. 수필작가. 근세후기의 교토가단(京都歌壇)을 대표하는 한 사람이며, 고킨초(古今調)의 가풍을 보이고 있다. 『근세 기인전』(近世畸人伝)이 대표작.

31) 교카(狂歌), 교시(狂詩), 샤레본(洒落本), 기뵤시(黄表紙) 등의 작가. 그의 생애는 4시기로 나뉜다. 제 1시기는 소년기이며, 제 2기는 19세로 문명을 떨치기 시작하여 39세로 문필을 그만두는 시기이며, 제 3기는 일개의 가인으로 보낸 54세까지의 시기이며, 제 4기는 75세로 죽을 때까지의 만년기이다.

32) 일본의 역사서. 712년에 겐메이(元明) 천황의 명령을 받아 히에다노 아레(稗田阿礼)가 암기하고 있던 고대의 신화·전설 등을 오노 야스마로(太安麻呂)가 받아 기록한 것. 천지창조부터 비롯하여 스이코(推古) 천황때까지의 사실을 기록함. 당시는 일본의 가나가 없던 때여서 한문으로 기록되었었음.

33) 1200~1253. 가마쿠라(鎌倉) 시대의 승려. 일본 조동종(曹洞宗)의 개조. 교토(京都) 귀족 출신. 어려서 히에이산(比叡山)에 들어가 천태종(天台宗)을 배우고 뒤에 에이사이(栄西)에게서 선(禅)을 배움. 1223년 송(宋)에 건너갔다 돌아와 에치젠(越前)에 에이헤이(永平)사를 세우고, 조동종을 일으켜, 그 발전에 진력하였음.

34) 한적(閑寂), 예스럼과 아취가 있음.

35) 간소한 가운데 깃들인 한적한 정취.

36) 물질의 성질을 정해서 분석하는 것.

37) 와카(和歌)의 한 형식. 5.7.5.7.7의 5구 31음을 기준으로 함.

38) 와카(和歌)의 한 형식. 5.7의 구를 반복하다가 맨 뒤는 7.7의 구로 맺는 시가(詩歌).

39) 만요가인(万葉歌人)의 제 일인자이며, 가성(歌聖)으로 불리움. 생년과 몰년은 불명. 궁정가인으로 존경을 받음. 단카 외에 조카 및 세도카(旋頭歌)도 지음. 작품은 만요슈(万葉集)에 조카 19수(또는 16수), 단카 64수가 있고, 『히토마로카슈』(人麻呂歌集)가 있음.

40) 죽은 사람의 영혼을 위로하는 노래.

41) 원래 노래인데, 내용을 문자로서 정리하여 읊는 것을 시(詩)라 하고, 문자화되지 않고 계속 노래로만 하는 것을 말한다.

42) 가마쿠라(鎌倉)·무로마치(室町)시대에 귀족과 무사들이 연석에서 부른 가곡.

43) 노(能)의 가사와 그 음악 「우타이」(うたい, 謠)를 말함. 일본의 고전 예능의 하나. 무로마치 초기에 대성해 오늘날까지 이어온 춤과 노래를 주요 요소로 하는 노가쿠(能楽)에 불려지는 사장(詞章)을 말함.

44) 일본 고전 예능의 하나이며, 무로마치시대 초기에 대성된 이후 현재까지 계속되어 내려오는 춤과 노래를 주요 요소로 하는 일종의 가면 악극. 「노가쿠」(能楽)라고도 한다. 「노부타이」(能舞台)라고 일컫는 간소한 무대에서 두 사람 또는 수명이 특수한 분장을 하고 행동을 하면 대개 그 가운데 한 사람(시테)이 춤을 춘다.

45) 육국사(六国史)의 하나. 나라시대에 완성된 최고의 정사. 신대(神代)부터 지토천황(持統天皇)까지의 조정에서 전해지는 신화, 전설, 기록을 한문으로 기술한 편년체의 사서(史書).

46) 이야기꾼. 문자가 없었던 옛날에 전설 따위를 구전하는 것을 업으로 하던 사람.

47) 옛날에 말에 숨겨져 있다고 생각하던 신묘한 힘. 말에 내재하는 영력.

48) 헤이안시대 무라사키 시키부(紫武部)가 쓴 장편소설. 전 54장이며, 일본 문학의 대표적인 작품. 당시의 궁중생활을 배경으로 하여 전반 44장은 주인공이 히카루겐지(光源氏)이며, 그 탄생에서부터 시작하여 많은 여성이 등장한다. 후반은 무대가 우지(宇治)의 하치노미야(八之宮)와 혼인하였으나 상처하고, 그 상흔이 아물지 않아 실의의 나날을 보낸다. 이것은 「우지 십첩」(우치+어감)이라 일컫는데, 문장도 여류문학의 최고이며, 후세의 문학에 큰 영향을 끼쳤다.

49) 에도시대 다키자와 바킨(滝沢馬琴)의 소설. 1814년부터 1841년까지 28년에 걸쳐 완성하였다. 전국시대의 난소사토미가(南総里見家)의 흥망을 배경으로 인·의·예·지·신·충·효의 8가자 덕을 그린 8인의 용사가 활약한 것을 서술한 것.

50) 호색하는 사나이의 일대기. 이하라 사이카쿠(井原西鶴)의 작품. 1682년 간행. 『우키요조시』(浮世草子)의 하나이며, 당시의 상인들 사회의 연애생활을 묘사함.

51) 샤미센(三味線)을 반주로 한 이야기의 한 가지. 또 그 음곡. 에도시대에 행하여지던 것으로서 「기다유부시」(義太夫節)·「도키와즈부시」(常盤津節) 등 여러 가지가 있음.

52) 에도시대 초기에 서민사회에서 발달하여 완성된 일본의 대표적 국민연극. 대사와 음악과 무용으로 교묘히 엮어진 것으로서 오늘날에는 전통적인 연극으로 계승됨.

53) 에도시대에 화류계를 중심으로 한 세태, 인정을 묘사한 소설.

54) ① 근현대 일본 문학의 특이한 소설의 한 양식으로서 작자가 자기의 신변을 있는 그대로 묘사하면서 심경을 진술해 가는 소설.

　② 작품의 주인공이 자신의 체험, 운명을 이야기하는 형식으로 쓴 소설.

55) 『고지키』(古事記)와 『니혼쇼키』(日本書紀)에 나타나는 가요.

56) 일본토착의 미의식. 일본의 서민층에서 생겨난 미의식(진취적, 진보적)

57) 옛날에 간토(関東)지방에서 파견되어 쓰쿠시(筑紫), 이키, 쓰시마(対馬) 등의 요지를 수비하던 병사.

58) 전문적인 렌가(連歌) 작자. 에도막부의 직명으로 매년 정월 렌가의 모임에 나온 사람.

59) 와카(和歌)의 한 형식. 야마토(大和), 헤이안(平安)시대에는 두 사람이 한 수를 상하의 구로 나누어 읊었으나 가마쿠라 시대에는 두 사람 이상의 사람이 가미노쿠(上句), 시모노쿠(下句)로 읊어가는 형식으로 되어 50구, 100구, 1만 구 등이 되었음. 후에 하이카이(俳諧)로 발전함.

60) 노(能)의 사이 사이에 끼워서 연출하는 익살맞은 극.

61) 무로마치시대 말엽, 야마자키 소칸(山崎宗鑑), 아라키다 모리다케(荒木田守武) 등의 무렵에 성하였으며, 익살을 주로 썼었는데 에도시대에 마쓰나가 테이토쿠(松永貞徳)가 형식적으로 정비하고, 니시야마 소인(西山宗因)이 내용의 자유성을 부여하며, 마쓰오 바쇼(松尾芭蕉)가 예술에 치중하면서부터 비로소 하이카이(俳諧)로서 독립하게 되었다.

62) 에도시대에 하이카이의 앞귀절에서 독립한 17자의 단시. 하이쿠처럼 기다이(季題), 기레지(切字) 등에 구애받지 않아, 해학, 풍자, 기지 등을 마음대로 구사하여 독자의 공감을 불러일으켰다. 가라이 센류(柄井川柳)가 시작하였기 때문에 센류(川柳)라고 부른다.

63) 하이카이에 나온 마에쿠즈케(前句付), 간무리즈케(冠付), 구쓰즈케(沓付), 센류(川柳) 등의 통속문예의 총칭.

64) 헤이안시대 중엽부터 걸쳐서 유행하던 가요. 7.5조의 노래로서 당시의 유행가 속곡의 일종.

65) 바르다. 일정하다. 풍류/아취. 한시의 육의(六義)의 하나.

66) 옛날 민간에서 부른 이마요(今様) 등의 속요를 상류사회에서 불렀던 노래.

67) 가마쿠라 시대에 행해진 예능으로서 익살스러운 동작이나 곡예를 주로한 연극으로, 뒤에는 가무흉내 내기 등을 연기하는 노, 교겐의 근원이 되었음.

68) 「하이쿠」(俳句)와 「렌쿠」(連句)의 총칭. 「하이카이」란 본디 「오카시미」(익살 또는 재미)란 뜻이다. 그리하여 익살스러운 「와카」나 「렌가」들을 하이카이라고 말하였는데, 뒤에 와서 보통 「하이카이렌가」를 생략하여 말하게 되었다.

69) 마쓰오 바쇼(松尾芭蕉). 에도시대, 겐로쿠(元禄)무렵의 하이진(俳人). 이가우에노(伊賀上野)출신. 교토에 와서, 기타무라 키긴(北村季吟)에게 배운 다음, 에도에서 하이카이에 열을 올렸다. 자연의 아름다움 속에서 시의 세계를 발견하고, 바쇼풍의 하이카이를 내세웠다. 일생의 대부분을 항상 자연을 벗삼아 보냈다.

70) 1651-1704. 에도시대 초기의 하이쿠 작가. 바쇼의 충실하고 유력한 문하생. 본명은 무카이 가네토키(向井兼時). 주요작품으로는 사루미노(猿蓑)의 편서, 『하이쿠론서』(俳句論書), 『교라이쇼』(去来抄)가 있음.

71) 천황의 명령을 받고 편찬한 일본의 와카(和歌)의 가집. 다이고(醍醐)천황의 명에 의하여 기노쓰라유키(紀貫之)·미부노 타다미네(壬生忠岑) 등이 『만요슈』이후의 우수한

노래를 모아 엮음.

72) 872경~945. 헤이안 시대의 손꼽혔던 가인. 가나(仮名)로 『도사닛키』(土佐日記)를 썼으며, 이것은 일기문학의 선구가 됨.

73) 헤이안시대 말기의 가인. 데이카(定家)의 아버지. 『센자이슈』(千載集)의 편찬자. 청신, 온아한 유겐(幽玄)체 가풍을 확립했다.

74) 가마쿠라 전기의 가인. 『신코킨슈』(新古今集), 『신초쿠센슈』(新勅選集), 그의 가풍은 『신코킨슈』를 대표한다.

75) 산스크리스트어로 쓰여진 인도의 고대 서사시.

76) 고대 영국문학 최대의 걸작이며, 중세전기 게르만 민족의 영웅시로서 완전히 보존된 것으로는 최대의 것. 8세기 전반의 작품으로 알려지고 있는데, 작자미상. 고대 게르만민족 공동의 시형인 두운시(頭韻詩)의 형식으로서 3,182행의 싯구로 되어 있다.

77) 무대 뒤의 준비실. 분장실.

78) 614~669. 후지와라우지(藤原氏)의 시조. 나카노오에노 오지(中大兄皇子)를 도와 소가우지(蘇我氏)를 멸망시키고 다이카(大化)의 개신에서 큰 공을 세웠다.

79) 1902~. 비평가. 일본의 자연주의 이래의 사소설을 비판하고 쇼와 초기의 프롤레타리아 문학의 일면적인 관찰을 수립. 주요작품은 『문예평론』, 『사소설론』, 『역사와 문학』.

80) 가마쿠라(鎌倉)시대 초기에 씌어진 군기(軍記)이야기로서 다이라노 기요모리(平淸盛)를 중심으로 한 헤이케(平家)의 성쇠를 그린 것. 아름다운 한문의 혼합문으로 된 헤이케비와(平家琴)에 실렸고, 헤이쿄쿠(平曲)라 하여 사람들에게 많이 읽혔다. 작자불명.

81) ①상여 메고 갈 때 부르는 노래. ②죽은 사람을 애도하는 시가.

82) 다카쿠라(高倉)천황 때에 궁중에 들어가서 사랑받던 여인. 「고고노 쓰보네」(こごの つぼね)라 하여 유명함. 후지와라 나리노리(藤原成範)의 딸이라고도 하고, 후지와라 미치노리(藤原通憲)의 딸이라고도 함.

83) 5언절구. 한 행이 다섯 글자로 된 절구를 말한다. 절구는 한시의 근체시의 하나로 기, 승, 전, 결의 네 구로 되어 있으며, 평측법과 압운법이 있다. 여덟구로 된 경우는 「오언율시」라고 한다.

84) 시가(詩歌)로서 옛 한시의 1구, 또는 『산다이슈』(三代集) 등의 와카의 1구를 소재로 한 것.

85) 712~770. 중국 당나라 때 시인. 호는 소능(少陵)이다. 14살 때 이미 문학가로 칭찬을 받았다. 이백, 고적 등과 시와 술로써 교제하였으며, 현종에게 환영을 받았으나 안록산의 난으로 늘그막에 가난하게 지냈다. 그의 시는 전란 시대의 어두운 사회 상태를 반영하고 사회악에 대한 풍자가 풍부하였다. 이백과는 서로 대조적이면서 그와 더불어 2대 가로 일컬어진다.

86) 772~846. 중국 당나라 때의 시인. 호는 향산거사. 자는 낙천이다. 당나라 때 가장 뛰어난 시인 중의 한 사람으로 그의 시는 우리 나라에서도 널리 읽히고 있다. 「장한가」를 지어 시재를 인정받은 그는 사회와 정치를 풍자한 「신악부」 50수와 「진중음」 10수를 지

어 더욱 이름을 떨쳤다.

87) 1894년(고종 31) 일본의 힘을 배경으로 개화파의 김홍집 등이 집권한 후, 민씨 일파의 사대 세력을 몰아내고 그때까지의 제도를 진보적인 서양 양식으로 개혁한 일.

88) 신라 중엽에서 고려 초에 걸쳐 민간에 널리 성행한 우리 나라 고유의 시가. 모두 향찰로 기록되었으며 현재 25수가 전한다.

89) 가요에서 가사와는 관계없이 장단을 맞추기 위해 쓰는 말.

90) 우리 나라 고유의 정형시. 고려 중엽 이후에 발전하여 내려온 것으로 초, 중, 종장의 3장으로 되어 있다. 평시조, 엇시조, 사설시조 등으로 나눈다.

91) 4-3조 또는 4-4조의 연속체로서, 한국 고유의 문학 형태. 형식은 시가(詩歌)이며 내용은 산문적이다. 최초의 작품은 정극인의 「상춘곡」을 꼽는다.

92) 어느 봄날 사주(四周)와 화양관에서 같이 살았던 것을 생각한다.

93) 후지와라노 긴토(藤原公任)가 편찬한 가요집(1013년 경 성립). 2권. 낭송에 알맞는 와카(和歌) 216수, 일본 시문 354수, 당 시문 234수를 분류·집성한 것. 후세에 요코쿠(謡曲) 등에 영향을 끼침.

94) 와카시카슈(和漢詩歌集). 2권으로 구성. 후지와라노 모토토시(藤原其俊)가 편찬자.

95) 만요가인(万葉歌人). 서사(序詞), 침사(枕詞), 압사(押詞) 등을 구사하고, 상(想)과 사(詞)가 풍부해서 조카를 중심으로 작품을 썼으며, 침통, 장중, 높은 격조가 그의 작품의 특색을 이룬다.

96) 중국 국호의 하나. 1271~1368.

97) 중국 주(周)시대의 시집. 오경의 하나. 기원전 11세기에서 8세기까지의 시가를 묶은 것.

98) 시의 팔의(八義)의 하나. 감상을 그대로 표현함. 「초사」 계통을 잇는 문학 형식.

99) 중국 전국시대 중엽 초나라에서 일어난 서정적 운문. 대표적 작가는 굴원이며, 칠언시에 큰 영향을 끼쳤다.

100) 옛날 중국 왕조의 이름. 후한이 멸하고 수가 통일하기까지 건업(建業 : 南京)에 서울을 둔 오(吳), 동진(東晋), 송(宋), 제(齊), 양(梁), 진(陣)의 총칭.

101) 속요 또는 장가라고도 한다. 구전 문학으로 전해오다가 훈민정음 후에야 문자로 정착되었기 때문에, 작자, 연대 모두 미상이며 소전(所傳)문헌은 국문표기로 「악학궤범」, 「악장가사」, 「시용향악보」 등이고, 한역으로 된 것으로는 이제현의 「익재난고」 중의 「소악부」이다. 형식면에서는 분절체를 이루며 매연마다 후렴구가 붙어있고, 내용면에서는 감정이 솔직, 소박하고 남녀의 애정을 노래한 것이 많다. 경기체가가 귀족문학임에 대하여 고려가요는 평민사회의 문학이었다.

102) 평시조에 비해 초장은 비슷하거나 약간 길고, 중장은 거의 제한이 없을 만큼 긴 것이 가장 큰 특징이며, 종장은 대체로 평시조와 비슷하지만, 때로는 첫 구 3자를 5자로 쓰는 예도 있다. 사설시조를 「장형시조」라 한다. 평시조가 양반 귀족층의 관념적, 고답적 정서의 표현인 데 비해 사설시조는 서민층의 생활감정을 직설적, 풍자적으로 읊은 것이 많다. 영·정조 무렵의 평민들의 각성에 따른 서민 문학 발흥의 일환으로 생긴 것으로 본다.

103) 고려가요. 연대, 작자 미상. 13연의 월령체. 출전은『악학궤범』. 그 달 그 달의 자연 풍경이나 행사에 따라 남녀간의 사랑을 읊은 최초의 월령체가(달거리 노래).

104) 작자는 송순. 연대는 중종 19년. 향리인 담양에 면앙정을 짓고 나서, 그 곳 자연의 미 와 정취를 노래한 것.

105) 왕명에 의해서 좋은 작품만을 선정하여 실은 문집. 중국은 선비계급의 작품만을 실은 데 반해, 일본에서는 선비계급의 작품이 아닌 것도 실었음.

106) 궁중에서 전상(殿上)에 오르지 못하는 사람.

107) 겐지(源氏)를 보지 않고 노래를 읊는다는 것은 유감천만인 일이다.

108) 701~762. 중국 당나라 때의 시인. 자는 태백(太白), 두보와 함께 당나라 2대 시인으 로 일컬어지며, 중국이 낳은 천재 시인으로 세계에 그 이름이 널리 알려져 있다. 그는 평생을 자연을 사랑하며 술을 벗삼아 아름다운 자연과 달을 노래하였다. 그는 악부, 7언 고시와 7언절구 등에 뛰어났으며, 그의 시는『이태백 시집』30권 속에 묶여져 전해오고 있다.

109) 768~824. 중국 당나라 때의 문장가. 사상가.「당송 8대가」의 한 사람으로 산문 문 체의 개혁에 업적이 크다. 802년 국자 사문 박사로 벼슬에 올라 형부, 이부, 병부 시랑 등을 역임하였으나 정치적으로는 불우하였다. 그는 유교 중심주의를 강조하고 불교, 도 교를 비판, 반대하였다.

110) 1036~1101. 중국 북송 시대의 문인, 정치가. 호는 동파. 흔히 소동파로 불린다. 젊 어서 재능을 인정받았는데, 정치가로서는 불운하였으나, 시와 문장에는 힘찬 개성적인 작품이 많아, 당송 8대가의 한 사람으로 송나라시대 제 1이라고 일컬어진다. 그의 작품 「적벽부」(赤壁賦)는 유명하다.

111) 1045~1105. 중국 송나라 때의 시인, 서예가. 호는 산곡(山谷)이다. 소식의 4대 제자 중의 한 사람으로 강서시파(江西詩派)의 바탕을 이룩하였으며, 소식은 자기보다 더 뛰어 난 시인이라고 칭찬하였다. 그는 또한 서예에 뛰어나 송나라 4대 명필의 한 사람으로 꼽 힌다. 시집으로『산곡집』이 있다.

112) 1053~1102. 중국 송대의 시인. 그의 시는 두보를 본보기로 하였고, 슬픔과 애수에 잠긴 시가 많았다. 저서로『후산집』(後山集),『후산담총』(後山談叢)이 있음.

113) 후시미(伏見)란 교토시(京都市) 남쪽에 있는 구(区)이다. 옛날에 도요토미 히데요시 (豊臣秀吉)가 쌓은 후시미성이 있다. 조코(上皇)란, 임금자리에서 물러난 사람을 칭하는 것이다.

114) 전 551~전 479. 중국 춘추시대의 사상가, 정치가. 이름은 구(丘). 유교의 창시자이 다. 3살 때 아버지를 여의고 9살에 결혼하였는데 집안이 매우 가난하여 창고지기, 목장 일 등을 하여 근근히 생활하였다. 24살 때 어머니마저 돌아가시자 아버지무덤 곁에 안 장하여 3년 동안 상복을 입고 무덤 곁에서 지켜 효도의 본보기가 되었다. 그 후, 오직 독서와 명상을 통하여 학문과 지식이 날로 발전하여 수많은 제자가 모여들었다. 51살 때, 비로소 관직에 나아가 사구(오늘날의 법무부 장관)에 올랐으나, 그의 크고 넓은 뜻을

펼 수 없음을 깨닫고 56살에 관직에서 물러나, 천하를 두루 돌다가 늘그막에 고향인 노나라로 다시 돌아와 제자 교육과 고전 정리에 여생을 바쳤다. 그리하여 『시경』, 『서경』, 『주역』, 『예기』, 『춘추』 등 5경을 편찬하였다. 그는 인(仁)을 제창하고, 도덕정치를 강조하여 만세의 스승으로 숭앙받았으며, 73살에 세상을 떠난 후, 당나라 때에 문선왕의 시호가 내려졌고 공자묘에 지성으로 모셔졌다. 그가 평생 편 철학, 윤리, 정치, 교육에 대한 교훈을 그 제자들이 정리하여 엮은 책이 『논어』이며, 오늘날에도 석가모니, 그리스도, 소크라테스와 함께 세계의 4성의 한 사람으로 받들어지고 있다.

115) 중국의 장편소설. 『수호전』(水滸傳), 『삼국지연의』(三國志演義), 『금병매』(金甁梅) 등과 함께 4대 기서(奇書)의 하나. 명나라 오승은(吳承恩)이 지었다고 한다. 당나라 이래 민간에 전승되어 온 이야기를 수집한 것으로 공상력이 뛰어나고 동화적 요소와 유머가 넘쳐흐른다.

116) 중국 송나라의 주돈이(周敦頤), 정명도(程明道), 정이천(程伊川) 등에서 비롯되어 주자(朱子)에 이르러 완성된 유학. 우리 나라에는 고려말에 들어와 조선시대에는 매우 숭상되었다.

117) 1569~1618. 조선 중기의 문인. 일찍이 유교와 불교에 통달하였고, 시문, 소설 등을 지녀 문재를 떨쳤다. 선조 27년(1594) 문과에 급제, 외교 사절로 여러 차례 명나라에 다녀왔고, 광해군 폭정하에 대북당에 가담, 동지를 규합하다가 잡혀 반역죄로 처형되었다. 많은 저서를 남겼지만 특히 『홍길동전』은 우리 나라 최초의 국문소설로서 문학사적 의의가 크며, 그의 사상을 잘 나타낸 사회소설로 오늘날에도 널리 읽히고 있다.

118) 1637~1692. 조선 숙종 때의 문신, 문학가. 호는 서포이다. 좋은 집안에서 태어났으나, 아버지를 일찍 여의고 어머님 손에 배우고 자라, 평생을 어머니에 대한 극진한 효성으로 지냈다. 특히, 그는 소설 문학을 천히 여기던 당시에 소설 문학의 가치를 인식하고, 우리 문학은 우리말로 써야 한다고 주장하였다. 늙으신 어머니를 위하여 지은 국문 소설 『구운몽』과 『사씨남정기』가 전하여 국문학사를 빛내고 있다.

119) 숙종 때 김만중이 쓴 소설로 몽자류(夢字流) 소설의 효시이다. 인간의 부귀, 영화, 공명은 일장춘몽임을 그렸다.

120) 자연을 도덕의 표준으로 하며 허무를 우주의 근본으로 삼는 노자(老子)와 장자(莊子)의 사상.

121) 794년에 수도를 헤이안쿄(平安京)에 두고 1192년에 미나모토 요리토모(源賴朝)가 가마쿠라(鎌倉)막부를 개설하기까지의 약 400년간의 시대.

122) 가나가와켄(神奈川県) 남동부에 있는 도시. 1192년 미나모토 요리토모(源賴朝)가 가마쿠라(鎌倉) 막부를 열어 호조(北条) 씨가 멸망하기까지 막부의 소재지를 중심으로 했던 시대로, 이 시대에 무가(武家)정치가 처음으로 성립되어 교토(京都)의 조정과 가마쿠라(鎌倉)막부와의 두 개의 정권이 대립하였다.

123) 1603년 도쿠가와 이에야스(德川家康)가 세이다이쇼군(征夷大将軍)에 임명되어 에도(江戸)막부를 개설한 이래부터 1867년 도쿠가와 요시노부(德川慶喜)의 대정봉환(大

政奉還)까지의 265년간의 시대를 말하며, 이를 도쿠가와(德川)시대라고도 한다.

124) 『고지키』(古事記), 『니혼쇼키』(日本書紀)에 기재되어 있는 가요로서 상대가요의 태반을 차지한다. 그 대표적인 가체에 가타우타(片歌)(5.7.7), 세도카(施頭歌)(5.7.7.5.7.7), 조카(長歌)(5.7.7.5.7.…7), 단카(短歌)(5.7.5.7.7.) 등이 있다.

125) 794년부터 1868년까지 약 1100년간의 도읍. 중국의 장안(長安)을 모방하여 중앙을 남북으로 지나는 스자쿠오지(朱雀大路)에 의해 사쿄(左京)·우쿄(右京)로 나누고, 동서는 규조(九条), 남북은 시조(四条)의 도로로 갈라 바둑판처럼 하였다. 오늘날의 교토(京都)시이다.

126) 수말의 내란을 수습하고 이연이 당을 건국하였다(618). 고종때 신라와 연합하여 고구려를 쳐 최대의 판도를 이루었다. 8세기 전반까지 번성하였던 당은 현종 후기에 쇠퇴하기 시작하여, 안록산과 황소의 난 등으로 907년 멸망하였다.

127) 당 멸망 이후 5대의 혼란을 수습하고, 후주의 절도사 조광윤(趙匡胤)이 개봉(開封)을 도읍으로 송을 건국했으며, 뒤를 이은 태종이 전중국을 통일하였다. 중앙집권적 문치주의를 실시하였으나, 금의 침입으로 강남의 임안(臨安·杭州)으로 도읍을 옮겨 남송을 건국하기에 이르렀다.

128) 조코(上皇), 원에서 천황을 대신하여 실제의 권력을 잡는 것. 인초(院政)를 베풀고 원의 관리를 인시(院司)라 하고, 원에서 나오는 명령을 「인젠」(院宣)이라 하여 천황의 명령보다 더욱 중시하였음. 1086년에 시라카와(白河)상황때 시작하여 쇼큐(承久)의 난 이후 쇠퇴함.

129) 574~622. 야마토(大和)시대의 정치가. 요메이(用明)천황의 제 2황자. 스이코(推古)천황의 황태자. 섭정으로 대륙문화를 도입하여 아스카(飛鳥)문화를 이룩하였다.

130) 604년 쇼토쿠(聖德)태자가 유교의 사상과 불교의 이념을 기초로 삼아 제정한 일본 최고의 헌법. 일본의 정신을 하나로 통일시키고, 사람이 지켜야 할 도덕을 정한 것이다.

131) 684~729. 좌대신(左大臣).

132) 665~731. 오토모(大伴)의 가문(家門)은 신화시대 이후의 무사명문 집안. 나라(奈良)천도 해인 710년 좌장군이 되었다. 『만요슈』(万葉集)에는 조카(長歌) 1수, 단카(短歌) 76수가 실려 있다.

133) 774~835. 헤이안(平安)시대의 승려. 진언종(真言宗)의 개조. 고야산(高野山)에 절을 세우고 슈게이슈치인(綜芸種智院)이란 학교를 만들고, 교육에도 이바지 하였음. 또한 시문과 서예제도에 뛰어난 사가(嵯峨)천황, 다치바나하야나리(橘逸勢)와 아울러 당시의 세도의 삼필(三筆)로 일컬음. 고보(弘法)법사의 법호를 받음.

134) 845~903. 헤이안(平安)시대의 정치가. 학자. 한때 우다이진(右大臣)이 되었으나, 후지와라(藤原)일가의 질투로 인해 미움을 받았다. 간코(菅公)·간케(菅家)라고도 한다. 『루이지코쿠시』(類聚国史), 『산다이지쓰로쿠』(三大実録) 등을 편찬했고, 시문집으로는 『간케분쇼』(菅家文抄), 『간케교슈』(菅家後集) 등이 있다. 그를 존경하여 아마카미(天神)님이라고 했고 죽은 후에는 교토(京都) 기타노신사(北野神社)에 제사지냈다.

135) 966~1027. 헤이안(平安)시대 중기의 정치가. 셋쇼(摂政), 간파쿠(関白), 다죠다이진
   (太政大臣). 장녀는 이치조(一条)천황의 황후가 되어 고이치조(後一条), 고스자쿠(後朱
   雀)의 두 천황을 낳았다. 차녀는 산죠(三条)천황의 황후로, 3녀는 고이치조천황의 황후,
   4녀는 고스자쿠동궁(候朱雀東宮)의 비가 되었다. 셋쇼칸파쿠(摂政関白)를 21년간 지내
   고 출가하여 호조사(法成寺)를 운영. 미도칸파쿠 호조시뉴도 사키노칸파쿠 다죠다이진
   (御堂関白法成寺入道先関白太政大臣)이라 불렸다.

136) 『겐지모노가타리』(源氏物語)의 남자 주인공.

137) 의고전주의 문예사상. 일본에서는 1880년대 말기(메이지 20년대 초두)부터의 국수주
   의적 대두에 의해 나타난 고전회귀의 경향. 고요(紅葉), 로한(露伴) 등의 소설가. 오치아
   이 나오부미(落合直文) 등 시인의 일파에 대해 붙여진 이름.

138) 생활 및 문학의 미적 이념. 「스이」(粋)는 겐록(元禄)기에 우키요조시(浮世草子). 조
   루리(浄瑠璃)에 있어서 이상으로 하던 이념으로서, 주로 조닌(町人)이 유리(遊里)에서
   향락함에 즈음하여 사회적으로 세련된 생활과 정신을 갖는 것인데, 「아와레」(あはれ)에
   근세의 조닌적인 비속미가 더해진 것으로서 가미카타(上方, 교토)에서 발달했다. 이에
   대해 근세 후기에 에도(江戸)에서 발달한 것이 「이키」(いき)와 「쓰」인데, 이것은 「기뵤
   시」(黄表紙)·「닌조본」(人情本)·「샤레혼」(酒落本) 등의 이상적 이념이며, 「아와레」에
   근세적인 조닌의 화려함을 더한 것이다. 「스이」가 겐록(元禄)기의 조닌의 건강한 미를
   나타내고 있는 것에 대해 「이키」, 「쓰」는 분카(文化)·분세(文政)기의 난숙한 미를 나
   타내고 있다.

139) 820~870경. 본명은 기(岐), 자(字)는 비경. 재상 온언박(温彦博)의 손자로서 문재라
   알려졌지만, 진사시험에 번번이 낙방하고 대중 말년에 방산위(方山尉)를 지냈으나, 성격
   이 낭만하면서 행실이 방종하여 출세는 못했다. 그러나, 시격은 기이하고 청발(清抜)하
   였다. 그는 이상은(李商隠)과 함께 유미파 시인으로 불리우며 최초로 사(詞)에 전심했던
   사람으로서 그의 작품은 「사」에 관심있는 작자들에게 큰 영향을 주었다. 그리고, 현존하
   는 그의 작품으로는 『온정균(温庭筠)시집』 7권과 별집 1권 등이 있다.

140) 1867~1902. 메이지(明治)시대의 하이진(俳人), 가인. 이름은 쓰네노리(常規). 도쿄
   대 중퇴. 청일전쟁 때 종군기자였으나 병으로 귀국. 그 후는 병으로 병상에서 죽을 때까
   지 하이쿠(俳句), 와카(和歌)를 새로이 하는 운동을 폈다. 잡지 『호토토기스』를 펴내어
   다카하마 교시(高浜虚子) 등 많은 뛰어난 문하생을 길러냈다.

141) 1873~1937. 하이쿠(俳句) 작가. 마사오카 시키의 제자. 스승 시키의 하이쿠 혁신을
   돕고, 그의 사후에 니혼신문(日本新聞)을 비롯한 신문, 잡지의 하이쿠란의 선자가 되었
   으며, 뒤에 구어체를 이룬 신하이쿠(新俳句)의 중심이 되었다.

142) 1007~1072. 자는 영숙(永叔). 스스로 취옹(酔翁) 또는 육일거사(六一居士)라고 불
   렀으며, 강서성(江西省) 사람, 『문충집』(文忠集)이 있다. 그는 당시 공인된 문단의 영수
   로서 송이래 산문, 시, 사의 각 방면에서 모두 업적이 뛰어났던 첫 번째 작가이다. 매요
   신(梅堯臣)과 소순흠(蘇舜欽)은 그에 대하여 계몽적인 역할을 하였는데, 그러나 그의

언어에 대한 이해와 자구와 음절에 대한 감성은 모두 그들보다 위에 있다. 그는 이백과 한유의 영향을 깊이 받았고, 한편으로는 당인(唐人)이 정해 놓은 형식을 보존했다.
143) 1021~1086. 자는 개보(介甫), 강서성(江西省)사람으로 『임천문집』(臨川文集)이 있다. 그의 정치상의 새로운 조치는 동시대와 후세의 많은 사람들이 적대감을 불러일으켰다. 그는 구양수보다 연박하고 더욱 수사적인 기교를 강구하였기 때문에, 아무리 그 자신의 작품이 대부분 내용이 충실하고 예리한 언어로써 때때로 일도양단할 여지를 두지 않고, 여운없이 신영한 뜻을 표현하였다고 해도 후에 송시의 형식주의는 도리어 그가 싹을 키웠던 것이다.
144) 1125~1210. 자는 무관(務觀). 스스로 방옹(放翁)이라고 불렀으며 절강(浙江)사람으로 『검남시고』(劍南詩稿)가 있다. 그의 작품은 두 방면이 있다. 첫째는 「비분격앙」으로 나라를 위하여 원수를 갚아 치욕을 씻고, 잃어버린 땅을 되찾는 것과 함께 적의 수중에 빠진 백성을 해방시키려는 것이고, 둘째는 「한적함」으로서 일상생활의 깊은 맛을 음미하고, 눈 앞의 경물의 다양한 모습을 완벽하게 재현하는 것이다.

· 원주
(1) 류큐(琉球)에서 본토인을 가리켜서 「야마톤추」라고 한다. 이 「야마톤추」의 「야마」에 의해 명명했다. 야마토계의 정의는 뒤에 기술할 것이다.(본서 61페이지)
(2) 류큐(琉球)어와 야마토계 일본어를 방언관계라고 인정하는 유력한 학설이 있다. [후쿠베(服部)(四)-1968. 1~14]. 그러나 결정적인 것은 말할 수 없다. 양자간에 친화성이 있는 것은 확실하지만, 류큐(琉球)어는 또 마라요 · 폴리네시아(マラヨ · ポリネシア)어와도 친화성을 가지고 있는데, 그것과 어떠한 관계에 있는가는 명확하지 않다.
(3) 르네 웰렉에 의하면, 코넬 대학의 레인 · 쿠버 교수는, 자신이 과장인 과를 비교문학과 Comparative Literature라는 이름으로 부르는 것에 반대하고, 문학비교연구과 The Comparative Study of Literature라고 해야한다고 주장했다. 이것은, "literature"라고 하는 현대영어를 「서물에 의한 소산」, 즉 문예의 의미에 한정하고 싶다는 사고방식이지만, 이 용법은, 옥스퍼드 영어사전에 의하면, 1812년에 처음 나타난 것이라고 한다. 그러나, 실제로는 18세기의 말기경 프랑스에서 들어온 것 같다. [Wellek, 1965 : 3~4]
(4) 러시아 포멀리스트의 영향 아래서 형성된 비평이론으로, 문예는 수용자 쪽 입장에서의 작용 없이 그 예술적 의미를 완성할 수 없다는 입장에 있어서 비평의 기능을 체계지운다. 볼프강 · 이저의 『의도된 독자』 Der implizite Leser(München : Fink, 1972) 및 『독서술』 Der Akt des Lesens(München : Fink, 1976). 한스 · 로버트 · 야우스의 『도발로서의 문학사』 Literaturgeschichte als provokation(Frankfurt am Main : Suhrkamp Verlag, 1970) 등을 대표적인 저작으로 한다. [Fokkema and Kunne-Ibsh, 1977 : 136~64]
(5) 모던 라이브러리판(Modern Library, New York, 1960)으로 나타낸다면, 701페이지와 702페이지와의 사이에서 「스즈무시」(鈴虫)전첩이 생략되어 있다.
(6) 심리학에서 말하는 「원시심성」primitive mentality은 1. 지각과 표상(인식의 대상)의

미분화된 복합성 2. 부분이 전체의 속에서 분절적으로 취해지지 않는 혼동성 3. 감정적
인자가 강하게 작용하는 주정성 등을 그 특질로 한다.

(7) 고대 일본어에서 「유」(ゆ)와 「이」(い)는 종종 통용되고 있고, 외경의 마음을 표현하는
당시의 사람들에게 있어서, 자연을 대표하는 식물은 외경해야만 할 것이었다.(土田
1962.236)

(8) 현대의 일본사회에서도 개인적인 무엇인가가 집단에 매몰되는 것같은 모습으로 생활하
는 것이 보통이고, 그 집단의 의향에 따라서 투표하기 때문에 혁신정당이 얼마만큼 희생
이 되는 듯한 정책을 제안해도 보수정당의 표는 줄지 않고, 또 향리의 집단조직으로부터
빠져서 대도시에서 일하는 사람들 중에는 기권자가 많다고 분석되고 있다.

(9) 서양문예에서는 그리스·로마의 고전시대부터 현재까지 표출적인 태도가 기본으로 되
어 있다. 이에 대해서 일본의 문예는 감수표출적인 것을 특색으로 하는 것이 쇼와(昭和)
48년(1973)의 이론문화연구국제회의(11월 22일)에서 얼 마이너에 의해 논해졌다.
[Miner, 1973 : 109]

　　이 마이너의 설은 그후 문예의 생성발전현상과의 연관에 있어서 더욱 심화되었다.
[Miner, 1978~79]

(10) 이 작조를 적절하게 표현하는 것은 어렵다. 알기 쉬운 것은 「음성」이라는 말이지만,
음·양의 개념에서 이끌어지는 외연이 너무나도 복잡다기하므로, 정확한 의미를 전하기
어렵다. 만약 「소극적」이라고 말한다면, 어떤 면을 잘 나타내지만, 이 작조가 갖는 다른
면을 놓치는 우려가 있다. 그래서, 임플리서티implicity라고 하는 영어가 비교적 가까운
의미이므로, 그 역어인 「내향성」을 사용해 보았으나 충분하다고는 말할 수 없다. 독일어
의 beredtes schwigend이라면 어떨까라는 조언도 받았다(Ulrich Mammitzsch에서). 성공
한 경우라면 그것으로 좋지만, 항상 성공한다고는 할 수 없는 작조이므로 이것에도 따르
기 어렵다.

(11) 『길가메슈』Gilgamesh서사시의 성립시대는 불명. 슈메르인의 번성한 것은 약 6천년
전부터 4천년 정도까지의 사이이고, 길가메슈라는 이름은 제 2왕조의 제 5왕으로서 보
여지나 이 왕조 자신이 전설적인 성질을 갖는다.

(12) 레닌의 러시아혁명에 있어서의 영웅적인 행동을 말화 프류코와Marfa Kryukova가 에
픽으로서 노래한 사실 등은[Bowra, 1952 : 116~117] 소비에트권에서 역시 에픽이
활성했던 것의 출현일 것이다.

(13) 마쓰우라 노이치(松蒲嘉一)이 해설에 의함. [이와나미분코(岩波文庫) 『시학』(詩
学)136~137].

(14) 비극Tragedy은 주역이 "grave suffering"을 경험한다고 하는 situation에 의해 정의되
어야 하고, pity라든가 pathos라든가의 quality로 생각되어서는 안된다. [Mandel,
1961:88~95].

(15) 고바야시 히데오(小林秀雄)의 「헤이케 모노가타리」(平家物語)(『무상이라는 일』 21
페이지). 고바야시 자신이 「그런 것은 조금도 쓰지 않았으나」라고 거절하고 있듯이, 이

모노가타리는 영웅적인 작조를 그다지 나타내려고 하지 않는다.

(16) 위의 책 22페이지.

(17) 가사 중에는 한산거사의 「한양가」(1844)와 같이, 1800여 구에 이르는 것도 있다. 그러나, 이것들은 외형상 3＋4조라는 것뿐이고, 장르로서는 수필이라고 인정하는 것이 적당할 것이다〔金(東) 1974. 159~61〕. 또, 「용비어천가」(약칭 「용가」)는 전체적으로 장대하지만 시조의 형식에 기초하는 시의 집합이라고 생각해도 좋다.

(18) 이 비교는 개괄적인 것이다. 일본에 대해서 말하자면, 신코킨(新古今)시대의 와카(和歌)는 고킨슈(古今集)시대보다도 이산적이고 하이쿠(俳句)보다도 이산적인 경향을 나타낸다. 중국에 대해서 말하자면, 사(詞)의 표현은 시보다도 연속적이다〔吉川 1951.75~95〕

(19) 왕국유(王國維)는 「其最有悲劇之性質者, 則如關漢卿之 『竇娥寃』, 紀君祥之 『趙氏孤兒』 劇中雖惡人交橫其間, 而其蹈湯赴火者, 仍出於其主人公之意志. 則列之於 世界大 悲劇中, 亦無愧色也」라고 하는 것을〔王國維 1915. 225〕, 과연 「出於其主人公之意志」라고 해석해도 좋을지 의문이다.

(20) 자연의 풍물을 묘사하는 것은 송옥(宋玉)(BC 290~222)의 부에 보이고, 한 대에도 행해졌으나, 그것은 자연미에 관심이 없고 자연의 여러 가지 상태에 대한 설명의 나열에 불과하다. 서경시라고 해도 좋은 것은 도잠(陶潛 AD 365~427)과 사령운(謝靈運 385~433)에 의해 읊어졌으나 「靑木 1935. 578~79」, 어쨌든 「감상하는 마음」으로 산수의 미를 읊은 것은 사령운이 최초이다. 「小尾 1962. 290~305」 역시 412페이지.

(21) 「월령체」는, 우선 서사로 주제를 제시하고, 1월부터 12월까지 순서로 그 달과 관계있는 행사나 습속 혹은 풍물을 문제삼고, 그것에 따라 연인의 행복을 빌고 자신의 사랑을 노래하는 것이다.〔金(思) 1973. 213~14〕.

(22) 「사친가」는 한국민요의 하나. 유교 윤리가 행해진 시대의 작이라고 인정된다.〔조요 (朝謠). 117~25〕.

(23) 「계절가」는 귀주성(貴州省)의 청수강(淸水江) 유역에 사는 묘족(苗族)이 전하는 고가 (古歌)로서 518행에 이르는 장편이다. 귀주성 민간 문학연구회의 채록이 있다.〔『民間文學』, (人民文學出版社), 1960년, 10월호, 43~53〕.

(24) 〔요시카와(吉川) 1948. 4~7〕 및 〔사에키(佐伯 〈富〉 1970b. 220~21〕 또한, 이조 (한국)에서는 중국보다도 철저한 「吏」의 제도가 행해지고 있었다.〔金(思) 1973.419〕

(25) 위문제 『전론』(典論)의 「논문」에 「개문장경국지대업, 불후지성사」(蓋文章經國之大業, 不朽之盛事)라고 되어 있다.

(26) 「시자지지소지, 재심위지, 발언위시」(詩者志之所之也, 在心爲志, 發言爲詩)〔詩經 1.13〕 시란 뜻이 있는 곳에 있는 것이다. 마음이 있는 곳에 뜻이 있고, 말로 하면 시가 된다.

(27) 이 시의 비판성에 대해서는 『두보사기』(杜甫私記) 제1권〔吉川1950.269~92〕 참조.

(28) 중국에 신화가 많지 않은 것은 한민족에 대해서의 일이고, 화남이나 서남 지역의 비

한민족은 반드시 그렇지는 않다. 〔伊臟(淸)1970.61～62〕

(29) 이가원(李家源)은 「동명왕편」을 영웅서사시의 대표작으로서 들고 있지만〔李家源 1961.132～34〕, 이가원이 말하는 「영웅서사시」는 우리들이 말하는 영웅시heroic poetry 와는 다른 정의에 의한 것이다. 「동명왕편」 외에, 외향적인 작품 분위기의 한국 문예는 소개되지 않고 있다.

(30) 예술양식에 있어서 고전성과 낭만성을 각각 「완성」 Vollndung과 「무한」 Unendlichkeit 으로 환원하는 후리치 슈토리히 설〔Strich 1924:1～15〕에서 착상했다. 그러나, 서양문 예에 있어서 클래식 및 로만틱 양식은 반드시 일본문예의 전제에 적합한 것이 아니며, 고전주의 쪽은 둘째치고 낭만주의에 해당하는 양식으로서 일본문예에 있어서 「무한」을 생각하는 것은 적지 않은 오해를 일으킬 우려가 있으므로, 새롭게 「아」(雅), 「속」(俗)의 개념을 설정하기로 했다. 즉, 착상한 것은 슈토리히 설에서의 시사에 의한 것이지만 구 체적으로는 그것과 다른 성질의 패턴을 제시한 것이다. 슈토리히 설은 꽤 추상적인 동시 에 공소, 부정확하고, 특히 「무한」의 면에서 더 광범한 문화적 종합의 견지를 요구한다 고 비판되고 있다. 〔大西 1960.89～90〕 그 비판을 주로 「속」의 개념으로 해결하려고 시도해 본 것이 본 장의 취지이다.

(31) 중국에서의 「하이카이」(俳諧)는, 일본에서의 「하이카이우타」(俳諧歌)라고 하는 것은 아(雅)다운 표현에서 동떨어진 노래를 가리킨다. 그것이 골계미를 의미하는 「하이카이」 (俳諧)와 혼동되어 에도(江戶) 초기에는 하이카이렌가(俳諧連歌)를 골계성으로 정의하 는 일이 많았다. 이것을 비판하여, 골계스럽지 않은 하이카이(俳諧)를 수립한 것이 바쇼 (芭蕉)이다. 나는 「아」와 「속」에 이르는 제 3의 문예양식으로서 「하이카이」(俳諧)를 설 정하고〔小西－1951d. 5～6〕, 게다가 그것을 문예에 있어서 시대구분의 지표로서 사용 했다〔小西－1953.1 5～6〕. 그러나, 본문에 기술한 것과 같은 고려에서, 이 명칭은 사용 하지 않기로 하고, 이후는 「아속」이라고 부른다.

(32) 중세 제3기의 주도적인 이념을 「인정」이라고 한 일이 있는데〔小西 1975a. 15～17〕, 이후는 「정리」(情理)로 생각하고 싶다.

(33) 상세한 것은 나카야마 큐시로(中山久四郎) 『世界印刷通史(下卷)』(三秀舍, 1930)의 579～80면에서 볼 수 있다.

(34) 당의 개성(開城) 3년(838)은, 백거이가 아직 살아 있을 때이고(67세), 게다가 장안에 서는 여기저기 벽에 백시가 쓰여져서, 왕에게 기생, 목동에 이르기까지 읊어지고 있었고, 베껴써서 파는 자도 있었다고 한다.

(35) 한국과 중국과의 사이에서도 비슷한 현상이 보여진다. 신라의 대표적인 시인이었던 최치원(崔致遠)은, 당의 성통(成通) 9년(868)부터 광계(光啓) 원년(885)까지 당에 있었 기 때문에 한유(韓愈, 768～824)나 유종원(柳宗元, 773～819)에 의한 고문부흥 운동에 접했을 것이다. 그러나, 최치원의 문장은 육조풍의 사륙변려체(四六騈儷體)를 지켰다. 〔金(思)－1973.100～02〕 한국에서도 고문체가 행해진 것은 김부식(金富軾) 등이 활약

한 12세기 중엽 이후의 일이다.

(36) 메이지(明治)기에 들어서도 전대부터의 전통은 단절된 것은 아니라는 점에 주목하고 오히려 에도(江戶)기부터 지속되는 면에 한층 더 본질적인 것을 인정하여 그 관점에서 시대구분을 시도해 보려는 입장이 있고, 가토 슈이치(加藤周一)설은 그 대표적인 것이다[加藤(周)-1980.223] 그러나, 문화현상이 사회적인 전환기에 접해도 곧 단절되지 않는 것은 너무나도 당연한 일이고, 그 면에만 착목한다면 시대구분의 의의가 없어질 것이다.

(37) 중국 문학사(吉川-1974)에서는, 송대에서 청조까지를 근세라고 한다. 그러나, 이것은 개괄적인 입장이고, 자세하게 말하자면 철학, 윤리의 면에서 보아도 특색이 나오는 것은 인종(仁宗) 무렵보다 뒤이다. [吉川-1941.550]

(38) 송대에 간행되었다고 인정해도 좋은 것은 『대당삼재법사취경기』(大唐三裁法師取經記), 「서유기」의 원천)뿐이지만, 이것 하나밖에 간행되지 않았다고는 생각하기 어렵다.

(39) 고려의 향가로서 대표적인 것은 균여(均如, 917~73)의 「보현십종원왕가」(普賢十種願王歌)이지만, 예종 때의 「도이장가」(悼二將歌, 1120년작)가 현존하기 때문에 12세기 경까지는 남아있었다고 생각해도 좋다.

(40) 시조의 정확한 발생시기에 대해서는 아직 명확하지 않다. 전성의 극치에 이른 것은 16세기이다.

(41) 12세기의 전반은 아직 신라 이래의 변문(騈文)이 양적으로는 큰 세력을 차지하고 있었던 것 같다. 송의 서경선(徐競撰)은 『고려도경』(高麗圖經)에, 고려의 인종 2년(1124) 경의 상황을 *「大抵以聲律爲常, 而於經學末甚. 視其文章, 彷彿唐之餘弊」라고 기술하고 있다. 고문이 한국에 침투한 것은, 김부식(金富軾), 임완(林完), 권적(權適), 김황원(金黃元)의 활약기 이후의 일이다.〔金(思)-1973, 173~76〕

*대개 성률로써 숭상하는 것은 경학이 아직 심화되지 않았을 때에 그 문장을 보는 것이 당의 남은 폐단을 방불케 했다.

(42) 『삼국사기』는 일본의 『고지키』(古事記)에 해당되는 것이지만, 기전체(紀傳體)이다. 고려의 인종 23년(1145) 선진 김부식은 편자의 대표였다. 그 완성 때를 상징적으로 택한 것은, 송대문화의 이입을 촉진한 김부식의 최대업적이라고 하는 이유에 불과하고, 반드시 『삼국사기』의 기술내용을 근거로 한 것은 아니다.

제4장 중국 근대 문학의 형성과 그 이론

호 극 선

제4장 중국 근대 문학의 형성과 그 이론

1840년 아편전쟁으로부터 1919년 5·4운동까지의 80년간, 근대 문학이 론은 중국사회의 급격한 변화에 따라 매우 큰 발전을 가져왔다. 그 과정은 대개 세 단계로 나뉠 수 있다.

제1절 아편전쟁(鵝片戰爭) 전후

아편전쟁 전야에서부터 태평천국의 난에 이르는 시기는 중국 부르주아계 급 문학사상의 맹아적 단계이다.

아편전쟁의 폭발과 주권을 상실하는 일련의 치욕적인 불평등조약의 체결 은 중국이 봉건사회로부터 반봉건·반식민지사회로 전락되기 시작하는 동시 에 중국 인민의 반제반봉건투쟁이 개시되었음을 말해 준다. 봉건계급이 분화 되기 시작하고 사상계의 각성이 촉진되었으며, 현실에 기초하여 개혁을 추구 하려는 사회적 조류가 형성되었다. 문학계의 일부 진보적인 지식인들은 문학 이 시류에 따라 변화하고 경국제민(經國濟民)하며, 옛것을 빌어 제도를 개혁 하고 새로운 것을 숭상하며, 스스로 내면을 서술하고 개성을 체현할 것을 요 구했다. 이상에 충만하고 자유해방을 추구하는 이러한 외침은 자본주의의 요 구를 반영한 것이며 민주적 색채를 띤 부르주아계급 문학사상을 체현한 것이었다. 이러한 시기에 공자진(龔自珍), 위원(魏源), 풍계분(馮桂芬), 왕도(王韜) 등이 문단에 등장했는데, 이들은 모두 지주계급으로부터 분화되어 나온 진보적인 지식인들이었으며, 근대적 진보 문예사상가의 선구자들이었다.

공자진(1792~1841)은 호가 정암(定庵)이며 절강성 인화(지금의 항주시 〈杭州市〉) 사람이다. 일찍이 아편전쟁 이전에 그는 문학으로 무기를 삼아서 시정에 참여하여 개혁을 주장하고 청 왕조의 부패상을 날카롭게 비판했다. 그의 사상은 극히 반역적이고 문학창작은 창조성이 매우 풍부해서 당시의 거대한 영향을 일으켰다. 공자진은 비록 문학이론에 관한 전문적인 저작은 남기지 않았지만, 그의 시문 가운데 반영된 문학에 대한 견해는 매우 풍부하다. 그의 문학주장은 「역사의 존중」(尊史), 「감정의 이해」(宥情), 「새것의 창조」(創新)라는 세 방면으로 개괄할 수 있다.

(1) 「역사의 존중」

공자진이 말하는 「역사」(史)는 그 함의가 매우 넓다. 그는 모든 문장을 다 「역사」라 할 수 있다고 여겼다. 「역사 이외에 언어가 없고 역사 이외에 문장이 없다」(『고사구침논이』〈古史鉤沈論二〉). 문학이 역사라고 한다면 문학가는 당연히 역사가인 것이다. 따라서 문학가는 반드시 당대 사회를 역사로 보고 「거짓으로 미화하지 않고 악을 감추지 않는」 역사가의 「실록」(實錄) 정신에 따라 현실을 반영해야 하며 현실정치에 대해 비판해야 한다. 그는 문학가가 현실을 반영할 때 「선입」(善入)하고 「선출」(善出)해야 한다고 인식했다. 「무엇이 선입인가? 천하의 산천지세, 인심, 기풍, 땅에 적합한 것, 성씨의 귀중함을 모두 아는 것이요, 임금의 명령과 하급관리가 지켜야 할 본분을 모두 아는 것이다. 예절, 병무, 정치, 법률소송, 연혁, 문체, 인간의 현명함과 우매함에 있어서 마치 집안일을 말하듯 하여야 입(入)이라 할 수 있다. …… 무엇이 선출인가? 천하의 산천지세, 인심, 기풍, 땅에 적합한 것,

성씨의 귀중함, 임금의 명령, 하급관리가 지켜야 할 본분 등은 모두 일과 연계되는 것이지 일 자체는 아니다. 예절, 병무, 정치, 법률소송, 연혁, 문체, 인간의 현명함과 우매함에 있어서 마치 배우가 무대에서 노래하고 춤추어 수많은 사람들을 웃고 울리는 데 관람자들은 숙연히 좌정하여 눈을 찡긋거리며 지적하는 것을 출(出)이라 할 수 있다.」(『존사』〈尊史〉) 다시 말하자면, 문학가는 사회생활 속에 깊이 들어가 그것을 이해하고 반영해야 할 뿐만 아니라 「고정지론」(高情至論)이 있어야 하며, 사회생활을 통찰력있게 평가해야 한다는 것이다.

(2) 「감정의 이해」

「감정의 이해」(宥情)라고 하는 것은 감정을 너그럽게 이해하고 해방시키는 것을 말한다. 정주이학(程朱理學)은 「하늘의 이치를 남기고 인간의 욕구를 버릴」 것을 주장하면서, 도학을 적극적으로 옹호하고 개인의 감정을 자유롭게 표현하는 것을 반대함으로써 사람들의 개성을 속박한다. 그러나 공자진은 개인적 사상감정의 토로를 매우 중시했다. 그는 『장단언자서』(長短言自序)에서 다음과 같이 말했다. 「감정의 물화 역시 그것을 제거할 뜻이 있었지만 제거할 수 없자 그대로 내버려 둔 것이다. 그것을 이해해마지 않았으며 오히려 존중했다.」 이는 「감정」(情)에 대한 그의 인식 역시 하나의 과정, 즉 감정의 제거로부터 감정 존중으로의 과정을 거쳤다는 것을 말해준다. 공자진은 감정을 존중하였을 뿐만 아니라 문학창작은 진정(眞情)을 표현해야 함을 강조했다. 그는 『서탕해추시집후』(西湯海秋詩集後)에서 당송 이래의 유명한 시인들이 「모두 시와 인간이 합일되어 인간 밖에 시가 없고 시 밖에 인간이 없었음」을 지적했다. 그는 탕해추(湯海秋)의 시가 「완」(完)자 한 자로 개괄할 수 있다고 여겼다. 「어찌하여 「완」이라고 말하는가? 해추의 내심(마음의 흔적)은 모두 여기에 있다. 하려는 말도 여기에 있고 말하고 싶지 않지만 결국에는 말할 수밖에 없는 것도 여기에 있고, 말하고 싶지 않아서 결국 말하지 않은 것, 말하지 않은 것에서 말한 것을 찾아내는 것 역시 여기에 있다. 타인의 말을 가져다 자기의 말로 삼으려하지 않는다. 그러기에 글 한 편을 제시하면 그를 아는 사람이든 모르는 사람이든 간에 말하기를 「이것은 탕해추의 시다」라고 한다. 이른바 「시와 인간이 합일된다」는 말은 시가 시인의 개성을 표현하고 시인의 진정(眞情)과 진실한 감정을 표현해야 하며 시인 자신의 언어적 풍격이 있어야만 시가 시인 자신과 합일될 수 있음을 말한다. 「완」은 동시에 「전」(全)이다. 즉 시인은 자기말 「말하려는」 것과 「말하지 않으려 하지만 결국 말할 수밖에 없는」 것을 「모두」(全) 표현할 것을 요구하며, 동시에 독자들로 하여금 시인이 「말하지 않은 것에서 말한 것을 찾아낼 수」있도록 해야 한다. 「완」에 이르기 위해서는 거짓으로 조작해서는 안되고 남의 것을 가져와 자기 것이라 해서는 안된다. 탕해추의 시처럼 전심(全心)으로 핍진한 감정을 표현해야 하고, 『병매관기』(病梅館記)에서 매화의 천연적인 생기를 보전하는 것처럼 그것으로 하여금 자기의 본성에 따라 자유롭게 성장하도록 해야 한다. 공자진의 시문 창작과 연계시켜 보면, 이러한 진지한 감정은 주로 현실을 증오하고 암흑을 비판하는 감정이요, 중국을 사랑하고 침략을 반대하는 감정이요, 새로운 사회적 역량을 환호하는 감정이다. 이것은 부패한 봉건통치를 위해 찬양하고 태평을 가장하는 그러한 작품에 드러나는 허위적인 감정과는 근본적으로 대립되는 것이다.

(3) 「새것의 창조」

공자진의 「새것의 창조」(創新)는 「역사의 존중」과 「감정의 이해」 가운데에서 체현된다. 그는 고대 작가들의 예술적 경험을 폭넓게 학습했을 뿐만 아니라 더욱이 창조와 발전이 있어야 함을 강조했다. 그는 장주(莊周)와 굴원(屈原)을 좋아했고 특히 이백(李白)을 숭배했다. 그는 「기실 장주와 굴원은 서로 달라서 병렬할 수 없다. 그들을 병렬하여 심(心)으로 삼은 것은 이백으로부터 시작된다. 유(儒), 선(仙), 협(俠)은 기실 서로 다른 것이어서 융합할 수 없다. 그것들을 융합하여 기(氣)로 삼은 것 역시 이백으로부터 시작된다. 이것의 진원지는 이백이다.」(『최록이백집』最錄李白集)그는 또 굴대균(屈大均)을 추앙하여 말하기를 「기사(奇士)는 죽일 수 없다. 그를 죽이면 천신(天神)이 된다. 기문(奇文)은 읽을 수 없다. 읽으면 천민(天民)을 해친다」고 했다. 요컨대 가혹한 현실이 공자진으로 하여금 예술풍격과 표현방법에서 광(狂), 협(俠), 기(奇), 귤(橘)을 숭상하지 않을 수 없게 만들었다. 실제로 그는 「천하의 아름다움을 받아 천하의 분노를 토로하는 것」을 시가의 최고경계로 삼으면서, 문학작품이 현실세계의 아름다운 사물을 반영하고 광내한 민중의 상렬한 마음의 소리를 표현해야 할 것을 요구하였다. 공자진의 반역정신 역시 그의 창작 가운데 드러나는데, 그의 시문은 내용이 새롭고 상상력이 기발하며 기세가 호방하고 언어가 아름다우며 낭만주의적 색채를 띠고 있다. 양계초(梁啓超)는 『청대학술개론』(淸代學術槪論)에서 「만청(晩淸)시대의 사상해방에는 확실히 공자진의 공로가 있다. 광서(光緖) 년간의 이른바 신(新)학자들은 누구나 다 공자진에 대한 추앙 단계를 한 번씩은 거쳤다. 처음 『정암문집』(定庵文集)을 읽었을 때 마치 전기에 감전된 것 같았다」라고 밝히고 있다. 이 말로 공자진 문학사상의 역사적 지위를 평가하는 것도 타당한 것이리라.

공자진과 어깨를 겨룰 수 있는 또 하나의 근대 계몽사상가는 위원(魏源)이다. 위원(1794~1857)은 자가 묵심(默深)으로 호남 소양현 사람이다. 1841년에 절강 동부의 항영(抗英)투쟁에 참가한 적이 있다. 임칙서(林則徐)의 위탁을 받고 집필한 『해국도지』(海國圖志)는 학술적 가치가 매우 높은 세계 역사 지리서로 위원의 사상발전의 절정을 대표한다.

위원은 정치 개량의 관점으로부터 출발하여 문장으로 도를 관통해야 하고(文以貫道), 시는 비흥(比興)이 있어야 함을 요구했다. 그는 『국조고문유초서』(國朝古文類鈔書)에서 「송옥(宋玉), 경차(景差), 매승(枚乘), 사마상여(司馬相如) 이후 『육경』(六經)의 종지에 따라 문장을 짓는 것을 알지 못했고, 문장이 시작하여 도에서 관통되지 않았다. 소통(蕭統), 서릉(徐陵) 이후 문장 선집가들은 『시경』(詩經) 등의 문헌의 뜻을 따르지 않았는데, 자질구레하고 무의미하여 위로는 통치에 도움주기에 부족하고 아래로운 학문을 분별하는 데 부족하여 총결·편집도 경(經)에 의거하지 않기 시작했다.」 또 『시비흥전서』(詩比興箋序)에서 「『소명문선』(昭明文選)이 오로지 화려한 수식을 취하고 이선(李善)의 『선집』(選集) 주석이 오로지 현상만 해석하고 시인이 어떤 뜻을 말하고자 하는 지를 묻지 않는 것으로부터 시교(詩敎)는 내리막길을 걸었다. 종영(鐘嶸), 사공도(司空圖), 엄창랑(嚴滄浪)의 시품과 시화가 오로지 음절 풍조에만 신경쓰고 시인이 어떤 뜻을 말하고자 하는 지를 묻지 않는 것으로부터 시교는 또 한 번 쇠락했다. ……『이소』(離騷)는 시에 의거하여 흥(興)을 취하고 유(類)를 끌어와 비유했다. 사(詞)는 곧을 수 없는 까닭에 굴곡이 있어야 이루어지는 것이다. 감정은 결발될 수 없는 까닭에 비유의 대상이 있어야만 비유할 수 있는 것이다. …… 순경(荀卿)이 누에를 묘사했다고 해서 누에를 묘사한 것이 아니고, 구름을 묘사했다 하여 구름을 묘사한 것이 아니다. 시를 읊조리고 세상을 논하면서 사람을 알고 깊은 뜻을 밝혀 주관적 의견으로 작가의 원래 뜻을 거스르게 되는 것이다. 이제서야 『삼백편』(三百篇)이 다 성인들의 발분지작(發憤之作)임을 알겠으니, 어찌 화려한 문사로 빈수레를 묘사할 수 있겠는가?」 여기에서 위원이 송옥(宋玉) 등의 작품과 『소명문선』, 『옥대신영』(玉臺新詠) 등의 선집들에 대해 불만을 표시하였고, 종영, 사공도, 엄창랑의 시품(詩品), 시화(詩話)에 대해 비판한 것으로부터 그가 예술성을 소홀히 하는 경향이 있음을 알 수 있다. 그 중심사상은 문학이 통경치용(通經致用)임을 중시하고, 문학이 「뜻을 전하고」(言志), 「울분을 발한」(發憤) 결과임을 강조하여 「비흥」(比興)에의 기탁을 요구했다는 것이다. 이것은 당시의 역사적 조건 하에서 시문 영역에서의 형식주의를 비판하는데 어느 정도의 적극적인 의의를 가지고 있다. 『정암문록서』(定庵文錄序)는 위원의 문론(文論) 가운데 주의할 만한 가치가 있는 글이다. 그는 「거스름」(逆)이라는 말로 공자진의 사상과 창작을 평가했다. 「무릇 갑자기 얻은 땅도 억제할 수 없고 하늘도 변화시킬 수 없으며 아버지, 형제, 스승, 친구도 보우할 수 없다. 그 도리는 늘 거스름에 좌우된다. 적은 것은 풍속을 거스르고 풍토를 거스르며 큰 것은 운명과 사회를 거스른다. 거스름이 심할수록 되돌아가는 것이 크다. 그것이 큰 즉 오래된 것으로 되돌아가고 오래된 즉 뿌리로 되돌아간다.」 이러한 대담한 발언은 공자진과 위원의 반전통적 이단정신을 한층 더 선명하게 드러낸다. 그러나 숭상하는 동시에 복고적 색채를 띠고 있는데, 이는 지주계급 개혁파의 한계를 반영하는 것이다.

아편전쟁 이후의 풍계분(馮桂芬)(1809~1874, 자 임일 〈林一〉, 강소 오현 출신), 왕도(王韜)(1828~1897, 자 자전 〈紫詮〉, 강소 오현 출신) 등은 초보적인 부르주아 계급 정치개혁사상으로 무장한 중국 근대의 두 번째 그룹이다. 이 두 사람은 박학다식하고 또 서양을 잘 이해하였기에 비교적 체계적인 사회개혁사상을 제기했다. 그들은 문학사상적으로 동성파(桐城派)를 날카롭게 비판하였고, 공자진과 위원의 경세치용 정신을 계승·발양시켰다. 『복장위생서』(復庄衛生西)는 풍계분의 대표적 문학이론서이다. 그는 「소인은 학문을 닦아 3~40년이 되어 써놓은 것은 실로 적지 않다. …… 그러나 다만 의법설(義法說)만은 믿지 않는다. 「천명」(天命) 「솔성」(率性)설을 가리키는 것만은 아니다. 무릇 전장(典章), 제도, 명물(名物), 상수(象數)를 보면 그 어느 것이나 도에 기탁하지 않은 것이 없다. 즉 문장에 쓸 수 없는 것이 없다. …… 뛰어난 글은 평범하거나 특이하거나 짙고 연함, 짧고 길고 높고 낮음이 없이 다 우수한 것이다. 자연히 절주와 리듬이 있고 정반이 상합하고 좌우가 합당하여 힘들여 가동하지 않아도 스스로 조화되는 것이니, 반드시 의법(義法)이 있을 필요가 없다. 글이 이루어지면 법이 세워지니 의법이 없다고 할 수 없는 것이다.」 풍계분은 여기에서 동성파의 의법론에 대해 강력한 비판을 퍼부었다. 그 역시 「문장은 도리를 표현해야 한다」는 원칙을 제창하였지만 「도」는 다만 「천명」(天命)과 「솔성」(率性)에 제한되어서는 안 된다고 제기했다. 무릇 정장제도, 각종 사물 및 그 일체 변화는 모두 「도」의 범주에 속한다. 이것은 유가적 도통(道統)의 굴레를 벗어던진 것을 의미한다. 한 마디로 그는 산문의 사상내용 확대를 요구했을 뿐만 아니라 산문의 형식, 언어를 해방시킴으로써 동성파의 의법설의 구속을 타파할 것을 요구했다. 왕도의 문론은 주로 자기감수의 표현을 강조했다. 그는 문장을 논하여 말하기를, 「문장의 진귀한 바는 서정과 서사, 내면에 담긴 말을 토로하는 데에 있다. …… 즉 내가 품고 있는 것을 토로하고 싶으면 그것이 곧 좋은 글이다」(『도원문론외편자서』〈弢園文錄外編自序〉). 그는 시에 대해 다음과 같이 말했다. 「나는 시를 쓰지 못하지만 시 역시 옛 것과 완전히 일치하는 것은 아니다. 옛 것과 일치하지 않기에 나의 성정(性情)을 완전히 표현할 수 있다. …… 그러나 내가 지금의 시인을 볼진대 남의 것을 모방하고 각색하여 박식하고 기교스럽다고 여기고 있다. 당송대의 것을 모방하여 좋다고 여기고 두보(杜甫), 한유(韓愈)의 것을 모방하고선 재능있다고 한다. 하지만 자기의 성정은 조금도 없다. 이것은 도대체 웬일인가?」(『형화관시록자서』〈蘅花館詩錄自序〉). 그는 비판의 예봉을 동성파와 동광체(同光體)로 겨냥하면서 문학이 정치에의 참여와 사회 개혁의 추동을 목적으로 할 것을 주장하였는데, 이러한 견해는 당시에 매우 적극적인 역할을 했다.

위에서 언급한 진보적인 문학사조와 병존한 것은 송시파(宋詩派)와 동성파(桐城派)의 「중흥」이다. 아편전쟁 전후 시가 분야에서 봉건적인 전통세력을 대표한 것은 「송시파」 또는 송시운동이다. 이는 「신운파」(神韻派)와 「격

율파」(格律派)를 계승하여 출현한 가장 영향력이 큰 그룹이다. 일찍이 건륭(乾隆), 가정(嘉正) 연간에 옹방강(翁方綱) 등이 송시를 제창하여 송시의 영향을 확대시켰다. 도광(道光), 함풍(咸豊) 시기에 이르러 정은택(程恩澤) 등이 제창하고서부터 비로소 송시운동이 형성되었다. 이 운동의 모방대상은 두보, 한유, 소식, 황정견(黃庭堅)인데, 이론과 창작면에서 성과가 그다지 크지 않다. 그 뒤에 하소기(何紹基), 정진(鄭珍), 막우지(莫友芝) 등이 이 시파의 중요 인물로 되었다.

하소기(1799~1873, 자는 자정 〈子貞〉, 호는 동주 〈東州〉, 호남 도주 출신)는 「송시운동」의 선도자였을 뿐 아니라 저명한 학자요, 서예가였다. 저서로는 『동주초당시문집』(東州草堂詩文集)이 있다. 그는 시 창작이 우선 「인감됨」에 달려있는데, 「시문에서 그것을 찾을 수 없다. 그래서 먼저 인간됨을 배워야 한다」고 했다. 그러면 어떻게 「인간답게」 될 수 있는가? 「성실하고 남을 속이지 말며」, 「자기의 성정을 고전으로 보충하고 힘써 사물을두루 경험하여 참된 자아를 일으켜 세워야하며」, 「일어섬과 스러짐이 곧고 사귐에 고독해야 하고 느낌이 있은 즉 토로하고 의를 본 즉 맞서 나아가야하며」, 「정의로운 일을 만나면 의지를 굽히지 말아야 한다」(『사검초자서』〈使黔草自序〉) 이것은 말하자면 「인간됨」은 책을 읽어서 이치에 밝아야 하고 생활실천 가운데서 지식을 증강해야 하며, 유가의 도덕수양을 강화하고 진정한 마음과 성정을 갖추어야만 속된 인간들과 구별되는 「진인」(眞人)이 될 수 있으며 인간과 시문이 자연스럽게 조화되어 우뚝 설 수 있는 것이다. 하소기 이론은 모방을 반대하는 적극적인 일면이 있지만 그 실제 내용은 봉건 예교를 고취하고 농후한 봉건적 전통사상의 「진성정」을 표현한 것으로, 시문 중의 반항, 반역의 목소리를 힘써 제거하고 봉건통치의 유지를 위해 복무하는 것이다. 바로 이러한 점 때문에 지위가 혁혁한 증국번(曾國藩)(1811~72, 호남 상향 사람)이 동성파를 진흥시킴과 동시에 이 시파에 가담하여 두보, 한유를 배우고 황정견을 특별히 숭상하면서 이 시파의 영향을 확대하였던 것이다.

동성파는 비록 청대 산문 가운데서 가장 영향력이 큰 유파였지만, 근대에 이르러 요내(姚鼐)의 4제자(매증양 〈梅曾亮〉, 관동 〈管同〉, 방동수 〈方東樹〉, 요형 〈姚瑩〉)가 더 이상 그 지위를 보전해 가지 못하였기 때문에 증국번이 나서서 새롭게 진흥시킨 것이다. 그는 자신의 매판 관료세력을 이용하여 막부를 세우고 인재를 끌어들였다. 그 가운데 유명한 사람들로는 장유교(張裕釗), 오여륜(吳汝綸), 여서창(黎庶昌), 설복성(薛福成)이 있는데, 이들은 「증문4제자」(曾門四弟子)라 일컬어졌다. 그들은 증국번을 영수로 하는 동성파의 한 지류─상향파(湘鄕派)─를 형성하여 「동성파」의 중흥기를 이루었다. 증국번의 문론은 동성파의 기치를 다시 펼치면서 동시에 동성파의 낡은 틀에 얽매이지 않고 이른바 방법면에서 모두 매우 큰 변화를 가져왔다. 그는 동성파의 모토인 「의리」(義理), 「고증」(考据), 「문장」(詞章) 중에서 「의리」에 「경제」적 요소를 덧붙여 이것을 가장 중요한 것으로 인식했다. 그가 보기에 「의리」는 근본이고 「경제」는 목적이며 「고증」은 수단이고 「문장」은 형식이었다. 이는 문학이 구체적이고 실재적인 경세제민으로써 새로운 역사발전에 적응해야 함을 직접적으로 강조한 것이며, 나아가 청나라 정부를 위해 복무해야 한다는 직접적인 요구를 강조한 것이다. 나아가 청나라 정부를 위해 복무해야 한다는 직접적인 요구를 강조한 것이다. 문학형식의 측면에서 그는 「양강웅기지미」(陽剛雄奇之美)를 숭상하였지만 동시에 「음유담담지기」(陰柔澹淡之氣)도 홀시하지 않았고, 산체를 위주로 하면서 어느 정도 변체의 화려한 문장을 첨가할 것을 주장했다. 아울러 그는 실용적인 것을 숭상하고 「현재」(今)와 「세속」(俗)을 중시하며 우아한 고문(古文)도 받아들였다. 산문에 대한 증국번의 견해는 탁월하기는 했지만 동성파의 근본 종지는 시대전진의 방향과는 종국적으로 거슬러 나가는 것이어서 이른바 「중흥」은 소멸되기 직전의 일순간의 홍성에 지나지 않았다.

이시기에 봉건적인 전통문학 내부의 파벌투쟁도 매우 치열하였는데, 가장 대표적인 것이 「변문과 산문의 투쟁」이다. 아편전쟁 이전에 완원(阮元)(1764~1849, 자 백지 〈伯之〉, 강소 의정 출신)은 「문언설」(文言說)을 제기하여 동성파의 문통(文統)에 대해 공격하고 나섰다. 그는 「문언설」에서 문장은 처음에 「단어가 적고 음이 조화로워야」 「기억하고 암송하는 데 쉽고」 「멀리 나아갈 수 있다」고 했다. 이것은 본시 문학이 성립할 때 언어가 갖는 기본법칙이며 특징인데, 완원은 오히려 이것을 고정불변한 규율로 여기고 이로부터 모든 「단행(單行)의 문장과 종횡으로 어지러운 문장, 걸핏하면 수자만 늘어놓는」 작품을 비난하면서 그것들을 「문」이나 문학작품으로 칠 수 없다고 했다. 「문장이리면 빈드시 쌍으로 이루어져야 하고」 「쌍으로 된 모든 것은 모두 문장」이라는 그의 관점은 문학적 현실에 부합되지 않으며 일면적인 것이다. 그가 공자의 「문언설」을 내세운 것은 자신의 이론에 근거를 제공하여 변문에 「정통성」을 부여하려는 것으로써 역시 황당하고 무모한 것이다. 그럼에도 불구하고 완원의 「문언설」은 동성파 고문의 통치를 동요시켰다.

이조락(李兆洛)(1769~1841, 자 갑기 〈甲耆〉, 강소 양호 출신)은 「변문과 산문의 통일」을 주장하여 이름을 떨친 사람이다. 그는 『변체문초서』(駢體文鈔序)에서 변문과 산문의 투쟁에 대해 자기의 견해를 제시했다. 그는 「음양이 공존공생하는 까닭에 홀짝은 서로 떨어질 수 없고 원만함은 반드시 서로 효용된다. 문장의 효용도 모두 여기에 있지 않은가?」라고 했다. 그는 변문과 산문의 대립을 양강(陽剛)과 음유(陰柔)가 조화롭게 효용된다는 종지를 위반했다고 인식했다. 모든 문장은 다 홀과 짝이 상호 효용되는 것으로 변문과 산문이 공존한다. 그러나 그가 편찬한 『변체문초』(駢體文鈔)는 도리어 대부분의 산문을 변문으로 간주하고 있는데, 사람들로 하여금 변문을 제하고는 소위 산문이라는 것이 있을 수 없다는 느낌을 가져다준다. 이는 실제로는 산문을 억압하고 변문을 번영시키려는 것이다.

복고파의 대표인물 왕개운(王闓運)(1838~1916, 자 임추 〈壬秋〉, 호남 상담 출신)은 대개 완원의 「문필론」을 받아들여 시문은 한위육조(漢魏六朝)를 모방하여야 한다고 주장했다. 그는 「논시법」(論詩法)에서 「시를 배울 때 옛사람의 시를 두루 섭렵해야 하며 당대인들의 시는 읽지 않아도 된다.」「3~40년을 들여 읽지 않으면 옛사람의 좋고 나쁨을 알 수 없다」고 말했다. 그는 또 「시는 성정(性情)을 좌우하며 반드시 격률이 있어야 한다」고 했다. 여기에서 말하는 「격률」은 근체시(律詩, 絶句)의 성운과 리듬, 대구 등의 창작규율을 말하는 것이 아니라 시가는 자신의 규범이 있어야지 일정한 규범을 벗어나 자유로이 성정을 서술해서는 안 된다는 것을 말한다. 그가 보건대 「시」와 「도」는 상통하는 것으로 「시로부터 깨달음에로 들어가서」「도」에 이르는 지름길이다. 이로부터 그의 이론은 시를 부패하고 몰락한 봉건통치계급을 위해 복무하는 것으로 이끌어 나가려는 것임을 알 수 있다.

봉건 전통시문 내부에서의 비판과 논쟁은 봉건적 문단의 분화를 가속화시켰을 뿐만 아니라 예술경험을 종합하는 작용을 추동하기도 했다. 상주사파(常州詞派) 후기의 대표적인 이론가는 담헌(譚獻)(1830~1901, 자 중수 〈仲修〉, 호 복당 〈復堂〉, 절강 인화 출신), 진정탁(陳廷焯)(1853~92, 자 역봉 〈亦峰〉, 강소 단도 출신)과 황주이(況周頤)(1859~1926, 자기생 〈夔笙〉, 호 혜풍 〈蕙風〉, 광서 임계 출신) 등이다. 담헌의 사(詞)이론은 상주사파의 「비흥」「기탁」(寄托)이론을 계승·발전시킨 것이다. 그는 『복당사록서』(復堂詞錄序)에서 어릴 적 사를 읽을 때, 「인간의 일에서부터 종지를 찾기 좋아했고 저자의 일생을 논하고 저자의 인간됨을 생각했다」고 말하면서, 「저자의 의도는 반드시 그런 것은 아닌데 독자의 의도는 왜 반드시 그러하지 않은가?」라는 주장을 제기했다. 이는 사의 연구가 저자의 일생을 고찰하고 저자의 사상을 분석해야 한다는 것을 말하며, 특히 사 창작이 독자들에게 무궁 무한한 체험을 줄 수 있어야 하고 심지어 저자의 원래 의도를 초월해야 할 것을 요구한 것이다. 이것은 주제(周濟)의 「기탁이 있으면 입(入)하고 기탁이 없으면 출(出)한다」는 견해보다 탁견이다. 그 역시 주제의 「시에 서사시가 있는 것처럼 사에도 서사시가 있어야 한다」는 견해를 받아들이면서, 사는 반드시 시문과 마찬가지로 세상일을 논하는 역할을 해야 하며 시대상황과 개인의 재난, 불행을 표현해야 한다고 여겼다. 이것은 비흥과 기탁의 영역을 더 깊고 더 넓게 개척한 것이다.

이 밖에 사를 논한 글 가운데 상주파에서 비교적 영향력이 큰 것으로는 진정탁의 『백우제사화』(白雨齊詞話)와 황주이의 『혜풍사화』(蕙風詞話)가 있다. 진정탁은 『사화자서』(詞話自序)에서 다음과 같이 말했다. 「무릇 인간의 마음은 느끼는 바가 없을 수 없으며 느끼는 바가 있으면 기탁하지 않을 수 없다. 기탁이 크지 않으면 감동도 크지 않다」 「사화 10권을 편찬하는 데 있어 국풍(國風)과 이소(離騷)에 근거하여 성정을 올바르게 하고, 온유돈후(溫柔敦厚)를 체(體)로 삼고 침욱(沈郁)을 용(用)으로 삼았다.」 그가 이 사화를 쓰게 된 것은 청대 사의 경박하고 부미한 「청공」(淸空)의 작품에 반대하기 위해서였다. 그는 「국풍」 「이소」를 빌어 비흥, 기탁을 강조하고 심후한 감정과 침울한 예술풍격을 갖출 것을 요구했다. 「이른바 침울하다는 것은 뜻이 붓보다 먼저 있고 정신이 언어 밖에 있는 것이다. …… 감정을 교류의 냉담함이나 신세의 처량함은 모두 풀 하나 나무 한 그루에서 그것을 토로할 수 있다. 그것을 토로하는 데 있어서도 보일 듯 말 듯, 드러낼 듯 말듯하게 하여, 수차례 사로잡히지만 끝내 한 마디로 꿰뚫어 놓지 않는다.」 감정과 의지를 사물을 빌어 토로하는 것이 비흥이라 하는데, 비흥은 반드시 드러내지 말아야 하며 나아가서 「정신이 언어 밖에 있는」 이런 경지에 이르러야 하는 것이 바로 진정탁이 말하는 「침울」의 이론이다. 그는 「침울」을 기준으로 삼아 각 부류 사가들을 폭넓게 평론하면서 호방한 기풍과 완약(婉弱)한 기풍을 두루 인정했지만, 완약한 사를 중심에 놓으면서 온정균(溫庭筠)을 최고의 모범으로 삼았다. 이것은 분에 넘치는 평가인 것으로 보인다.

황주이는 만청 4대 사인(詞人) 중 한 사람으로서 그의 『혜풍사화』는 두 가지 측면에서 주의할 만한 가치가 있다. 첫째, 「사를 쓸 때 세 가지 요소가 있어야 한다. 즉 무거움(重), 투박함(拙), 큰 스케일(大)이다.」 사의 사상은 깊고 중후해야 하고 사의 기교는 자연적이고 진지해야 하며 사의 경계는 심원에 기탁해야 한다고 그는 인식했다. 둘째, 「사골」(詞骨) 「사심」(詞心)설의 제기이다. 그는 「진(眞)은 사골이다. 감정이 진지하고 경물이 진실해야만 뛰어난 작품이라 할 수 있다.」고 했다. 정(情), 경(景)의 진실은 모두 사를 짓는 사람의 마음이다. 「사심」(詞心)이란 무엇인가? 「나는 바람과 비소리를 듣고 강과 산을 돌아보면서 늘 풍우강산(風雨江山) 이외 부득이한 그 무엇이 있음을 느끼게 된다. 이것이 바로 사심이다. 자기 말로 자기 마음을 쓰는 것이 오사(吾詞)이다. 이 부득이한 것은 내 마음에서 온양되어 나온 것인데 즉 오사의 진실이다. 강요할 수도 없고 또 강요할 필요도 없다. 내 마음에서 온양된 것이 어떠한 것인가를 보아야 한다. 내 마음을 위주로 하고 책은 보조적 역할을 한다.」 이른바 「사심」은 평소에 축적된 감정인데 경물과 만나면 억제할 수 없어 토로할 수밖에 없는 마음의 경계(心境)이다. 황주이는 「오심」(吾心) 「오언」(吾言) 「오사」를 하나로 통일시켜 「오」(吾)와 「심」(心)을 부각시켜 자아표현 정신을 강조하고 내용이 형식을 규정한다는 논사(論詞)의 원칙을 이루었다.

제2절 무술변법(戊戌變法) 전후

1870년대에서부터 20세기 초에 이르는 기간은 중국 부르주아계급 개량주의 문학이론이 형성·발전되는 단계이다.

1873년 태평천국 혁명이 청 왕조와 제국주의자들에 의해 진압당하였고,

세계 주요 자본주의국가들은 중국에 대한 침략을 강화했다. 국가는 분할위기에 직면하였고 각지에서는 침략에 반대하는 대중운동이 끊임없이 일어났다. 1898년 강유위(康有爲), 양계초(梁啓超), 담사동(譚嗣同), 황준헌(黃遵憲), 엄복(嚴復) 등은 부르주아계급 개량주의적 성격의 유신변법운동을 일으켰다. 그들은 문학방면에서 공자진, 위원의 전통을 계승하여 사회개량을 위해 복무하고 구국을 위해 복무할 것을 견지하면서 「시계혁명」(詩界革命) 「문계혁명」(文界革命)과 「소설계혁명」(小說界革命)을 일으켰다.

우선 양계초는 1898년에 『하와이 유람기』(夏威夷遊記)에서 「시계혁명」의 슬로건을 제창했다. 이에 앞서 시단에서는 이미 「신시파」(新詩派)가 출현했다. 「신시파」는 주로 구 형식으로 새로운 제재를 반영하고 새로운 용어로 새로운 사상을 표현했다. 황준헌의 「금별리」(今別離) 4수는 기선, 기차, 전보, 사진 등 새 용어들을 쓰고 있지만 「용운(用韻)이나 구절의 뜻은 모두 맹교(孟郊)의 「차유유」(車遙遙)에서 빌어온 것이다.」 담사동의 「금능청설법」(金陵廳說法)은 온 글이 괴상하고 새로운 명사 투성이어서 사람들이 이해할 수 없었다. 그러나 그들은 확실히 전통예속을 타파하고 새로운 시 세계를 개척했다. 양계초는 이 기반 위에서 「시계혁명」의 슬로건을 제기하였는데, 시가개혁에 대한 강렬한 의식을 반영하였으며 문학계에 매우 큰 영향을 가져왔고 일종의 문학사조를 형성했다. 이 가운데서 대표적인 인물은 강유위, 양계초, 황준헌, 담사동, 장관운(蔣觀雲), 하증우(夏曾佑) 등이다. 그들은 시가 창작과 시론 면에서 모두 탁월한 성과를 거두었다. 성과가 제일 큰 사람으로서는 황준헌, 양계초, 강유위를 들 수 있다.

황준헌(1848~1905, 자 공도 〈公度〉, 호 인경노주인 〈人境盧主人〉, 광동 가응 출신)은 「시계혁명」의 대표적 인물이다. 문예는 시대의 변화에 따라 변화해야 한다. 이것은 황준헌의 일관적인 주장이다. 일찍이 1868년에 그의 『잡감』(雜感)시는 옛날을 숭상하고 오늘을 경시하는 시단의 기풍에 대해 「내 입이 말한 것을 내 손으로 쓴다」(我手寫吾口)는 진보적인 주장을 제기했다. 후에 그의 문예 주장은 자연히 그의 정치적 개량주의에 연계되었다. 그는 시가가 시인의 진정한 감수를 통해 자기가 처한 사회생활을 반영할 것을 요구했다. 그는 「시 밖에 일이 있고 시 가운데 사람이 있다. 오늘의 세상이 옛날과 다른데 어찌 오늘의 인간이 옛사람과 같겠는가」(『인경노시초자서』〈人境盧詩草自序〉) 이른바 「시 가운데 사람이 있다는 것은 시가 개성이 있어야 하고 저자 자신의 독특한 느낌이 있어야 하며 현실에 대해 자신의 평가를 해야 한다는 것이다. 이른바 「시 밖에 일이 있다」는 말은 시가 당대적 사회현실을 반영하고 시대의 변혁을 표현하여야 하며 현실투쟁을 위해 복무하여야 한다」는 것을 말한다. 다음으로, 그는 전통중의 정화(精華)를 계승하여 시가의 새 풍격을 개척할 것을 주장했다. 그는 「일찍이 마음 속에 하나의 시의 경지를 구상해 보았다. 하나는 옛사람의 비흥의 문체를 회복하는 것이고, 다른 하나는 독특한 정신으로 배우(排偶)의 문체를 운용하는 것이다. 하나는 「이소」(離騷)와 악부(樂府)의 정신을 취하여 그 형식에 매이지 않는 것이고, 하나는 고문가들의 신축이합(伸縮離合)의 수법을 이용하여 시를 쓰는 것이다. 그 제재는 십삼경(十三經)과 삼사(三史)로부터 주(周), 진(秦)나라 제가들의 책에 이르며, 허(許), 정(鄭) 제가들의 주석 가운데서 오늘에 적실히 부합되는 것을 취하고 빌어올 수 있다. 서술에 있어서는 지금의 관서(官書), 회전(會典), 방언, 속담 및 옛날에는 없었던 것, 개척하지 않는 경지, 귀로 듣고 눈으로 보고 겪은 일을 다 글로 쓸 수 있다. 풍격을 단련하는 데 있어서는 조식(曹植), 포조(鮑照), 도연명(陶淵明), 사조(謝兆), 이백, 두보, 한유, 소식으로부터 근년의 무명시인에 이르기까지 한 가지 풍격에 얽매이거나 한 가지 체제에만 구속되지 말고 나의 시로 만들어야 한다.」(『인경노시초자서』) 작자는 여기에서 시가창작에 관한 네 가지 원칙을 말하고 있다. 첫 째는 비흥의 전통방법과 「이소」 악부의 현실반영의 정신을 계승하고 특히 그 「신리」(神理)

를 취할 것을 요구하며 형식주의의 모방과 답습을 반대했다. 둘째는 중국 고전시가의 음악적인 특징을 중시하고 시체를 해방해야 하며 시가의 고정된 격식을 타파하고 산문의 문장법을 시에 응용하여 시가의 규모와 표현력을 확대하여야 한다. 세 번째는 경사고적(經史古籍)을 널리 수용하여 관서회전 (官書會典)을 운용하며 특히, 방언, 속어를 시에 채용하여 전통적인 편견을 타파해야 한다. 넷째는 역대 우수한 시인의 창작경험을 폭넓게 흡수하고 하나의 체제, 하나의 격식에만 얽매이지 말며 자신만의 독특한 창조가 있어야 한다는 것이다. 요컨대, 계승은 창조를 위해서라는 점, 자기가 보고 듣고 겪은 것을 써야 한다는 점, 옛사람이 쓰지 않은 것을 써야 한다는 점, 옛사람들이 개척하지 않는 경지를 묘사해야 한나는 섬 등이다. 황순헌은 자신의 이론과 창작으로 시가의 새로운 면모를 개척했다. 양계초는 「공도(公度)의 시는 독특한 경계를 개척하여 20세기 시단에 우뚝 서있어서 사람들이 그를 대가로 추앙한다」(『음영실시화』〈飮永室詩話〉)고 말했다. 그 평가는 기본적으로 정확하다.

강유위(1858~1927, 자 광하〈廣夏〉, 광동 남해 출신) 역시 「시계혁명」을 적극적으로 지지했다. 우선 그 역시 시가의 현실성과 전투성을 강조했다. 그는 시인이 일단 정치가이어야 하며 역사발전의 요구에 부합되는 새로운 시가를 창작해야 한다고 주장했다. 일찍이 그는 1500여 수의 시를 써서 사회개량을 고취하고 애국적 격정을 토로했다. 황준헌의 시가를 일컬어 「위로는 나라의 변화를 느끼고 가운데로는 민족을 비통해 하며 아래로는 백성들을 슬퍼한다」고 높이 평가하면서 「공도(公度)를 어찌 시인이라고만 하겠는가」라고 말했다. 다음으로 그는 웅대하고 특이한 풍격과 아름다운 예술적 경지를 추구했다. 그는 1908년에 쓴 『시집자서』(詩集自序)에서 「시라는 것은 리듬이 있는 문장을 말한다. 무릇 인간의 정지(情志)가 그 가운데 쌓여 있고 환경은 밖에서 교류한다. 환경의 교류에서 아름답고 기이한 것이 생겨나고 정지의 쌓임도 깊고 두터워진다. ……풍우(風雨)가 노호하고 금철(金鐵)이 울리며 산수는 수려하고 하늘은 수정처럼 맑다. 만마(萬馬)가 울부짖고 깃발이 흩날리며 널따란 궁전에서 의장을 늘어놓고 면류관은 장엄하게 드리워져 있고 암반 위의 넝쿨은 잎사귀가 떨어지고 노승이 면벽하여 좌선을 하고 있다. 온갖 꽃이 활짝 피고 선비와 아낙이 춘심에 동하고, 깊은 산에는 큰 강이 흐르고 큰 바다엔 모래가 쌓여있다. 높은 봉우리는 하늘에 치솟아 산마루가 줄기줄기 뻗어있고, 떠있는 구름은 땅을 덮고 물결 일렁이는 바다는 눈에 와 닿는다. 연기가 가물가물 피어나서 온 하늘에 서서히 흩어지며, 천지우주에 신기하고 괴이한 것들이 날뛰고 있다. 인간이 사물의 이치를 경험하고 용이 발길질을 하는 듯하다. 이것은 정이 깊어서 문장이 밝아지고 기운이 흥성하여 신(神)으로 화하는 것이다.」 강유위는 변법운동이 실패한 후 진보적인 정치적 이상은 상실했지만 시관(詩觀)은 여전히 정확했다. 그 풍부한 상상, 웅장한 기세와 아름다운 형상, 웅대하고 기이한 풍격은 선명한 낭만주의적 경향을 드러냈다.

　　근대 이래 산문개혁을 주장한 사람으로서 태평천국의 홍수전(洪秀全), 홍인간(洪仁玕) 외에 풍계분, 왕도 등이 있다. 그들은 「문이재도」(文以載道), 「성현을 대신하여 입언(立言)하는」 전통적인 옛 문체를 비판하고 진부한 규범에 예속되지 않는 신문체를 주장했다. 1896년 부르주아계급 유신운동이 일어남에 따라 양계초, 담사동, 황준헌, 추정량, 강유위, 엄복 등은 「문계혁명」의 기치를 높이 들고 산문 개혁운동을 일으켜 이론과 실천면에서 공헌을 했다. 첫째, 부르주아계급 개량파의 사회이상, 정치주장을 제기하고 「천도」(天道), 「인도」(人道)를 선양하는 봉건사상 체계를 비판하였고 산문 개량을 위해 부르주아계급의 정치적 방향을 분명히 했다. 둘째, 유신변법운동을 선전하고 국민이 요구하는 평이하고 유창한 「신문체」를 창조할 것을 요구하였으며, 부패하고 경화된 동성파 고문과 팔고문을 비판함으로써 백화문의 발전을 위한 이론적 기초를 닦았다. 셋째, 문언을 폐지하고 백화를 쓸 것을 제기하고 구두어와 서면어의 분리가 중국 문학발전 및 사회진보에 끼치는 영향과 해악에 대해 지적함으로써 제1차 백화문 운동을 추동시켰다. 넷째, 번역이론을 계승, 발전시켜 중국 역사상 불경 번역작업 이후 제2차 번역의 고조기를 가져왔다.

백화문 운동사에서 정식으로 「백화를 숭상하고 문언을 폐지하자」는 구호를 제기한 사람은 추정량이다. 추정량(1857~1943, 자 보양 〈葆良〉, 강소 부석 출신)이 1897년에 발표한 「백화가 유신의 근본임을 논함」(論白話爲維新之本)은 백화문 운동을 주장한 유명한 글이다. 그는 우선 백화문과 국가의 운명을 연계시켜 망국의 화근이 중국에 「지혜로운 백성이 직고」 「천하의 백성들이 광명을 버리고 암흑에서 허우적대는 것이 노루, 돼지와 같다」는 점에 있다고 여겼다. 중국이 「문자가 있지만 지혜로운 국가가 될 수 없고 백성은 글을 알지만 지혜로운 백성이 될 수 없는」 상황을 만든 것은 「문언의 해악」 때문이다. 문언은 「천하를 우매하게 만드는 공구이고」 오직 백화만이 「천하를 깨우치는 공구이다」 비록 그가 사회폐단의 근본원인을 문언문의 해악으로만 귀결시키는 것은 합리적이라 할 수 없지만, 구구개혁이라는 문제의식으로부터 백화문 운동의 중요성을 인식했다는 점에서 진보적 의의가 있다. 당시 백화문을 제창한 사람으로 또 진영곤(陳榮袞) 등이 있다. 일시적으로 백화 신문잡지와 서적이 출현했고 병음문자화 작업도 매우 큰 발전이 있었으며 5·4 백화문운동의 홍기를 위해 길을 열어놓았다.

새로운 번역이론의 제기 역시 「문계혁명」의 중대한 성과의 하나이다. 엄복(1853~1921, 자 기도 〈畿道〉, 복건 복주 출신)은 근대 역사상 가장 먼저 체계적으로 서양자본주의의 사회과학을 소개한 번역가이다. 특히 그가 번역한 영국 자연과학가 헉슬리의 『천연론』(天演論)은 당시 국내에서 변법운동을 고취하고 유신운동을 제창하는데 매우 큰 영향을 끼쳤다. 그는 「신, 달, 아」

(信, 達, 雅)의 번역기준을 제기했다. 번역문이 「원뜻을 표현하는데 있어 진실하고 정확하고」「문맥이 잘 통하고 명백하고 유창」함으로써 「신」(信)과 「달」(達)에 도달하게끔 요구하였는데, 이는 이후의 번역가들이 지켜야 하는 근본원칙으로 되었다. 그러나 그는 지나치게 고문의 표현작용을 신뢰했고 문자의 우아함을 일면적으로 추구하였기 때문에 양계초의 비판을 받았다. 양계초는 「그의 문장은 지나치게 심오하고 우아하며 일부러 선진(先秦) 문체를 모방하였기 때문에 고전을 많이 읽지 않은 사람은 읽기 힘들다」고 했다. 또 다른 유명한 번역가는 임서(林紓)이다. 임서(1852~1924, 자 금남 〈琴南〉, 복건 민현 출신)가 중국 문학에 끼친 공헌은 그의 창작이 아니라 번역이다. 그는 외국어를 전혀 몰랐기 때문에 다른 사람의 구술에 의거하여 번역하였다. 그가 문언문으로 번역한 서양소설은 170여 종에 달한다. 그 가운데서 상당히 많은 부분은 세르반테스, 셰익스피어, 위고, 디킨즈 등의 명작이다. 그에게 있어 번역의 목적은 외국의 장점을 본받아 중국의 단점을 보충하려는 데 있었다. 예를 들면, 그는 『흑노우천록』(黑奴吁天錄)을 번역할 때 「일부러 슬픈 것을 서술하여 독자들의 까닭 없는 눈물을 짜게 하기 위한 것이 아니라, 서양의 세력이 우리 민족에 침입해 왔기에 어쩔 수 없이 대중을 위해 호소하는 것이다.」 때문에 그의 번역 소설과 많은 번역 서문은 모두 당시 부르주아계급 유신파가 영도하는 문학 개혁운동의 사상, 이론과 기본적으로 일치한다. 그밖에 임서는 그의 번역 서문에서 외국문학에 대해 비교·연구했다. 예를 들면 그는 디킨스의 『효녀내아전』(孝女耐兒傳)과 『홍루몽』(紅樓夢)을 서로 비교하고 『홍루몽』의 고도의 예술기교를 충분히 긍정하는 동시에 디킨스가 「일상적인 언어」로 「기층사회의 일상적인 일」을 묘사한 것을 높이 평가했다. 그는 비록 동성파의 고문가였지만 의법(義法)의 규범계율을 타파하고 비교문학 연구를 행한 것은 분명 가치있는 일이었다. 「번역의 재능으로 세상에 함께 설 수 있는 사람은 엄복과 임서이다.」 그들

두 사람은 번역사상 선구자이다.

「소설계혁명」 구호는 1902년에 양계초에 의해 정식으로 제기된 것이다. 그는 근대소설의 개량운동에 탁월한 공헌을 했다. 우리 나라 소설 이론은 근대에 이르러 새로운 단계에 들어섰다. 한편으로 이는 부르주아계급 정치 개량운동의 발전에 적응하기 위해 필연적인 것이었다. 소설은 구사회를 폭로하고 새로운 사상을 선전하는 데 용이한 수단이었기 때문에 부르주아계급 개량파는 소설을 특히 중시했다. 그리하여 수많은 소설 이론이 등장하게 되었다. 다른 한편으로는 외국 소설창작과 이론의 영향 때문이었다. 명청 이래 이지(李贄), 김성탄(金聖嘆) 등이 소설에 대해 적지 않은 견해를 제기했다. 또 서양소설과 이론이 번역됨에 따라 사람들의 시야가 확대되었다. 그리하여 진보적인 지식인들은 소설을 홀시하는 전통관념에 반대하며 소설의 사회적 기능과 문학적 가치에 대해 폭넓은 관심을 보임으로써 근대 소설이론과 비평의 발전에 크게 공헌했다.

첫째, 소설의 사회적 역할을 특히 강조했다. 1897년 엄복, 하증우는 천진(天津)의 『국문보』(國聞報)에 발표한 「국문보관부인설부연기」(國聞報館附印說部錄記)의 소설론에서 소설을 국가의 홍성과 민족의 「개화」와 연계시켰다. 유럽은 「개화시에 늘 소설의 도움을 받았다.」 오늘날 소설의 「채집」은 「민중을 개화시키는 데 그 뜻이 있다.」 왜냐하면 「그것이 사람들의 마음에 스며들어 세상 일을 행하는 바가 경전과 역사서를 훨씬 초과한다. 천하 사람들의 인심과 풍속은 결국 소설의 영역을 벗어날 수 없다.」 1898년 양계초는 글을 발표하여 소설은 「국민의 혼」이라고 했다. 4년 이후 또 「소설과 대중정치의 관계를 논함」(論小說與群治之關係)을 발표하여 소설의 사회적 작용에 대해 보다 높이 평가하고 나섰다. 얼마 후 도우증(陶佑曾)도 「소설의 힘과 그 영향을 논함」(論小說之勢力及其影響)에서 「소설은 학술발전의 도화선이고 사회문명의 발화선이며 국가발전의 대기초이다」라고 말했다. 왕종기(王

種麒)는 「소설과 사회개량의 관계를 논함」(論小說與改良社會之關係)에서 보다 명확히 지적했다. 「사회를 개량하려면 반드시 신소설을 선구로 해야 한다.」 「오늘날 진실로 구국하려면 소설로부터 시작해야 하며 소설개량으로부터 시작하지 않으면 안된다.」 반드시 인정해야 할 점은, 이러한 글들이 소설을 경시하는 봉건적 전통문인들의 관점을 철저히 바로잡아서 전례없이 소설의 지위를 제고시켰다는 커다란 의의를 갖고 있다는 사실이다. 그러나 소설의 작용을 무한정 과대평가했다는 점 또한 일면적인 것이었음을 면할 수 없었다.

둘째, 소설의 예술적 특징에 대해 초보적인 탐색이 있었다. 하증우는 『소설원리』(小說原理)에서 다음과 같은 견해를 제기했다. 「종이 위에 나열된 것 가운데 사람들이 즐길 수 있는 것」에는 5가지 등급이 있다. 「그림 보는 것이 제일 즐겁고 소설이 그 다음이며 역사서를 읽은 것이 세 번째이고 과학서적을 읽는 것이 네 번째이며, 고전 경전을 읽는 것이 제일 괴롭다.」 이는 인간이 좋아하는 것이 「육신의 진실한 일」이지 어렴풋한 공담이 아니기 때문이다. 그림과 소설은 사람으로 하여금 직접 「눈 앞의 일을 보듯」 경험할 수 있게 한다. 「세계에는 그릴 수 없는 것이 있지만 말할 수 없는 것은 없기 때문에 소설은 그림에 비한다면 명확하지 않지만 그 넓이는 그림보다 더 넓다.」 그는 또 「실제로 있었던 일」을 쓴 역사는 「일반적으로 단조롭지만」 「있음직한 일」을 쓴 소설은 「일반적으로 풍부하다」고 지적하면서, 『수호전』(水滸傳)의 무대랑(武大郎) 일절(一節)을 예로 들었다. 「만약 무대(武大)가 『당서』(唐書) 『송서』(宋書)의 열전(列傳)에서 서술되었다면 「아내 반금련(潘金蓮)이 서문경(西門慶)과 사통하고 공모하여 무대를 죽였다」는 두 구절 밖에 남지 않을 것이다. 이로부터 독자가 어떤 것을 좋아할 지는 미루어 알 수 있다.」 이러한 분석대비에서 하증우는 소설이 진실하게 생활을 반영하여야 함을 강조했고, 허구는 생활 중의 「실제로 있었던 일」보다 더 집중적이고 강렬한 구체적 형상이어야 함을 강조했다.

적보현(狄葆賢)의『문학에서의 소설의 위치를 논함』(論文學上小說之位置) 역시 소설의 예술적 특징을 탐구한 글이다. 그는 소설이 번(繁), 금(今), 설(泄), 속(俗), 허(虛)의 5가지 특징을 갖고 있다고 인식했다. 이른바「번」이란 바로 한 가지 뜻을「종횡으로 말하고 그것을 오르내리게 하고 그 형상과 정신을 남김없이 묘사하여 독자들로 하여금 완전히 빠져들게 하여 서로 잡아당기고 변화하게 한다」는 것이다.「금」이란 현실생활에 근거하여「당대 사람들이 공통적으로 이해하고 있는 이치나 익히 듣는 일들을 취하여 그것의 결점을 드러내고 지적하는」것을 말한다. 이른바「설」이란 남김없이 현실생활을 묘사하여 사람들로 하여금「폭포를 보듯이」,「봄꽃을 보듯이」,「춤추고 노래 부르는 미인을 보듯이」, 또는 편작(扁鵲)이 병을 진단하는 데「오장육부를 통찰하듯이」, 온교(溫嶠)가 우저(牛渚)기에서 무소를 굽는데「도깨비를 그물에 가두어 더 이상 형체를 감추지 못하게 하듯이」하는 것을 말한다. 이른바「속」이란 언어가 통속적이고「말과 글이 일치하여」「조국의 사상언론이 비약적인 발전을 하여 도무지 가늠할 수 없다」는 것을 말한다. 이른바「허」란 진실을 써가는 과정에서의 상상과 허구이다.「생각하고 꿈꾸고 말하고 연기하고 그리는 것을 화로에 넣어 제련하여」「가장 허구적인 것으로써 가장 진실한 것을 표현하고」, 사람들이 도달하지 못한 경지를 써서 그들을 그 가운데에서 노닐 수 있도록 이끌어 가는 것을 말한다. 요컨대 그는 소설이 현실생활에 근거하여 통속적인 언어로 상상과 허구를 통해 구체적이고 생동한 형상을 묘사하여 아름다운 예술적 경지를 창조해야 한다고 했다. 양계초는 역시「소설가 대중정치와의 관계를 논함」에서 소설의 예술적 특징에 대해 자신의 견해를 피력했다. 이 시기 소설의 특징에 대한 그들의 연구는 공헌한 바가 컸다. 오옥요(吳沃堯)는『양진연의서』(兩晋演義序)에서 역사소설은「정사(正史)와 사실의 발굴을 종지로 삼고 옛것을 빌어 오늘을 비추도록 유도해야 하며, 지나치게 허구적이고 황당해서는 안되고 정사와 모순되어서는 안 된다.」고 했다. 이러한 견해는 역사소설의 발전에 중요한 의의를 갖고 있다.

셋째, 중국 고대소설을 대담하게 평가했다. 중국 고대소설에 대한 평가는 정도는 상이하지만 봉건 전통사상의 영향을 말해주고 있다. 특히 양계초 등은 『수호전』『홍루몽』을 간음과 절도 따위를 교사하는 작품이라고 말했다. 그러나 이러한 관점은 근대소설비판 가운데서 주독적 관점은 아니었으며, 고대 소서에 대한 대다수의 평론은 비교적 객관적이고 공정했다. 협인(俠人)은 「폭군과 탐관오리의 전제가 있었기에 『수호전』이 나왔고 남녀혼인의 부자유가 있었기에 『홍루몽』이 나왔다」고 했다. 특히 그는 조설근(曹雪芹)이 「대철학가의 견식」을 가지고 있었으며 「낡은 도덕을 붕괴시킨 공로가 있다」고 지적했다. 정일(定一)은 『수호전』이 「중국소설의 백미로 무협의 전범을 남겼으며 사회로 하여금 그 혜택을 받게 하였는데, 이는 확실히 시내암(施耐庵)의 공로이다」라고 했다. 평자(平子)는 『금병매』(金瓶梅)에 대해 「저자는 억울함과 울분을 품고 끝없이 침통해 했다. 그 당시는 암흑시대에 처해 있어서 말할 수도 토로할 수도 없었기에 부득이 소설을 빌어 외칠 수밖에 없었다.」(이상 『신소설 · 소설총화』 〈新小說 · 小說叢話〉)고 했다. 위의 평가는 비록 어느 정도의 한계가 있기는 하지만 이들 고전소설의 우수한 사회적 의의를 지적할 수 있었다는 점에서 진보성을 띠고 있는 것만은 틀림없다. 몇 년후 왕종기는 『월월소설』(月月小說)에 일련의 평론문 발표하여 소설연구를 봉건 정치도덕의 반대에 연결시켰다. 그는 『중국역대소설사론』(中國歷代小說史論)에서 역대 작가들의 창작 동기를 세 가지로 개괄했다. 1)「정치적 압제에 대한 분노.」2)「사회부패에 대한 통탄.」3)「혼인 부자유에 대한 비통.」이는 사회정치 문제로부터 공격의 예봉을 봉건제도에로 돌린 것이다. 그는 또한 「인류가 출현한 이래 108명으로 정부를 조직한 적은 없다. 사람마다 평등한 것은 오로지 『수호전』에 있다. 만약 시내암이 유럽에서 태어났다면 그의 저작은 플라톤, 바쿠닌, 톨스토이, 디킨스 등과 어깨를 겨룰 수 있었을 것이다. 평등과 재산의 균등을 볼 수 있는 것은 사회주의소설이고, 원한을 갚고 탐관오리를 처벌하는 것은 무정부주의 소설이며, 모든 조직이 완비되지 않는 것이 없는 것은 정치소설이다.」(『중국삼대소설가논찬』〈中國三大小說家論贊〉) 이러한 평론이 반드시 저자의 원래 의도와 부합하는 것은 아니다. 그러나 오히려 『수호전』에 대한 평론을 빌어 저자의 정치적 이상과 염원을 표출한 것이다. 이 밖에 그는 또 중국소설의 역사적 변천을 추구하여 중국·서양소설의 민족적 특징을 비교하였는데, 이는 실험정신이 매우 강하게 표출된 것이다. 그러나 총괄하자면 징지적 평론이 비교적 많고 예술규율을 탐구한 것은 비교적 적다.

무술변법 전후, 일부 전통적인 시문유파가 완고하게 신문학사조를 배격하고 나섰다. 왕선겸(王先謙)을 대표로 하는 복고파는 엽덕휘(葉德輝)와 결탁하여 유신운동을 배격하고 문학개혁을 반대하였다. 장지동(張之洞)을 대표로 하는 양무파(洋務派)는 「구학문을 체(體)로 삼고 신학문을 용(用)으로 삼을」 것을 제기하였다. 문학 방면에서 「청진아정」(淸眞雅正)의 「성스러운 교훈」을 문장에 대한 평가의 준칙으로 삼고 가공(歌功), 송덕(頌德), 위도(衛道)를 시에 대한 평가의 근거로 삼아, 문학이 봉건 윤리를 위해 복무할 것을 강조했다. 「동광체」(同光體) 시인으로 대표되는 보수파는 비록 초기에 유신에의 요구가 있었고 시창작에서도 복고파에 대한 불만과 우국의 정서를 드러냈다고는 하지만, 그 기조는 공허하고 빈약했으며 시구는 난삽하고 이해하기 어려웠다. 진연(陳衍)은 이 유파의 대표적 인물이다. 그는 『석유실시화』(石遺室詩話)에서 시는 세 가지 진실이 중요함을 강조했다. 즉 「진실한 가슴, 진실한 이치, 진실한 재능」이다. 또한 시에는 4가지 요소가 있어야 하는데, 「골력(骨力)이 장대하고 튼튼한 것이 그 하나이고 흥미가 높고 묘한 것이 그 하나이

며 재간이 뛰어난 것이 그 하나이고 구법(句法)이 초탈한 것이 그 하나이
다.」또 그는「학자와 시인의 시를 합하여 하나로 결합할 것」을 주장했다.
그러나 그가 말한 진정한 성정(性情)이란 봉건 사대부의 부패하고 몰락한 사
상정서에 불과한 것이다. 이른바「학자」의 시는 서적을 창적원천으로 삼은
것으로서 현실을 이탈하여 세상을 바라보는 것이다.「동광체」의 이론은 혁
신적인 진보를 반대하는 보수적인 것이다.

제3절 신해혁명(辛亥革命) 전후

20세기 초에서부터 5·4운동 전야에 이르는 기간은 중국 부르주아계급
민주혁명파의 문학이론이 정초되고 발전하는 단계였다.

무술변법과 의화단운동이 실패함에 따라 부르주아계급 민주혁명파가 형
성되었고 1905년에 혁명단체「동맹회」를 조직되었다. 1911년 무창(武昌) 봉
기가 성공하여 청조가 붕괴되고 공화국이 건립되었다. 그러나 혁명의 불철
저성으로 하여 혁명정권은 원세개(袁世凱)에게 탈취당하고 말았다. 이 혁명
은 반제반봉건의 임무를 완수하지는 못했지만 2천여 년간 지속되어온 봉건
정권을 붕괴시키는 동시에 민주공화라는 관념을 사람들의 마음 속에 깊이
스며들게 했다. 혁명운동이 형성됨에 따라 진보적인 문학조류는 진일보한
발전을 가져왔다.

장병린(章炳麟)(1869~1936, 자 매숙 〈枚叔〉, 호 태염 〈太炎〉, 절강 여항 출신)은
초기 부르주아계급 민주혁명의 선전가이며 저명한 학자이다. 일찍이 유신운
동을 지지하여 『시무보』(時務報)의 편집·집필을 담당했다. 무술정변 이후
개량을 포기하고 혁명으로 전향했으며「강유위의 혁명서를 논함에 대한 반
론」(駁康有爲論革命書)이라는 글을 발표한 적이 있으며 추용(鄒容)의 『혁명
군』(革命軍)에 서문을 써준 것으로 인해 투옥되었다. 1906년에 일본에 가서

동맹회에 가입하였고 『민보』(民報)의 주필을 맡았다. 신해혁명 후 국민정부의 고문을 맡았고 원세개의 황제복귀를 단호히 반대했다. 만년에 강단을 위주로 활동하면서 신문화운동을 반대하였지만 애국적 입장은 견지했다. 저작으로는 『장병린총서』(章炳麟叢書) 등 20여 종이 있다.

부르주아계급 혁명가로서의 장병린이 쓴 「혁명군 서문」(序革命軍)은 분명 혁명문학의 선언이다. 우선 그는 문학의 목적과 임무를 제시했다. 서문에서 태평천국혁명이 실패하게 된 역사적 교훈을 총결하고 혁명사업에 대한 혁명적 여론의 중요성을 지적하였으며, 혁명문학은 부르주아계급 혁명을 위해 여론적 준비를 해야 하고 혁명의 「선구자」가 되어야 한다고 주장했다. 다음으로 그는 혁신적 문풍(文風)을 제창했다. 서문에서 당시 혁명을 위해 창작하는 지사들이 많지 않음을 비판하였고, 또 창작과 평론은 「함축에 힘써야 하고」 「문장은 풍자를 주로 해야 한다」는 고루한 틀이 새로운 혁명정세에 적응할 수 없음을 비판하였다. 그는 작품이 「올곧아서 알기 쉽고」 「생동하고 발랄하며」 「천둥과도 같은 소리」가 있어야 한다고 주장했다. 즉 알기 쉬운 언어를 써서 감개하고 호방한 기세를 표현함으로써 뜻있는 사람들을 감동시키고 하층 군중을 불러 깨울 수 있다는 것이다. 『국고논형』(國故論衡)은 장병린이 일본에 있을 때 편찬한 언어, 문학, 철학에 관한 연구서이다. 이 책은 상, 중, 하 세 권으로 나뉘어 있는데, 중권은 문학을 논한 것으로서 모두 7편이다.(「문학총약」〈文學總略〉, 「원경」〈原經〉, 「명해고상」〈明解故上〉, 「명해고하」〈明解故下〉, 「논식」〈論式〉, 「변시」〈辨詩〉, 「정제송」〈正齋松〉) 여기에서 그는 중요한 문학관을 천명했다. 그는 「문학총략」에서 고금 이래의 문학 개념에 대해 정리하였고 완원(阮元)의 「문언설」과 서구 문예론의 정감설(情感說)을 비판했다. 그는 문자학을 문학의 기초로 삼아 문학적 함의를 구축했다. 「문학은 문자가 있은 다음 그것을 죽간이나 천에 썼기 때문에 문(文)이라 하고 그 법칙과 형식을 논하는 까닭에 문학이라 한다. 장병린은 문학이라는 개념에 대해 원천을 찾아 상세히 고증하였고, 「변려문을 위주로 하는 글」과 사람들을 감동시킬 수 있느냐의 여부로써 구분의 기준으로 삼아야 한 다는 주장에 대해 반박했다. 비록 이러한 광의적인 문학개념은 문학의 본질 적인 특징을 홀시한 것이지만 문학개념에 대한 연구에 있어서 공헌한 바가 없다고 할 수 없다. 「변시」에서 그는 언지서정설(言志抒情說)을 적극적으로 제창했다. 그는 「마음 속에서의 뜻하는 바를 말로 드러내는 것이 시다」라고 말했다. 「성정의 읊조림이란 고금에 통용되는 것이다.」「한나라는 성정을 중시했다. 이전에 「대풍」(大風)가(歌)와 「발산」(拔山)곡(曲)의 저자인 유방(劉 邦)과 항우(項羽)는 글 짓는 법을 배우지 않았지만, 그들의 글은 유생들이 써 낼 수 없는 것이다.」그는 또 「의기(意氣)를 발양하고」「문사가 날카롭고 정 신이 흩어지지 않는」시풍을 창도하였고, 왕찬(王餐), 조식(曹植), 완적(阮籍), 좌사(左思), 유곤(劉琨), 곽박(郭璞) 등을 수입하여 「그 기운은 떠있는 구름에 맞서고 그 정성은 금석(金石)에 비길 수 있으며 위로는 언제나 국가정치를 근심하고 아래로는 스스로 왜소함을 슬퍼한다」고 했다. 그는 전고의 남용과 학문을 시로 삼는 것을 반대하여 「성정 근거하여 언사를 제한하면 시가 흥 성하고 성정을 떠나 잡서를 좋아하면 시가 쇠한다」고 여겼다. 시가는 현실 생활의 반영이며 사회의 흥망성쇠, 민심의 동향과 서로 연계되어 있음을 인 정했다. 그러나 그는 시가의 발전에 있어서 후대인(後代人)이 전대의 사람들 을 능가할 수 없다고 여겨 당나라 중기 이후의 작품에 대해 부정적인 태도 를 취했는데, 이는 매우 보수적인 관점이다.

　유아자(柳亞子)(1887~1958)를 대표로 하는 남사(南社)는 신해혁명 시기에 영향력이 가장 큰 혁명문학 단체였다. 남사의 주요 성과는 시 분야인데, 시 론에서도 약간의 중요한 의견이 보인다. 그들이 일단 관심을 보인 문제는 시가와 현실투쟁의 관계이다. 고욱(高旭)(1877~1925)은 『남사계』(南社啓)에서 「오늘날 문장과 시사(詩詞)를 배우는 사람들 치고 본시 국혼을 상실하지 않은 사람이 없다. 황야와 삼림도 다 마찬가지이다. 그러나 만약 그 누가 떠받치지 않는다면 세계는 질식하고 말 것이다. 이것은 바로 문학의 쇠락과 국가 멸망의 우환이다.」 이리하여 나라가 망하고 민족이 멸망하는 상황에 직면하여 시문이 「국혼」을 기탁해야 한다는 의견을 제기하는 동시에 시문으로 「광란을 회복하고 잿더미 가운데서 꺼져가는 불을 다시 일으켜야」함을 부르짖었다. 마군무(馬君武)(1881~1940)는 자신의 작시의 목적이 「새로운 사상적 조류를 고취하고 애국주의를 표방하기 위한 것」이라고 했다. 청나라를 반대하고 나라를 구하기 위하여 유아자는 투지를 앙양시키고 분발시킬 수 있는 풍격을 제창했다. 그는 「나라의 원한과 가정의 원수를 가슴 속에 간직하고 내뱉을 수도 없고 잠을 수노 없는 것을 글을 통해 드러냄으로써 하늘과 땅을 놀라게 하고 귀신을 울리게 한다.」(『천조각집서』〈天潮閣集序〉)고 했다. 고욱은 심지어 또 「문자의 고취는 세계를 전환시키고 국광(國光)을 발양시킬 수 있는 것으로 그 힘은 전례없는 것이다.」(「답호기진서」〈答胡寄塵書〉)고 했다. 한 마디로 남사 시인들은 시가를 반청투쟁의 무기로 삼았는데, 이는 시가와 현실의 관계를 인식하는 데 있어 일대 진전을 가져온 것이라 할 수 있다.

남사 시인들은 또 성정(性情)문제를 강조했다. 영조원(寧調元)(1883~1913)은 「국풍(國風) 삼백 편은 대개 정을 노래한 작품이고, 고시 19수는 남녀가 서로 사모하는 바를 쓰지 않은 것이 없다. 「이소」(離騷)는 그 뜻을 미인에 기탁하고 도연명은 넓은 세상에 글을 써내니, 옛사람이 어찌 감정의 토로를 회피했다 하겠는가? 사람은 감정으로 스스로를 지지하지 않으면 자포자기하게 되고 사회는 감정으로 단결하지 않으면 무질서해지며 국가는 감정으로 유지하지 않으면 멸망하고 만다.」 여기에서 감정을 사회와 국가에 연결시켰다. 감정이 있으면 사회를 단결시키고 국가를 수호할 수 있으며 감정이 없으면 사회가 무질서해지고 나라가 망하게 된다. 그렇다면 그 시대의 애국지사들이 공통적으로 갖고 있는 감정은 당연히 애국적 감정이고 반청(反淸) 감정이다. 이것은 정(情)이라는 개념에 「새로운 의경(意境), 새로운 이상, 새로운 감정」을 부여한 것으로써, 분명 정확하고 진보적인 것이었다.

그러나 당시의 문단에서 보수적인 동광체 시인들이 여전히 활약하였는데, 이는 남사 내부에도 그대로 반영되어 남사 내부를 두 개의 시파로 분화시켰다. 그 하나는 방수백(龐樹栢), 요석균(姚錫鈞), 호선숙(胡先驌)을 대표로 하는 송시파(宋詩派)이고, 다른 하나는 유아자(劉亞子), 진거병(陳去病)을 대표로 하는 당시파(唐詩派)이다. 이 두 파의 논쟁은 치열했다. 유아자는『오기진시서』(胡寄塵詩序)에서 「나는 동인들과 함께 남사를 창설하여 당음(唐音)을 진흥시키고 창초(傖楚)를 배척하려고 생각했다. 특히 백성의 시를 중시하였는데 백성의 시는 왕후장상을 떠받들지 않고 자신들의 뜻을 고상하게 하는 바가 있다. 이는 고기 먹는 사람들이 감히 바랄 수 없는 것이다.」여기에서 「창초」(傖楚)는 동광체 시인들을 가리킨다. 진거병은 심지어 동광체 시인들의 외침을 망국지음(亡國之音)이라고 질책했다. 「후세 사람들이 서강(西江)의 죽은 재를 다시 타게 하였기에 당음이 쇠락했다. 민사(閩士)는 후에 나타났는데 그들의 목소리는 더욱 영리해져 오늘에 이르러서는 매미들이 시끄럽게 울어대니, 이를 제지시키지 못하면 나라가 나라로 될 수 없다.」여기서「민사」는 정효서(鄭孝胥), 진연(陳衍), 진보탐(陳寶琛) 등을 가리키는데 그들은 다 복건 사람들이다. 유아자와 진거병이 「당음」을 제창한 것은 송시를 반대하기 위한 것이 아니라 동광체 시인들을 반대하기 위한 것이었다. 신해혁명 이후 동광체 시인의 대부분 청 정부의 원로들이었고 봉건계급의 구문학의 대표자들이었다. 이두 파의 투쟁은 진보적 그룹과 낙후한 그룹간의 정치투쟁이었다.

남사는 또한 희극 개혁에 관한 이론을 제기했다. 1904년 유아자 등은 상해(上海)에서 중국 최초의 희극 간행물『20세기대무대』(二十世紀大舞臺)를 간행했다. 유아자는 여기에 「발간사」를 썼고 진거병은 제1호에 「희극의 효용성을 논함」(論戲劇之有益)이라는 글을 발표했다. 두 사람은 공통적으로 희극의 사회적 작용을 제기했다. 그들은 반청의 입장에서 「토비정부」(土匪政府)에 불과한 청 정부가 전제 통치를 하고 있다고 말했다. 「발간사」는 이러한 「암흑세계」에서 오직 희극만이 「깊이 잠든 꿈을 깨울 수 있으며」 「조국의 넋을 되찾아올 수 있고」 「구미의 삼색기」를 휘날리게 할 수 있다고 했다. 한 마디로 혁명적 이상을 촉발시키고 민족정신을 부흥시키고 자유를 추구하는 데 희극이 큰 역량을 발휘할 수 있다는 것이다. 희극의 내용 면에서 첫째, 「양주(揚州)의 십일간의 도살과 가정(嘉定) 시기의 참변 및 무뢰한들의 사악함, 열사 유민들의 충성」을 표현해야 하고 사람들의 복수심, 즉 반청 애국정신을 촉발시켜야 한다. 둘째, 프랑스 혁명, 아메리카 독립, 이태리, 희랍 회복의 영광, 인도, 폴란드 멸망의 잔혹함」을 반영하고 사람들을 교육함으로써 「공화를 숭배하고 개혁을 환영하여」 부르주아계급 민족민주혁명의 대오에 참가하게 해야 한다는 것이다. 남사의 희극이론 역시 협애한 종족주의를 드러내고 작품의 예술적 효과를 경시하는 경향을 드러냈다.

남사의 소설이론에도 주목할 만한 것이 있다. 황인(黃人, 1869~1914. 자 모암〈慕庵〉 또는 마서〈摩西〉, 강소 상숙 출신)과 서념자(徐念慈, 1875~1908, 자 언사〈彦士〉, 별호는 각아〈覺我〉, 강소 상숙 출신)두 사람은 사회생활이 소설의 원천임을 강조하면서 소설이 세계를 개조할 수 있다는 양계초의 형이상학적 관점을 반대했다. 1907년에 황인은 다음과 같은 견해를 발표했다. 「소설이 본래 사회에 대해 영향력을 가지고는 있지만 실제로는 이미 사회적 풍토가 소설의 성격을 구성하는 힘을 갖고 있다. 이 두 가지는 상호 인과적인 관계를 갖는다.」(『소설소화』〈小說小話〉) 한편으로 사회가 소설의 성격을 규정하며 다른 한편으로 소설이 사회에 영향을 미치며 양자는 서로 연계되어 있다는 것이다. 「소설임발간사」(小說林發刊辭)에서 그는 소설 명가에 대한 두 가지 극단적인 견해를 비판했다. 「과거에는 소설을 지나치게 경시했지만 오늘날에는 또 소설을 지나치게 중시한다. 과거에 소설은 도박쟁이, 딴따라들만이 그것을 보았고 심지어 독약, 최악으로 인정되어 진사들은 입밖에 내지도 않았고 경사자집(經史子集)의 반열에 들지도 못했다. ……오늘날에는 반대로 소설이 나오면 국민을 진화시키는 공로가 있다고 하며, 소설을 평가할 때 음란한 풍속을 개량하는 내용을 담아야 한다고 주장한다. ……짧고 간단하고 형편없는 소설일지라도 찬사를 한몸에 받는다. 마치 국가의 법전, 종교의 경전, 학교의 교과서, 가정사회의 표준이 모두 소설에서 영향받는 것처럼 과장한다. 어찌 그러한가?」이 말은 봉건 전통 문인들이 소설을 경시하고 적대시하는 것은 그릇된 생각일 뿐 아니라 오늘날 소설의 사회적 작용에 대한 과대명가 역시 또 다른 극단으로 치닫고 있다는 점을 설명해 주고 있다. 그는 「소설이 미적 측면에 경사된 것」이라고 했다. 그는 소설이 반드시 미의 특정을 갖추어야 하며 철학, 과학과 구분되어야 한다고 주장했다. 그렇지 않으면 「쓸데없는 강의나 어설픈 격언」으로 변해버린다. 물론 그렇다고 해서 소설가가 「화려한 기교에 힘쓰고 주관적인 격정에 사로잡혀 사물의 이치를 위반하고 풍속 예교를 말살하는」 것이 옳은 것은 아니다. 황인이 강조하는 것은 바로 진실성, 사상성, 예술성이 통일된 미적 효과이지 형식미가 아니다. 서넘자는 『소설림연기』(小說林緣起)에서 헤겔과 구희맹(邱希孟)의 미학관에 근거하여 소설의 5가지 특징을 다음과 같이 제기했다. 1)「자연에 순화되어」「미적 욕망을 충족시켜준다.」 2) 사물의 개성을 반영하고 그것의 「미가 결국 구체적인 이상에 있다.」 3) 사람들에게 「미적 쾌감」을 가져다 준다. 4)「형상성」이 있어야 한다. 5) 이상화해야 한다. 소설의 예술적 특정을 미학적 차원에서 탐색한다는 것은 소설이론 연구의 심화이며 동시에 서양 부르주아계급 미학·철학사상의 영향을 반영하는 것이다. 여기서 짚고 넘어가야 할 점은 소설이론 면에서 남사 내부에서도 역시 그릇된 경향이 존재했다는 것이다. 1908년에 성립되어 「5·4 운동」 전야에 흥성하였던 「원앙호접파」(鴛鴦蝴蝶派)의 핵심인물은 대부분 남사 출신이었다. 주수견(周瘦鵑), 포천소(包天笑), 진접선(陳蝶仙), 서침아(徐枕亞), 범연교(范煙橋) 등이 그들이다. 그들의 문학론은 취미가 제일이었고, 소설을 기쁠 때의 유희로, 의기소침할 때의 소일거리로 삼아 시민계층의 생활의식과 심미취미에 영합한다는 것이었다. 「원앙호접파」의 소설이론은 소설계혁명에 대한 반작용이었다.

이 시기에 유럽의 근대 미학사상으로 중국 문학을 관찰·분석하여 중국 근대 부르주아계급 미학이론에 가장 큰 공헌을 한 사람은 왕국유(王國維)이고, 중국의 순수문학이론의 발전방향을 대표한 사람은 노신(魯迅)이다. 노신 초기의 문예사상은 구민수주의 혁명시기 문학이론의 최고봉이다. 1907년에 쓴 「악마파 시론」(魔羅詩力說)은 그의 첫 번째 문학논문이다. 문장은 바이런을 비롯한 8명의 유럽의 「악마파」 시인들을 체계적으로 평가하였고 혁명문학에 대한 자신의 견해를 집중적으로 천명하였다.

첫째, 작가는 「악마시파」를 따라 배워 「정신계의 전사」가 되어야 한다고 했다. 노신은 「반항에 뜻을 두고 그것을 행동으로 옮기며 세상의 사랑을 받지 못하는 사람」은 모두 「악마시파」라고 지적했다. 그들의 대체적인 경향은 「대부분 시류에 즐거워하지 않으며 큰 소리로 외쳐서 듣는 사람을 분기케 하고 하늘과 겨루고 세속을 거부하며 정신은 후세 사람들의 마음을 감동시켜 면면히 남아있다.」는 점이다. 그들의 공통점은 「모두 강건불굴하고 성실과 진정을 품고 있고, 무리에 따르지 않고 세습에 순응하지 않으며, 웅대한 소리로 국민들을 새롭게 태어나게 해서 천하에 나라를 더욱 빛나고 성대하게 한다.」 노신은 「신문화를 소개하는 지식인」들이 있어 「적막한」 구중국에 「두번째 유신의 목소리」를 내어 낙후한 구중국을 변화시킬 것을 요구했다. 작가와 작품에 대한 요구 및 문학의 사회적 기능에 대한 노신의 논술은 분명 진보적이고 혁명적인 것이다.

둘째, 그는 봉건문학과 봉건문학사상을 대담하게 비판하고 전통문화를 발양시킴으로써 민족의 「자각의 소리」를 드높였다. 「중국의 통치는 이상(理想)이 범접할 수 없는 데에 있다.」 통치의 「의미는 황위를 보전하고 자손들이 천만 년 통치할 수 있도록 하는 데 있다.」 이러한 비판은 봉건적인 문학사상에만 국한된 것만은 아니고 봉건적인 정치사상에도 향했다. 여기에서 노신의 초기 문학사상 속에서 강렬한 전투정신을 찾아볼 수 있다. 「외국에서 새로운 소리를 추구하는 원인은 옛날을 그리워하는 데」에서 비롯된다. 서양의 「새로운 소리」를 따라 배우는 원인은 옛날에 대한 그리움에서 비롯된다. 그러나 이러한 그리움은 다음과 같은 것을 말한다. 「생각의 밝기가 마치 맑은 거울에 비치는 듯하고 때때로 증명하고 때때로 돌이켜보며 때때로 광명한 전도를 향해 나아가고 때때로 영화로운 옛날을 추억한다. 그런 까닭에 새 것은 날로 새로워지고 오랜 것 역시 소멸되지 않는다.」 여기에서 특별히 학습을 강조하는 목적은 사람들이 앞을 향해 매진하고 부단히 밝은 미래를 향해 나아갈 수 있도록 고무하기 위한 것이다. 비판과 계승에 관한 노신의 견해는 복고주의, 또는 민족적 허무주의와 본질적인 차별성이 있다.

셋째, 문학의 예술적 특성을 제시했다. 그는 그 글의 서두에서 문학에 대한 명확한 정의를 내렸다. 문학은 국민의 「마음의 소리」이다. 「인류가 후세 사람들에게 남겨주는 문화 중에서 가장 힘이 있는 것은 문학작품(心聲)이다. ― 문학작품이 세월을 거치면서 사람들의 마음 속에 들어가면 쇠락한 종족처럼 없어지지 않고 오히려 번성하는 것이니 그 종족과는 대비가 된다.」 이러한 견해는 문학이 사람의 사상감정을 반영하고 상상을 통해 형상을 창조하는 예술수단이라는 점, 그리고 문학의 강렬한 감동성 등을 제기한 것이다. 「의파포미술의견서」(儗播布美術意見書)는 「악마파 시론」 뒤에 발표한 글이다. 「대개 인류가 있다면 두 가지 성질을 가지게 되는데, 하나는 수(受)요 다른 하나는 작(作)이다. 「수」라는 것은 마치 아침에 바다에 해가 솟아나 풀위를 비추는 것처럼 바보가 아니면 그것을 느끼고 감동되지 않을 수 없는 것을 말한다. 느끼고 감동되어 한, 둘의 재능있는 지식인이 나타나 그것을 재현하고 새로운 작품으로 완성시키는데 이를 일러 「작」이라 한다. 때문에 작가는 생각에서 시작해야지, 생각이 없으면 미술도 있을 수 없다. 그러나 작가가 천물(天物)을 관찰한 바는 반드시 웬만한 것이 아니다. 영화로운 것이 쇠락하고 숲은 황폐해지기 때문에 그것을 재현할 경우 개조하여 타당함을 얻게 하는데, 그것을 일러 미화(美化)라고 한다. 만약 그것이 없으면 미술이 아니다. 때문에 미술은 세 가지 요소가 있어야 한다. 첫째가 천물이요 둘째가 사리(思理)요 셋째가 미화이다.」

　「미술이라 하는 것은 사리로 천물을 미화하는 것을 말한다.」여기에서 말하는 「미술」은 사실상 모든 문학예술을 포함한다. 이는 예술이 현실의 재현이며 자연경물과 사회생활이 「재능있는 지식인」을 「감동」시켜 그것을 「새로운 작품」으로 「재현」시켜야 한다는 것을 설명한다. 다른 한편으로는 현실이 예술로 「재현」될 때 반드시 「사리」에 의거하여 「개조」하고 「미화」해야 함을 설명한다. 이것들은 대체로 오늘날 우리가 말하는 가공, 재현, 개괄, 전형화를 말한다. 예술창작의 특수한 규율에 관한 노신의 견해는 매우 정교하다. 이후 노신은 시대의 전진에 따라 초기의 부르주아계급 문학 사상을 극복하고 의연히 프롤레타리아계급의 입장에 서게 된다.

제5장 20세기 초 중국에서의 신소설의 성립과정

진 평 원

제5장 20세기 초 중국에서의 신소설의 성립과정

진 평 원

　20세기 초.「소설계혁명」이라 불리우는 문학운동은 중국소설사 위에 새
로운 한 페이지를 열었다.「소설계혁명」이란 구호는 비록 1902년 양계초(梁
啓超)의「논소설여군지시관계」(論小說與群治之關係)리는 글에 와서 비로소
정식으로 제출되기는 했지만 무술년을 전후로 한 문학계에서의 서양소설에
대한 소개, 소설의 사회가치에 대한 강조, 독특한 풍격을 지닌「신소설」에
대한 외침 같은 것은 모두 소설계혁명의 전주곡을 이루고 있다. 따라서 신
소설의 탄생은 반드시 1898년에서부터 시작했다고 보아야 할 것이다. 다시
말하면 무술변법은 강유위(康有爲), 양계초 동의 유신파 지사들을 정치무대
에 올려놓은 동시에, 신소설을 문학무대에 등장시킨 것이다. 1902년「신소
설」(新小說)이라는 잡지의 창간은 신소설의 창작실천과 이론연구에 중요한
진지를 마련해 주었다. 그 뒤로 신소설을 싣거나 출판하는 간행물과 서국(書
局)[1]이 끊임없이 나타나 신소설은 한때 대성황을 이루게 되었다. 문학운동
으로서의「소설계의 혁명」과 이 운동의 결과물로 나타난「신소설」, 이 두
가지는 분명히 상호 불가분의 관계를 지니고 있다. 따라서「소설계혁명」의
이론과 주장으로「신소설」작품을 해석하는 것 역시 충분히 이해 가능한 일
이 된다. 그러나 이 두 가지는 결코 동일시 할 수는 없는 것들이다. 왜냐하
면 이 두 가지가 지니고 있는 이상과 현실, 이론과 실천이라는 불가피한 간
격 이외에도 또한「소설계혁명」이라는 구호는 유신파 지사들이 개량군치의

정치운동에 발을 맞추기 위해 내놓은 것이기 때문이다. 비록 그 기본주장은 당시의 요구에 부합되었기에 재빨리 정치상 당파의 한계를 벗어나 문학계의 지식인들의 광범한 환영을 받기는 했다. 하지만 이 시기에 성과를 거둔 신소설가들 모두가 조금도 주저없이 「소설계혁명」의 깃발 아래에 모인 것은 아니었다. 그러므로 「소설계혁명」의 발생과 발전을 토론할 때, 그 착안점은 주로 양계초 동 창도자들의 주장과 실천 및 이로 인하여 형성된 이 시기의 문학기풍에 두게 되었다. 하지만 「신소설」의 성패와 득실을 고찰할 때에는 전 문단의 발전추세 및 시대기풍에 영향을 받기는 하지만 또한 시대기풍에만 국한되지 않았던 주요작가들의 창작경향에 그 착안점이 놓여진다.

제1절 소설계혁명의 발생과 발전

「혁명」이라는 단어는 만청시기에 아주 빈번하게 사용되었다. 「정치혁명」, 「사회혁명」, 「종족혁명」, 「윤리혁명」, 「가족혁명」 등 상당히 광범위하게 퍼져있던 전문술어 외에, 문학계에도 「시계혁명」, 「문학계혁명」, 「소설계혁명」 등 일시를 풍미했던 구호들이 있었다. 「혁명」이라는 말은 여기에서는 이미 전통적 의의에서의 조대역성[2]을 못하는 것은 아니었다. 그것은 일본으로부터 들어온 새로운 명사로서, 사물이 낡은 질에서 새 질에로 비약할 수 있도록 촉진시키는 중대한 변혁을 가리켰다. 「자유」, 「평등권」, 「물경천택」(物競天擇)[3] 등과 같은 새로운 명사와 마찬가지로, 「혁명」 역시 만청시기 신학문을 배우는 이들이 입버릇처럼 즐겨하는 말이었고, 따라서 소설 속에서 상당히 자주 만화화되어 묘사되고 있다. 예컨대 『문명소사』(文明小史) 중의 가자유(賈子猷 : 假自由),[4] 가평천(賈平泉 : 假平權),[5] 가갈민(賈葛民 : 假草命)[6] 등과 『부폭한담』(負曝閑談) 중의 이평등(李平等), 황자문(黃子文) 등은 모두가 「혁명」을 떠들어대면서 생활을 해나가는 염치없는 무리들이었다. 「혁명」을 떠들면 피를 흘리지 않을 뿐만 아니라 좋은 것들도 가질 수 있으므로, 여기서도 「혁명」은 이미 시대의 풍조가 되었음을 보여주고 있는 것이다. 그러나 이런 풍조에 깔린 심층의식은 바로 현상태에 대한 강렬한 불만 및 변혁과 새로움을 추구하는 강렬한 소망이었다. 추용(鄒容)이 『혁명군』(革命軍)에서 주장하는 민족혁명이라든가 혹은 『신중국미래기』(新中國未來記) 제3회에서의 황극강(黃克强)과 이거병(李去病)사이에서 벌어지는 정치혁명의 가능성에 대한 논쟁 같은 것은 명확한 틀을 가지고 있는 정치주장이다. 그러나 만청 시기 신학문을 하는 대다수의 사람들이 입에 달고 다녔던 「혁명」은 상대적으로는 이주 공허한 것으로서 일종의 감정과 지향(志向)의 표출일 뿐이었다. 바로 그것이 지니는 공허함과 광범위함 때문에 해석의 여지는 상당히 많았고, 그래서 동시에 「혁명」을 말할지라도 사실상 그 내용은 서로 거리가 아주 먼 경우도 있다. 또한 오히려 정치경향이 다르거나 심지어 서로 공격을 해대던 신소설가들이라 할지라도 소설의 작용, 표현특징 및 발전추세 등의 이론주장면에서는 의견대립이 없었던 경우도 있다. 이것은 신소설의 발전이 일정정도에서는 이미 독립적으로 운행되고 있으며, 신소설이 그저 단순히 정치투쟁이나 당파 이익의 도구가 아니었음을 말해주는 것 외에도, 또한 「소설계혁명」이라는 구호의 제출이 만청 문학계의 새로운 것과 변혁을 갈구하는 잠재적 요구에 부합되었기에 때문에, 그것을 외치자마자 모두가 호응할 수 있었음을 증명해 주는 것이다.

「시문대변」(詩文代變)[7]이라는 견해는 이전부터 있었지만, 만청 시대의 특징은 진화의 관점을 빌어 이를 새롭게 평가하거나 심지어 의식적으로 어떤 문체의 상승과 하강을 촉진시켰다는 점을 들 수 있을 것이다.[8] 하지만, 이른바 「진화」의 층위는 사실상 외래문화의 기준을 빌어 묘사한 것이다. 즉 다시 말하자면, 이것은 단지 중국 문학 내부의 각종 문체의 변천만을 의미하는 것이 아니라 외래문화의 충격 아래에서 만들어진 중국 문학의 구조적 성격에서의 조정을 뜻하는 것이다. 이러한 조정은 시가, 산문뿐만 아니라 연극, 소설에까지 미쳤다.

1899년부터 시작해서 3년도 안되는 사이에, 양계초는 「시계혁명」, 「문학계혁명」,[9] 「소설계혁명」[10]의 구호를 차례로 제기했고, 이와 동시에 실제로 이를 실천에 옮기기도 했다. 이 세 가지 구호는 상호 관련이 있으니, 그 공동의 주제는 외래문화를 본따서 중국 문학을 개조하거나, 더 나아가 중국 문학을 다시 건설하는 것이었다. 「시계혁명」의 요구는 「첫째, 새로운 의경(意境)이 있어야 하고 둘째, 새로운 어구로 되어 있으면서 동시에 고인의 풍격에도 꼭 들어맞아야 되는 것」이었다.[11] 「문학계혁명」의 기점은 「유럽의 글 속에 담긴 사상을 능숙하게」 문장 속에 집어넣는 것이었는데,[12] 「소설계혁명」이란 구호의 배태는 더욱 직접적으로는 구미 및 일본의 정치소설에서 기원하게 되었다. 신시(新詩) 속의 「신의경」(新意境), 신문체(新文體) 안의 「유럽의 글 속에 담긴 사상」, 신소설 가운데 「정치소설」 등은 이후에 점차 사라져갔다. 하지만 이로 인해 도입된 많은 외국문학적 요소들이 점차 중국 문학 속에 침투하게 되었으며, 아울러 만청과 민국 초기 중국 문학에 일련의 변혁을 촉진시켰다. 이 시기의 모든 문학변혁 가운데에서는 「소설계혁명」의 성과가 가장 컸고 그 영향도 가장 깊었다. 소설계의 필연적 혁명은 양계초와 같은 사람들의 소설 작용에 대한 인식 및 전통 장회소설에 대한 평가에 기초를 두고 있다. 그러나 그 가운데는 중외소설의 비교라는 잠재적인 요소가 품어져 있다. 만청 시대 소설이론가들은 전통소설을 이야기할 때, 폄하를 하던 높은 평가를 하던 간에 의식적으로 혹은 무의식적으로 외국소설을 인용하여 비교의 배경으로 삼았었다. 바로 이점이 그들의 견해로 하여금 명청 문인들의 소설의 가치에 관한 논쟁을 능가하게 만들었던 점이기도 하다. 강유위가 「시급히 소설을 번역하여 널리 전파해야 한다」고 희망한 중요한 원인 중 하나는 「구미에서는 소설을 아주 중요하게 여기기 때문」이었다.[13] 엄복(嚴復), 하증우(夏曾佑)가 「모든 외국의 것을 번역하거나 거의 스러져 가고 있는 우리 문학을 부추켜 세울 것」을 주장한 것도 「듣건대 구미, 동영(일본)이 개화할 적에 흔히 소설의 도움을 받았다고 하기 때문」[14]이며, 양계초가 정치소설을 번역, 간행할 것을 적극적으로 제창한 것도 「소설은 국민의 혼」[15]이라는 서양철학의 말을 믿었기 때문이었다. 서양의 소설이 정말로 "매번 한 권의 책이 나올 때마다, 전국의 여론이 술렁거렸던"[16] 적이 언제였던가? 그러나 이런 "이해의 편차"를 너무 진지하게 바라볼 필요는 없다. 만약 이런 과장적인 말을 쓰지 않았다면, 그때까지 보잘 것 없는 작은 도(小道)로만 보여지던 소설이 그렇게 짧은 시간 안에 나라를 구하고 백성을 명등하게 만들 수 있는 날카로운 무기가 될 수가 없었을 것이다. 양세초와 같은 이들이 소설을 제창하기 위하여 일부러 어떤 서양 국가에서 소설로 나라를 세웠다는 「신화」를 꾸며낸 것이었을지 누가 알겠는가? 이 신화에 관한 가장 영향력 있는 논술은 양계초가 1898년 12월 『청의보』(清議報) 제1책에 발표한 「역인정치소설서」(譯印政治小說序)였다. 그것의 기본 형태는 일년 전 엄복(嚴復), 하증우(夏曾佑)가 쓴 「본관부인설부연기」(本館附印說部緣記)에서 이미 형성되었다. 그러나 엄복과 하증우는 「듣건대」라는 말을 씀으로써 의심의 여지가 있음을 표현했었기 때문에[17] 양계초의 말처럼 그렇게 단정적이지는 못했다. 그때 양계초는 일본에 간지 얼마 되지 않았으므로, 일본 정치소설에 대하여 그다지 많은 이해가 없었고, 더구나 그가 인용한 것은 더욱 더 머나 먼 「유럽 각국 변혁의 시초」였다. 따라서 이 「신화」의 제조는 확실하지 못한 듣는 소문의 성분도 있고, 또한 독자들의 현실 변혁에 대한 염원을 이용하여 의도적으로 소설의 지위를 높이고자 했던 요소도 있음을 간과할 수 있겠다.

사실, 이러한 「신화」의 심리적인 기초는 강유위가 1897년에 발표한 「『일본서목지』 식어」에서 이미 잘 나타나고 있다.

단지 글을 알기만 하는 사람이라면, 정전을 읽지 않은 사람은 있어도 소설을 읽지 않는 사람은 없었다. 그러므로 六經을 가르치지 않고 소설로 그것을 가르쳤고, 正史를 가르치지 않고 소설로 그것을 가르쳤으며, 어록을 암송하게 하지 않고 소설로 그것을 알게 하였으며, 법률이나 조례로 다스리지 않고 소설로 다스렸다.

양계초는 이「남해선생」의 말씀과 몇 사람의 애매모호한 외국의 경험을 연결시켜 전 소설계혁명에 지대한 영향력을 미쳤던「역인정치소설서」(譯印政治小說序)를 구성한 것이다. 그러나 양계초 역시 나름대로 자신의 관점을 피력하고 있으니「정치의 발전」을 촉진시킨 외국소설을 거울로 삼아 중국소설을 바라보고, 그것은「도둑질을 하거나 간음을 하는 등의 양 극단적인 면을 넘어서지 못하도록 하는 점」을 비판한 것이다. 소설은 읽기가 쉽고「불가사의한 힘으로 사람을 지배」하기 때문에 군치의 개량과 국혼을 불러 일으키는데 이용될 수가 있다. 그런데 외국소설의 작용이 이러한 반면, 중국소설은「중국의 군치가 부패하게 된 총체적 근원」일 뿐이었으니,「오늘날 군치를 개량하려면 반드시 소설계의 혁명으로부터 시작해야 하고, 백성을 새롭게 하려면 반드시 신소설로부터 시작해야 한다[18]」는 것이다. 전체 소설계혁명 이론의 가장 핵심은 바로 이 몇 마디 말로서, 이후의 확대된 작용 역시 이 범위를 크게 벗어나지 않고 있고, 다만 언어가 더욱 날카로와지고 어조가 더욱 과장되었을 따름이다.[19]

소설계혁명의 중심 주제는 계몽 -「개량군치」이다. 그것의 주요한 계기는 오히려 무술변법의 실패이다. 변법 이전에도 비록 양계초가「법법통의 · 논유학」(變法通議 · 論幼學),「몽학보연의보합서」(蒙學報演義報合叙)에서 소설의 작용에 대해 언급한 적은 있었지만, 그러나 단지 아동교육의 도구로 간주되고 있을 뿐이어서, 이후에「문학의 최상」이라 칭한 것과는 크게 구별된다. 사실상 자신의 뛰어난 재능과 원대한 계략을 과시할 수 있는 시대에 강유위, 양계초 등과 같은 유신지식인들은 정치운동을 중심으로 삼고 있었고, 시를 읊거나 글을 짓는 것은 경시했었다. 강유위는 「선비들이 시문만 알고 국내외 사정은 모르는 것」이 그 시기의 커다란 폐단[20]이라 여겼고, 양계초는 「글짓기란 놀이감에 지나지 않는 것으로서 간혹 할 수는 있어도 만약 직업으로 삼는다면, 놀음에 정신이 빠져 가무와 여색에 정신이 팔린 것과 다름이 없을 것이다.」[21]라고 말하였다. 담사동(譚嗣同)은 「이전의 낡은 지식(舊學之詩)」은 전부 될 수 있는 한 버리려 한다는 뜻을 표현했는데, 왜냐하면 「도처에 살기가 번뜩이고 서로 잡아 뜯어먹는 이 시대에 여전히 스스로 삼가하려고 하지는 않고 쓸데없는 신음만 해서는 무슨 소용이 있겠는가?」라는 생각 때문이었다.[22] 관건은 문학이 확실히 「쓸모가 없다」 — 나라와 백성의 생계에도 도움이 없고 망국을 건지고 생존을 도모하는 데도 소용없다는 점에 있었다. 비록 강유위, 양계초, 담사동 등은 시문의 명가(名家)였지만 정치를 위하여 모두 의식적으로 자신들의 문학재능을 버린 것이다. 이는 무술년 몇 해 전의 중국 사상문화계에서 상당한 대표성을 띤다. 무술변법의 실패는 양계초 등이 직접 국가의 정권을 장악하고 걷고자 했던 사회변혁의 길을 차단하는 것이었기 때문에, 그들은 자신들의 정력(精力)을 정치투쟁으로부터 이론 선전으로 돌리지 않을 수 없었다. 동시에, 그들은 민중의 각성을 촉진시켜 민덕(民德), 민지(民智), 민력(民力)을 향상시키는 것의 중요성을 인식하게 되었다. 이미 「백성을 새롭게 하는 것(新民)이 오늘날 중국의 가장 시급한 임무[23]」가 되었고, 소설 또한 세도와 인심에 관련을 맺고 있었기 때문에, 신소설을 적극 제창하는 쪽으로 방향을 전환하게 된 것이다. 표면상으로 보면 양계초 등의 이론과 주장은 무술변법 이후로 커다란 변화가 있었던 것 같다. 그러나 문학은 반드시 「유용」해야 한다고 강조하는 점에 있어서는 이전과 맥을 같이하고 있다. 신소설이 제창될 가치가 있다고 여겨지게 된 원인은 그것이 단지 소설이었기 때문만은 아니었고, 또한 그것이 나라와 백성을 구하는「큰도리」(大道)를 포함하고 있기 때문이었다. 양계초는 일본의 정치소설을「단지 소설로만 보아서는 안 된다」고 하였다. 왜냐하면 그것은 「책 속의 인물들에 기탁해서 자신의 정치적 견해를 피력하고 있기」[24] 때문이었다. 채분(蔡奮)은「우리 나라의 소설」중「정치사상을 포함한 것이라곤 기린의 뿔처럼 드물다」[25]고 하였다. 해천독소자(海天獨嘯子)는 심지어 중국의 낙후함은 수천년 동안 문인학사들이 시가, 소설, 회화에만 빠져 있었던 데에서 귀결된 것이라고 하면서,「국가와 사회에 유익한」정치소설과 과학소설을 제창하였다.[26]

소설은 반드시 세도와 인심에 유익하고, 나아가 사회의 진보에 도움이 되어야 한다는 것은 중국에서의 아주 오래된 명제였다. 그러나 다만 이전 사람들은 대부분 이것을 빌어 소설을 부정해 버린 것이고, 양계초 등은 이것을 빌어 소설을 제창했을 따름인데, 왜냐하면 후자의 사람들은 구미, 일본 등과 같은 나라의 성공적인 경험에 근거를 두고 있었기 때문이다. 무술변법 이전에 양계초 등이 거론했던 역외소설은 비록 생생하게 말을 하고 있었다고 하더라도, 실은 모두 전해들은 데 지나지 않았었다. 일본에 건너간 이후 일본의 정치소설에 대해 진지한 고찰을 하고 난 뒤로 양계초는 일본소설이「소설가의 신분으로 애국의 사상을 쓴 점」[27]과「소설가의 뛰어난 재능으로 정계의 발전추세를 쓴 점」[28] 등에 대하여 대단한 칭찬을 했고, 아울러 그것으로써 중국의「소설계혁명」의 본보기로 삼았다. 정치소설로부터 착수하여 신소설을 제창함으로써 소설이「유용」하고「숭고」해진 것도 사실이지만, 그러나 여전히 전통적인「글은 도를 싣는다」(文以載道)의 틀을 벗어난 것은 아니다. 단지 싣고 있는 도(道)가「충효절의」로부터「애국사상」으로 바뀐 것뿐이다. 하지만 설령 이렇다 할지라도, 머리카락을 잡아당겨도 온몸이 움직이는 격으로 양계초 등이 크게 제창한 소설계혁명이 여전히 각종 유형의 소설이 충분히 발전하도록 하는데 가능성을 제공해 주었다는 점에는 변함이 없었다. 소설로써 정치투쟁의 도구로 삼는다는 건 이론상으로는 그다지 고견이라 할 수 없으며, 또한 이후의 창작에도 짙은 그늘을 던져주었다. 그러나 고도로 정치화된 시대에 그것은 오히려 소설의 지위를 높이는데 유리하였고, 많은 재능있는 문인들을 흡수하여 소설창작에 종사하도록 만들었으며, 더 나아가 만족스럽지 못했던 소설계의 상황을 빠르게 변화시켜 나갔다. 마치 당시의 사람들이 말한 것처럼 「소설은 지금까지는 비록 서양의 나라들과 비할 수는 없지만, 중국을 놓고 말하자면 과연 점차 밝은 빛을 뿌리고 있는바 이는 이전 사람들이 생각하지도 못했던 것이다.」[29]

양계초가 소설을 「문학의 최상」까지 추켜올린 데에서부터 황소배가 소설을 「문단의 맹주」[30]로 여기기까지의 짧은 몇 년의 시간 동안 「소설계혁명」은 커다란 성공을 거두었다. 그러나 이러한 성공은 상당히 많은 부분이 당시 국민의 날로 높아가는 정치열정에 도움을 받은 것이었다. 신해혁명 후, 드높은 정치열정은 신속히 소설되어 갔다. 따라서 소설도 다시 「정계의 발전추세」라든가 「애국사상」에만 의지해서 독자들을 끌어들일 수는 없었으며, 작가들도 더 이상 소설이 정말로 세상을 구하고 백성을 구할 수 있다고 믿지 않았다. 그래서 다른 사람들을 즐겁게 하려는데 뜻을 두거나 스스로 오락으로 삼고자 쓴 작품이 대거 등장하게 되었다. 소설계혁명의 「개량군치」라는 본래의 취지로부터 헤아려 볼 때, 이것은 분명히 일종의 타락이었다. 때문에 양계초는 「나는 할 말이 없도다. 나는 할 말이 없도다[31]」라고 한탄을 한 것이다. 그러나 소설로부터 정치사조의 부축을 떼내어 버리고, 직접 소설시장이라는 자연조절에 의거했다는 각도로 본다면 이것 또한 일종의 진보—비록 이런 진보가 많은 부정적인 요소들을 수반하고 있지만—라고 하지 않을 수 없다. 「열 중의 아홉은 절도, 간음과 같은 이야기일 뿐이다[32]」라는 말로는 민국 초기의 소설계 전체를 대표할 수 없다. 이것은 아직도 인심을 구하고 새로운 지식을 깨우치게 하는 것을 창작 취지로 삼고 있는 작가들이 적지 않았다는 것을 말하려는 것이 아니라 민국 초기 소설계의 「고상한 데로 돌아오고 통속적인 곳을 향하[33]」는 추세 및 상품화의 경향을 가리키는 것이다. 따라서 결코 「거의 모두가 간음과 절도 등을 교사하는 것」이라는 것으로 전체가 덮여 씌워질 수 없으며, 더욱이 한 마디 말로 규정될 수 있는 것은 아니다.

「소설계혁명」은 신해혁명 이후 아주 빠르게 쇠락하였다. 그러나 「소설계혁명」 중에 나타난 「신소설」은 오히려 이 때문에 전진의 발걸음을 멈추지는 않았고, 소설예술은 여전히 발전하고 있었는데 다만 전기와 대비시켜 볼 때, 그 중점이 같지 않았을 따름이다

제 2 절 신소설 발전의 동력

1902년 양계초가 일본 요코하마에서 「신소설」 잡지를 창간한 이후, 「신소설」은 소설계혁명 중에 만들어진 일련의 소설작품을 개괄하는 고유명사가 되었다.[34] 「신소설」은 「구소설」의 상대적인 말로서, 당시 사람들은 자각적으로 소설계혁명의 산물인 신소설과 이전에 존재했던 중국 전통소설(구소설)을 구별하기 시작했다. 또한 비평가들은 심지어 이 두 가지의 질적 차이를 많은 글을 통해 논술했는데, 예를 들어 「구소설은 문학적이지만, 신소설은 문학적인 것으로써 과학적인 것을 겸한다. 구소설은 상리적(常理的)이지만, 신소설은 상리적인 것으로써 철리적(哲理的)인 것을 겸한다.」와 같은 것이다.[35] 각종 이론이 포함하고 있는 것의 정확성 여부에는 관심을 두지 않고, 이 시대의 소설가와 비평가들은 의식적이든 의식적이지 않든 간에 이전 사람들의 작품과 일정한 거리를 유지하고자 했으며, 직접적으로 그것과 자신들의 것을 동일시하지 않으려 했다. 그러나 양계초는 장회소설이 장점이라고는 하나도 없다고 말을 한 적이 있지만, 그가 변역한 『열 다섯살 꼬마

영웅』(十五小豪傑)은 여전히 「중국의 설부(說部)체제」에 의거하여 원작을 개
조한 것이다.[36] 또한 오견인(吳趼人)은 의고체소설 『신석두기』(新石斗記)를
창작했는데, 그는 그 작품이 「의학을 연구하여 음식을 개량하고, 신기한 기
계를 만들어 과학을 발명하고」(23회), 「등불 아래에서 주인과 손님이 정치의
본질에 관한 이야기를 나누고, 엽거를 몰아 인류가 날짐승과 싸우게 되며」
(26회), 「경쟁과 당파에 대해 토론하고 농사일로 전쟁이 일어난다」(35회)와
같은 것을 다루고 있기 때문에 외국의 정치소설과 과학소설에서 기인한 것
이지 『홍루몽』(紅樓夢)[37]과는 무관한 것이라고 분명히 밝히고 있다. 어쩌면
이것이 바로 신소설가의 기본특정일 것이다. 그들이 소리 높여 전통을 반대
한다고 외칠 때 그들은 분명히 기나긴 전통의 꼬리를 끌고 있으며, 또한 그
들이 전통만을 따른다고 표현할 때에도 역시 서양의 영향이 나타나고 있기
때문이다. 바로 이처럼 고금(古今)과 중외(中外)에 끼어있는 특수한 상황이
이 시대의 창작관점과 미적 분위기를 결정한 것이다. 하지만 모든 시대의
작가들이 전부 이처럼 틈새에 끼어 선택해야만 하는 곤혹을 강렬히 느끼고
있었던 것은 결코 아니다. 몇 세대 전의 작가들은 창조물로 삼아야 할 외국
소설이 없었으며, 「문학은 시대에 따라 변한다」와 같은 생각을 지니고 있는
이상 고금의 차이 역시 심각한 심리적 부담으로 여겨질 정도는 아니었다.
몇 세대 이후의 작가들은 외국소설에 대해 많은 이해를 갖게 되었기 때문에
본보기로 삼아야 할 과정과 방법이 대체로 명확해졌으며, 중외라는 차이가
진일보 발전을 이룩하는 데 심각한 장애로 작용하지는 않았다. 그런데 신소
설들이 처한 곤경은 다음과 같은 데 있었다. 즉, 뒤로 두 발짝 물러설 경
우, 오경재(吳敬梓), 조설근 만큼 전통 장회소설을 잘 써낼 수가 없었고 그렇
다고 앞으로 두 발짝 나아갈 경우 노신(魯迅)이나 모순(茅盾)만큼 서양의 장
편, 단편소설을 이해할 수준에도 미치지 못한 것이다. 이와 같이 「고금」과
「중외」가 서로 교차하고 있는 상황에서 보면, 신소설은 의심할 여지없이

어느 각도로 보아도 미숙하고 거칠며 낯설게 보였다. 그러나 또한 바로 이처럼 고금소설과 중외소설이 첫 번째로 부딪쳐 발해낸 불꽃은 예술적으로 상당히 거친 신소설을 밝게 비추어 주었으며, 그로 하여금 후대의 작품에서는 기대하기 어려운 독특한 역사적 가치를 이룩할 수 있도록 만들어 주기도 했다.

이러한 「역사가치」의 한 측면은 그것의 유치함과 조야함으로 인해 소설발전의 탐색을 상대적으로 명랑화·단순화시킬 수 있었으며, 따라서 소설발전을 추동시킨 각종 합력(合力)의 작용을 쉽게 파악할 수 있게 만들었다. 정치 사조의 추동과 각 종 문화요소의 밝고 어두운 자극이외에 신소설발전의 내재 동력은 주로 외국소설과 전통문학(장회소설 또는 문언소설뿐만은 아니다)에서 나왔다. 각종 역량 사이의 배열과 조합은 상당한 노력에 의해서만이 가능했던 것이지, 결코 단순한 외침에 의한 것만은 아니었다. 외국소설을 발판으로 삼아 중국소설이 그 발자취를 따라가는 「영향설」은 아니며, 또한 중국소설은 주로 사회환경과 문학전통의 영향을 받아 변화가 발생했다는 「자력설」도 아니다. 심지어 분명히 정확하기는 하지만 너무 모호한 「종합설」도 아니다. 그것은 외국소설의 윤입 때문에 중국소설이 자극을 받았고 나아가 계발되기에 이르렀으며 그것으로 하여금 변화가 발생하도록 만들었음을 강조하는 것이다. 동시에 중국소설은 문학구조의 가장자리에서 중심을 향해 이동했는데, 그 이동과정 중에 전체 전통문학의 양분을 흡수하여 변화를 발생시켰고—이 두 가지 위치 이동의 합력이 공동으로 신소설의 발전을 촉진시켰다. 물론 외국소설의 윤입이 첫 번째 추동력임을 부인하는 것은 아니다. 그러나 중국소설의 위치이동의 영향력 역시 상당히 심원한 것으로 주목할 만한 가치가 있는 것은 바로 앞쪽의 한 가지 이동하는 위치를 「전경」(前景)으로 끌어올릴 경우 뒤의 나머지 이동하는 위치는 결코 소설되는 것이 아니라 단지 서서히 「후경」(後景)으로 숨어 들어간다는 것이다. 반대의 경우도 역시 마찬가지이다. 다시 말해서 이 두 가지의 이동하는 위치는 종종 함께 규합되는 것으로 단지 연구하는 과정에서 운용상의 편리를 위해 분류하여 논술하는 것 뿐이다. 예를 들어 우리들이 외국소설의 윤입이 중국소설의 전체 면모를 바꾸는데 결정적 작용을 했음을 강조할 때, 강유위·양계초 등이 소설을 계몽의 도구로 선택해서 외국소설의 번역에 역점을 두었던 까닭이 바로 전통 장회소설이 중국인의 성격과 문화 정신에 심각한 영향을 끼쳐왔음에 주의했기 때문이었음을 잊을 수가 없는 것이다. 또한 우리들은 신소설 발전 중 전통의 창조성 전화가 일으킨 작용을 강조할 때, 신소설가가 시문(詩文)을 끌어들여 소설을 촉진시키는 원동력으로 삼을 수 있었던 것이 바로 외국소설 관념의 윤입이 일으킨 소설 지위의 급격한 상승에 있었음을 잊을 수가 없다.

신소설 발전의 주요 동력으로 작용한 외국소설 윤입의 과정, 범위, 영향 및 그 윤입과정 중의 변형과 접수 중의 이해는 제 2장에서 전문적으로 논술할 것이다. 따라서 여기에서는 다만 신소설 발전이라는 특정 각도로부터 외국소설 윤입의 대체적 진행과정을 서술할 것이다. 신소설가들이 어떤 작가와 작품을 소개했는가 라는 문제와 어느 작가의 작품이 진정으로 신소설의 창작에 영향을 주었는가 라는 문제, 이 둘은 결코 동시에 발생한 것이 아니다. 설령 통일한 하나의 작품(예를 들어 『동백꽃 아가씨』(茶花女))일지라도 수용자에 따라 각각 갖는 치중점이 달라지게 된다. 신소설가들이 외국소설에 대해 본보기로 삼았던 것은 첫째 주제의식, 둘째 줄거리 유형, 셋째 소설의 제재였고 마지막으로 네 번째가 서술방식이었다. 이처럼 예술의 본보기로 삼았던 것은 결코 각기 독립적인 네 가지 방향으로 분해해 놓을 수는 없으며, 오히려 이 본보기들이 점차 소설의 형식적 「외부」에서 「내부」로 전이 되어 갔음을 강조해야 한다.

신소설가들이 계몽의 각도로부터 외국소설을 인용할 때 가장 먼저 느꼈

던 것은 그것의 뚜렷한 민주 자유, 독립, 권리 등과 같은 사상의식과 강렬한
애국 사상이었다. 정치소설은 작가의 정치이상을 표현하는데 중점을 두었기
때문에 독자들이 그것의 주제의식에 눈을 돌리는 것은 당연한 것이다. 그러
나 신소설가들은 심지어 애정소설과 추리소설에서조차도 그것의 교훈적 의
미를 돌출시키려고 노력했기 때문에 억지스러움을 변하기란 어려웠다. 신소
설 창작에서 체현하고 있는 것은 바로『신중국미래기』와 같은 진정한 정치
소설 이외에 기타 각 종 유형의 소설에도 많은 정치적 의론의 삽입을 좋아
했기 때문에 마치 그렇게 하지 않으면 신소설의 새로운 풍격과 새로운 기상
(氣象)을 체현할 수 없는 것 같았다. 『옥리혼』(玉梨魂塊)은 민국초기에 유행
했던 가장 유명한 애정 소설이다. 그러나 그것이 단순히 생사(生死)의 지극
한 애정만을 다루고 있었다면, 그 작가로 하여금「동방의 듀마」라는 별칭으
로 글을 쓰도록 만들 수 없었을 것이다. 다만 몽하(夢霞)가 무창성(武昌城)에
서 전사했다는 소식이 전해지고 나서야 비로서 그것이「살뜰한 정과 의협의
골을 모두 갖추고 있으니」,「몽하의 이와 같은 죽음이 나의 마른 붓을 적셔
주는가 보다.」(제29장)와 같이 감탄할 수 있었기 때문이다. 이처럼『옥리혼』
과 같은 진짜 애정소설에도 그 가운데에는 적잖은 정치적 의론이 들어있다.
중국 고전소설이 정치와 무관했다고 말을 할 수는 없지만, 신소설가들처럼
일상적으로 소설 속에 정치적 견해를 직접 표현하거나 심지어 소설인물을
벌어 장편연설을 하는 경우는 아주 드물었다.[38] 신소설가들 역시「의론이
많고 사실이 적어서 소설의 체제에 적합하지 않다」고 의식하고 있었지만 그
러나 비록 이와 같았을지라도 여전히 그것이「모두 위대한 국민에게 신사상
을 전함으로써」,「사상에 진보가 있을 것」이라는 점에서 대대적으로 긍정하
고 있었다.「사상」의 우열을 소설의 수준을 평가하는 주요 기준으로 삼는
것은 물론 문장에 도를 싣는다는 전통의 영향 때문이기도 하지만, 그러나
신소설가들이 정치소설을 외국소설의 대표로 간주하는 특수한 선택과도 관

련이 있다. 「구소설」의 「사상」은 충효절의의 범위를 벗어나지 못했으며 장황하게 말을 몇 마디로 말을 반복했지만. 「신소설」의 「사상」은 다양했으며, 최소한 그것의 선명함으로 인해 청말민초의 독자들에게 상당한 흡인력을 지니게 되었던 것이다.

청말민초의 가장 지명도 높은 외국소설의 인물은 셜록홈즈와 춘희(마가리트)이다. 또한 1899년 소은서옥(素隱書屋)에서 특별한 뜻이 없이 『춘희이야기』(茶花女遺事)와 『와르센포탐안』(華生包探案)을 함께 출간한 이후, 세상 사람들은 종종 이 두 가지를 함께 거론하면서 외국소설의 상징으로 삼게 되었다. 예를 들이 기진(嵩塵)은 「『小說名畵大觀』 序」에서 여러 해 동안 「번역된 유럽의 문장」을 개괄하면서 「누구는 탐정의 재주가 셜록홈즈보다 더하고, 누구는 사랑이 춘희와 아르망보다 깊다」고 말했다. 신소설가들이 진정으로 창작한 추리소설은 많지가 않다. 그러나 소설 속에 한 두 사람의 탐정에 준하는 인물이나 탐정이야기가 삽입되는 것은 자주 있었던 일로, 유악(劉顎)의 『노잔유기』(老殘遊記)와 정선지(程善之)의 『우연』(偶然)에서는 심지어 소설의 주인공 이름을 「홈즈」라 칭하기도 했다. 소설 속에서 춘희를 인용한 경우는 더욱 많았다. 이백원(李伯元)의 『문명소사』(文明小史), 증박(曾朴)의 『얼해화』(孽海花)와 같이 간혹 가다 한 번씩 언급하는 것이나 임서(林舒)의 『유정정』(柳亭亭), 소만수(蘇曼殊)의 『쇄잠기』(碎簪記)와 같은 모방작품은 생각하지 않더라도, 종심청(鍾心靑)의 『신 춘희』(新茶花)와 같은 작품에서 주인공이 「제2의 춘희」라 자칭하고, 서운에서 「동백꽃(춘희)은 파리에서만 자라는 것이 아니니, 흙을 털고 뿌리를 옮겨 무림(武林)으로 왔노라」라고 말한 것이나 주수견(周瘦鵑)이 『화개화락』(花開花落)에서 미인이 자살하기 전에 「어릴 적부터 설부를 즐겼으니 마음으로 아는 것이 얼마런가? 살며시 미소 짓고 님의 품에 안겨 『춘희』를 같이 보노라.」고 읊은 것 등은 전부 춘희를 모진 고난을 겪어온 「사랑」의 상징으로 보고 있는 것이다. 그러나 솔직히 말해서 신소설가들이 흥미를 가졌던 것은 소설 인물로서의 춘희와 하나의 줄거리 유형으로서의 춘희이야기였지, 소설작품으로서의 『춘희』는 아니었다. 따라서 당시의 사람들이 「내가 보건대 중국에는 동방의 아르망도 있고 또 동방의 춘희도 있지만, 동방의 뒤마만은 없구나.[39]」하고 감탄한 것도 이해할 만하다. 이는 외국문학을 접촉할 때에 피할 수 없이 겪게 되는 「우회로」라고도 할 수 있다. 흥미진진한 추리이야기와 애달픈 사랑이야기는 중국 땅에 가장 일찍 뿌리를 내렸지만, 기타 진정한 소설 예술 형식은 중국작가들에게 소화, 흡수되기까지는 여전히 기나긴 길을 걸어야 하였다. 외국의 추리소설과 애정소설을 수용할 경우에도 소설가들은 소설의 「줄거리」에 착안을 했으며, 그것을 「소설」이 아니라 「이야기」로서 읽었다. 이것은 청조 말기와 민국초기의 많은 『춘희』의 모범작 가운데 왜 이야기는 갈수록 더 복잡해지지만 주인공의 감정변화는 점점 더 간단해졌는가를 이해할 수 있게 해준다.

만약 청조말기에 번역·소개되었던 정치소설이 신소설가들로 하여금 의론을 발표하게 만들었고, 추리소설과 애정소설이 신소설가들로 하여금 이야기를 더 잘 할 수 있게 했다면, 사회소설은 신소설가들에게 어떻게 새로운 소설 제재를 발굴할 수 있는지를 가르쳐 주었다고 할 수 있을 것이다. 임서(林紓)가 디킨즈의 소설을 번역할 때 디킨즈의 소설제재 처리 방식에 깊은 인상을 받았기 때문에, 서언에서 거듭 칭찬을 한 동시에 중국소설이 「하층사회에 관한 묘사」가 부족한 것에 대해서는 경시하는 뜻을 드러내고 있다. 임서는 디킨즈 소설의 「명인, 미녀를 다 쓸어버리고 하층사회를 전문적으로 반영」[40]하는 사상에 대해 찬사를 표현했을 뿐만 아니라 또한 「일상생활 가운데 자질구레하면서도 기이하지 않는 사적(事迹)」[41]의 예술적인 가치에 대하여 힘주어 강조하였다. 청조말기의 번역소설 가운데 하층사회의 비참한 생활을 반영한 소설은 아주 많지만, 대부분 정치 공리적 목적으로부터 출발한 것이었지 임서처럼 예술적 특색에 관해 논술한 사람은거의 드물었다. 제왕장상(帝王將相)의 위대한 공적이나 재자가인(才子佳人)의 로맨틱한 이야기가 아니라 보통 사람의 일상생활을 소설의 표현 제재로 삼고 있는 소성은 청조 말기에 이미 나타나기 시작했다. 비평가들 역시 상당한 중시를 했는데, 예를 들면 장춘범(張春帆)은 『쓰라린 사회』(苦社會)의 서언에서 「그야말로 글이 있는 곳에는 눈물이 있고 눈물이 있는 곳에는 피가 흐른다. 독자들로 하여금 차마 읽어 내려가지 못하게 만들고 또한 읽지 않으면 못 견디게 한다」[42]고 하였다. 또한 『소설월보』의 편집자는 『저자환국기』(猪仔還國記)에 대한 평론에서 「흑인 노예들의 참극을 오늘의 중국 노동자들에게서 다시 보는 것 같습니다.」, 「여러분은 이와 유사한 소설책을 본 적이 있으십니까? 소인은 이 책을 한 번 보시기를 권하고 싶습니다」[43]라고 하였다. 소설가들은 다만 제재의 정치성에만 착안했을 뿐, 이런 제재의 변혁이 가져올 소설의 예술 표현방식 및 심미풍격은 고려하지 않았기 때문에 신소설가들로 하여금 단순히 중국소설의 표현범위를 넓히게 할 뿐이었다.

신소설가에 대해 말하자면, 그들에게 가장 어렵고 중요한 변혁은 주제의식이나 줄거리 유형, 소설의 제재가 아니라 바로 서술 방식이었다. 앞의 세 가지는 주로 「무엇을 이야기해야 하는지」를 해결해야 하는 것이지만, 후자는 반드시 「어떻게 이야기할 것인지」를 해결해야만 되는 것이었다. 「무엇을 이야기해야 하는지」간의 차이는 쉽게 발견할 수 있고 또한 한쪽 측면의 모방을 통해 미봉 역시 가능한 것이다. 하지만 「어떻게 이야기할 것인지」의 차이는 한 번에 정확히 파악하기가 매우 힘이 들고, 설사 모방을 한다 하더라도 과장과 변형을 거치지 않기란 아주 어려웠다.

청말의 작가들이 접했던 외국소설은 「풍속을 관찰하는 것으로부터」이야기를 듣고, 「소설을 읽는」 것까지 아주 빠른 속도로 매진해 나갔다. 게다가 본보기로 삼고자 하는 의식이 비교적 강렬했기 때문에 외국소설의 서사방식에 대한 파악과 사용 역시 상당한 성과를 보였다. 예를 들어 정치소설은 단순히 신소설가들로 하여금 의론을 내세우게 했을 뿐만 아니라, 무의식중에 소설 줄거리의 중심 위치를 동요시켜 줄거리 이외의 요소의 돌출과 나아가 소설 서사구조의 전면에 유리한 조건을 제공해 주었다. 또한 추리소설, 애정소설은 신소설가들에게 어떻게 재미있는 이야기를 풀어나갈 수 있는지를 가르쳐 주었을 뿐만 아니라, 전통 중국소설이 기본적으로 채용했던 시간 순서에 따른 서술방식의 답답한 국면을 깨뜨려버릴 수 있게 만들었고, 전통 이야기꾼들의 전지적 서술방식에서 벗어나서 1인칭, 3인칭 제한적 서술방식을 사용하도록 만들었다. 물론 중국소설 사사모식의 전변에 있어서 신소설가들은 다만 첫걸음을 내딛고 일련의 의미있는 시도를 했을 뿐이다. 이러한 전변의 초보적 완성은 5·4 작가의 손에서 실현되게 된다.

중국소설은 문학구조의 가장자리에서 중심으로 위치를 이동하게 되는데 이것은 신소설 발전의 또 다른 한가지 주요 동력이다. 신소설가들이 소설을 「문학의 최상책」으로 추대하고 아울러 소설창작을 제창한 것은 외국소설을 본보기로 삼은 것에도 이유가 있으나 그 이외에 서양 소설의 눈으로 오히려 전통을 바라보고 새롭게 전통을 선택한 것이라고 해도 당연할 것이다. 이 시대의 작가들로 말하자면 어려서부터 읽은 『수호전』(水滸傳), 『홍루몽』 등의 전통소설은 버리고 싶어도 버릴 수가 없는 것들로서, 일단 창작이나 평론에 착수하면 자연스럽게 떠오르는 것들이었다. 물론 이 시대에 이해된 전통소설은 이미 서양소설의 시각으로 새롭게 해석한 것임에는 틀림이 없다. 1898년 양계초가 중국 소설은 「영웅을 서술한 것은 『수호』의 틀을 본 뜬 것이요, 남녀에 관해 이야기를 한 것은 『홍루』를 쫓아만든 것이다. 그 대략적인 것을 헤아려 보면 도적질과 음란한 짓의 양 극단을 교사한 것에 지나지 않는다.」라고 평가한 이후로 거의 모든 신소설가들은 전통소설을 말할 때 밝은 면이든 어두운 면이든 서양문화를 배경으로 삼아 비교를 하게 되었다. 「욕설」이든지 「찬양」이든지 간에, 또한 직접적인 중서의 비교이든지 전통소설에 대한 단순한 태도의 표현이든지 간에, 사실상 평론가들은 서양소설에 대한 이해 수준과 가치 판단의 기준을 지니고 있었다. 단순한 한 가지 측면으로 비교하는 것으로는 예를 들자면 『포공안』(包公案)을 중국의 추리소설로, 『경화연』(鏡花緣)을 중국의 과학소설로 여기는 것이다. 복잡한 측면의 비교는 중서소설의 구조나 중서소설의 인물 형상화의 방법을 이야기하는 것을 예로 들 수 있다. 총괄적 경향은 점차로 「욕설」에서 「찬양」으로 전환해 나아가고 있으며, 중국 전통소설의 특수한 가치, 특히 표현기교 상에 있어서의 가치를 증명하고자 노력하고 있다.

신소설가들은 신소설을 적극 제창하기는 했지만, 신소설의 예술 매력에 대해서는 확실한 자신이 있는 것은 아니었다. 예를 들어 오견인은 자신의 『이십년목도지괴현상』(二十年目睹之怪現狀)을 다음과 같이 「총평」(總評)하고 있다.

신소설을 읽는 사람은 그 의미에 있어서 구소설만한 깊이가 없음을 느낄 것이다. 나는 이 책에서 서술한 슬프고 기쁘고 헤어지고 만나는(悲歡離合)장면 및 각종 사회의 상황이 모두가 독자들로 하여금 각자가 거기에 처해 있는 것처럼 여기게 만드는 점에 있어서는 반드시 구소설에게 많이 떨어지는 것은 아니라고 생각한다.

만청 작가들은 자신의 저서에 스스로 명을 하는 것을 상당히 좋아했다. 예를 들어 유악, 팽유(彭兪) 등과 같은 사람은 그 글들이 광고의 성격을 띠고 있어 자화자찬의 성격을 지니고 있다. 그러나 오견인은 「반드시 구소설에게 많이 떨어지는 것은 아니라고」 상당히 절제있게 말을 하고 있어서 당시의 작가와 독자들의 전통소설에 대한 명가가 여전히 높았음을 보여주고 있다. 사실 신소설 창작 작품의 곳곳에서 우리는 전통소설의 영향을 볼 수 있다.

이것은 견책소설(遺責小說)과 『유림외사』(儒林外史)의 관계, 애정소설과 『홍루몽』의 관계, 화류소설과 『해상화열전』(海上花列傳)의 관계 등등에서도 분명히 드러난다. 또한 그다지 유명하지 않는 두 작품을 예로 들어볼 수 있겠다. 그 한 작품 『여와석』(女媧石)에서 제 3회의 김요섭이 두 번 태후(太后)를 암살하는 것은 『삼국연의』에서의 조조(曹操)가 동탁(董卓)을 찌르는 데서 배워온 것이고, 제14회의 김여사가 강에서 조난당하는 것은 『수호전』에서의 송강(宋江)이 심양강(潯陽江)에서 화를 입는 데에서 가져온 것이며, 소설 가운데 48명의 여자 호걸과 72명의 여자 박사가 어떻게 대업을 토론하고 여러 가지 과학놀이를 하는지 그린 장면은 『경화연』에서 따온 것이었다. 그 다음으로 『도올췌편』(檮杌萃編)은 이와 반대로 곳곳에서 이전 사람의 작품에서 벗어나려고 하면서, 이런 식으로 써내려 간다면 『금병매』(金瓶梅)가 될 것이요, 저런 식으로 써내려 간다면 『해상화열전』을 뛰어넘지 못할 것이요, 또 만약 형식을 바꾼다면 『품화보감』(品花寶鑑)과 『월화흔』(月花痕)과 유사해질 것이라고 언급하면서 때때로 독자들의 주의를 환기시키고 있다. 『여와석』은 정면학(正面學)이요 『도올췌편』은 반면학(反面學)이라 할 수 있는데 이 두 가지는 모두 장회소설의 심각한 영향을 보여주고 있는 것이다.

전통소설(특히 장회소설)과 신소설의 명확한 전승관계는 비교적 쉽게 파악할 수 있다. 그러나 전통 시문이 신소설의 서사모식의 형성에 대해 일으킨 작용은—명확하게 말하자면, 신소설이 문학구조의 가장자리에서 중심으로 위치를 이동해 가는 과정 중 전통 시문(詩文)의 양분을 흡수하여 발생시킨 변화—오히려 그것이 비교적 은폐되어 있기 때문에 사람들에게 쉽게 경시되어 왔다. 「소설이 문학의 최상책」이라는 것은 두서없는 말이기는 하지만, 결코 아무런 의미도 없는 거짓말은 아니다. 그것은 소설이 문학의 가장 걸출한 대표가 되었음을 의미하는 것으로, 독자들이 소설을 탐독할 때 본래 다른 문학 형식만이 지닐 수 있는 미감을 소설 속에서도 얻기를 희망하기 때문에, 작가들이 창작을 할 때 자연스럽게 기타 문학형식으로부터 더욱 많은 영감을 얻을 권한을 지니게 된 것이다. 신소설가들은 과장적인 어조로 이러한 자신을 표현하기를 좋아했으니, 마치 정말로 전체 인류의 문화가 신소설 속에서 응결되는 것 같았다. 이와 같이 「박대정심」(博大精心)한 소설은 창작할 때 자연스럽게 인류의 모든 정신문화의 유산을 반드시 포용할 수 있어야만 했다 : 「소설 속에서는 비단 시문(時文)을 거절하지 않아야 할 뿐만이 아니라, 모든 음란하고 통속적인 자질구레한 이야기, 규방의 질책하는 이야기, 나무꾼과 목동의 노래 역시 사부(四部)나 삼장(三藏), 역대의 훌륭한 문장들과 더불어 함께 수록되어 자료로서 제공될 수 있어야 한다.」 신소설이 정말로 그 많은 풍부한 인류의 문화를 다 포괄하고 있는 것은 아니지만, 그러나 신소설은 확실히 기타 문학형식으로부터 많은 영감을 얻었다. 우스개소리, 일화, 문답, 유기(遊記), 서신, 일기, 서사시, 견문록 등 전통 시문(詩文) 형식이 소설로 들어간 것은 모두 신소설의 사사모식 형성에 커다란 작용을 했다.

여기에서는 다만 개요식으로 외국소설과 전통문학(소설과 시문)이 신소설 발전에 일으킨 추동 작용을 서술했을 뿐이다. 이 양자가 어떻게 구체적으로 (긍정적인 면이든 부정적인 면이든) 영향을 끼쳤는지, 또한 일정 정도는 규정하고 있는 신소설 발전의 추세에 대해서는 앞으로 아래의 각 장에서 나누어 논술할 것이다.

제3절 신소설 단체의 형성

신소설의 발전은 다수 작가들의 공동 노력에서 이루어졌다. 이러한 작가들의 사상경향과 예술취미는 전혀 다를 수도 있지만, 뚜렷한 풍격을 가진 예술유파를 형성하지는 못했다. 그중 많은 작가들간의 관계는 상당히 두터

웠고 게다가 예술창작면에서 상호 호응되고 있다. 그러나 역시 어떤 하나의 문학주장을 드러내는 문학사단을 만들어내지는 못했다. 유일하게 남사(南社)만이 전후 27년동안 유지되었는데, 남사의 구성원도 천여 명에 이르렀고, 그 중에는 당시의 비교적 중요한 소설가가 많이 있었다. 예를 들어 소만수(蘇曼殊), 포천소(包天笑), 주수견(周瘦鵑), 서침아(徐枕亞), 주계생(周桂笙), 황인(黃人), 왕종기(王鍾騏), 정선지(程善之) 등이 그들이다. 그러나 남사의 주된 성격은 시가 단체로서, 시문집은 22권이 간행되었지만, 소설집은 단지 한 권이 있을 뿐이다. 다시 말해서 남사 소설가의 풍격은 천차만별이기 때문에 전체적인 파악을 하기는 어렵다.

만약 문학단체가 아닌 소설잡지라는 각도로 본다면, 신소설이 단체의 형성을 더욱 잘 서술할 수 있을 것이다. 다시 말해서, 신소설이 먼저 대체로 비슷한 문학 주장과 예술적 흥미를 가지고 있었는데, 이후에 문학사단을 조직하고, 다시 문학사단에서부터 잡지를 창간한 후 그것을 발표의 진지로 삼았던 것은 결코 아니라는 것이다. 오히려 소설잡지를 중심으로 해서 끊임없이 같은 뜻을 가진 사람들을 끌어모은 후, 다시 끊임없이 자신의 독립적 문학로를 추구하는 것이다. 따라서 각 단체 사이의 거리는 그다지 크지가 않고, 성원 역시 확실하게 고정된 것이 아니라 단지 서술의 편리함을 위해서 개략적으로 구분한 것에 불과하다.

당시는 분명히 간행물을 중심으로 삼던 문학시대로서, 절대 다수의 소설이 모두 신문이나 잡지에 발표(혹은 연재)된 이후, 모아 편집해서 출판한 것이다. 게다가 대부분의 주요 소설가들은 자신들이 직접 소설잡지를 만들거나 혹은 편집에 참여하고 있다.[44] 이처럼 어떤 소설잡지를 만들거나 어떤 소설잡지에 글을 쓰는 것은 피할 수 없이 일종의 문학적 흥미를 지니고 있었던 것이라 할 수 있다. 이론상으로는 모두들 「개량군치」(改良群治)를 구호로 내걸고 있지만, 각 잡지간의 창작경향에는 역시 상당한 차이가 있다. 작가의 발전을 위해서, 그리고 잡지의 생존을 위해서, 각 소설 잡지가 시대의 풍조를 쫓아가면서도 또한 자기만의 특색을 어느 정도 지니고 있어야 하는 것은 피할 수 없는 것이었다. 이러한 약간의「특색」에 의지해서 모든 신소설가를 구분하는 것은 물론 부족하다. 왜냐하면 많은 작가들은 단지 기고자였을 뿐, 잡지의 전체 면모에 대해서는 결코 책임이 없기 때문이다. 임서, 유악, 소만수, 전석보(錢錫寶)와 같은「개인 선수」들은 설령 그들의 창작경향이 어떤 단체에 근접하고, 심지어 어떤 작품이 어떤 단체의 소설잡지에 발표되었다고 할지라도, 여기에서는 어떤 집단으로 분류시키지 않으려 하는데, 그 이유는 견강부회를 피하고자 함이다. 이 시기의 소설이 단체에 대해서는 아래의 다섯 조로 나누어 서술할 수 있다.

제1조는『신소설』사의 양계초, 라보(羅普),『중외소설림』(中外小說林)사의 황소배(黃小配), 황백요 그리고 일본유학생 진천화(陳天華), 장조동(張肇桐) 등이다. 이 몇 사람들의 정치 관점은 일치하지 않아서 개량을 주장하는 사람도 있고, 혁명을 주장하는 사람도 있으며, 황소배는 또한 전문적으로 강유위, 양계초를 풍자하는 장편소설『대마편』(大馬篇)과 같은 작품을 쓰기도 했다. 그러나 문학관념 상에 있어서는 상당히 비슷하다. 즉 문학을 정치 계몽의 도구로 삼고 정치소설 창작에 뜻을 두는 것이다. 게다가 이 몇몇 작가들은 모두 정치활동가들로서, 일찍이 외국(일본 혹은 동남아)에서 생활한 적이 있었기에 그 창작과 이론방면에서 일본정치 소설의 영향을 깊게 받고 있다. 양계초와 같은 사람의 주장과 실천은 중국소설의 발전에 새로운 경계를 개척한 것으로 대단히 깊은 영향력을 발휘했다. 그러나 황소배 이외에는 모두 소설 창작의 천성과 재질을 결여하고 있었기에 작품의 생명도 아주 짧았다.

제2조는『수상소설』(繡像小說)사의   이백원(李伯元),   구양거원(歐陽鉅源),『월월소설』(月月小說)사의 오견인, 주계생 그리고 이 두 잡지의 작가 연몽청(連夢青), 왕종기(王鍾麒) 등이다. 이 작가들은 모두 유학생도 아니고 또한

정치가도 아니었지만, 새로운 사상을 받아들인 전통 중국 문인이다. 바로 그
들로 인해서, 「신소설」은 비로소 진정으로 중국에서 뿌리를 내리게 된다.
정치성 향상 이백원, 오견인은 모두 보수적인 경향을 지니고 있어서, 구도덕
의 보존을 주장하고 신파(新派)의 사람들에 대해서 상당히 풍자적이다. 예술
풍격상에 있어서, 이백원, 오견인은 단순히 외국소설을 모방하는 것을 반대
하고, 중국소설의 전통과 당시 중국 독자들의 흥미에 근거해서 선별적으로
외국소설의 표현방법을 본받을 것을 주장하였다. 그들이 창작하기 시작한
「견책소설」은 거의 이 시대 소설의 두드러진 특정이 되었다고 할 수 있다.
그밖에도 그들이 창작한 단편소설의 공적 역시 잊어서는 안될 것이다.

　　제3조는 『소설림』(小說林)사의 동인 증박(曾朴), 서념자(徐念慈), 황인(黃人)
이다. 이 세 사람은 전부 강소성(江蘇省) 상숙현(常熟縣)사람들로서, 유학을 간
적은 없지만 모두들 스스로 외국어를 공부하여 고문과 외국어에 모두 능통하
고 번역과 창작 두 가지 방면에서 모두 재능을 가지고있던 사람들이다. 즉,
신소설이 중 지식체계가 비교적 합리적인 사람들이라 할 수 있겠다. 1907년
에 창간된 잡지 『소설림』은 비록 12기까지 출판되었을 뿐이다. 그러나 1904
년 만들어진 소설림사는 계속 많은 소설 단행본을 출판했는데, 번역소설만
하더라도 90여 종에 이르고 있어 만청 시기가장 중요한 동인잡지(同人雜誌)이
자 동인서국(同人書局)이라고 할 수 있을 것이다. 서념자가 번역 소개한 과학
소설, 증박이 창작한 『얼해화』는 모두 상당한 공적을 지니고 있다. 그밖에 황
인, 서념자의 소설평론은 당시로서는 아주 독특한 것이었는데, 지나치게 정
치화되어 있던 소설 작품의 규정에 비교적 커다란 작용을 발휘했다.

　　제4조는　비교적　복잡한데, 『소설시보』(小說時報), 『소설월보』(小說月報),
『예배육』(禮拜六), 『중화소설계』(中華小說界), 『소설대관』(小說大觀) 등의 잡
지 편집자와 작가 등이 포함될 수 있고, 진경한(陳景韓), 운철초(惲鐵樵), 포
천소, 주수견 등이 주요인물이다. 이 작가들 역시 번역과 창작으로 한때 명

성이 높았다. 이들이 서양의 횡단식 소설을 거울로 삼아, 주제에서 형식에 이르기까지 상당히 참신한 단편소설을 창작했고, 게다가 서사방면에서 일련의 새로운 시도를 하고 있는 것은 상당히 주목할 만한 가치를 지니고 있다.

제5조는 민국초기에 변체(駢體) 장편소설로 유명했던 서침아, 오쌍열(吳雙熱), 이정이(李定夷) 등이다. 세 사람은『민권보』(民權報) 편집인이자 동시에 기고자였는데, 이후 서념자, 오쌍권은『소설총보』(小說叢報)를 편집했고, 이정이는『소설신보』(小說新報)를 편집했다. 소설은 연애이야기를 위주로 하고 있는데, 특히 눈물을 흘리게 만드는「슬픈 사랑」이 많다. 세 사람 모두 신식하고 출신으로[45] 서양문화에 대해 상당히 폭넓은 이해를 하고 있어 소설 가운데 외국 소설의 수법을 많이 빌리고 있다. 그러나 가장 중요한 특징은 여전히 변체로 장편소설을 창작하고자 한 새로운 시도이다. 이러한 시도는 많은 독자의 지지를 얻었고 또한 이전에도 이후에도 출현한 적이 없는「성과」를 거두고 있으므로, 청말 민초 문단의 한 절정이라 할 만하다.

이 다섯 개의 신소설 단체 가운데 앞의 세 단체는 주로 청말에 활동했고, 나중 두 단체는 주로 민국 초기에 활동하고 있어 양자 사이에는 상당한 차이가 있다. 예를 들어 전자가 개량군치를 강조하여 소설을 계몽의 도구로 삼고 있고, 정치세계를 주된 표현대상으로 삼고 있는데 반하여, 후자는 비록 세상의 도와 인심에 유익해야 된다는 것과 같은 당당한 큰소리를 말하고는 있지만 그러나 이미「소일거리」의 경향을 분명하게 드러내 주고 있고, 소설 작품이 대부분 애정을 표현대상으로 삼고 있다. 그러나 외국소설을 벌어 중국소설을 개조하려는 점에 있어서 양자는 모두 일치한다. 하물며 다른 단체들은 상호 침투되어 있기 때문에, 이상에서 연구의 편리함을 위해 만들어 놓은 서술만큼 분명한 경계는 없다. 작가 자신들의 유파의식이 결코 분명하지 않은 이상, 개인의 풍격 역시 진정으로 확립되어 있는 것이 아니므로, 작가 단체의 구분은 단지 신소설 발전의 대체적 윤곽을 그리는 데 도움을 줄 수 있을 뿐, 한 걸음 더 나아간 논술의 근거를 만들기란 어려운 일이다.

본서의 논술 초점은 신소설 단체의 구분과 전개가 아니라, 신소설 형식의 변화 발전과 그것에 상관된 주요 문학현상이다. 여러 가지 많은 정치, 문화 요소는 분명히 신소설 예술 발전을 촉진시킨 동력 중 하나이다. 그러나 본서는 사회변천으로 문학변천을 직접 실증하려는 것이 아니라 신소설형식의 변화·발전 가운데에 어떠한 모습으로 굴절되어 있을 문화배경의 변천을 탐구하는 것이다. 다시 말해서 새로운 소설 형식 가운데에서 다소 변화를 겪고 있는 「의식형태의 요소」를 탐구하는 것이다. 청말 민초의 외국소설 윤입(輸入), 신소설의 상품화 경향, 신소설의 아화(雅化)와 속화(俗化) 등과 같이 상대적으로 문화배경에 치중되는 문제를 이야기할 때에는 신소설 예술 발전이라는 중심을 둘러싸고 이야기를 전개함으로써 단순한 배경 서술로 되어버리지 않게 하고자 노력했다. 그리고 신소설의 구조 형태, 주제 양식, 문체 풍격, 서술 방식, 심미 특정을 연구할 때에는, 사회문화적 요소를 끌어들이고자 노력했다. 한 마디로 말해서, 소설의 「외부연구」와 「내부연구」를 연결시키고자 애썼는데, 그 결합점은 바로 가장 영향력 있고 심지어 시대 풍조를 이루었던 「중점적 문학현상」인 것이다.

제4절 신소설은 20세기 중국 소설의 기점이다

이 시대의 작가는 특별히 내세울 만한 가치가 있는 뛰어난 예술 작품을 만들어 내지는 못했지만, 그들이 이전의 것을 이어받아 앞날의 것을 개척하고 창조하여 과거와 오늘을 연결시켜 놓은 것은 중요한 공헌이다. 다행스러운 것은 누구든지 만약 중국 현대소설과 고대소설의 연관관계와 구별을 탐구하거나 외국소설의 중국소설에 대한 영향 및 중국소설 변천의 내부적 메커니즘을 연구하려 할 때, 이 시대의 사람을 피해갈 수 없다는 사실이다. 바로 그들이 이루어 놓은 사소한 개량, 그들이 생각했던 미래에 대한 전망의 탐색, 그들이 범한 시행착오는 진정으로 이 역사 진행 과정중의 복잡다난함에 대한 체현인 것이다.

20세기 초 문단에서 활약했던 이 시대 작가로 말하자면, 변혁에 대한 열렬한 희망 이외에도, 또한 마찬가지로 강렬한 「세기의식」(世紀意識)을 지니고 있었다. 그들의 시와 산문 속에는 「20세기」라는 말이 적지 않게 나오고 있고, 소설론 가운데에는 「20세기」가 소설의 발전사 위에서 지니는 특수한 의의가 더욱 많이 언급되고 있다. 소위 「20세기는 소설 발달의 시대」,[46] 「20세기는 소설 발명의 시대로 삼을만하다.」와 같은 말들이 그것인데, 여전히 일반적으로 논해지고 있을 뿐이다. 황백요의 세 편의 논문은 중국 소설계를 전문적으로 논하고 있다. 그 첫 번째 논문에서는 「문명이 처음 건너올 때」 중국 작가들은 「번역본에서 영감을 얻었다」는 각도에서, 「20세기의 개막은 우리 나라 소설계의 기원이다.」라고 말했다. 두번째 논문은 「시대를 훈계하고 세상을 풍자하기 위해서」 백화를 선택해서 소설을 짓는다는 각도에서, 「20세기가 개막은 우리 나라 소설계 발달의 도화선」이라고 이야기했다. 세번째 논문은 나라의 문을 열고 새로운 사조를 받아들인다는 각도에서 「20세기의 개막되어 온 천하가 상호 연결되고 소설의 바람이 태평양을 건너 동쪽으로 건너왔다」고 말하고 있다. 무엇이 「20세기」이고, 「무엇이 20세기 중국소설」인지는 아마 논자들도 전혀 몰랐을 텐데, 단지 대부분 이것이 대변동의 시대라는 것만을 막연하게 의식하고있을 뿐이었다. 따라서 혹자는 「문명이 야만을 건너오는」 시기라고 말하기도 했다. 이 시대의 소설은 「번역본」의 윤입(輸入)으로 인해 변화가 발생하게 된 것이다.

이러한 「예언」은 지금 역사에 의해 사실로 입증되었다. 우리는 중국 소설 발전의 역사를 서술할 때, 본 세기 초 외국 소설의 윤입(輸入)이 만들어낸 자극과 계발이 중국소설 변천의 주요 원인으로 여기지 않을 수 없으며, 아울러 그것을 「20세기 중국소설」의 기점으로 삼지 않을 수 없다. 여기에서는 「20세기 중국소설」의 전체 특징에 대한 서술을 전개할 의도는 없고, 다만 「신소설」과 중국고전소설의 차이 및 5·4 소설의 연관을 강조하고, 상하 계승의 역사 작용을 뚜렷이 드러내 보여주고자 할 따름이다. 왜냐하면 「신소설」은 단지 「서막」으로, 모든 것이 이제 겨우 시작되었을 뿐이므로, 어떤 정체된 예측도 모두 허망한 것으로 나타날 수 있기 때문이다.

사학을 연구하는 가운데, 「저녁노을」과 「아침노을」은 구분하기가 아주 어려울 때가 있다. 그것이 한 시대를 열어놓았는지 아닌지는, 대부분 「전대 미문」의 작업이 새로운 시대의 개척자들에 의해 승인되었는지와 그것이 제출한 과제가 새로운 시대에서 여전히 보편적 의의를 지니고 있는지의 여부를 살펴보아야만 한다. 그런데 바로 5·4작가들이 신소설가들의 예술실천에 대해 부분적인 인정을 하고 있으며 신소설가들의 추구와 곤혹이 여전히 아래의 몇몇 대표 작가들에게 영향을 미치고 있기 때문에 우리는 비로소 신소설로써 20세기 중국소설의 기점을 삼을 수 있게 되는 것이다.

신소설가들이 후세 작가들에게 가장 긍정받는 것은 그것의 외국소설에 대한 적극적인 수용과 본받음이다. 임서의 소설은 이후에 5·4의 주요 작가가 된 청년학생들이 외국문학에 관심을 기울일 수 있도록 일찍부터 이끄는 역할을 했는데, 이점은 주작인 같은 사람도 결코 감추지 않고 있다. 「솔직히 말해서, 우리들은 거의 모두가 임서로 인해 겨우 외국에 소설이 있음을 알게 되었고 약간의 외국문학에 대해서 흥미를 일으킬 수 있었다.」……주작인의 이러한 견해는 허수상(許壽裳)의 노신에 대한 회고 및 곽말약에 대한 서술과도 호응된다. 비록 이후에 와서 임서와 같은 사람들의 번역문이 여러 차례에 걸쳐 비난받기는 했지만, 이 시기 작가들의 넓은 안목으로 세계를 바라보는 열정 및 외국소설로써 표준을 삼아 중국소설을 개조하려는 용기는 확실히 이후 몇 세대에 걸친 작가들에게 무궁한 혜택을 준 것이라 할 수 있을 것이다.

문학사가들에 의해서 문학의 신기원을 열어놓은 것으로 간주되는 5·4시기의 용맹스러운 작가들 중, 사실 많은 사람들이 일찍이 소설계혁명의 격동 속을 헤쳐 나왔던 사람들로, 신소설가들의 「전우」라 할 수 있을 것이다. 노신과 주작인은 모두 임서, 양계초, 진냉혈(陳冷血)의 번역체를 모방한 적이 있다. 그 소설과 논문은 비록 청말민초 소설계의 「얻기 힘든 탁월한 견해」로서 전대의 의식을 상당히 뛰어넘고 있지만 기본적으로는 여전히 신소설의 구성 부분이었다. 유반농(劉半農), 엽성도(葉聖陶)는 일찍이 『예배육』(禮拜六), 『중화소설』(中華小說), 『소설총보』(小說叢報) 등 민국 초기 잡지의 적극적인 기고자(寄橋者)였는데, 시대 풍조의 영향에서 완전히 벗어났다고 말하기는 어렵다. 1904년 진독수가 창간한 『안휘속화보』(安徽俗話報)에는 장회소설 『흑천국』(黑天國)이 발표되었다. 또 호적은 1908년에 편집한 『경업순보』(竟業旬報)에 장회소설 『진여도』(眞如島)와 단편소설 『동양거부』(東洋車夫), 『고학생』(苦學生) 등을 썼으니, 그 시기의 소설계혁명과 더욱 긴밀한 관계를 지니고 있는 것이다. 그밖에, 주작인은 일찍이 양계초의 「소설개량군치」(小說改良群治)주장과 5·4 작가의 「인생을 위한 문학」론이 무관할 수 없다고 표명한 적이 있다. 5·4문학혁명이 시작될 때, 호적과 전현동의 이백원, 오견인, 증박, 유악 등의 신소설가에 대한 작품 명가 역시 상당히 높았다.

이러한 자료들을 늘어놓는 것은 5·4 작가의 창작의의를 폄하하고 청말민초 소설을 높이려는 의도가 결코 아니라, 양자간의 역사적 연관을 강조하려는 것이다. 외국소설의 영향을 받아들이면서 자각적으로 전통소설을 혁신하고, 아울러 새로운 소설의식 방면을 추구하고 있으므로, 5·4 작가는 의심할 것 없이 신소설가들에 비해 훨씬 멀리 나아간 것이라 할 수 있고, 또 그들은 더욱 커다란 성과를 거두고 있다. 그러나 결코 잊어서는 안되는 것이 있으니, 5·4 작가들이 신소설가들의 어깨 위에서 발걸음을 내딛었다는 사실이다.

30년대 이후 중국의 「엄숙소설」 혹은 다른 말로 「탐색소설」, 「고아소설」이라고 하는 것은 기본적으로 노신, 욱달부 등과 같은 5·4 소설가의 유산을 계승한 것으로, 청말민초의 신소설파는 거의 관련이 없다. 이것 역시 신소설이 늘상 연구자들에 의해 경시되는 원인이다. 그러나 만약 우리들이 20세기의 중국소설계를 「엄숙소설」로 통일된 세계라 보지 않고, 통속소설의 존재 및 그 가치를 고려한다면, 우리는 신소설의 후대에 대한 영향력을 실재로 낮게 평가할 수 없다는 것을 발견할 것이다. 더군다나 신소설가들이 부딪쳤었고 또한 애써 해결하고자 했던 난제(難題)는 시종 전체 20세기 중국소설가를 둘러싸고 있었고, 단지 문제제기의 방식과 문제를 해결하려고 시도하는 과정이 약간 다를 뿐이었다. 어떻게 정치사조와 상품화 경향의 충격 아래에서 소설작품의 독립 품격을 유지하는가 라는 이 문제는, 항상 정치화·오락화 사이에서 줄타기를 해왔던 20세기 중국소설가의 입장에서 말하자면, 제대로 점령되지 않는 요새였다. 또한 어떻게 「중국화」 또는 「서구화」와 같은 단순한 경향을 극복하고, 전통의 「인정」이나 「결렬」이 아니라 전통의 「전화」를 통해서 소설예술의 혁신과 발전을 실현시킬 수 있는가 라는 것 역시 여러 세대의 작가들이 모두 생각해 왔던 난제였다. 그리고 어떻게 새로운 문체와 서사방식을 창조함으로써 더욱 정확하고 더욱 효과적으로 그 심미적 느낌을 표현해내는가 하는 것은 더욱더 20세기 중국의 각 세대들이 고심하며 탐구해 온 예술 신비이다. 이상의 세 가지 난제는 모두 신소설가들이 우선적으로 인식하거나 혹은 자각적으로 제기해 온 것들이다. 즉, 이것은 대체로 서로 비슷하게 느끼는 곤혹스러움이자 추구하는 것으로, 신소설가와 이후의 수세대 작가들을 단단하게 함께 묶어놓는다. 따라서 문학사가는 그들을 함께 논술하지 않을 수 없는 것이다. 물론 본서의 논술은 다만 신소설가의 예술실천에 국한된다.

▨ 주

1) 서국(書局) : 청대, 관청이 강소, 절강, 호북, 광동 등의 성에 설치한 서적을 간행하는 곳(譯註).

2) 「혁명」, 이 단어는 「역·변」(易·變)에서 기원하였다 : "天地革而四時成, 湯武革命, 順乎天而應乎人."

3) 생존경쟁과 자연선택(譯註).

4) 가자유(賈子猷) : 인명으로서 중국어에서는 가짜 자유(假自由)와 동음이다.(譯註)

5) 가평천(賈平泉) : 인명으로서 중국어에서는 가짜 평등권(假平權)과 동음이다.(譯註)

6) 가갈민(賈葛民) : 인명으로서 중국어에서는 가짜 혁명(假革命)과 동음이다.(譯註)

7) 시문대변(詩文代變) : 시와 문장은 시대에 따라 변화한다.(譯註)

8) 협민(俠民)「『신신소설』(新新小說)敍例」(『대륙보』〈大陸報〉2권 5호, 1904년)에서는 다음과 같이 말하였다 : "소설은 새롭게 하는데 끝이 없고 사회의 변혁은 다함이 없으나 사물 진화의 통례가 어찌 이와 같지 않겠는가?"

9) 이 두 구호는 각각 1899년 12월 25일과 28일에 「하와이유기」(夏威夷游記)에서 제출되었다. 『음빙실합집·전집』(飮冰室合集·專集) 제 5책을 참고하라.

10) 양계초 등이 이해하고 있는 소설의 개념에는 연극도 포함되어 있다. 따라서 "소설계혁명"은 "연극계 혁명"도 포함한다. "소설계혁명"이라는 구호는 1902년 12월에 출판된 「신소설」 잡지 창간호의 「소설과 군치의 관계를 논함」에서 제일 처음 나타났다.

11) 『하와이유기』(夏威夷游記)

12) 상동서.

13) 강유위(康有爲), 「『日本書目志』識語」, 『日本書目志』, 大同譯書局, 1897년.

14) 『본관부인설부연기』(本館附印說部緣起), 『국문보』(國聞報), 1897년 10월 16일에서 11월 18일까지.

15) 임공(任公) : 『譯印政治小說序』, 『淸議報』 제 1책, 1898년.

16) 상동서.

17) 이 문장은 『국문보』(國聞報)에 연재될 때 저자를 밝히지 않았다. 양계초는 1903년에 『신소설』 제 7호 『소설총화』(小說叢話)에서 이 문장은 "사실 몇 가지 방법으로, 그리고 몇 사람의 손을 거쳐서 만들어진 것"이라는 의견을 제기했는데, 이후 많은 사람들이 이 설을 따랐다. 그런데 왕식(王栻)은 「엄복이 『국문보』(國聞報)에 어떤 논문을 발표하였는가」(『嚴復集』 제 2책 "부록", 중화서국, 1986년)라는 글에서 "이 문장은 엄복이 쓴 것 같지 않다"고 말하고 있는데, 왜냐하면 문장의 풍격이 같지 않기 때문이다. 또한 그는 이 문장을 엄복과 하증우가 같이 썼다는 것은 아영의 추측이었다고 말함으로써 잘못 생각하고 있다. 설령 왕식의 글에서 말한 것처럼, 엄복이 단지 "많은 부분에서 약간 이 의견을 제시하고 다소간의 내용을 제공"하였고, 그 깊은 서양학문으로 수양을 하고 있는 것이라고 할지라도 이처럼 소설이 서양 사회에서 보여준 작용을 높게 평가하지는 않았을 것으로, 단지 선전의 의미로 제창할 필요를 느껴서 말한 것 뿐이다.

18) 양계초, 「소설과 군치의 관계를 논함」, 『신소설』 잡지 제 1호, 1902년.

19) 『小說林之趣旨』, (『中外小說林』 제1기, 1907년)에서는 다음과 같이 말하고 있다」
    "국민의 혼을 깨우치고 백성의 지혜를 깨우치게 하기에 족한 것은 진실로 소설만한 것
    이 없다." ; 『小說之支配世界上純以情理之眞趣爲觀感』(『中外小說林』, 제 15기,
    1907년)에서는 다음과 같이 말하고 있다 : "오늘날 세계를 지배하는 자가 소설을 버린
    다면 그 또한 누가 따르겠는가." 또한 『新世界小說社報發刊辭』(『新世界小說社報』
    제 1기, 1906년)에서는 다음과 같이 말하고 있다 : "소설 세력의 위대함은 거의 세계를
    만들어낼 수 있을 만하다."

20) 강유위(康有爲) : 『上淸帝弟四書』(1895년)

21) 임공(任公) : 『林旭傳』, 『淸議報』 제 8책, 1899.

22) 『莽蒼蒼齋詩補遺』, 『譚嗣同全集』, 中華書局, 1981년.

23) 梁啓超 : 『新民說』, 『飮冰室合集·專集』 제 3책, 中華書局, 1936년.

24) 『飮冰室自由序』, 『淸議報』, 제 26책, 1899년.

25) 衡南劫火仙(蔡奮) : 『小說之勢力』, 『淸議報』 제 68책, 1901년.

26) 『「空中飛艇」弁言」, 『空中飛艇』, 明權社(1903년)

27) 『本編之十代特色』, 『淸議報全集』, 新民社 편집·인쇄.

28) 『本館弟一百冊祝辭幷論報館之責任及本館之經歷』, 『淸議報』, 제 100책, 1901년.

29) 『姚鵬圖』 : 「論白話小說」, 『廣益叢報』 제 65호, 1905년.

30) 老棣 : 「文風之變遷與將來小說之位置」, 『中外小說集』 제 6기, 1907년.

31) 梁啓超 : 「告小說家」, 『中華小說界』 2권 1기, 1925년.

32) 상동서.

33) 이 책의 제 4장을 참고할 것.

34) 『신소설』(新小說)의 이름은 일본에서 1889년과 1896년 두 차례 창간되었던 같은 이
    름의 잡지에서 직접 빌린 것이다.

35) 佚名 : 「讀新小說法」, 『新世界小說社報』 제 7기, 1907년.

36) 소년 중국의 소년(梁啓超), 「『十五小豪傑』 譯後語」, 『新民叢報』 제 2호, 1902년.

37) 120회로 된 『홍루몽』(紅樓夢)은 청대 조설근(曹雪芹)이 『석두기』(石斗記)라는 이름으
    로 쓴 80회와 후에 고악(高顎)이 그 뒤의 40회를 이어 정리하여 완성해 놓은 것이다.(譯
    註)

38) 신극 가운데 출현하여 전문문으로 정치의론을 펼치고 있는 "언론정생(言論正生)",
    "언론정단(言論正旦)", 그리고 "언론소생(言論小生)"(구양여천 〈歐陽予倩〉, 『談文明
    戱』)과 관련지어 보면, 그 시대의 관중과 독자가 확실히 고도로 정치화되어 있음을 알
    수 있다.

39) 동생(侗生), 「小說叢話」, 『小說月報』 2권 3호, 1911년.

40) 林紓 : 「『孝女耐兒傳』序」, 『孝女耐兒傳』, 商務印書館, 1907년.

41) 林紓 : 「『塊肉余生述』序」, 『塊肉余生述』 前篇, 商務印書館, 1908년.

42) 漱石生(張春帆),「쓰라린 사회(苦社會)에서」,『苦社會』, 申報館, 1905년.

43)『소설월보』3권 9호, 1912년.

44) 예를 들어 양계초는『신소설』(新小說)을, 이백원, 구양거원은『수상소설』(繡像小說)을, 오견인, 주계생은『월월소설』(月月小說)을, 증박, 서념자는『소설림』(小說林)을, 황소배는『중외소설림』(中外小說林)을, 포천소는『소설시보』(小說時報),『소설대관』(小說大觀)을, 휘철초는『소설월보』(小說月報)를 이정이는『소설신보』(小說新報)를 편집했다.

45) 서청아, 오쌍열은 우남사범학교(虞南師範學校)를 나왔고, 이정이는 남양공학(南洋公學)을 졸업했다.

46) 計伯 :『二十世紀系小說發達的時代』,『廣東戒烟新小說』제1기, 907년.

제6장 양 계 초 론

호 극 선

제6장 양계초론

호 극 선

양계초(梁啓超, 1873~1919), 자는 탁여(卓如), 호는 임공(任公), 또는 음빙실(飲冰室)주인이리 하였다 광동 신회(新會) 사람이다. 그는 중국 근대 부르주아계급 정치운동의 걸출한 선전가인 동시에 문학혁신 운동의 주요 창도자와 이론가이다.

양계초는 어려서부터 총명하고 지혜가 뛰어났으며 16세에 거인(擧人)에 급제하였다. 1890년부터 강유위를 스승으로 모신 후부터 점차 유신변법(維新變法)의 사상체계를 형성하였다. 그는 유명한 「공거상서」(公車上書)에 참가하였었고 강유위를 도와 유신변법을 선전하는 최초의 신간행물 『중외기문』(中外紀聞)을 꾸렸다. 무술변법(戊戌變法)이 실패한 후 일본에 망명하여 전후로 『청의보』(淸議報), 『신민총보』, 『신소설』 등을 창간하여, 비교적 전면적이고 체계적으로 서양 정치학설을 소개하고, 자유와 민권을 부르짖고, 또 「시계혁명」과 「소설계혁명」을 힘껏 제창하고 추동하여 지식계에 심원한 영향을 주었다. 신해혁명 후 귀국하여 일찍이 원세개 단기서(段祺瑞) 수하에서 사법총장, 재정총장 등을 역임했다. 마지막 10년 간 그는 정치를 그만두고 전심전력하여 강학(講學)과 저술활동에 종사하였다. 문예방면의 중요한 저작들로는 『만청양대가시초제사』, 『중국운문에 표현된 정감』, 『미술과 과학』, 『정성두보』(情聖杜甫), 『미술과 생활』, 『굴원연구』, 『도연명』, 『중국의 미문 및 그 역사』 등이 있다.

양계초의 일생은 복잡다변하다. 1903년 이전에는 시대의 선봉에 섰고 이후에는 시대에 뒤떨어진 사람으로 심지어는 반동으로 나갔다. 그러나 학술 방면에서의 그의 역사적 공헌은 반드시 충분히 긍정하여 주어야 한다.

양계초의 근대 문학에 대한 공헌은 문학이론에 대한 연구와 제창면에서 표현된다.

제1절 시문이론

양계초는 산문 면에서 「문계혁명」의 구호를 제창하였다. 그는 부르주아계급의 변법선전의 필요로부터 출발하여 몇천년 간 유행되어 온 지주계급과 대립되는 문도관(文道觀)을 표현하였다. 『변법통의』(變法通議)에서 그는 다음과 같이 말했다.

> 천지지간의 모든 것은 변하지 않는 것이 없다. ……변하는 것은 고금의 공리이다. ……운명의 배치에 내버려두고 흐르는 대로 두면 날마다 쇠패해지고 분발하여 정돈하고 변혁에 통하는 것을 생각하면 날마다 번영하게 된다. 『시경』에는 「주는 비록 오랜 국가이지만 유신은 그 운명의 관건이다」고 하였는데 오랜 국가를 다스림에 있어서 반드시 신법을 채용해야 함을 말한다고 하였다.

역대의 유학자들은 「문」을 논할 때 반드시 「도」를 말해야 하며 「문」은 반드시 「도리를 설명」하고 「도리를 천명」하여야 한다고 요구했는데, 사실 「글」은 반드시 봉건지주계급의 정치를 위해 복무할 것을 요구한 것이다. 양계초는 멀리 앞을 내다보고 변법을 논하고 변혁이론을 제기하여 산문개혁에 사상적 이론기초를 닦아주었다. 그의 이론은 비록 개량주의의 제한성이 있지만 시대의 요구에 부합했음은 틀림없으며 확실히 사상을 해방하는 중요한 의의를 갖고 있다.

당시의 문단을 지배하고 사회시정에 무익한 동성파에 대해 양계초는 매우 싫어하였다. 『청대학술개론』에서 그는 이렇게 쓰고 있다.

이 파는 그 글로 볼 때 억지로 꾸미어 어색한 문풍을 계속하는 것으로써 취할 바가 없다. 그 학술을 보면 텅 빈 것을 중시하여 창조가 결핍한 것으로써 사회에 무익하다. 양계초는 종래로 「동성파」(桐城派)의 고문을 좋아하지 않으며, 어려서 글을 쓸 때 후한, 위, 진의 문풍을 배웠고 세련된 글을 매우 숭상한다. 이렇게 되면 자연히 상당히 해방되고 반드시 알기 쉽고 유창해야 하며 때때로 이어(민간용어), 문어와 외국어법을 첨가하여 자유롭게 글을 쓰고 스스로 단속하지 않는다. 배우는 사람들은 앞다투어 모방하였는데 「신문체(新文體)」라고 하였다. 늙은 선배들은 통탄하고 낮잡아 말한다. 그러나 그 글이 조리있고 독자 가운데서 어떤 특이한 매력이 있다.

이러한 「신문체」의 뚜렷한 특징은 주제 선택이 사회에 유익한 것이다. 그는 「우리들이 글을 쓰는 것이 그저 명산을 표현하고 후세에 남겨놓으려 하기 때문인가? 정세의 변화에 따라 가슴속에 있는 하고 싶은 말을 토로하여야 한다」(『음빙실문집자서』) 그는 「성현을 대신하여 말하는」 전통을 반대하고, 사회와 정치의 수요로부터 출발하여 「반드시 대중들의 눈들과 마음이 제일 박혀있는 것으로」 논제를 고려하였기에 그의 문장은 강렬한 정치성을 갖고 있었다. 다음으로, 언어가 「알기 쉽고, 유창하며」 문법은 외국 것을 사용하여 「조리가 정연하고 명백하며 붓끝에 온 감정을 쏟았다」. 이것은 고문, 변문(騈文)과 팔고문(八股文)의 모든 속박을 완전히 타파하고 우리 나라 산문으로 하여금 언문합일의 새 시대에로 들어서게 하였으며 근대 백화문(白話文) 운동의 선두를 열어 놓았고 근대의 문체해방에 불후의 공적을 세웠다.

양계초는 비록 시에 의해 이름을 떨치지 않았지만 시 논평에 능했다. 그는「시계혁명」의 창도자의 한 사람이며, 또「시계혁명」의 제일 중요한 이론가이다. 1899년, 그는『하와이유기』에서「신파시」에 대한 견해를 간단명료하게 논술하였으며 명확히「시계혁명」구호를 제기하였다.『음빙실시화』(飲冰室詩話)는 그가 시가이론 중에서는 대표적 저작이다. 이 시화는 일반적으로 고금을 논한 것이 아니라 주요하게는 당대 작가와 작품을 평하였고, 시가개혁의 경험교훈을 총결하였다. 우리는 양계초의 시가이론을 아래의 두 가지로 개괄할 수 있다.

(1) 새 사상과 새 경지를 개척하고 내용의 혁신을 첫 자리에 놓았다. 무술 이전에 일부 사람들이「신시」를 시험삼아 지어보았지만 진정으로 선진적인 사상무기를 장악하지 못한 까닭에 일부 서투른 신명사만 쌓아놓았기에 시단에서의 영광이 크지 못하였으며 전도가 크지 못하였다. 그럼「시계혁명」은 필경 어떤 길을 걸어야 하는가? 양계초는 이론면으로부터 이 문제를 해결하였다. 그는『하와이유기』에서 다음과 같이 말했다.

> 오늘 시를 쓰지 않으면 별일 없지만 만약 쓰게 되면 반드시 먼저 시계의 콜럼버스, 마젤란이 되는 시를 지을 수 있다. 유럽은 마치 지력이 끝나버리고 생산이 너무 심해서 아메리카, 태평양 연안에 가서 새 땅을 찾지 않으면 안 되는 듯하다. 첫째는 신경지, 둘째는 신언어, 셋째는 반드시 몇 사람들의 풍격을 흡수하고 그 다음 시가 된다.

3자 중에서 특히「새경지」를 중시하였는데, 즉 사상내용과 예술경지의 혁신을 첫 자리에 놓았다.『시화』제63칙은 다음과 같이 쓰고 있다.

> 과도시기에는 꼭 혁명이 있게 된다. 그러나 반드시 그 정신을 혁명해야지 형식을 혁명하는 것이 아니다. 우리당은 근대 시계혁명을 말하기 좋아한다.

만약 신명사를 퇴적해 놓은 것을 혁명이라고 한다면 민주정부의 유신변법과 구별없는 것이다. 옛 풍격에 신경지를 부여한다면 이것은 혁명의 결실이라 할 수 있다. 만약 이렇다면 문장 가운데 한 두 마디 새 명사를 넣어도 흠이 아니다. 만약 이렇게 하지 않으면 새 명사를 사용하지 않았음을 표시한다.

그는 이 새로운 원칙에 근거하여 담사동(譚嗣同)의 시를, 「유독 신계를 개척은 하였지만 옛 소리를 깊이 내포시켰다」라고 찬양하였으며, 황준헌의 시를, 「구풍격에 새 이상을 부여하였다」라고 추앙하였다. 그럼, 「신 이상」 「신 경지」란 무엇인가? 양계초의 작품과 발표한 평론으로 보면 주요하게 애국을 강조하는 정신과 근대과학민주의 사상을 말한다.『시화』 54칙에서 그는 황준헌의 「출군가」(出軍歌)를 매우 숭상하면서 「그 정신이 웅대하고 활발하고 침착하고 심원함은 말할 것도 없고 문사의 화려함 역시 그 천년간 있어본 적이 없다. 시계혁명이 이 정도에 이르면 된다. 나는 한 마디로 개괄하며 그의 시를 읽고 힘을 얻지 못하는 사람은 남자가 아니다」고 말한다. 35칙에서 강광인(康廣仁)이 반비성(潘飛聲)의 「독립도」(獨立圖)에 써 준 시를 칭찬하여, 「자기 몸을 희생하여 후세의 국민들에게 행복을 도모해 주는 마음도 종이 위에 재현되었고 읽은 다음 매우 처절하다」고 말하였다. 또 대만 국적의 애국시인 구봉갑(句逢甲)을 시계혁명의 한 톱니바퀴라고 찬양하였다. 이외 그는 시의 경지를 새로 개척하려면 반드시 유럽으로부터 탐구하여야 한다고 하며, 유럽의 경지와 어구는 매우 풍부하고 특이하며 옛날을 초월하고 모든 것을 포함시킬 수 있고, 나는 비록 시를 쓰지 못하지만 힘껏 유럽의 정신사상을 수입하여 남들에게 시의 재료를 제공해 주겠다고 말하였다(『하와이유기』).『시화』 제40칙은 황준헌의 시 「이련국도잡공일병작가」(以蓮菊桃雜供一瓶作歌)를 찬양하여 절반은 불리(佛理)에서 취하고 또 서양인들의 식물학, 화학, 생리학의 제설들을 참고하였는데, 실로 시계에 새로운 진영을 개척하여 주었다고 말하였다. 이른바 불리라는 것은 불교의 인과윤회지설과 진화론을 서로 억지로 붙이는 것을 말한다. 제29칙은 황준헌의 『지금의 이별』(今別離) 4장을 베껴, 이 시는 윤선, 기차, 전도, 사진 등 새 사물과 동서 반구의 낮과 밤이 서로 반대인 현상 등을 가지고 남녀 이별의 정을 토로하여 독창적이고 정취가 넘쳐흐른다. 양계초는 진삼립(陳三立)의 말을 빌어 그 시를 천년걸작이라고 하였다. 이 모든 것은 당시 선진적인 중국사람들이 서양에서 진리를 추구하여 중국사회를 개조하며 중국문예를 혁신하려는 이상과 염원을 반영하였다.

그 시가와 음악의 결합을 주장하고 시가의 통속화, 자유화를 요구하였다. 양계초는 시가 내용면에서 명확한 혁신주장을 제기한 이상, 형식면에 대해서로 새 의견을 내놓을 것은 당연한 일이라고 하며, 우선 시가의 음악성에 대해 매우 중시하였다. 그는 『시화』 제77칙에서 다음과 같이 말했다.

중국의 악학(樂學)의 발전은 두드러졌다. 명나라 이전, 진보가 좀 느렸지만 역시 끊임없이 발전해 왔다. 과거에 무릇 운율이 있는 문장은 거의 악(樂)에 넣었다. 오늘에 이르러 시, 사, 곡은 모두 진열하는 골동품이 되었고 사장해 가는 사회의 폐단으로 되었다. 잡지「강소」(江蘇)는 여러 번 중국음악개량의 뜻을 내놓고 제7호는 이미 군가, 학교가 등 여러 수를 내놓았는데 그걸 읽으면, 격찬하게 되는데 이것은 중국 문예부흥의 시작이다라고 말하였다.

『시화』 97칙은 또 증지민(曾志忞)이 편찬한 『교육창가집』(敎育唱歌集) 서언은 「시인에게 알림」을 다시 인용하여, 이른바 「사상가」들은 「미묘하고 심오한 언어로 부녀와 아동들이 이해 못하게 하며」, 학교노래는 「심오하여」, 「유치원 아이들이 이해 못한다」고 질책하였다. 그는 구미, 일본을 따라 배워 「알기 쉬운 문자에 깊은 뜻을 기탁하여 문장을 쓴다. 우아하기보다 통속적인 것이 나으며, 단도직입적인 것이 완곡한 것보다 나으며 자연적인 것이 퇴적된 것보다 나으며, 심오하기보다 유창한 것이 나으며, 언어가 엄격하고 뜻이 바르고 기세가 왕성하고 풍채가 늠름하며, 말은 간결하고 함의는 깊어야 하며, 품행은 고상하고 행위는 단정해야 한다.」고 하였다. 제120칙은 또 시가창작의 기준을 제기했다. 「너무 우아하면 합당하지 않고 너무 속되면 무의미하다. 두 가지 사이를 잘 살펴 아동들이 흥얼거리기에 알맞게 하며 또 조국문학의 정화를 잃지 말아야 한다.」여기에서 비록 학교 노래를 말하였지만 근본적으로는 시가개혁의 문제이다. 그는 시가의 뜻이 단정하고 행위가 바르고 훌륭하며 누구나 다 흡족히 맛볼 수 있으며 시악(詩樂)을 결합하여 광범위하게 유전되게 할 것을 요구하였다. 이러한 주장은 사실 문언시가 백화시로 나가는 한 갈래 길을 가리켜 수었다. 이 이외에 그는 또 민간속어로 시를 쓰며 사시식(史詩式)의 웅대한 규모를 제창하였고 사람들이 즐기는 민족풍격을 제창하였다. 모든 이러한 주장의 제기는 비록 매우 자각적이지는 못했지만 이미 형식혁신 문제에 대해 언급하였다. 양계초의 시문이론은 그 당시에만 진보적 의의를 갖고 있었던 것이 아니라 5·4운동 전후에도 매우 적극적으로 영향을 미쳤다.

제2절 소설이론

「소설계혁명」은 양계초가 창도한 근대 문학 형식의 또 다른 하나의 중요한 방면이다. 일찍이 1896년, 양계초는 『변법통의』에서 「소설」을 혁신할 것을 주장하였으며 「신편」(新編) 소설을 계몽독물(讀物)로 할 것을 요구하였다. 1897년 『몽학보』(蒙學報), 『연의보』(演義報)에 서언을 쓸 때 나아가 「일본의 변법은 민간노래와 소설의 힘에 의지했다.」「모든 중국의 구함에 있어」서 역시 소설의 작용을 중시하여야 한다고 지적하였다. 1898년 10월 1일 일본에 피신하여 『청의보』(淸議報)를 꾸리고 「정치소설」을, 잡지에서 실은 여섯 가지 내용의 하나로 하였다. 12월 번역한 일본의 정치 소설 『가진

노키구』(佳人之奇遇)를 『청의보』에 연재하였고, 전문적으로 『역인정치소설
서』(譯印政治小說序)라는 서문을 써서 소설의 혁신에 대한 주장을 진일보하
게 제기하였다. 이것이 「소설계혁명」의 전주곡이라 할 수 있다. 1902년 11
월 양계초는 또 『신소설』 잡지를 꾸리고 창간호에 『소설과 군치의 관계를
논함』(小說與群治之關係)이라는 문장을 발표하여 정식으로 「소설계혁명」 구
호를 제기하였다. 이것은 소설이론에 관한 한편의 강령격의 중요한 논문으
로서 부르주아계급 개량파 소설이론이 새로운 높이에 이르렀음을 표시한다.
1903년부터 양계초는 또 『신소설』에 『소설총화』 전란(傳欄)을 내어 일부 소
설이론에 관한 문장들을 발표하였다. 이로부터 양계초는 당시 「소설계혁
명」의 주창자였을 뿐만 아니라 또 근대소설 이론의 개척자라는 것을 알 수
있다. 그의 주요한 이론 공헌은 아래의 두 방면에 있다.

(1) 소설의 사회적 역할에 관하여

오랜 시기 우리 나라의 봉건 정통문인들은 대개 소설을 「군자가 쓰지 않
는 소도(小道)」, 「말단적 기예」로 보고 경시하였다. 때문에 전통적인 문예이
론에 소설에 관한 비교적 체계적인 논술이 없고 소설도 자연히 문학사에서
누려야 할 지위를 갖지 못하였다. 명청 이래, 소설 창작은 날로 성숙되었고
영향도 날로 커갔다. 또 서양소설 및 그 이론의 수입은 특히 만청 부르주아
계급 개량파의 중시를 일으켰다. 그러나 진정으로 승인하고 대담히 소설의
거대한 사회적 역할을 긍정한 사람이 양계초이다. 그의 『역인정치소설서』는
구미 각국 및 일본의 사회변혁을 총결하는 것으로 시작하여 정치소설이 일
으키는 거대한 사회적 역할에 대해 명확히 제기하였다.

과거에 유럽 각국의 변혁이 시작될 때 괴유석학(魁儒碩學), 인자(仁者),
지사(志士)들은 왕왕 자신의 경력, 마음 속에 품은 뜻, 정치의론을 소설에 기

탁하였다. 그리하여 이러한 나라의 글을 읽는 사람들은 학교 다닐 때 한가한
틈을 타서 손에 소설을 들고 읽으며 심지어 사병, 시정배, 농민, 공인(工人),
차부, 마부, 부녀, 아동들은 모두 손에 소설을 들고 읽었다. 매번 한 권의 책
이 나옴에 따라 전국의 의론이 변하곤 한다. 미, 영, 독, 불, 오, 이, 일본 각
국의 정치는 날로 전진하는데 정치소설의 공적이 가장 높다.

후에 『소설과 군치의 관계를 논함』에서 소설의 사회정치적 역할에 대해
더욱 명백히 표현하였다.

　　한 나라의 인민을 새롭게 하려면 반드시 먼저 한 나라의 소설을 새롭게
하여야 한다. 때문에 도덕을 개혁하려면 소설을 개혁해야 하며 종교를 개혁
하려면 소설을 개혁해야 하고 풍속을 개혁하려면 소설을 개혁해야 하고 인심
과 인격을 개혁하려면 소설을 개혁해야 한다. 무엇 때문인가? 소설은 이름할
수 없는 힘을 갖고 있으며, 인도를 지배하기 때문이다.
　　때문에 오늘날 군치를 변화시키려면 소설계혁명으로부터 시작해야 하며
인민을 변화시키려면 소설로부터 시작해야 한다.

이러한 소설의 사회적 역할에 대한 고도의 평가에 근거하여 양계초는 대
담하게 소설을 「패관야사」(稗官野史)의 지위에서 해방시켜 문학의 정점에 올
려세웠고, 「문학의 최상승」이라고 높이 평가했다. 여기에서 양계초의 소설
의 문학지위와 사회적 역할에 대한 논술은 이전의 사람들과 매우 다른 것이
다. 이전의 사람들은 「경」(經), 「사」(史)에 착안하여 다만 소설을 「경」,
「사」의 부속물로 보거나 정통적인 봉건사상을 주도로 하여 소설의 교육감
화작용을 다만 「선을 권하고 악을 처벌」하는 데만 귀결시켰다. 그러나 양계
초는 소설의 본질을 인식하고 소설과 정치경제를 연결시켰다. 그리하여 그
는 소설혁신을 적극 주장하고 소설로 하여금 더 긴밀히 당시 부르주아 계급
의 유신변법을 위해 힘쓰게 하였으며, 「한 나라의 소설을 개혁」하는 것을

모든 도덕과 정치문제를 해결하는 관건으로 보았다. 또 소설이 정치를 개혁하고 사회를 개조할 것을 주장했는데 이것은 부르주아계급 사상을 선전하고 사회개혁을 추진하고 문예창작을 번영시키고 소설이론을 발전시키는데 중요한 의의를 갖고 있다. 그러나 그는 지나치게 소설의 작용을 과장하고 존재와 의식의 관계를 전도하고 정치, 경제, 풍속, 인민의 변화에 대한 희망을 모두 소설에 걸었다. 그는 「중국 군치부패의 모든 근원」을 소설에 돌리고 심지어 소설의 작용을 「구국」, 「망국」하는 데까지 과장하였다. 이리하여 그의 이론은 편파성을 드러내고 있는 것이다.

(2) 소설의 예술특징에 관하여

양계초는 비록 소설의 사회정치 역할을 크게 강조하였지만 소설의 예술특징에 대한 탐구도 소홀히 하지 않았다. 그러나 1902년 이전, 그는 당시 사람들의 견해와 마찬가지로 다만 소설의 통속성과 알기 쉬운 취미성 등의 특징에만 주의하고, 「무릇 인간의 감정은 장엄한 것을 싫어하고 해학적인 것을 즐긴다」고 하였다. 1902년 이후, 그의 소설의 특징에 대한 인식은 큰 제고를 가져왔으며, 일련의 탁월한 견해를 발표하였다. 『소설과 군치의 관계를 논함』에서 「얕고 이해하기 쉽고」, 「흥미로운」 것은 사람들이 소설을 좋아하는 문제를 완전히 해석할 수 없다고 하였다. 소설이 이름모를 「인도를 지배」하는 힘을 갖는 데에는 두 가지 근본원인이 있다.

무릇 인간의 본성을 늘 현실에 만족할 수 없어 스스로 만족하는 것이다. 그러나 우둔한 사람들이 접촉하고 감수할 수 있는 경지는 또 협애하고 짧으며 제한되어 있다. 때문에 자기가 직접적으로 접촉하고 감수하는 외에 간접적으로 접촉하고 감수하려 하는데 이것이 바로 이른바 신체 밖의 지식이며 세계 밖의 세계이다. ……소설은 늘 인간을 데리고 다른 경지에서 유람하며 분위기를 변화시킨다. 이것이 한 측면의 원인이다. 인간의 영원한 감정은 그가 품고 있는 상상, 겪은 경지에 있으며 늘 이미 경험하였지만 알지 못하며 이미 습관화되어 느끼지 못하는 것에 있다. 슬픔이나 기쁨, 원한과 분노, 사랑과 두려움, 근심과 참회를 막론하고 늘 그것을 알지만 그 원인에 대해서는 모른다. 그 상황을 제대로 쓰려하지만 어떻게 비유할지 모르며, 어떻게 표현할지 모르며, 붓끝도 어떻게 서술할지 모른다. 어떤 사람들은 그러한 상황을 전부 표현하고 철저히 폭로했는데 다른 사람들은 상을 치며 외친다. 이것이 바로 「공자가 말한 것을 내가 마음속으로 느낀 것이다.」라는 것이다. 이렇게 되면 제일 깊이 감동되는 것이다. 이것이 두 번째 원인이다. 이 두 가지 요소는 정말로 문장의 두 가지 참뜻이며 글을 쓰는데 있어서의 기능이라 할 수 있다. ……각종 문학체재 가운데서 철저히 그 기묘한 것을 서술하고 기교가 뛰어난 것을 뛰어나게 표현하는 것은 소설보다 나은 것이 없다. 이로부터 소설은 문학 가운데서 제일 좋은 것이라고 말한다. 첫 번째 견해에 근거하여 보면 이상파(理想派) 소설이 제일 좋고 두 번째 견해에 근거하다 보면 사실파(寫實派) 소설이 제일 좋다. 소설의 종류는 비록 많지만 이 두 가지 유파를 초과하지 않는다.

간단히 말하면 소설이 이런 거대한 작용을 일으키는 것은 두 가지 중요한 원인이 있기 때문인데, 첫째는 소설은 새로운 이상과 경지를 펼쳐줄 수 있기 때문이며 둘째로 소설은 현실생활의 상황을 재현시킬 수 있기 때문이다. 여기에서 양계초는 소설의 예술특징에 대해 새로운 개괄을 하였다. 그는 소설은 현실생활보다 더 이상적이고 집중적이며 생동적인 기본특징을 갖고 있다는 것을 알게 되었다. 이것은 이미 문예의 형상성과 전형성 문제를 제기한 것이다. 비록 양계초는 아직 「이상」이라는 단어에 대해 설명을 하지 못했지만 그 때의 역사조건에 비추어보면 이미 소설의 예술적 규율문제를 제시하는 면에서 매우 큰 공헌을 했다고 할 수 있다. 뿐만 아니라 양계초는 처음으로 서양의 문예이론을 중국에 도입하여 소설을 이상파와 사실파 두 가지로 나뉘었는데, 이것은 이미 낭만주의와 현실주의 창작방법 문제에 대해 초보적으로 접촉한 것이다. 이로부터 중국 문예이론과 서양문예이론이 융합하여 발전하는 새로운 시기가 되었다.

양계초는 또 소설이 사람들에게 영향을 주는 네 가지 감화력에 대해 구체적으로 분석했다. 첫째는 훈도의 「훈」(熏)이다. 「훈이라는 것은 마치 구름연기 속에 들어간 것처럼 그을고 마치 가까이 있어 물든 것 같은 것」이며, 「저도 모르는 사이에 눈은 매혹되고 머리가 흔들거리며 신경은 그것에 빠지는」 것인데 점차 마음이 쏠리고 홀리는 것이다. 이것은 소설이 사람들에게서 은연중에 감화시키는 역할을 하고 있음을 설명한다. 둘째, 「침투(浸透)」이다. 「침투라는 것은 숨겨들어 모두 녹아버리는 것」을 말한다. 이것은 소설이 사람들에 대해 일으키는 부단한 감화작용을 말한다. 셋째, 자극의 「자」(刺)이다. 「자라는 것은 자극이다. ……자극의 힘은 감수자로 하여금 갑자기 느끼게 하는 것이다. 일순간에 일어나 갑자기 이상한 감각이 생기며 자기도 억제하지 못하는 것이다.」 이것은 소설이 사람들에게 일으키는 어쩔 수 없는 감동작용을 말한다. 넷째, 「제(提)」이다. 「무릇 소설을 읽는 사람은 늘 그 속에 빠져 책 속에 들어가며 책 속의 주인공으로 된다. ……(소설에) 매혹되어 책 속에 들어간 이상, 이 책을 읽을 때 몸은 이미 자기 것이 아니고 완전히 이 세계를 떠나 저쪽 세계에 가 있게 된다.」 이것은 소설이 일으키는, 「물」(物)과 「나」(我)가 하나로 되게 하는 동화작용을 말한다. 「훈」, 「침」, 「사」, 「제」의 네 가지 예술적 감화력은 서로 이어져 있고 서로 보완하고 추진한다. 앞의 세 가지는 외력(外力)인데 「밖으로부터 안으로 주입하며」, 뒤의 한 가지는 내력(內力)인데 「안으로부터 이탈하여 나오게 하는」 것이다. 소설의 독자들에 대한 「지배」 과정에는 하나의 완전한 과정이 있다. 먼저 사람들에게 훈염, 감화를 주는데, 이것은 광범하게, 절차를 취해 독자들에게 영향을 주는 단계이며, 그 다음 사람들로 하여금 「취각」(「손가락질하고」, 「눈물흘리며」, 「감정이 동하다」)케 한다. 즉, 독자들을 강렬히 진동시킨다.

마지막으로 독자의 감정은 완전히 소설 가운데 융합되어 주인공과 한몸으로 되는 것, 즉 양적 변화로부터 질적 변화에 들어가며, 피동적인 감수로부터 주동적인 재창조에 이르러, 결국 독자들은 완전히 정복된다. 그럼 소설은 어찌하여 이와 같은 강대한 예술감화력을 갖고 있는가? 비록 양계초는 이론적인 개괄을 하지 않았지만 그는 인간의 감정 속의 상상은 결정적 작용을 일으킨다는 것을 인식하였다. 독자들의 정감의 변화는 세 가지 경우가 있다. 첫째는, 소설의 인물형상과 독자가 서로 통해 독자로 하여금 공명하는 것, 둘째로 소설의 인물형상으로 독자를 교육하며 독자로 하여금 감정이 동하게 하는 것, 셋째로 소설의 인물형상에 근거하여 독자가 더 풍부해지고 발전하며 객관적인 형계에 머물러 있으며 뒤의 상황은 「제」고로서 재창조성적인 상상에 속하며 높은 단계에서의 심미감수에 속한다. 양계초가 말한, 소설의 예술감화력은, 형상을 기초로 하고 정감을 하나로 만드는 것이다. 앞의 두 가지 상황은 다만 「훈, 침, 사」 단계에 머물러 있으며 뒤의 상황은 「제」고로서 재창조성적인 상상에 속하며 높은 단계에서의 심미감수에 속한다. 양계초가 말한, 소설의 예술감화력은, 형상을 기초로 하고 정감을 매개로 하며 상상을 특징으로 하는 것으로서 인간에 있어서의 소설창작과 감상에 대한 요구에 부합되는데 이는 중국소설이론사에서 공헌이 큰 것이다.

한 마디로, 양계초가 무술변법 전후 발표한 시문이론과 소설이론, 그가 창조한 「문계혁명」「시계혁명」과 「소설계혁명」은 비록 모자라는 곳이 많지만 그가 문학혁신운동을 촉진하고 새로운 문학이론을 개척하는 데 이바지한 역사적 공적은 응당 충분히 평가해 주어야 한다.

르네상스와 일본인

르네상스와 일본인

히라카와 스케히로(平川祐弘)[*]

「르네상스와 일본인」이라고 하는 대단히 신선한 화제를 가지고 일본비교
문학회의 심포지움을 조직해 주시고 저까지 패널리스트로 초대해 주셔서 영
광으로 생각하는 바입니다. 지금부터 32년 전인 1961년 저는 석사논문의 일
부로 『르네상스의 시』(현재는 고단샤 〈講談社〉 학술문고)로 해서 단행본으로 냈
는데 이것이 저의 처녀출판이옵고, 또 저는 지금까지 르네상스에 관해서 반
평생을 통해 관심을 기울여 오고 있는 자입니다. 또 저의 경우 제 자신을 좁
게 일국(一國)문학의 연구에만 한정시키려 하지 않고, 비교문학・비교문화연
구에 몰두케 한 것은 학문적 충동이라고 할까요? 어쨌든 그 충동 Drang 속
에는 르네상스맨이라고나 말할까요, 우오모・우니베르살레 uomo universale
에 대한 끊으려려 끊을 수 없는 공감이 작용했기 때문이었다고 느끼고 있습
니다. 그래서 이 자리에 모이신 각국의 여러분께서도 반드시 이 화제에 대하
여 관심이 있으심에 틀림없을 것입니다. 일국문학자 대 비교연구자, 스페샬
리스트 대 컴패러티스트 바로 이 종류의 관계는 르네상스맨이라든가 휴머니
스트라든가 하는 견지에서 다시 한 번 바라보면 어떻게 다시 파악될 수 있을
까? 이러한 점에 대해서도 뒤에 다시 언급할 수 있다면 좋겠습니다.

패널 중에 스가 아쓰코(順賀敦子) 씨는 제가 존경하는 선배로서 1954년
제가 소르본느에 유학해서 데레양 Dédéyan 교수의 「파우스트의 주제」
thème de Faust라는 수업에 나가 보니 어떻게 거기에 일본인이 이미 한 분

계셨는데, 그분이 바로 스가 씨였습니다. 일본에서 이탈리아관계의 가장 뛰어난 문장이 실린 것은 학회지가 아니고 올리베티[1]의 광고지 「스파지오」(SPAZIO)라고 생각하는데, 스가 씨는 그 곳에, 후에 단행본으로 엮어져 상을 받으신 수필을 연재하셨습니다. 이탈리아의 페루지아[2]대학에서 스가 씨보다 수년 늦게 저도 단테를 배웠는데, 그 곳에 제가 배운 동일한 교수의 모습이 그려져 있어 정말로 그리워졌습니다. 또 최근에 쓴 저서의 제목에 들어가 있는 코르샤·디·세르비 Corsia dei Servi는 만초니[3]의 『약혼자』의 무대가 되었던 곳입니다. 스가 씨와 저는 분명히 이야기가 겹치는 점이 있으리라고 생각합니다.

사토 미쓰오(佐藤三夫) 교수는 오늘 이야기의 요지를 미리 써 주셨습니다. 그래서 저도 정담의 이야기가, 가능한한 서로 맞물릴 수 있도록, 사토 씨가 제기할 부르크하르트 Jacob Burckhardt(1818~1897)[4] 쪽으로 이야기를 접근시켜서, 실례가 되겠습니다만, 일국문학연구자라는 전문가의 일반적 폐해를 지적하겠습니다.

그러면 본론으로 들어가겠습니다. 작년에 출간된 『고이즈미야운 회상과 연구』(小泉八雲 回想と研究, 고단샤 학술문고)는 호평이라고 들었는데, 그 속에서 이 자리에서도 참석하신 센호쿠타니 고이치(仙北谷晃一) 교수가 라프카디오·한 Lafcadio hearn[5]을 논해서, 한도 작을지 모르지만, 일종의 같은 우오모 우니베르살레와 같은 능력자였던 것은 아닐까 라고 지적하셔서, 저도 과연 그렇구나 하고 느꼈습니다. 이 경우, 센호쿠타니 교수는 인간유형으로서 르네상스맨을 생각했던 것이지, 한이 특히 서양의 문예부흥기를 연구하여 그것에 영향을 받아 감화를 받았다고 말씀하시는 것은 아닙니다. 우오모 우니베르살레는 1860년 부르크하르트가 쓴 것에 의하면, 독일어로는 「다면적 인간」vielseitiger Mensch이라 되어 있습니다. 인간유형으로 생각한다면, 모리 오가이(森鷗外, 1866~1922)[6]와 같은 일본, 동양, 서양 학문에 능통하고,

의학자이고, 군인이고, 번역자이고, 작가였던 사람은 19세기 후반부터 20세기 초반에 걸쳐서 당시의 지구상에도 드문 우오모·우니베르살레였다고 말해도 좋겠다고 생각합니다.

그러나 「르네상스와 일본인」이라는 주제에 관해서는 르네상스맨을 인간의 한 유형으로 생각해 그것을 오가이라든가, 더 거슬러 올라가서 아라이 하쿠세키(新井白石, 1657~1725)[7]와 같은 사람에게도 적용해 보면, 화제가 끝없이 확산되어버릴 위험성이 있습니다. 이 자리에 계시는 여러분께서도, 실제로 르네상스의 문화를 느낀 일본인이라고 하는 직접적인 영향관계가 있는 범위내에서 문제를 고찰하실 것으로 알고 있습니다. 그렇게 되면, 우에다 빈(三田敏, 1874~1926)[8]은 르네상스의 문화를 관념으로서가 아니라 생생하게 피가 통하고 있는 것으로 느낀, 최초의 일본인의 한 사람이었다고 생각합니다. 『시성 단테』를 읽으면, 용케도 27세의 나이로 『신곡』의 시를 느낄 수 있었던 인간이었구나 라고 감탄할 수 있습니다. 저는 또 우에다 빈이 대학을 나왔을까 말까 했을 무렵 소개한, 포르고레 다·산지미냐노 Folgore de san Gimignano의 다음 일절이 좋아서, 이것이 일본에서 이탈리아 르네상스를, 감성을 통해서 전한 최초의 문장이라고 생각합니다.

일월은 활활 타오르는 불, 따뜻한 방, 비단이불, 가죽옷, 때때로 밖에도 나와서, 정원 앞의 아가씨와 눈싸움 놀이를 한다. 이월은 주로 사냥을 하며 지내고 삼월은 바다에 나가 그물을 던지고, 밤에는 벗과 잔을 주고 받는다. 사월은 새싹들이 돋아, 야산은 아름다워서 젊은이는 여기에 유혹되고, 우아하고 아름다운 여인은 말안장에 타고, 불란서의 유행가를 중얼거리고, 프로방스의 춤을 추고, 때때로 독일에서 갓 건너온 악기를 시험삼아 켜본다. 공원의 산책이란 정말 기분이 좋다. 오월은 들판 기마시합에 뒤늦게 뛰어들고, 꽃잎에 맺힌 빗방울을 떨어뜨려 아름다운 손으로 승자에게 화환 또는 등잎을 두르게 한다. 처녀와 총각이 길에서 만나 하는 인사로 뺨 또는 입술에 입맞춤을 한다. 유월은 선남선녀가 도회를 벗어나 근교의 별장으로 자리를 옮겨, 그

늘이 많은 정원의 샘물이 끝없이 녹초를 적시는 근처에서 쉬고, 사람들은 모두 사랑의 노예가 된다. 칠월은 도회로 돌아온다. 정갈한 방에서 비단의 서늘함에 더위를 견딘다. 팔월은 야산을 달린다. 아침사냥, 저녁사냥, 성에서 성으로 산가(山家)의 계곡 등을 건너다니며, 구월은 매사냥, 시월도 새를 쫓는다. 또 밤이 깊을 때까지 술을 푸는 것도 좋다. 십일월, 십이월에는 겨울이 되어 이러한 모든 것들이 화롯가 얘기가 될 만하다.

이것은 원래는 월령가라 해서 12개의 14행시로 일년의 행사를 노래한 사이클입니다만, 우에다 빈이 실로 정교하게 그것을 초역(抄譯)한 것인데, 확실히 해두기 위해서 원시에 졸역을 두 개만 들어보겠습니다.

정월

정월에는 자네들에게 보내겠네.
짚다발에 불이 빨갛게 불타는 중정(中庭)있는 집
아름답게 장식된 방과 침대
요 위의 흰비단천에 깔린 사슴가죽

호도랑 단 과일, 독주랑 포도주.
플랑드르식 복장의 나사모직물.
이러면 남풍이 불든 북풍이 거세든
자네들은 따뜻하게 있을 수 있네.

하루에 두세번 외출을 하고
아름다운 백설을 퍼서는
옆에 있는 계집애들에게 내던져 보지.

그래서 만일 피로를 느끼게 되면

이 집 큰 방에 돌아와
유쾌한 일행은 한숨 쉬는 것이지.

유월

유월에는 자네들에게 작은 산을 보내겠네.
더없이 아름답고 관목으로 덮인 작은 산이네.
그리고 작은 마을을 감싸고
서른 채의 별장과 열두 성이 솟아 있고

마을의 광장에는 기분좋은 샘물이 물들을 뿜고
천갈래 만갈래로 솟아나서는
정원이랑 목장 사이를 흘러
여린 풀들을 상쾌하게 적시지.

오렌지, 레몬, 대추, 홍귤.
그 외 여러 가지 향긋한 과일들이
나무밑 길 위에
가지가 휘도록 주렁주렁 달렸네.

정자에 다니는 사람의 가슴에는 연정이 타오르고
서로 친절히 인사를 주고들 받으니까
다들 우아하고 고상하게 보이네.

산·지미냐노는 피렌체와 시에나 사이에 위치하는 산 위의 지금도 탑이 많은 마을로서 포르고레는 단테와 동시대 사람이었습니다. 이것은 르네상스의 회화로 말하면 시에나파의 귀족 취미에 통하는 두치오[9]나 로렌체티[10]나 시모네·마르티니[11]의 귀족취미의 시적 세계는 아닐까요?

우에다 빈은 영어가 남보다 뛰어나고 프랑스어도 읽기는 잘 했습니다만, 딸에게 보낸 편지의 문말에 붙인 프랑스어 단문, 특히 명령법은 거의 틀리게 쓰여있습니다. 그 정도입니다. 이탈리아 르네상스도 직접 근원까지 파헤쳐 들어갔다고 하기보다 월터 페이터[12]의 『르네상스』(1873) 등을 매개로 해서 접근했습니다. 포르고레의 시도 단테·가브리엘·로젯티[13]의 영역(英譯)을 매개로 해서 접근했던 것은 아닐까요?

일본에서 르네상스란 이름은 역사수업에서 들어서 관념적으로 대부분의 사람의 머리에 들어있습니다만, 실체는 의외로 안 알려져 있습니다. 그 상황은 메이지(明治)·다이쇼(大正)·쇼와(昭和)·헤이세이(平成)에 걸쳐 그다지 차이가 없습니다. 르네상스에서 일본인에게 가장 익숙한 것은 문학사상이 아니라 조형미술쪽에서 기노시타 모쿠타로(木下杢太郎, 1885~1945)[14]가 쇼와 초기에 그 점을 언급해서 이런 말을 하고 있습니다.

> ……그러나 조금 라틴계민족에게 친밀해지면, 역시 추적해 보고 싶은 것은 이탈리아 르네상스 문화입니다. 그 곳에 가면 회화나 예술은 비교적 접근해 들어가기가 쉽고, 발 밑의 땅을 밟으면, 안내자는 독일의 책이든, 불란서의 책이든 그런대로 만족할 수 있습니다. 문학쪽이 되면 그렇게는 안됩니다. 하물며 조금 고전적인 것이 되면, 한층 성가십니다. 그럼에도 불구하고 그런 조형미술상의 거장은 실제 생활에 있어서 어떠한 사회적 분위기에서 살고 있었을까? 등을 생각해 보면 당시의 학문적(學問的), 또는 사회적인 감정도 알고 싶어지는 것입니다.(「여자역을 맡은 남자배우」〈女形〉)

모쿠타로는 독일어, 프랑스어를 특히 잘 했기 때문에 이렇게 썼습니다만, 일본인에게는 르네상스에 대해 페이터나 죤·아딩톤·시몬즈, 조금 뒤늦게 베렌손[15] 등을 안내자로 해서 영어를 매개로 하여 들어온 것이 실제로는 많았던 것이 아닐까요? 회화나 건축은 직접 시각에 호소하기 때문에 아직은 말하기가 쉽습니다. 그런 조형미술상의 거장은 실제 어떠한 생활을 했던 것일까요? 그런 흥미도 있고 해서 메레즈코프스키[16]가 레오나르도를 취급한 소설 등이 일본에서 많이 읽혀졌던 것은 아닐까하고 생각합니다.

제가 어렸을 때는 일본, 독일, 이탈리아간에 방공(防共)협정이 있었고, 계속해서 일본, 독일, 이탈리아의 삼국동맹이 체결되어, 일본은 태평양전쟁에 참가해 들어간, 정말로 저주받은 동맹이었습니다만, 당시 우에노(上野)의 불인지(不忍池)언저리에서 「레오나르도 다빈치전」이라는 것이 있어서 어린 마음에도 그것이 정말 멋있고 재미있었던 것을 기억하고 있습니다. 게다가 교토(京都)대학에 일본의 구제국대학(旧帝国大学)으로서 처음으로 이탈리아문학과가 생긴 것도 그러한 시대상황의 반영이었습니다. 그 무렵은 또한 반파시즘의 함의로 하니 고로(羽仁五郎, 1901~83)[17]의 『미켈란젤로』가 나오고 로망롤랑의 『미켈란제로의 생애』 등도 많이 읽혔던 책이었다고 생각됩니다. 어느 것이나 시대의 산물로 오늘날 되풀이해서 읽으면 어느 정도의 가치가 있을까에 대해서는 전문가의 의견을 듣고 싶습니다.

그러면 지금 르네상스 문화를 조형미술과 문화사상으로 크게 둘로 분리해 보았습니다만, 저는 그 두 가지가 별개로 발달했다든가, 한쪽만이 번영해서 다른 쪽이 번영하지 않는다는 등의 설은 믿을 수 없습니다. 우선 제 자신의 반생(半生)을 회고해 봐서 르네상스 예술에 대한 흥미가 마구 솟아왔던 적을 회상해 보면 무어라 말할 수 없는 그리움을 느끼지 않을 수 없습니다. 그렇다고 하는 것은 이탈리아든 프랑스든 르네상스 조형미술의 매력은 르네상스 시문(詩文)의 매력과 함께 서로 어울려서 육박해 온 것이기 때문입니다. 말하자면 손에 손을 서로 잡고 둘 모두 이십대 후반의 저에게 육박해 왔기 때문입니다. 롱사르[18]의 시가 재미있었던 것도 미술관이나 교회에서 르네상스미술이 재미있었던 것도 같은 시기였습니다. 저는 처음 파리에 유학을 가서 본이랑 윈을 둘러서 런던에도 있었던 사람입니다만, 르네상스가 재미있어서 참을 수 없었다고나 할까, 그 곳에서 자기 자신을 발견해 낼 수 있을 것 같은 기분이 들은 것은 유학 4년째였습니다. 그래서 유학 5년째에 이탈리아의 페루지아에 갔습니다. 그 무렵 제가 옆에 두었던 서적은 두 종류로서, 이것은 일본인에 한정되지 않고 많은 사람들의 르네상스 문화에 대한 아주 일반적인 접근방법이라고 생각합니다. 한 종류는 모쿠타로라고 하는 안내자 즉, 19세기 후반 이후의 르네상스 연구서입니다. 부르크하르트의 『이탈리아에 있어서 르네상스문화』라든가 베렌손의 『이탈리아 르네상스의 화가들』을 저는 삽화를 넣은 파이든 Phaidon판으로 가지고 있었습니다. 또한 종류는 이탈리아시(詩)의 시문으로 그 중에 가장 주의깊게 읽은 것은 단테의 『신곡』이고, 그 다음은 어쩐 일인지 바자리[19]의 『르네상스화가전(傳)』이라는 생각이 듭니다. 저는 원래는 프랑스의 롱사르나 뒤 벨레[20]의 근원은 페트라르카에 있다고 생각해서 이탈리아에 갔었던 것인데, 단테를 읽고 나니까 페트라르카는 퇴색된 듯이 느껴졌습니다.

바자리로 말하면 일전에 폭약세례를 받아서, 일부 파손된 우히치미술관 건물의 건축자입니다. 「Uffizi」라는 말은 오늘날은 고유명사처럼 사용되지만, 본래는 영어의 「office」와 같은 「사무실」의 의미로서, 그것은 메디치가[21] 사람들이 그 주인공이었던 피렌체 정부청사 Signoria인 팔라초 베키오[22] Palazzo Vecchio라고 하는 건물에 붙어 있는 사무실로 설계되었던 것입니다. 그 두 열의 배열은 중세도시의 조망미가 정교하게 도입되어 있어서 아르노[23] 근방으로부터 우히치를 따라서 팔라초 베키오와 그 탑을 바라보는 전망은 잊을 수가 없습니다.

바자리는 그와 같이 건축가로서도 기억되고 있습니다만, 그러나 그것은 사십 세가 지나고 나서의 일로서 본래는 화가였습니다. 여러분들도 피렌체에 가셔서, 유명한 꽃의 산타마리아 사원에 들어가셔서, 분명히 원천정(圓天井)을 바라보셨으리라고 생각합니다. 거기에 그림을 그린 사람도 바자리입니다. 1511년 7월 30일 태생으로 오늘의 화제에 접근시켜 말씀드리면, 그 또한 능력가 uomo universale였습니다. 즉 화가이고 건축가이고 문장가이기도 했습니다. 바자리가 쓴 『화가 건축가 조각가 열전』은 영역(英譯)으로 에브리맨즈 라이브러리 Everyman's Library의 네 권을 점하는 분량입니다. 미켈란젤로는 화가, 건축가, 조각가, 시인을 한 몸에 겸한 르네상스를 대표하는 거장인데, 그 제자인 바자리도 일종의 르네상스맨이었습니다. 이 문예부흥기의 능력가에 대해서 부르크하르트는 『르네상스의 문화』 제2부 「개인의 발전」장에서 단테라든가 기베르티[24]의 말을 인용했습니다. 이 스위스 문화사가의 저작물은 1878년 미들모어 Middlemore의 영역(英譯)이 나와서, 19세기 중엽에 영국에서 일어난 이탈리아붐을 타고서 옥스포드나 케임브리지 핀계자들 사이에서도 애독되었습니다. 그 영역으로 기베르티 Ghiberti를 인용하면 이렇게 나와 있습니다.

기베르티는 말하기를 모든 것을 배운 사람이라면 어디를 가도 이방인이 아니다. 행운을 뺏기고 친구가 없는 그런 이방인이 아니다. 그는 언제나 모든 나라의 시민이다. 그리고 그는 단호히 운명의 변화를 경멸해 버릴 수 있다. 같은 어조로, 어떤 추방당한 휴머니스트는 다음과 같이 쓰고 있다. 배운 자란 어디에 있어도 바로 그 곳이 제 집이다.

'Only he who has learned everything', says Ghiberti, 'is nowhere a stranger ; robbed of his fortune and without friends, he is yet the citizen of every country, and can fearlessly despise the changes of fortune,' In the same strain an exiled humanist writes : 'Wherever a learned man fixes his seat, there is home.'

확실히 해두기 위해서 원래의 이탈리아어 문장도 인용해 둡니다.

Lo amaestrato di tutte le cose solo è pellegrino negli altrui luoghi et, perdute le cose familiari et necessarie, bisognoso d'amici, et essere in ogni città cittadino, alli difficili casi della fortuna senza paura potere dispregiare.

로렌츠 기베르티(1378~1455)는 피렌체의 산 조반니 세례당[25] 문을 만든 직인으로서 그가 말한 것은, 직인으로서 여러 가지 것을 할 수 있는 솜씨가 뛰어난 자는, 낯선 지방, 낯선 장소에 가서, 미지의 경우에 필요한 물건이 떨어지고, 아는 사람이 필요한 경우가 있을지라도, 별로 두려워 할 것이 없이 운명의 유위전변(有爲轉變)을 초월할 수 있다고까지 말하고 있는 것이 아닌가 생각합니다만, 부르크하르트의 필을 통해서 이야기되니까 그와 같은 말이 메타피지칼한 뉘앙스를 띠게 되는 것처럼 생각됩니다. 기베르티가 15세기 초에 생각하고 있던 「낯선 지방 낯선 장소」라고 하는 것은 이탈리아반도 내부라고 생각합니다만, 그러나 16세기가 되면, 천재로 인정을 받은 레오나르도는 초대를 받아서 프랑스로 간다고 하는 세계인-세계인이라 해도 당시는 유럽인입니다만-이 나오게 됩니다.

바자리 바로 그 사람에 관해서는 르네상스인이라고 하는 파악은 종래 꼭 행해지지는 않았습니다. 그것은 바자리가 어디까지나 직인풍으로서 레오나르도와 같은 자연과 학자풍이 아니고, 또 인문학자의 교양이라는 것도 없었기 때문이다. 그러한 학문이 없었던 점이 좋았다, 별로 학자답지 못했기 때문에 좋았다 라는 것이 히라카와 저의 해석이고, 그러한 관점은 후에 부르크하르트의 인문주의자 비판과 관련시켜 말씀드리겠습니다.

이 바자리의 이름은 메이지 4년(1871)부터 일본에 알려졌습니다. 그것은 『자조』 Self-help의 저자 스마일즈[26]가 그림이 좋아서 이탈리아를 좋아했었던 관계로부터였습니다. 나카무라 마사오(中村正直, 1832~91)[27] 역의 『사이코쿠릿시헨』(西国立志編-原名 自助論) 제3편에 이러한 일절이 있습니다.

읽기 쉽게 표기를 궁리해서 인용하면 다음과 같습니다.

플로렌스[28] 사람인 루카[29]는 도자기업에 종사했다. 아주 옛날 에토루스칸 사람은 도자기를 만드는 법을 알고 있었다. 그런데 중간에(중세) 그 기술이 세상에 끊어졌는데, 그 후에 플로렌스의 조각가인 루카가 다시 이 기술을 발명했다. 루카는 고단했지만, 지칠줄 모르는 사람이었다. 낮에는 끌을 가지고 작업을 하고 밤에는 그림을 배웠다. 목화를 바구니에 담아서 삼경에는 발을 그 속에 넣어서 냉한을 막곤 했다. 바자리가 이것을 평해서 말하기를 「루카가 그와 같이 일하는 것은 이상할 게 없다. 왜냐하면 어떠한 예술이라 할지라도 추위의 더위와 허기와 목마름 그 외에 불쾌한 일을 참을 수 있는 힘이 없는 자는 결코 탁월한 이름을 이룰 수가 없다. 고로 그 몸으로 안일하게 속세의 즐거움을 즐기면서 그 기예의 세계에서 출중해 보려 하는 것은 잘못이다.」

이 일절은 태평양전쟁 전의 일본의 수신(修身)교과서에라도 실릴 수 있는 당연한 교훈의 일절로서 프랭클린의 공부라든가 라프카디오 한의 아메리카 도착 당초의 생활 등을 연상시킵니다. 그러나 보우즈 Boase라고 하는 바자리연구의 제일인자에 의하면 루카 델라 로비아에 얽힌 이 기술 「유년시대에 여름의 혹서, 겨울의 서리, 굶주림과 갈증의 가난신고를 참지 못했던 자는 어떠한 일에 있어서도 대성할 수 없다.」는 것은 실은 바자리 자신의 생활체험의 투영이라고 하는 것입니다.

르네상스기의 이탈리아에는 스탕달이나 괴테가 좋아한 벤베누토 첼리니[30]와 같은 격렬한 기질의 인간도 물론 있었지만, 그러나 그것과는 대립을 이루는 온건한 기질로서 직인기질의 대략 태만할 수 없는 말하자면, 프랭클린기질의 이탈리아인도 있습니다. 보우즈는, 십대 중반에 아버지를 여윈 바자리는 장남으로서 일가의 생계를 꾸려야만 하는 책임을 온몸으로 느끼고, 그것이 저 그치지 않는 근면, 그의 비할 바 없는 일벽이 되었으리라고 추측하고 있습니다.

그 바자리를 애독한 사람들로는 로버트 브라우닝[31]도 있고 『남자들과 여자들』 Men and women(1855) 중의 프라 리포 리피 Fra Lippo Lippi나 안드레아 델 사르토[32]는 제가 학생이었을 때 시마다 킨지(島田謹二)[33] 교수에게 배웠는데, 그 후 되풀이 해 읽어서 브라우닝이 바자리를 잘 살려서 사용하고 있구나 하고 생각했습니다. 소세키(漱石)의 『네코』(猫)에 안드레아 델 사르토가 등장하는 것도 브라우닝을 경유했다고 생각하는데, 그러나 그것은 르네상스의 정신을 전하려고 하는 고급의 삽화는 아니었습니다.

그러면 바자리라는 그 자신이 화가이고 건축가였기 때문에 학자로서가 아니라 관련자로서 르네상스의 화공(畵工)이라고나 할까요? 직인들의 생애와 작업을 차례로 전기에 써 갔습니다. 예술가란 뭐 그리 대단했던 자가 아니었고, 직인 artefice으로서 그려져 있고 직인이 직인으로서 긍지를 가질 수 있었던 사회였기 때문에, 오히려 훌륭한 작품이 태어났던 것입니다. 바자리의 『르네상스화가전』은 화공들의 작품 카탈로그로서 근대의 베데카라든가 깃도 브루에 상당하는 안내서의 역할도 해냈습니다. 전기(傳記)와 작품 카타로그와 화가의 면목을 전하는 일화, 이 세 요소로 되어 있습니다만, 이 최후의 문학적 요소가 단연코 재미있습니다. 「문장가로서의 바자리」에 관해서는 「스파지오」의 47호에 자세히 쓰여 있으므로 이 자리에서는 생략하겠습니다만, 바자리는 인문학자는 아니었다는 바로 그 점이 좋았다는 점을 저는 강조하고 싶습니다.

생각해 보면, 「르네상스와 일본인」이라는 관계는 종래에는 자칫했다가는 그 사이에 안내자가 서야할 관계에 있었습니다. 일본의 미술사학자라든가 서양사가 등이 무수한 소개서를 써왔습니다. 그렇지만 여행이 자유화되어서 일본인으로서 이탈리아의 땅을 직접 밟은 사람의 수가 증가함에 따라서, 일본인은 드디어 그러한 재탕의 소개자에 만족할 수 없게 되었습니다. 그래서

놀랄만한 일입니다만, 바자리의 『르네상스화가전』(하쿠수이샤 〈白水社〉)는
매년 판을 거듭해서 팔리고 있습니다. 모쿠타로가 품었던 질문「그러한 조
형미술상의 거장은 실제생활에 있어서 어떠한 사회적 분위기에서 살고 있었
을까」에 대답하는 것이 드디어 가능하게 되었습니다. 그것이「르네상스와
일본인」이라는 관계의 현재 상황을 말할 수 있는 것은 아닐까요?

그래서 마지막으로 인문주의자의 퇴폐에 관해서, 제가 이것은 1968년 도
쿄(東京)대학의 『교육학과 기요(記要)』제1집에 썼습니다만, 너무 전문적으로
편집되었다고 생각해서 졸저 『화혼양재(和魂洋才)의 계보』에는 포함시키지
않았던 부분도 있었기 때문에, 일본의 외국문학연구의 일반적 폐해에 대한
비판도 포함해서, 이 자리에서 앞으로 5분 정도 서술하겠습니다.

르네상스는 중북부 이탈리아 르와르[34]의 골짜기에서 파리, 뒤러[35]의 뉴른
베르크·셰익스피어의 영국 등에 넓게 퍼져간 문화현상으로 또 그런 만큼
일국문화연구의 종적계열에 속하는 것이 많은 일본의 학문조직을 가지고서
는 이 전체를 파악하기 힘든 문화운동이기도 했다고 생각합니다. 르네상스
기의 플레이아드파[36] 프랑스시인들이 놓인 위치에 대해서 랑송 Lanson[37]이
내린 판단은 다음과 같습니다.

> 뒤벨레와 롱사르는 양면작전에 필히 이겨야만 했다. 하찮은 무지무식한 도
> 당에 대해서, 또 하찮은 인문주의자에 대해서였다. 후자에 대해서는 두 사람
> 은「고대작가에 필적하려면 모국어로 창작하는 것 외에 방법이 없다」고 주
> 장한다.

이「양면작전」이 중요한 것입니다. 랑송의 『프랑스문학사』의 이 기술은
샤마르 Henri Chamard의 뒤벨레 논쟁과도 일치합니다. 즉, 그는 뒤벨레의
『프랑스어의 옹호와 현양(顯揚)을 위해서』 *La Défense et l'Ilusstration de la*
*Langue Française*를 논해서 이렇게 설명하고 있습니다.

이것은 동시대의 인문주의자에 대해서는 프랑스어를 옹호하는 것으로서 인문주의자는 고대문화를 편애하는 나머지 모국어에 적대하는 자가 되었기 때문이다. 그러나 이것은 과거의 프랑스인에 대해서는 인문주의자를 옹호하는 것으로, 과거의 프랑스인은 너무 무지했기 때문에 고대문화의 가치를 알지 못하는 사람이 되어버렸기 때문이다.

여기에서는 찬성과 반대가 기묘한 균형을 이루고 있습니다. 프랑스어라는 모국어작품을 무시묵살하는 것 같은 인문주의자들에 대해서는 반대하고, 뒤벨레나 롱사르는 프랑스어로 쓸 것에 찬성했지만, 그러나 인문주의의 교양이 없는 프랑스인 작가들에 대해서는 인문주의에 찬성하고 그 편을 들었다는 것입니다. 이것은 얼핏 보기에 모순된 듯합니다만, 다음 점에 문제의 본질이 있었기 때문에 그것만이라도 간과하지 않으면 좋겠다고 샤마르는 말합니다. 즉, 뒤벨레나 롱사르 등의

플레이아드파 프랑스 시인들은 이탈리아에 매료되고 그 걸작에 어리둥절해서 이탈리아반도에서 그렇게도 멋들어지게 꽃이 피고 열매를 맺은 것을 자국에서도 만들어내려 했던 것이다.

이것은 우리 동아시아의 인간이 르네상스에 대한 태도로서도 공통점이 있는 것은 아닐까요? 그것은 마침 우리들 비교연구자가 외국연구는 대단히 장려하지만 그렇다고 해서 외국의 국문학연구의 틀에 사로잡혀 버려서는 안 되는 것입니다. 우리들이 비교연구자를 지향한 것은 현재 일본의 영문학연구, 불문학연구, 독문학연구, 이탈리아문학연구에 대해서 어딘가 곤란한 점이 있다고 느끼고 있기 때문은 아닐까요? 또 그렇다고 해서, 외국 것은 몰라도 상관없다는 국문학연구식으로 해서 만족하는 사람이 우리들의 동지라고도 생각할 수 없습니다. 우리들도 역시 양면작전을 행할 필요가 있습니다.

그래서 그것과 똑같은 문제는 프랑스의 뒤벨레의 경우에 한하지 않고, 이탈리아의 단테의 경우에도 일본의 기노 쓰라유키(紀貫之, 859~945)[38]의 경우에도 한국의 김만중의 경우에도 있었습니다. 단테가 모국어로 굳이 쓴다는 것은 고전라틴어는 배우지만 자기표현은 생각을 전부 서술하기에 적당한 자국어로 하겠다고 생각했기 때문입니다. 그렇지만 이탈리아에서는 인문주의가 발전하고 그 노력이 증가됨에 따라서 단테에게 볼 수 있었던 자주적인 자기본위의 입장은 파괴되어 버렸습니다. 그 점을 부르크하르트는 제3편 「고대의 부활」 속의 「14세기의 인문주의」를 논한 조항에서 서술하고 있습니다. 14세기에는

고대세계는 숭배의 대상은 되었지만 저 그리이스·로마의 고대와 14세기 이탈리아인 자신들 시대 사이의 중개는 어떠한 것이 행했던 것일까? 고대문화를 자신들 시대의 문화의 주요한 내용으로까지 높이려고 노력한 사람들은 도대체 어떠한 자였던 것일까? 중세 이전에 있었던 것에 기초를 둔 새로운 문화가 나타나서 중세문화의 총체에 대해서 경쟁자의 위치를 차지하게 되었다. 그 새로운 문화의 담당자는 영향력이 큰 사람이었다. 왜냐하면 그들은 고대인과 똑같은 지식을 가지고, 고대인처럼 라틴어를 쓰고, 고대인이 생각한 것처럼 생각하고, 결국에는 고대인이 느낀 것처럼 느끼게까지 되었기 때문이다. 그들이 전력을 다해서 추적했던 고대의 전통은 수천이라는 점에서 멋있게 재현된 것이다.

그러나 이와 같은 인문주의자의 노력을 유감스럽게 생각하고 있는 사람도 근대에는 또한 있습니다. 피렌체에서 서기 1300년 전후로 나타난, 분명히 본질적으로 이탈리아적 자주독립적인 문화가, 그 후에 일어났던 이 인문주의의 활동 때문에, 그 귀중한 싹이 잡혀서 완전히 강물 속에 쓸려버렸다고 그 사람들은 말하는 것입니다. 단테(1285~1321)시대의 피렌체인은 당시 서구 세계에서 가장 유능유위한 사람들이었기 때문에 널리 존경을 얻고 있습니다. 교황 보니파티우스 8세[39]는 서기 1300년 대사면의 해에 피렌체와 그 사람들을 (공기, 물, 흙, 불에 이어지는)제5원소라고 부를 정도였습니다.

인문주의에 대해서는 이러한 비판도 있는 것을 우리들은 기억해야만 합니다. 서양에서는 많은 인문주의자에 대한 연구업적이 있습니다. 그것을 일본에 번역하기도 하고 소개하는 데는 물론 그 나름의 의의는 있습니다. 그러나 우리들은 동아시아에 있어서 서양 인문주의자연구의 판매대리점과 같은 일만 하고 있어서는 안됩니다. 우리들은 학자로서 동류인 과거의 학자들에 대해서 자칫하면 높은 평가를 주려고 하는 경향이 있으므로, 인문주의자의 이름은 프랑스의 휴머니스트든 이탈리아의 휴머니스트든 일종의 후광을 가지고 빛나고 있습니다. 그러나 모든 문제의 해결을 고대를 모범으로 해서 풀어나간, 인문주의자의 글이 고대문헌의 단순한 인용이 되어버렸을 때, 고대의 부활에 의해서 르네상스 이탈리아의 시민적 자유까지도 부서져 버렸던 것입니다. 사토교수의 논문에 인문주의에 대해서「고전적 모델들의 영향하에서의 재생」revival under the influence of classical models이라는 정의가 인용되고 있습니다만, 그러나 만일 그 모델에 속박되어 버린다면, 진정한 의미에서의 부활은 있을 수 없습니다. 그것은 고전시대에 대한 관대한 존경이 권위에 대한 예속을 낳았기 때문입니다. 적어도 부르크하르트는 그와 같이 관찰했습니다.

일본의 경우 도쿠카와(德川)시대 무사계급문화의 특색은 주욱고전에 대한 과도한 편중이었습니다. 그러나 그것은 모토오리 노리나가(本居宣長, 1739~1801)[40] 등의 국학이라고 하는 건강한 반발을 낳았습니다. 그리고 그 일부는 후에 건강하지 못한 역작용까지도 나타내게 되었습니다. 18세기의 난학(蘭學)[41]에서 기원한 일본의 서양학연구는 메이지 중기 이후 자기본위의 입장을 상실해서 서양의 권위에 대한 예속이 차차 시작되었다고 느껴져 참을 수가 없습니다. 나쓰메 소세키(夏目漱石, 1867~1916)[42]가 자주 문제시한 것도 그러한 풍조에 관해서였습니다. 제가 비교문학 비교문화의 길을 선택한 것은 그러한 전문화의 미명 아래에서의 예속화가 아니라 이 길이야말로 제 자신의 능력을 충분히 발휘할 수 있는 가능성이 있다고 느꼈기 때문입니다.

나는 어느 나라든지 간에 비교문학 비교문화연구가 연구자의 주체성을 충분히 발휘할 수 있는 넓고 큰 학문일 것을 절실히 바라는 바입니다. 그 작업의 질과 양에 있어서 우오모 우니베르살레라고 부르기에 손색이 없는 분이 본회(本會)에서도 나올 수 있기를, 그래서 그러한 분이야말로 이 학문의 명실공히 추진력이 될 수 있기를 절실히 바라마지 않습니다.

▨ 주

* 히라가와 스게히로—1931년생. 도쿄(東京)대학 교양학부 교양과 졸업. 동대학 동과 대학원 비교문학·비교문화 연구과 석·박사과정 졸업. 프랑스 소르본느대학, 이탈리아 페루지아대학 등에서 수학. 도쿄대학 교양학부 비교문학·비교문화 연구과 교수. 현재 후쿠오카(福岡) 조가쿠인(女學院)대학 교수.
1) 올리베티 Oliveti—이탈리아 최대의 사무기구의 메이커.
2) 페루지아 Perugia—이탈리아 중부, 움부리아주에 있는 도시.
3) 만초니 Alessandro Francesco Tommasso Autino Manzoni(1785~1873)—이탈리아의 시인, 소설가, 극작가로서 이탈리아 낭만주의 최대의 작가.
4) 부르크하르트 Jacob Burckhardt—스위스의 역사가, 시인, 르네상스맨 연구의 위대한 역사가.
5) 라프카디오·한 Lafcadio hearn(1850~1905)—영국의 비평가, 소설가.
6) 모리 오가이—일본의 소설가, 평론가.
7) 아라이 하쿠세키—에도(江戶)시대의 유학자, 역사가.
8) 우에다 빈—일본의 시인, 평론가.
9) 두치오 Agostino di Duccio(1418~98)—이탈리아의 건축가, 조각가, 피렌체파의 대리석 조각가의 일인.
10) 로렌체티—14세기에 활약하였던 이탈리아의 화가형제로 두치오에게 사사, 형 피에르토 로렌체티 Pierto Lorenzetti(1280~1348), 동생 암브로지오 로렌체티 Ambrogio Lorenzetti (?~1348)가 있다.
11) 마르티니 Simone Martini(1284?-1344)—이탈리아의 화가, 시에나 출신으로시에나파의 대표적 화가이다.
12) 월터 페이터 Walter Horatio Peter(1839~94)—영국의 비평가.
13) Danet Gabriel Rosetti(1828~82)—영국의 화가며 시인, 런던에 망명해 있던 이탈리아의 시인이며 단테학자, 가브리엘 R의 아들.

14) 기노시타 모쿠타로-일본의 시인, 극작가.

15) 베렌슨 Benard Berenson(1865~1959)-리투아니아 태생의 미국 미술사가.

16) 메레즈코프스키 Dmitrii Sergeevich Merezhkovskii(1865~1941)-러시아의 소설가, 철학자, 문예학자.

17) 하니 고로-일본의 역사가, 교육가, 평론가.

18) 롱사르 Pierre de Ronsard(1524~85)-16세기 프랑스 최대의 시인.

19) 바자리 Giorgio Nasari(1511~74)-이탈리아 르네상스 시대의 화가, 건축가, 미술가.

20) 뒤 벨레 Jdachim du Bellay(1522~60)-프랑스의 시인.

21) 메디치가 Medici Family-르네상스 시대의 이탈리아를 대표한 명가(名家).

22) 팔라초 palazzo-중세 이탈리아의 도시국가 시대에 세워진 정청(政廳)이나 귀족의 저택.

23) 아르노강 Arno river-이탈리아반도 북서부, 토스카나 지방을 흐르는 주요하천.

24) 기베르티 Lorenzo Ghiberti(1378~1455)-이탈리아 초기 르네상스의 대표적 조각가.

25) 산조반니 성당 San Giovanni Battista-이탈리아 피렌체에 있는 세례당, 피렌체에서 가장 오래된 종교건축.

26) 스마일즈 Samuel Smiles(1812~1904)-영국의 저술가. 대표저작은 『자조론』.

27) 나카무라 마사오-일본의 계몽사상가.

28) 플로렌스 Florence-이탈리아 중부에 있는 피렌체의 영어명.

29) 루카 델라 로비아 Luca della Robbia(1399~1482)-이탈리아의 조각가. 도기조각으로 유명.

30) 벤베누토 첼리니 Benvenuto Cellini(1500~71)-이탈리아 후기 르네상스의 조각가, 금속세공가.

31) 로버트 브라우닝 Robert Browning(1812~89)- 영국의 시인. 테니슨과 더불어 빅토리아 시대를 대표하는 시인.

32) 안드레아 델 사르토 Andrea del Sarto(1486~1531)-이탈리아 전성기 르네상스의 피렌체파 화가.

33) 시마다 킨지-일본의 영문학자, 비교문학자.

34) 르와르 Loire-프랑스 동쪽 중앙부의 지방이름.

35) 뒤러 Albrecht Dürer(1471~1528)-독일의 화가, 판화가, 미술이론가, 독일 르네상스 회화의 완성자.

36) 플레이아드파 La pléiade-롱사르를 중심으로 하는 16세기 후반의 혁신시파.

37) 랑송 Gustave Lanson(1857~1934)-프랑스의 문학사가, 평론가.

38) 일본의 가인. 기교적인 형식미를 살린 와카(和歌)로 유명.

39) 보니파티우스 8세 BonifatiusⅧ(1235~1303)-중세 말기의 교황.

40) 에도(江戸)시대 후기의 국학자, 가인(歌人).

41) 난학(蘭學)-에도 중기 이후에 일어난 네덜란드어로 서양의 학술, 문화를 연구한 학문.

42) 나쓰메 소세키-일본의 소설가, 영문학자.

색 인

ㅊ

동아시아의 文化와 文學 II

印　刷 : 2001년 2월 25일
發　行 : 2001년 2월 28일

編譯者 : 金采洙
發行者 : 金興國

發行處 : 도서출판 보고사
　　　　서울특별시 성북구 보문동 7가 11번지
　　　　전화 : 02)922-5120~2
　　　　팩스 : 02)922-6990
　　　　e-mail : kanapub3@chollian.net
　　　　homg-page : www.bogosabooks.co.kr

ISBN　89-8433-085-X (93830)　　　정가12,000원